나는 조선의 공주다

1판 1쇄 찍음 2009년 3월 21일
1판 1쇄 펴냄 2009년 3월 24일

지은이 | 호리이
펴낸이 | 정 필
펴낸곳 | 도서출판 **뿔미디어**

기획, 편집 | 김대식, 허경란, 권용범, 권지영, 소성순, 장보라
관리, 영업 | 김기환, 김미영
출력 | 예컴
본문, 표지 인쇄 | 광문인쇄소
제본 | 성보제책사

출판등록 | 2002년 9월 11일 (제1081-1-132호)
주소 | 부천시 원미구 중동 1058-2 중동프라자 402호 (우)420-023
전화 | 032)651-6513 / 팩스 032)651-6094
E-mail | BBULMEDIA@paran.com

값 9,000원

ISBN 978-89-6359-030-1 03810
ISBN 978-89-6359-029-5 03810 (세트)

나는 조선의 공주다

호리이 지음 **1**

Scarlet
스칼렛

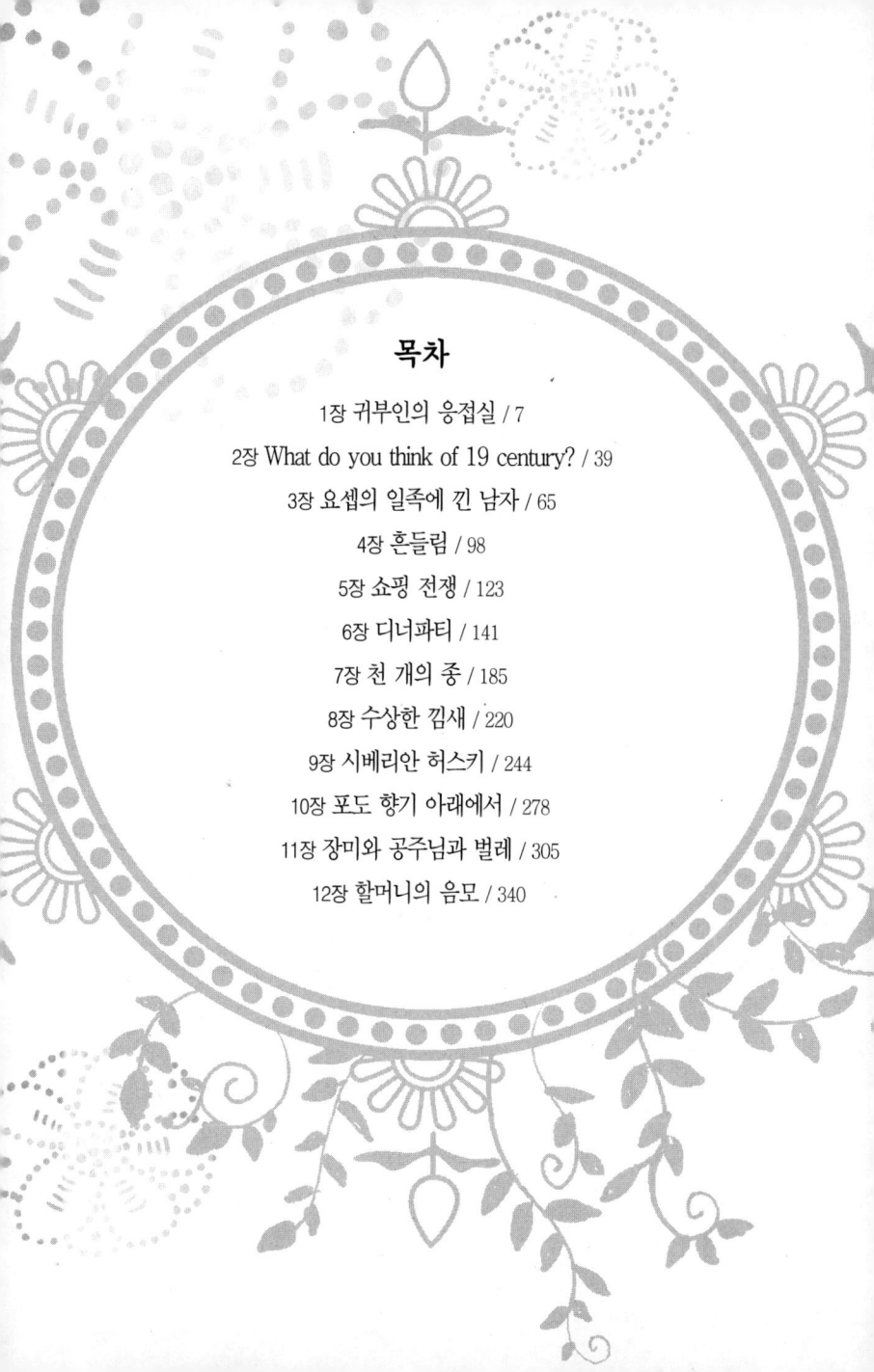

목차

1장
귀부인의 응접실

영국발 항공기 기내 안

이중으로 된 유리창 너머로 보이는 것은 부옇게 흐려지는 끝없는 하늘의 바다였다. 울다가 지쳐 멍하니 쳐다보고 있는 그 새파란 색의 향연은 그녀가 먼 이국땅에서 혼자 살고 있을 때 제일 좋아하는 것이었다. 하늘에는 아무런 장애가 없었으니까, 그곳을 통해 날아가면 금방이라도 그리운 고향으로 돌아갈 수 있을 것만 같았다. 그래서 유정은 답답한 순간이 있으면 멍하니 하늘을 바라보는 습관이 생겼다.

"손님, 괜찮으십니까?"

왼쪽 머리 위에서 그런 목소리가 들려오자 유정은 고개를 들어 상대방을 빤히 바라보았다. 잘 차려입은 스튜어디스가 걱정스러운 시선으로 그녀를 내려다보고 있었다. 왜 그러나 싶어서 무의식적으로 스튜어디스를 바라보며 눈을 깜빡이자, 그녀는 잠자코 유정을 향해 티슈를 내밀었다. 정신을 차려 보니 시야가 부옇게 흐려지고 눈가가 따끔거렸다. 또 울고 있는 것이다. 티슈를 받을 생각도 하지 못하고 유정은 따끔거리는 눈을 손으로 쓱쓱 비벼 보고 손끝이 젖어 있자 입술을 깨물었다. 2년 전에 몽땅 말라 버렸다고 생각한 눈물이 아직도 남아 있는 것에 대해서 감사해야 하는 것인지 아니면 화를 내야 하는 것인지 갈피를 잡을 수 없었다.

하지만 소중한 사람의 죽음에 슬퍼할 줄도 모른다면, 그런 자신이 너무 혐오스러울 것 같기에 유정은 지금의 자신에게 감사했다. 누군가를 사랑하는 마음이 충분히 남아 있다는 소리였기 때문이다.

"괜찮아요."

간신히 숨을 몰아쉬면서 그렇게 대꾸했지만, 유정의 목소리는 전혀 괜찮지 않았다. 낮게 가라앉고 갈라지고 메말라서 도저히 들어 줄 수 없는 그런 것이었다. 이런 순간에도 유머러스한 그녀의 감성은 입가에 미소를 만들어 냈다. 자기가 생각해도 목소리가 너무 이상했던 것이다.

"물 좀 가져다주실래요?"

눈물이 뺨을 타고 흐르는데도 억지로 웃는 유정의 얼굴을 보고 스튜어디스는 군소리 없이 겔리(기내에서 식사나 음료를 준비하는 곳)로 향했다. 그녀의 뒷모습을 힐끔 쳐다보고 나서 유정은 벽에 머리를 기대고서 축 늘어졌다. 일등석의 좋은 점이란 공간을 넓고 편하게 사용할 수 있다는 점이었다. 앞에도 등 뒤에도 아무도 없었기 때문에 유정은 편하게 다리를 뻗을 수 있었다.

발판에 발을 올리고 모포를 고쳐 덮고 있을 때, 스튜어디스가 물이 담긴 컵과 물수건을 쟁반에 담아서 그녀의 앞으로 내려놓았다.

"시원한 물입니다. 그리고 이건 물수선이에요. 손님께 필요할 것 같아서요. 눈이 많이 부었습니다."

일등석을 담당하는 고참 스튜어디스의 배려에 고마워하면서 유정은 물을 마셨다.

'배는 안 고파도 물은 꼭 마셔야 해! 알았어?'

비행기에 오르기 전 배웅해 주던 친구의 말을 상기하면서 그녀는 힘겹게 컵을 내려놓았다. 그러자 잠시 후에 스튜어디스가 재빨리 달려와 빈 컵을 치워 주었다. 문득 허전한 기분이 들어서 그녀는 한숨을 깊게 내쉬었다.

"하아……."

이런다고 해서 비행기가 지상으로 추락할 리는 없겠지. 한숨으로 땅이 꺼진다는 말을 생각하면서 그녀는 숨을 골랐다. 물이 들어가자 심하게 두근거리던 심장이 조금 느리게 움직였다. 너무 울어서 이제는 아파 오는 머리를 벽에 기대고 유정은 다시 창문 너머를 바라보았다. 그곳은 지독할 정도로 새파란 하늘과 눈이 따가울 것 같은 햇살의 세계였다. 그것은 그녀가 마음속에 꼭꼭 숨겨 둔 행복하고, 이제는 조금 슬픈 그런 추억을 생각나게 만들었다. 그래서 유정은 창문을 닫아 버리고 머리를 기울이며, 스튜어디스가 가지고 온 차가운 물수건을 눈 위에 올려놓았다.

물수건의 서늘한 감촉이 쾅쾅 울리는 관자놀이를 달래는 것 같았다. 그녀는 자꾸 떠오르는 슬픈 생각은 안 하려고 노력했다. 머리를 텅 비우기 위해서 그녀는 희미하게 들리는 비행기의 엔진 소리에 귀를 기울였다. 마음이 점점 가라앉으면서 조금씩 졸려 오는 것 같았다. 이윽고 귓가에 윙윙거리던 비행기의 엔진 소리가 가물가물하게 멀어지더니 점점 가까이 다가오는 것은 어느 노부인의 우렁찬 목소리였다.

꽃무늬 장식

미국, 보스턴주―스트릭하트 저택

"늦어!"

갑자기 들려온 우아한 억양의 힘 있는 그 목소리에 그녀는 막 힘을 주려던 문고리를 멍청하게 붙잡고 그 자리에서 굳어 버렸다. 뭔가 실수했나 싶어서 주변을 두리번거렸지만 시야에 들어오는 것은 끝없이 이어진 기다란 복도뿐이었다. 텅 빈 복도는 19세기 풍의 웅장함으로 장식되어 있었다. 그곳을 돌아다니는 사람들은 아무도 없었다. 그녀를 안내해 온 메이드 역시 금세 어디론가 사라졌던 것이다.

유정은 머뭇거리다가 조심스럽게 문의 안쪽으로 몸을 내밀었다. 오후의 햇살이 가득 채우고 있는 응접실의 안쪽에 백발이 성성한 노부인과 금발에 녹색 눈동자를 가진 미녀가 푹신한 소파에 앉아서 고개를 문 쪽으로 돌리고 있었다. 노부인의 등 뒤에는 검은색 정장을 잘 차려입은 집사가 왼쪽 팔뚝에 흰 천을 두르고, 티팟을 든 채 대기하고 있었다.

앉아 있는 두 사람 중 젊은 쪽은 유정의 친구인 패트리샤 모건이고, 엄격한 인상의 노부인은 패트리샤의 외할머니였다. 그리고 유정은 여름 방학이 시작되자마자 패트리샤와 함께 패트리샤의 외할머니 댁으로 잠시 휴가를 왔다.

유정은 미국에서 유학 중이다. 유학 중이라고 하면 집안 형편이 좋아서 할 수 있는 것이라고 생각하기 마련이지만 유정의 사정은 조금 달랐다. 개망나니였던 아버지가 여기저기 진 빚 때문에 가족들이 뿔뿔이 흩어졌고, 유정을 맡아 주겠다고 한 친척이 미국에 살고 있었기 때문에 그녀는 미국까지 오게 된 것이다. 엄마의 사촌 여동생인 후견인 덕택에 그녀는 비교적 평탄하게 지낼 수 있었고, 명문은 아니더라도 주립 대학에도 들어갈 수 있었다. 이제 졸업을 하면 한국으로 돌아가서 일자리를 찾을 예정이었다. 이모는 미국에서 취직하라고 권했지만, 한국에서 홀로 고생하시는 엄마를 모르는 척할 수는 없는 일이었다. 그녀는 돌아가서 할 수 있는 한, 최선을 다해 엄마에게 효도를 할 생각이었다.

이번 여름 방학이 지나면 유정은 한국으로 돌아가기로 되어 있기 때문에 절친한 친구와는 마지막으로 보내는 여름이었다. 그래서 잠시 동안이긴 하지만, 패트리샤의 외할머니 댁에서 머물기로 한 것이다. 부자인 외할머니가 초대해 주었으니 가서 재미있게 놀자는 친구의 꼬드김에 넘어간 탓이었다.

호기심도 있었다. 친구가 입에 침이 마르도록 자랑한 커다란 저택이라는 것이 어떤 것인지 알고 싶었다. 하지만 저택을 제대로 구경하는 것은 그녀의 사정상 조금 늦어질 수밖에 없어서 그녀가 이곳에 대해서 아는 것이라곤 긴 복도가 끝도 없이 늘어져 있다는 것뿐이었다.

어제까지 치른 기말 시험 때문에 유정의 정신은 아직도 비몽사몽 중이었다. 하지만 노부인의 말에 한순간 정신이 번쩍 드는 것 같았다. 긴장한 표정으로 그녀는 노부인을 응시하다가, 다시 고개를 돌려 패트리샤를 쳐다보았다. 정신은 들었지만, 상황 판단이 잘 되지 않아서 당황스러운 것이다. 그녀가 일상적으로 겪는 상황과는 어딘지 모르게 달랐다. 무어라 꼬집어 말하기 힘들지만 위화감이 들었다.

'이게 무슨 상황이래?'

그리고 지금 시야에 들어와 있는 패트리샤가 그녀는 이상하게 보였다. 평소에는 캐주얼의 편안한 차림을 하고 다니는 그녀가 오늘은 완벽하게 옷을 갖춰 입고 있는 것이다. 타탄체크의 플리츠스커트와 반팔 블라우스 위에 하얀 바탕에 검은색과 붉은색 테두리로 장식된 조끼까지, 평소라면 불편해서 입지 않을 옷을 입고 있는 패트리샤를 유정은 이상한 듯이 쳐다보았다. 나이 드신 분이

에어컨이 시원하게 나오는 실내에서 긴팔을 입고 있는 것은 이상한 일이 아니었지만, 항상 팔팔하다고 주장하는 패트리샤가 이런 한여름에 저런 답답한 차림을 하고 있다는 사실은 충분히 이상했다.

패트리샤는 당황한 유정의 얼굴을 보면서 웃음을 힘껏 참는 듯한 어조로 입을 열었다.

"유정, 들어와. 이쪽으로 와 봐."

엉거주춤 그녀가 부르는 대로 유정은 걸음을 옮겼다. 에이킨의 시원한 바람 때문인지 아니면 노부인의 날카로운 시선 때문인지 그녀는 등골에 한기가 돌았다. 이유는 알 수 없지만, 자신이 저 노부인에게 상당히 안 좋은 인상을 주었다는 사실 정도는 알 수 있었다.

'대체 왜?'

머릿속으로 아무리 생각을 해 봐도, 이제 막 얼굴을 마주한 이 노부인에게 자신이 잘못한 것은 하나도 없었다. 그래서 그녀는 노부인이 자신을 못마땅하다는 시선으로 보는 것에 기분이 나빴다. 그녀는 눈에 힘을 팍팍 주고 조금도 기가 죽지 않았다는 듯이 고개를 들었다. 친구의 옆에 얌전히 서서, 그녀는 노부인을 향해 꾸벅 인사를 올렸다.

노부인의 눈가에 이채가 떠오른 것은 그다음이었다.

"소개할게. 이쪽은 우리 외할머니이신 캐서린 M 로랜트. 레이디 로랜트라고 하면 돼. 할머니, 이 애는 이유정이에요. 저의 가장 친한 친구랍니다."

"만나서 반갑습니다. 이유정입니다."

그녀의 말이 끝나자마자 노부인이 갑자기 느릿한 어조로 포문을 열었다.

"그런데 미스 유정은 아직 짐을 풀지 않았나?"

얼굴에 '나는 네가 매우 못마땅하다' 라는 글씨를 떡하니 달고 있는 레이디 로랜트의 질문에 유정은 눈을 멀뚱멀뚱하니 떴다. 그러곤 질문의 요지를 이해하지 못한 표정으로 머리를 긁적이며 대꾸했다.

"아뇨, 짐 다 풀었는데요?"

'대체 뭐가 잘못되었나요' 라는 도전적인 시선으로 자신을 똑바로 쳐다보는 유정의 모습에 레이디 로랜트의 미간이 굳어졌다. 여성들의 찻잔에 차를 따르던 집사의 손동작이 알게 모르게 잠시 흔들린 것도 그 순간이었다. 그는 긴장된 시선으로 부인과 젊은 아가씨의 기 싸움을 걱정스러운 표정으로 바라보았다.

유정의 도발적인 말에 노부인은 눈을 가늘게 뜨면서 잠시 동안 그녀를 빤히 노려보았다. 세월의 흔적이 남아 있지만, 이전에는 아름다웠을 우아한 눈매를 본 순간 유정은 고등학교 교장 선생님 앞에 혼나러 온 것 같은 기분이 들어서 한순간 기가 죽었다. 하지만 자신이 잘못한 것이 없으므로 여전히 겉으로는 태연한 척 고개를 빳빳이 들어 레이디의 시선을 맞받아쳤다.

그러자 레이디 로랜트의 시선은 이내 유정을 떠나 그 반대편에 앉아 있는 자신의 손녀에게로 향했다. 터져 나오려는 웃음을 열심히 참으며 시치미를 뚝 떼고 있는 패트리샤의 얼굴을 쳐다보곤 짧게 심호흡을 한 뒤, 노부인은 다시 유정에게 고개를 돌렸다.

아몬드 같은 눈매에 동양인 특유의 동그란 얼굴은 유정을 실제 나이보다 훨씬 더 어려 보이게 만들었다. 거기에 고집이 덕지덕지 붙어 있어서 만만치 않은 성격이 엿보였다.

'고연놈. 지금 뉘 앞이라고 저리 고개를 뻣뻣이 들고 있누? 자신이 지금 뭘 잘못했는지 정녕 모르는 건가?'

형광색 반팔 티에 반바지, 그리고 나무 샌들까지. 어디를 봬도 여성스러운 꼴은 눈곱만큼도 없고, 남의 집을 방문할 때의 예의는 손톱만큼도 없는 모습이었다. 게다가 얼굴 어디에도 미안해하는 구석이 한 군데도 없다.

때문에 레이디 로랜트, 영국 국왕이 하사한 공작의 작위를 잇고 있는 고귀한 귀족 영부인은 내심 불쾌하기 짝이 없었다. 자신 앞에서 저렇게 노골적으로 무례한 태도를 보이는 사람을 너무나 오랜만에 보았기 때문이었다. 그래서 친구를 데리고 오겠다는 손녀의 말에 섣불리 허락한 것을 후회했다. 성격이 괄괄한 패트리샤의 친구라면 그 녀석도 보통은 넘을 것이라고 생각했지만, 이 정도로 대책이 없을 줄은 생각지도 못했다.

칠십 평생을 살면서 레이디는 별별 경우를 다 당해 보았지만, 이렇게 까마득하게 어린 녀석이 무례하게 구는 경우는 무척이나 오랜만이었다. 더욱더 신경 쓰이는 점은 상대방의 이런 행동이 의도적인 것인지 아니면 정말로 몰라서인지를 알 수 없다는 점이다. 그래서 그녀는 이 일의 원흉인 자신의 손녀딸에게 시선을 주었다.

터져 나오는 웃음을 연신 참고 있는 패트리샤의 장난기 가득한 표정을 잠자코 노려본 다음, 레이디 로랜트는 방 안을 두리번거리고 있는 유정의 모습에 저도 모르게 주목했다.

고풍스럽게 꾸며진 살롱의 모습을 살피는 유정의 고집스런 눈빛에서 다소간의 당황이 엿보였다. 상황 파악이 이제야 조금 되는 듯한 그녀의 표정을 보자 레이디는 무턱대고 올라오던 노기가 누그러지는 것을 느꼈다. 저 고약한 성정의 손녀딸이 자신에게 한 방 먹였다는 사실을 이제야 깨달은 것이다. 언제까지 저 영악한 손녀에게 휘둘릴 수 없으므로 노부인은 심술궂은 어조로 유정에게 말했다.

"짐을 무사히 풀었다니 다행이구나. 이 방의 에어컨 바람은 차가우니 다음부터는 긴 옷을 입고 오거라. 우리나라 문화가 동양에서 온 미스 유정 같은 사람에게는 익숙하지 않겠지만, 티타임에는 정장을 갖추고 긴 옷을 입는 것이 예의란다."

"네, 알겠습니다. 앞으로는 주의할게요."

대답은 참 잘했다. 부인은 그 성의 있는 대답이 마음에 들었다. 가식적인 느낌이 그다지 없었던 것이다. 그녀는 유정을 조금 더 관대한 시선으로 쳐다보면서 저 아이를 어떻게 대해야 할지 고민했다. 일단은 저택의 손님이니 손님으로서 대우해야 하겠지만, 워낙에 근본이 없어 보여서 걱정인 것이다. 마음에 들지 않는 상대를 가까이서 데리고 있을 만큼 노부인은 마음이 넓은 편은 아니었다.

'일단 잠시 지켜보도록 하지.'

마음속으로 결정을 내린 그녀는 지팡이를 쥔 손에 힘을 주었다.

유정은 테이블 위의 티웨어들을 신기한 듯이 바라보았다. 화려한 금입사가 들어간 티웨어들의 모습에서 돈의 향기가 느껴졌다. 접시 한 장, 티스푼 한 개에 얼마일지 짐작도 가지 않았다. 조금 압도당하는 것 같은 느낌이 들어서 유정은 입을 꾹 다물고 레이디와 패트리샤의 눈치를 살폈다.

그때, 레이디 로렌트와 패트리샤의 찻잔에 차를 따러 준 집사는 이제 유정의 곁으로 다가와서 그녀의 빈 찻잔에 포트를 댔다.

백발의 노집사는 완벽하게 갖춰진 자세로 종잇장처럼 얇은 찻잔에 가느다란 실처럼 떨어지는 붉은 홍차를 담아냈다. 동시에 은은한 베르가못의 향이 느껴졌다. 얼그레이 티만의 독특한 향이 폐부에 들어오고, 함께 곁들이는 과자의 달콤한 향기는 그녀의 식욕을 자극했다. 비교적 단순한 성격인 유정은 앞으로 맛있는 것을 먹을 거라는 생각에 기분 나빴던 것을 쉽게 지워 버렸다. 슬슬 배가 고파 왔기 때문이었다.

집사와 노부인, 우아한 살롱에 폭신한 소파까지 마치 그림에서나 볼 듯한 모습이다. 살면서 언제 이런 융숭한 대접을 받아 보겠는가? 두근거리는 가슴에 기대감을 담으며 그녀는 티 테이블에서 시선을 떼지 않았다.

그런 그녀를 보고 레이디는 떠보듯이 물었다.

"차를 좋아하나, 아가씨?"

그 말에 유정은 순진한 듯이 웃으면서 대답했다.

"예, 제가 제일 좋아하는 차가 얼그레이 티예요. 와아, 게다가 티 푸드도 이렇게 예쁘고 훌륭한 것들은 처음 봐요. 상상하던 것이나 영화에서 보던 것보다 훨씬 더 멋져요."

할머니의 눈빛이 조금 부드러워지는 것을 패트리샤는 눈치챘다. 그녀는 흥미진진한 표정으로 친구와 할머니의 대결 아닌 대결을 지켜보고 있었다.

나름대로 유정을 데리고 온 속셈이 있는 패트리샤로서는 할머니의 모든 신경이 그녀에게 쏠아져 있는 이 상황이 매우 마음에 들었다. 사실 패트리샤는 이 외할머니가 어렵고 그다지 마음에 들지 않았다. 전형적인 영국인인 레이디 로랜트는 미국인인 패트리샤의 아버지가 자신의 딸과 야반도주한 것을 좋아하지 않으셨기 때문이다. 오래된 귀족 집안인 외가는 딱딱한 영국 상류사회의 가풍이 엄격하게 남아 있고, 그 대표적인 인물이 외할머니인 레이디 로랜트다. 이곳이 아무리 미국 땅이라고 해도 이 저택 내에서는 할머니가 법이었다.

대학 기숙사를 나와 어쩔 수 없는 사정 때문에 여름 방학 시작과 동시에 이곳에 오긴 했어도, 패트리샤는 외할머니의 끝도 없는 잔소리 대상이 되고 싶지 않았다. 그렇기 때문에 자신의 친한 친구를 이곳에 끌어들여 방어막으로 삼은 것이다. 친구가 있다면 저 깐깐한 노인네도 그렇게까지 자신에게 까칠하게 굴지 않을 것이라는 계산도 있었다.

본인이 자랑하시는 티웨어에 대한 유정의 솔직한 감탄은 할머니의 귀족적인 기분을 만족시킨 모양이었다. 레이디 로랜트는 입가에 미미한 미소를 띠면서 거만한 어조로 말했다.

"진짜 다이아몬드가 괜히 진짜겠어."

한마디로 격식 있는 귀족 집은 뭔가가 달라도 한참 다르다는 소리였다. 유정은 나중에서야 그 소리가 어떤 의미인지 패트리샤에게 듣고서 친구를 죽일 듯이 꼬집었지만, 당시에는 그냥 색색의 케이크들을 쳐다보며 침만 꼴깍꼴깍 삼키고 있었다.

배가 너무너무 고팠다. 아침부터 아무것도 안 먹어서 더욱더 그랬다. 기분 같아서는 체면 불구하고 샌드위치부터 히니씩 먹어 치워 주고 싶었지만, 유정은 열심히 참았다.

그녀가 알기론 식탁 위에 은빛을 반짝이면서 놓여 있는 수많은 포크와 나이프를 순서대로 집지 않으면 집주인에 대한 예의가 아니라고 한다. 까딱 잘못하면은 저 엄격한 레이디의 기분을 거슬려 티타임이 몰수될 수도 있고, 더더욱 상황이 나빠지면 이렇게 예의 없는 것을 우리 집에 들일 수 없다고 해서 쫓겨날 수도 있는 것이다. 그런 사정을 얄팍하게나마 알고 있는 유정의 상식은 계속 빨간불을 보내고 있었기에 그녀는 망설이면서 계속 다른 두 여자의 눈치만 살살 살폈다. 누가 좀 알려 주었으면 좋겠는데 왜 아무도 알려 주지 않는 거야?

'특히 트리샤!'

마음속으로 자신을 이곳에 끌고 온 친구의 욕을 열심히 하고 있는데 패트리샤는 여전히 유정의 구조 신호를 모르는 척하면서 찻잔을 내려놓았다. 그리고 우아하게 포크 하나를 들었다. 유정은 반사적으로 긴장하면서 그 모습을 유심히 살폈다.

"실례."

패트리샤의 능청스러운 목소리와 함께 은수저가 떨어졌다. 그러자 노부인의 미간에 깊은 계곡이 만들어졌다. 그녀가 막 부주의한 손녀딸에게 뭐라고 한마디 하려는 때에 응접실을 노크하는 소리가 들려왔다.

"흠!"

노부인은 불쾌하다는 듯이 헛기침을 하면서 문 쪽을 돌아보았고, 유정과 패트리샤도 동시에 고개를 돌렸다. 집사가 응접실 문을 열자 저택의 수석 가정부인 마담 마거릿이 무뚝뚝한 어조로 저택의 여주인에게 고했다.

"클리브던 백작님께서 도착하셨습니다."

그 말에 패트리샤의 얼굴이 구겨지고, 노부인의 미간 주름이 더 깊어지는 것을 보면서 유정은 고개를 갸웃거렸다.

'어랍쇼, 웬 백작(Earl)?'

일상에서 좀처럼 듣기 힘든 단어가 나오자 유정은 마음속으로 이렇게 생각했지만, 겉으로는 모른 척하고 복도 쪽에서 들려오는 기운 찬 발소리에 귀를 기울였다. 가정부와 집사가 들어오는 남자를 향해 예를 갖추는 것을 신기한 듯이 바라보던 유정은 자신을 쏘아보는 푸른색 눈동자와 눈이 딱 하고 마주쳤다.

"……!"

갑자기 쿵 하는 소리가 유정의 귓가에 들렸다. 시선에 사로잡힌 듯 온몸의 세포 하나도 꼼짝할 수 없었다. 눈을 동그랗게 뜨고서 그녀는 들어오는 사람을 빤히 쳐다보았다. 그 역시도 그녀를 응시하고 있었다.

푸른색 눈동자였다. 짙고 짙어서 마치 검게 보일 정도로 짙은 푸른색 눈동자를 가진 남자는 냉정한 듯이 무심하게 그녀를 쳐다보았다. 그리고 이내 시선을 돌려서 레이디와 패트리샤를 쳐다보았다.

한순간이었다. 그 남자와 눈이 마주친 것은. 하지만 유정에게는 굉장히 긴 시간이었다.

'……'

뒤늦게 나타난 남자의 압도적인 존재감 때문에 응접실 안에 있는 어느 누구도 유정의 동요를 눈치채지 못했다. 그래도 그녀는 떨리는 손을 감추면서 찻잔을 손에 들고서 입가로 가져갔다. 향긋한 찻물이 몸 안으로 들어오자 조금 진정이 되는 것 같았다.

숨을 들이마시고 상대방을 쳐다봤다. 그녀를 한순간 흔들어 놓았던 고약한 분위기의 남자는 유정에게 아무런 관심 없는 듯이 무정하리만큼 냉담했다.

푸른색은 차가운 색이다. 검은색도. 그러니 더 이상 혼자 신경 쓰지 말자. 반에서 제일 잘생긴 아이를 본 것 같은 초등학생마냥 한순간의 호기심일 뿐이다.

그렇게 생각하며 들어온 남자를 무시하고 있는 유정의 귓가에 나른하면서도 훌륭한 저음의 목소리가 들려왔다.

"저 왔습니다, 할머님. 티타임에 늦지 않았죠?"

클리브던 백작은 공작부인의 손등에 입을 맞춰 정중하게 인사하면서 다시금 유정을 쳐다보았다. 19세기 빅토리아 시대라고 불리는 할머니의 응접실에 아무리 봐도 서민 그 자체이자, 동양인인 여자가 앉아 있는 것이다.

묘한 일이었다. 그리고 더욱더 묘한 일은 그런 무례를 용납하고 있는 할머니의 태도였다. 저 자존심 강한 레이디가 자신의 앞에서 이런 무례를 허용하고 있다는 사실이 흥미로웠다.

대체 어쩐 일이냐고 물어볼까 싶었는데, 그 순간 갑자기 탕 하는 소리가 났다. 그리고 프란시스는 자신을 게슴츠레한 시선으로 노려보는 레이디 로랜트와 정면으로 눈이 마주쳤다. 그녀의 표정은 매우 못마땅한 빛을 띠고 있었다.

그 시선을 마주하자 그는 아차 하는 느낌을 받았다. 지금 그가 신경 써야 할 사람은 손님이 아니라, 주인인 레이디인 것이다. 하지만 유정에게 관심이 가는 것은 어쩔 수 없었다. 프란시스의 시선은 언짢은 표정을 하고 있는 노부인에게 향해 있었지만, 온 신경은 등 뒤에 고정되어 있었다.

그런 그에게 레이디 로랜트는 농기 어린 어조로 말했다.

"늦기야 많이 늦었지. 네놈이 안 오길래, 우리끼리 먼저 시작하고 있었다. 시간 감각 없는 것은 대체 누굴 닮은 거냐? 아무리 생각해도 우리 가문의 혈통은 아닌 것 같다만."

노부인의 독설을 남자는 조용한 미소로 맞받아쳤다. 늦게 된 변명이나 쓸데없는 말을 하지 않았지만 그 때문에 더욱 추궁할 수 없는 그런 분위기를 풍기고 있었다. 유정은 그 남자의 여유 있는 분위기에 압도되는 것 같은 기분을 느꼈다. 그것은 노련한 레이디 역시 마찬가지인 듯 더 이상의 꾸중을 그만두고 고개를 설레설레 저었다. 들썩거렸던 분위기가 이제 가라앉자 그는 돌아서서 유정의 옆자리에 앉아 있는 사촌 여동생을 바라보았다. 오랜만에 만나는 패트리샤는 뚱한 표정으로 그를 빤히 쳐다보더니 투덜거리듯이 말했다.

"영국에 있어야 할 프란이 여기는 웬일이야?"

"네가 여기로 온다는 이야길 듣고 만나러 왔지. 그래, 기말 시험은 무사히 치렀어?"

"무지막지한 기말 시험 덕택에 눈 밑에 다크 서클이 짙어졌지. 꽃 같은 내 미모에 지장이 많아. 그리고 이쪽은 내 베스트 프렌드인 이유정. 인사해. 유정아, 이쪽은 내 사촌 오빠인 프란시스 로랜트야."

장황한 패트리샤의 설명을 뒤로하고 두 사람은 다시 눈을 마주쳤다. 다시 유정의 심장이 쿵 하고 큰 소리를 냈다. 푸른색의 눈동자가 다시금 그녀를 사로잡았던 것이다. 마력같이 아름다운 눈동자라고 생각하면서 유정은 최대한 평범에 가까운 호의적인 미소를 지었다. 그에게 잘 보이기보다는 동요하는 자신을 들키고 싶지 않았기 때문에 지은 허세였다.

"안녕하세요, 트리샤의 친구인 이유정이라고 합니다. 만나서 반갑습니다."

인사를 하면서 먼저 손을 내미는 그녀를 프란시스는 잠시 동안 바라보았다. 그사이에도 무심한 그의 표정은 흔들리는 법이 없었다. 하지만 유정은 분명히 느낄 수 있었다. 이 남자가 그녀의 전신을 평가하는 시선으로 훑어 올라갔다는 사실을 말이다.

문득 그녀는 부끄러움을 느꼈다. 이 방에 있는 모든 사람들이 정장을 완벽하게 갖춰 입었는데 자신만 편한 차림새를 하고 있다는 사실을 이제야 느낀 것이다. 하다못해 긴 면바지라도 챙겨 입을 것을. 그랬다면 조금 덜 부끄러웠을 텐데.

"프란시스 로랜트, 클리브던 백작입니다. 트리샤의 사촌입니다."

건조하고 싸늘한 어조였다. 처음 만났으니 패트리샤를 대할 때만큼의 다정함을 기대하지는 않았지만, 그래도 이건 완전 개무시다. 유정은 지금까지 살면서 만나서 반갑다는 말도 예의상 해 주지 않는 남자는 처음 보았다. 그녀는 그 사실을 깨닫고 눈을 동그랗게 뜨면서 그 남자를 올려다보았다. 그녀의 비난 섞인 시선에도 그는 아무렇지 않은 듯 유정이 내민 손을 잡고 흔들더니 발소리도 없이 뒷걸음질 쳤다.

더 이상 그녀에게 관심이 없다는 듯이 우아하게 물러나는 그 모습에서 유정은 어이없음을 느꼈다. 하지만 무턱대고 화를 낼 만한 상황도 아니었기에 그녀는 자리에 앉았다. 상대방이 자신에게 무관심하다면 똑같이 무관심하다는 것을 보여 주면 되는 것이다.

"어?"

유정이 그렇게 마음먹었을 때, 집사가 새로운 다기들을 가지고 왔다. 패트리샤가 포크를 떨어뜨린 탓에 새로이 식기를 놔야 했는데, 타이밍 좋게 프란시스가 등장한 것이다. 겸사겸사 다기가 새로이 세팅되었고, 그 모습을 처음 본 유정의 눈에는 모든 것이 신기하기 짝이 없었다.

"제대로 봐 둬."

옆구리를 슬쩍 찌르면서 패트리샤가 속삭이자, 유정은 저도 모르게 긴장한 표정으로 집사의 손놀림을 지켜보았다. 우아하고 부드러운 손놀림으로 그릇과 식기를 차례차례 놓는 그 모습은 예술적으로 아름다워서 절로 감탄사가 나왔다.

"우아……!"

신기해하는 유정을 향해 집사는 살짝 미소를 짓더니 그녀가 잘 볼 수 있도록 움직이는 속도를 조금 늦춰 주었다. 티웨어의 사용법은 놓인 순서의 반대였기 때문에 집사가 놓는 순서만 어느 정도 알아도 티타임 매너를 지키는 것은 어렵지 않았다. 그런 생각으로 눈을 크게 뜨고 있는 유정을 프란시스는 흥미로운 시선으로 관찰했다.

그는 저 외국인을 앞에 두고 왜 아직까지 자신의 할머니가 성격을 드러내지 않고 있는지는 이해하지 못했다. 프란시스로서는 그것이 가장 신경 쓰이는 문제였다. 무엇인가 아주 특별한 사정이 있어서 레이디가 관용을 베푸는 것이라면 그 '무엇인가'가 알고 싶어진 것이다. 상대방이 자신의 시선을 눈치채지 못하는 지금은 그 절호의 기회였다.

그런 생각으로 유정의 얼굴을 무심히 바라보는데 갑자기 심장이 한 번 쾅 하고 울림과 동시에 묘한 생각이 들었다.

집사를 향해 천진난만하게 웃고 있는 여자는 귀여웠다.

그의 머릿속 한구석에서는 귀여운 것이 어때서? 라는 비웃음이 떠올랐지만, 갑자기 시작된 그 느낌은 의외로 강렬했다. 유정의 미소에서 시선을 떼기 힘들었다. 눈동자가 고정이라도 된 것처럼 그녀에게만 향하고 있었다.

어째서일까?

프란시스는 그렇게 생각하면서 손등에 턱을 기울였다. 방금 전까지 아무런 느낌이 없었는데 어째서 지금에 와 이렇게 시선을 끄는 건지 그는 냉정하게 분석하려고 했다. 하지만 그런 생각은 잠시뿐이었다.

신기한 듯이 알프레드 집사의 손놀림을 바라보는 유정의 천진한 표정을 보자 다른 생각은 어느 틈엔가 뇌리에서 사라졌다. 그저 저도 모르게 입가에 미소가 돌고, 눈빛이 부드러워졌다.

반투명한 검은색 수정 같은 눈동자를 반짝거리면서 호기심 어린 얼굴을 한 유정은 아무리 봐도 미인이라고는 할 수 없었다. 프란시스 취향은 더더욱 아니다. 하지만 묘하게도 사심 없이 웃는 그녀의 얼굴에는 거부할 수 없는 매력이 있었다.

저도 모르게 그렇게 생각하면서 프란시스는 천천히 눈을 내리깔았다. 그 순간에 레이디의 엄격한 눈빛이 옆자리에서부터 느껴졌기 때문이다. 찻잔에 차가 따라지고 베르가못 향이 은은하게 후각을 자극했다. 유정이 시치미를 뚝 뗀 얼굴로 스푼을 드는 것을 지켜보면서 그는 생각에 잠겼다.

차림새나 행동을 보자면 절대로 명망 있는 가문의 딸은 아니다. 평범, 보통, 서민이라는 단어를 그림으로 그려서 만든 것 같은 그런 여자를 이 집에 불러들인 것은 역시 가문 내에서 괴짜 취급을 받는 사촌 여동생일 것이다. 그러니 할머니도 역시 저 여자의 무례를 참고 있을 것이라고 그는 짐작했다. 소원한 관계인 손녀딸이 모처럼 여름 방학 기간 동안 외할머니와 시간을 보내겠다고 말했으니, 아무리 대단하신 레이디라도 첫날부터 화를 낼 리가 없다.

그렇게 생각하고 레이디를 쳐다보자, 그의 생각대로 노부인은 근엄한 표정으로 유정과 패트리샤를 지켜보고 있었다. 누 사람 모두가 못마땅하다는 기색이 역력하면서도 침착함을 가장하고 있는 노부인의 모습을 보고 있자니, 별스럽다는 느낌이 들었다. 칠십 평생을 살면서 저 노인이 자신의 의지대로 하지 못한 일은 아무것도 없을 것이다. 그런데 오늘 드물게 그 성정을 억누르고 있으니 프란시스로서는 흥미진진할 따름이었다.

게다가 얌전히 차를 마시고 있는 귀여운 미소의 아가씨는 새침을 한껏 떨고 있었다. 그녀는 지금 자신이 대체 어떤 무례를 범하고 있는지 상상도 못하고 있을 것이다.

'아무 생각이 없든가, 아니면 머리가 좋아서 승부수를 던지든가, 둘 중 하나려나?'

그렇게 프란시스는 진심으로 유정에게 감탄하고 있었다. 온 유럽 사교계에서 그 이름만 들어도 벌벌 떠는 명사인 헤이스팅스 공작부인의 응접실에 앉아 있으면서 형광 반팔 티에 반바지를 태연하게 입고 있다는 것은 확실히 보통 배짱은 아니다. 만약 이 소식이 다른 집안의 귀에 들어가면 앉은 자리에서 발딱 일어날 일이었다. 어느 누구도 이 노부인의 앞에서 그런 무례를 범한 사람이 없었다. 심지어 저 기가 센 사촌 누이조차도 저렇게 단정하게 차려입고 있는데, 이유정이라는 동양인 여자는—대단히 용감하게도—평범하다 못해 눈에 띄는 차림새를 하고도 그 자리에 버티고 있는 것이다.

그래서 그는 그녀가 대단하다고 생각하는 한편, 재미있었다. 자신이 범한 무례가 무례라고는 생각하지 않는 그녀의 무식함이 어디로 튈 것인지 기대가 되는 것이다. 일이 이 지경이 된 데에는 패트리샤의 장난기도 한몫했을 것이라고 짐작하며 그는 사촌 여동생을 바라보았다.

"흣."

그와 눈이 마주치자 의기양양한 표정을 지으며 웃는 패트리샤를 보면서 프란시스는 자신의 짐작이 맞았음을 깨닫고 쓴웃음을 지었다. 고매하신 공작부인의 앞만 아니라면 좀 더 큰 소리로 웃었을 것이다. 어쩐지 저 아이가 너무나도 순순히 외가에 오겠다고 말했을 때부터 수상하긴 했다.

'그나저나 이름을 들어 보니 일본인이나 중국인은 아니니, 한국인인가?'

사업상 접촉하는 동양의 나라들을 머릿속으로 세어 보면서 그는 찻잔을 집어 들었다. 그의 반대편에 앉아 있는 쪼그마한 동양인 여자는 호리호리하고 가냘픈 몸에 아직 십대처럼 보이는 동안을 가지고 있었다. 자그마한 키 덕분에 그 어려 보이는 얼굴은 나이를 짐작하기 정말 어려웠다.

"둘이 고등학교 동창이라고?"

패트리샤의 이야기를 듣고서 노부인이 그렇게 묻자, 유정은 고개를 끄덕이며 대답했다.

"예, 같은 수업을 들었어요. 대학은 다른 곳으로 진학했지만, 시시때때로 만나서 같이 공부도 하고 놀기도 했습니다."

"내 동생이라고 속이기도 했지요. 애가 어려 보이니까."

장난기 가득한 패트리샤의 대답에 프란시스는 무심코 고개를 끄덕였다. 그 말이 틀린 것이 아니라, 나란히 앉아 있는 두 여자는 도저히 동갑으로 보이지 않았다.

"에? 프란? 지금 그 동작! 분명히 내가 나이 들어 보인다는 거지?"

예리한 패트리샤의 지적에 프란시스는 아무렇지 않은 듯한 어조로 대꾸했다.

"응. 아무리 네가 사랑스러운 내 여동생이라고 해도 인정할 것은 인정해야지. 옆의 친구가 많이 어려 보여."

"고마우신 말씀 감사합니다."

프란시스의 말이 칭찬인 줄 알고 유정이 웃으면서 냉큼 대꾸하자, 남자는 조롱하는 것처럼 곧바로 입을 열었다.

"그렇게 고마워할 필요는 없어요, 미스 유정. 그 나이대로 안 보인다는 말은 철이 없어 보인다는 말과 동의어니까. 생각보다 머리가 나쁘시군요."

빠지직! 유정의 이마에 힘줄이 돋아나는 것을 보면서 패트리샤는 식은땀을 흘렸다. 이런 사태는 그녀가 예상했던 것과 많이 달랐다. 그녀는 단지 천진난만한 유정을 상대하면서 당황해할 할머니의 모습만을 상상했을 뿐, 사촌 오빠가 저렇게 사나운 이빨을 드러낼 줄은 몰랐다.

'저 인간이 왜 이렇게 눈치 없게 구는 거야!'

마음속으로 식은땀을 흘리면서 패트리샤는 프란시스를 날카로운 시선으로 노려보았다. 그만두라는 의미가 가득 담겨 있는 그녀의 눈빛을 자연스럽게 흘려 넘기면서 프란시스는 유정을 향해 무심한 표정을 지어 보였다.

그것은 그의 얄밉도록 정중한 어조와 더불어 유정의 성질을 긁는 데 한몫을 하고 있었다.

'내가 대체 어쨌다고!'

오늘 아무래도 자신이 못 올 곳에 왔다는 생각이 단단히 든 유정이었다. 하지만 달리 화풀이할 곳이 없었기 때문에 그녀는 괜히 불쌍한 머핀을 프란시스라고 생각하며 포크로 푹 찔렀다. 그리고 이를 앙다물면서 말했다.

"머리가 나빠도 사는 데는 아직까지 지장이 없었습니다."

"아직까지야 학생이었으니까 지장이 없는 것이 당연하죠. 사회생활은 그렇게 만만치 않답니다. 이제 졸업이니 사는 데 지장이 많아지시겠군요."

이번에는 유정의 뒤통수가 딩 하게 울리면서 혈압이 올랐다. 그녀는 저 아도니스를 연상시키는 미청년이 왜 자신에게 이렇게 날을 세우는지 그 이유를 전혀 짐작도 할 수 없었기 때문에 더욱더 당황했다. 자신이 그의 기분을 상하게 만들었다는 사실은 대충 이해할 수 있었지만, 언제, 어떻게 했는지는 조금도 알 수 없었기 때문이다.

'처음 보는 사람한테 이래도 되는 거야? 뭐야, 저 인간?'

눈을 동그랗게 뜨면서 상대방을 노려보자, 프란시스는 역시 그 살기도 흘려보내면서 화제를 바꿨다.

"패트리샤, 학교생활은 어땠어? 졸업 시험은 잘 치렀니?"

자신을 대할 때와는 180도 다른 다정한 그 어조에 유정은 다시금 기가 막히는 기분을 맛봤다. 그녀는 이번에는 너무너 노골적으로 어이가 없다는 표정을 프란시스에게 보냈다. 하지만 그는 그녀의 시선을 여전히 무시한 채, 패트리샤에게만 시선을 줄 뿐이다. 마치 그녀가 존재하지 않는 것처럼 대하는 그 태도에 유정은 화가나다 못해서 마음이 무거워졌다.

'왜지? 왜…… 날 싫어하는 걸까?'

점점 어두워지는 유정의 표정을 보고서 패트리샤는 싫은 표정을 짓더니, 프란시스의 질문에 날이 선 어조로 대꾸했다.

"졸업 시험은 잘 봤어. 논문도 유정의 도움으로 무사히 제출했고."

"하버드의 교수진들은 옥스퍼드만큼이나 깐깐해서 힘들었을 텐데 고생했다."

"교수들은 대괴수고 학생들을 지랄맞아. 딱 오빠 같은 애들밖에 없어서 더 그래."

"트리샤!"

패트리샤의 무례한 말에 노부인이 눈을 부라렸지만 프란시스는 개의치 않는 표정이었다. 유정은 그의 입가에 조소가 어린 것을 발견하고 입을 앙다물었다. 패트리샤가 일부러 그를 도발했음에도 불구하고 남자 쪽은 조금도 신경 쓰지 않는 것을 보자 내심 속이 뒤틀렸다.

그리고 그 와중에도 패트리샤는 계속 싫은 소리를 해 댔다.

"내가 없는 말 하는 것도 아닌데요 뭐. 거기 애들은 저언부 돈, 아니면 가문, 아니면 지들 머리 좋은 것밖에 믿을 게 없는 애들이라구요. 정신머리가 제대로 박힌 정상적이라고 할 수 있는 애들이 얼마나 되는 줄 아세요? 유정이 너도 하버드에서 두 학기를 다녀 봤으니까 알 것 아니야?"

"……에?"

갑자기 자신을 끌어들이는 패트리샤의 말에 유정은 눈을 동그랗게 떴고, 레이디는 흥미롭다는 시선을 그녀에게 보냈다.

"미스 유정도 하버드에 다녔나?"

"아, 예. 뭐…… 두 학기 동안 교환 학생으로 다녔습니다. 운이 좋은 편이라서요."

"운이 좋긴. 무려 장학금도 받으면서 다녔는걸요. 아무리 머리 좋다는 녀석들도 못 받는 장학금이요."

프란시스를 향해 혀를 날름 내미는 패트리샤의 옆구리를 쿡 찌르면서 유정은 입가에 어색한 미소를 지었다. 그러면서 힐끔힐끔 프란시스의 반응을 살폈다. 하지만 정말 훌륭하게도 무심한 남자의 얼굴에는 일말의 동요도 보이지 않았다.

"하버드의 교수님들도 고생하셨겠군요. 미스 유정같이 순진하고 눈치 없는 학생을 가르치느라 말입니다."

빈정대는 그 어조에 유정은 울컥하는 어조로 대꾸했다.

"예, 그래서 저는 패트리샤의 말에 감히 찬성을 할 수 없답니다. 저를 열심히 지도해 주신 교수님의 이름을 욕되게 하고 싶지 않으니까요."

"그거 참 올바른 마음가짐이군요. 그런 마음을 부디 제 부족한 여동생에게도 가르쳐 주시기 바랍니다. 워낙에 입이 험한 녀석이라 오빠 된 입장으로서는 걱정되거든요."

역시 이 남자는 만만치 않았다. 유정은 그의 뻔뻔한 말에 입을 쩌억 벌리고 당황하는 패트리샤의 모습을 보며 즐거워해야 할지, 아니면 여기서 더 열을 내야 할지 갈팡질팡하는 느낌이었다.

'휘둘렸어!'

하지만 황당한 마음보다 더 기분 나쁜 것은 저 남자에게 휘둘리고 있다는 사실이었다. 그리고 지금의 자신으로서는 어떻게 덤벼야 저 남자에게 복수할 수 있을지 감도 잡히지 않았다. 제대로 풀지 못한 분기를 그녀는 케이크에 풀기로 했다. 단것이란 스트레스 해소에 도움이 되는 가장 큰 존재 아니겠는가?

'쳇! 맛있잖아. 황량한 마음이 따뜻해질 정도로 맛있다.'

입에 들어간 생크림과 과일의 절묘한 조화에 감탄하면서 유정은 그렇게 중얼거렸다.

프란시스는 유정이 케이크에 집중하는 모습을 흥미롭다는 듯이 지켜보았다. 자신의 도발에 어쩔 줄 몰라 하면서 화르륵 불타오르다 결국 포기하고 먹는 쪽으로 관심을 돌리는 것을 보니 생각보다는 평범한 성격일지도 몰랐다.

'굳이 경계할 필요가 있을까? 별것 아닌 것처럼 보이는데……'

그런 생각을 하면서 그는 유정이 앙증맞은 손으로 포크를 꼬옥 잡고 케이크와 눈씨름을 하는 모습을 따뜻한 시선으로 지켜보았다. 그녀는 웃는 얼굴도 귀여웠지만, 지금처럼 부루퉁한 얼굴도 상당히 귀여웠다. 더 놀려 먹으면 대체 어떤 얼굴을 하게 될지 궁금한 마음이 들었지만, 그는 자신을 힐끔거리는 노부인의 근엄한 시선과 노골적으로 화를 내고 있는 패트리샤의 시선 때문에 입을 꾹 다물고 무관심한 척 눈을 내리깔았다.

프란시스가 입을 다문 것을 보자 레이디 로랜트는 다시 고개를 돌려 유정을 쳐다보았다. 패트리샤와 자그마한 목소리로 이야기를 나누는 그녀는 제법 능숙한 손놀림으로 다구를 사용하고 있었다. 레이디를 경악하게 만들 정도로 옷차림에 대해서는 무지했으면서도 기본적인 테이블 매너는 알고 있는 모양이었다. 아니면 저 엉망인 옷차림은 손녀딸인 패트리샤의 농간일지도 모르는 일이다.

'어디 이쯤에서 한번 찔러 볼까?'

프란시스가 그녀를 착실하게 놀릴 때의 반응을 생각하면서 공작부인은 천천히 찻잔을 내려놓았다. 야릇한 빛이 그녀의 얼굴에 떠올랐다가 사라지는 것을 보고 집사는 잠자코 파이를 한입 크기로 잘라 접시에 올렸다.

"그런데 유정 양."

"예? 부인?"

"앞으로는 나를 레이디 로랜트라고 부르도록 하게."

"네, 레이디 로랜트."

"테이블 매너가 능숙해 보이는데 그런 것은 어디서 배웠나?"

번역하자면 옷을 입은 매너는 그따구인데 테이블 매너는 왜 그렇게 그럴듯하지? 라는 말이었지만, 유정이 그 의미를 알아들었을 리 만무했다. 프란시스는 그녀가 할머니의 말을 이해하지 못했다에 상당한 금액을 걸 수 있었다. 지금 유정의 얼빠진 표정을 보자면 자신의 도박이 결코 실패할 리 없는 것이다.

남들이 눈치채지 못하도록 프란시스와 패트리샤는 동시에 귀를 활짝 열고, 눈을 크게 뜨면서 할머니와 유정의 대화에 집중했다. 유정은 로랜트 공작부인의 진의를 전혀 눈치채지 못한 채, 여전히 천진난만한 미소를 지으면서 대꾸했다.

"아, 사실은 전혀 몰라서요. 패트리샤랑 레이디께서 하시는 것 그대로 흉내 냈어요. 이런 매너의 기초 부분은 배운 적이 없어요. 저는 평범한 집안에서 태어나 평범하게 컸으니까요. 혹시 실례가 되지 않는다면 진짜 매너에 대해서 알려 주시겠어요? 가르쳐 주신다면 앞으로는 흉내 내는 것이 아니라 배운 대로 행동하겠습니다."

조금도 위축되지 않은 차분한 어조로 유정이 그렇게 말하자, 응접실은 한동안 침묵으로 가득 찼다. 프란시스는 슬그머니 시선을 돌렸다. 그의 오른쪽 맞은편에 앉아 있는 사촌 여동생은 이미 온 힘을 다해 자신의 치맛자락을 꽉 붙들고 있었다. 부들부들 떨리는 그녀의 어깨가 무엇을 의미하는지 프란시스는 너무나 잘 알았다.

"푸하하하하!"

결국 큰 소리로 데굴데굴 굴러가며 웃는 패트리샤와 그래도 열심히 웃음을 참는 프란시스의 모습을 유정은 이상하다는 듯이 바라보았다.

'저기, 이게 무슨 일인가욤?'

프란시스와 눈이 마주치자 유정은 시선으로 그렇게 물어보았지만, 남자는 이상야릇한 시선을 그녀에게 줄 뿐, 역시 뚜렷한 대답은 없었다. 하지만 입가에 미소를 짓고 있었다. 그것은 아까처럼 그녀를 조롱하는 미소가 아니었다.

유정은 그의 미소가 대체 어떤 것을 의미하고 있는지 도저히 짐작조차 할 수 없었다. 야릇한 눈빛을 의식하자마자 어쩐지 배 속이 조이는 느낌이었다. 덧붙여 심장이 빨리 뛰고 관자놀이가 쿵쿵 울렸다.

'뭐야? 왜 이래?'

생소한 신체 반응에 당황하면서 유정은 새침하게 고개를 돌렸다. 눈앞의 남자가 이상한 분위기를 날리니까 경계심이 들어서 그런 것이라고 애써 자신을 합리화하면서 유정은 차를 홀짝거렸다. 하지만 찻잔을 드는 손은 아까와는 다른 긴장감으로 인해 가늘게 떨리고 있었다.

레이디 로랜트는 그런 세 사람을 냉정한 시선으로 쭈욱 훑어보더니 지팡이를 쥔 손에 힘을 주었다.

쿵 하는 소리가 방 안을 울렸다. 프란시스와 패트리샤는 웃음을 필사적으로 참으면서 할머니의 근엄한 얼굴을 쳐다보았다. 지팡이를 똑바로 세우면서 레이디 로랜트는 단호한 어조로 유정에게 말했다.

"그럼 내가 내일부터 미스 유정에게 레이디로서의 마음가짐과 자세를 기꺼이 가르쳐 주도록 하지."

그 엄격한 말에 유정은 한순간에 정신이 번썩 들어서 서도 모르게 긴장했다. 근엄한 표정의 노부인을 잠시 동안 빤히 바라보다가 그녀는 환한 어조로 대꾸했다.

"정말이신가요? 감사합니다, 레이디 로랜트. 열심히 배우겠습니다."

자리에서 발딱 일어나 고개까지 숙이는 유정을 보자, 오호라, 라는 듯한 표정이 공작부인의 얼굴에 떠올랐다. 매우 흡족한 듯이, 아니 그녀의 자손들이 먹이를 노리는 맹수 같다고 표현하는 시선이 레이디 로랜트의 얼굴에 떠올랐다. 손자 손녀들은 그 시선을 발견하자 순식간에 웃음을 그치고 정색했다.

"그러니 패트리샤! 너도 내일부터 미스 유정과 함께 배우도록 해라. 네 예절이라고 완벽한 것은 아니니까."

"에엑!"

어느 오후, 뉴욕에서 조금 떨어진 조용한 교외의 대저택에서는 당치 않게도 도야지 목 따는 소리가 흘러나왔다. 유정은 패트리샤가 큰 소리를 내며 당황해하는 모습을 보면서 입가에 회심의 미소를 지었다.

'이것으로 피장파장!'

그녀로 인해 자신이 놀림 받은 것을 모를 만큼 유정은 둔하지
않았다.

2장
What do you think of 19 century?

마지막에는 패트리샤의 절규가 있었지만, 어찌 되었든 레이디 로랜트의 티타임은 무사히 끝났다. 이제 물러가도 좋다는 레이디 로랜트의 말이 끝나자마자 유정은 레이디에게 공손히 인사하고 응접실을 나섰다. 하지만 프란시스는 혼자 남아서 집사가 테이블을 치우는 모습을 느긋하게 지켜보았다. 이윽고 알프레드 집사가 응접실을 나서자, 그는 근엄한 얼굴로 정원을 노려보는 할머니의 눈치를 살피며 입을 열었다.

"패트리샤의 손님이 할머니께 한 방 먹였군요."

"알고 있다."

"그런데도 그렇게 기분 나쁘지 않으신가 봅니다. 다른 때 같으면 아무리 트리샤의 손님이라고 해도 예의범절 문제를 들어 쫓아내실 텐데요."

레이디 로랜트의 살롱에서 쫓겨난 사람들이 상류 사회의 사교계에서 제대로 된 대접을 받는 경우는 드물었다. 아무리 재력가이고 권력자라고 하더라도 레이디 로랜트의 사교계 인맥과 재력을 무시할 수는 없는 것이다. 그녀는 영국 내에서 여왕보다 재산이 많다고 알려진 헤이스팅스 공작가의 현 주인이었고, 유럽과 북미 사교계에서는 무시할 수 없는 영향력을 가진 여성이었다. 그녀의 살롱에서의 퇴출은 곧 그런 세계에서의 퇴출을 의미했다.

물론 오늘, 이 자리에 참석한 그 쪼그만 동양인 아가씨가 그런 위험을 당할 일은 없을 것이다. 애초에 그녀는 상류 사회 소속도 아니니까, 쫓겨난다고 해서 곤란할 일이 생길 리가 없다.

'아니, 곤란하려나? 여자들이 원하는 돈 많은 남편감을 찾지 못할 테니까.'

유정을 그렇고 그런 여자들 중 한 명으로 단정 지으면서 프란시스는 저도 모르게 미간을 좁혔다. 그렇지 않고서야 그렇게 평범한 여자가 패트리샤와 친하게 지낼 이유가 없다. 자신의 여동생이긴 하지만 패트리샤는 여러모로 괴짜인지라, 그녀의 성격을 맞춰 주는 일은 쉬운 일이 아니었다.

그러나 프란시스는 자신의 그런 생각이 마음에 들지 않았다. 무엇이든 나쁘게 생각하는 습관도 없거니와 유정이라는 여자를 그렇게 생각하고 싶지 않았기 때문이다. 평범하긴 하지만, 좀 더 다른 그런 어떤 것이 그 여자에게 느껴졌었다. 그래서 혼란스러움이 더해 간다는 사실을 그는 알고 있었다.

그때 레이디 로랜트가 입을 열었다.

"나쁘지 않아."

"예?"

전혀 의외의 대답에 프란시스는 호기심이 담긴 시선으로 하늘 같으신 할머님을 쳐다보았다. 사교계에서 그녀의 심기를 불편하게 만들고서 제대로 살아남은 사람이 없다고 알려진 철혈의 여인은 묘한 미소까지 얼굴에 띠고 있었다.

"과연 트리샤가 친구라고 소개할 만큼 걸물은 걸물이로군. 처음부터 트리샤의 테이블 매너를 흉내 내고 있다는 사실은 알고 있었어. 물어보면 과연 어떻게 대답할지 궁금했을 뿐이야. 속된 아이라면 거짓말을 했을 것이고, 그보다 더 머리가 잘 돌아가는 아이라면 정직하게 말했겠지. 그리고……."

"……."

"바보처럼 순진한 아이여도 아마 정직하게 몰랐다고 대답했을 게야. 앞의 두 경우라면 재미가 없겠지만, 마지막의 수에는 넘어갈 수밖에 없잖느냐. 호기심이 생기니까 말이지."

"그렇습니까?"

"그래. 그러니 재미있다고 생각한다. 그나저나 프란시스. 상황이 이러니 너도 이곳에 더 머물 생각이겠지? 영국으로 후딱 날아간다는 헛소리는 하지 말거라. 나는 네가 최소한 트리샤의 데뷔턴트까지는 이곳에 있어야 한다고 본다."

"역시 귀신은 속여도 할머님을 속이기는 어렵군요."

속내를 정확히 짚어 내는 레이디 로랜트의 말에 마음속으로 혀를 차면서도 프란시스는 겉으로는 공손하게 대꾸했다.

프란시스는 무역과 투자를 하는 사업을 하고 있었고, 그가 주로 머무는 곳은 당연히 본국인 영국이었다. 이번에 미국에 온 것은 사업상 일도 일이지만, 사촌인 패트리샤 때문이기도 했다. 그는 하나뿐인 여동생을 매우 귀여워했고, 그녀가 드디어 사교계에 데뷔한다는 소릴 듣고 가만히 있을 수가 없었다. 할머니가 뭐라고 하지 않아도 그는 여기에 있을 생각이었다.

그런 그를 향해 노부인은 눈을 가늘게 뜨면서 엄격한 어조로 말했다.

"네 녀석이 일부러 그 아가씨를 도발했다는 것을 안다. 하지만 아무리 마음에 들지 않더라도 그녀는 내가 허락한 손님이다. 손님에게 불평할 권리는 주인인 나밖에 없어. 앞으로는 내 손님에게 그런 무례를 범하지 말거라. 차기 공작이란 녀석이 그리 경거망동해서야 어찌 안심하고 네놈에게 작위를 물려주겠느냐? 앞으로는 생각을 하면서 행동하거라."

패트리샤에 이어 이번에는 자신이 한 방 먹었다고 생각하면서 프란시스는 떨떠름한 표정을 애써 감췄다. 유정을 비웃은 일을 아무 말 없이 넘어가나 했는데, 역시나 희망 사항인 모양이었다.

입가에 쓴웃음을 짓는 손자의 단정한 얼굴을 쳐다보면서 레이디 로랜트는 한숨을 내쉬었다. 경고의 말을 해 두긴 했지만 프란시스가 진심으로 그 일을 잘못했다고 생각하지 않는다는 것을 눈치챘기 때문이었다.

저 녀석이라면 기회가 있을 때마다 유정에게 한 소리 할 것이 분명했다. 모든 것에 무심한 듯 보이면서도 자기 가족 일에는 꼼

찍할 만큼 철저한 사람이 바로 프란시스다. 유정이 패트리샤에게 해가 되지 않는다는 사실을 납득할 때까지는 절대로 포기하지 않을 것이었다.

하지만 레이디는 굳이 그런 일에 대해서 더 이상 추궁하지 않고 화제를 돌렸다.

"그나저나 잠은 어디서 잘 거냐? 오늘은 여기서 머물고 내일은?"

레이디 로랜트에게 미국의 별장이 있듯이 프란시스에게도 뉴욕에 자기 집이 있었다. 유정을 만나기 전까지 그는 뉴욕에 머물면서 저택을 들락거리려고 생각했지만, 이제는 그 반대로 움직일 생각이었다.

"당분간 여기서 머물며 일을 하도록 하죠. 급한 일은 비서인 콜린이 알아서 할 겁니다."

"별일이구나. 네가 일을 미뤄 두다니 말이다. 그만큼 트리샤의 일이 마음에 걸리는 게냐?"

넌지시 짚어 보는 할머니의 말에 프란시스는 대꾸하지 않았지만, 내심 쓴웃음을 지었다.

역시 이 노인네는 이기기 힘들다.

"할머니만큼 저도 그 아가씨가 신경 쓰입니다. 트리샤의 친구가 그런 사람이어서 될까 싶어서요."

그의 솔직한 대답에 레이디는 묘한 표정을 지었다. 하지만 프란시스는 자신의 생각에 잠겨서 레이디의 그런 얼굴을 눈치채지 못했다.

"할머니의 말씀대로 정말로 보통 사람이라면 괜찮겠지만, 그렇지 않다면 그것은 그것 나름대로 문제니까요. 문제가 생기기 전에 처리해야 한다는 것이 저의 생각입니다."

"문제가 생길 것 같으냐?"

"할머님은 어떻게 생각하십니까?"

당돌하게 묻는 손자의 질문에 레이디는 아무런 말도 하지 않았다.

티타임이 끝나고 나서 유정은 가정부가 안내해 주는 저택을 잠깐 구경하고 정원으로 나왔다. 혼자서는 도저히 돌아다닐 수 없는 넓은 저택의 크기에 질려서 잠시 머리를 식혀야 할 것 같았기 때문이다. 그사이에 시간이 꽤나 지났는지, 이제 조금씩 노을이 지기 시작하는 하늘을 빤히 쳐다보면서 유정은 머리를 벅벅 긁었다. 그리고 다시 고개를 숙이고 시야 가득히 보이는 대저택에 시선을 주었다. 얼마나 큰지, 저택의 양끝이 시선에 제대로 들어오지도 않았다. 영화에서도 좀처럼 볼 수 없는 이 어마어마한 저택에 지금 자신이 손님으로 와 있다는 사실을 유정은 도저히 믿을 수 없었다.

[패트리샤, 이 기집애! 외가가 이런 부잣집이라는 것을 왜 진즉 말하지 않은 거야!]

저택 사람들이 듣지 못하도록 저택의 반대편을 향해 외치면서 유정은 끝없이 이어지는 정원을 질린 듯이 쳐다보았다. 저택 건물만큼이나 정원도 지독하게 넓어서 과연 어디가 시작이고 어디가 끝인지 알 수 없었다.

소리치고 나니 어쩐지 가슴이 후련해져서 유정은 걸음을 돌렸다. 길치인 그녀에게 이런 미로 같은 정원은 젬병이었다. 적당히 길이 기억나는 곳에서 걸음을 돌려야 오늘 밤은 야영의 위험이 없는 것이다. 정말 까닥 잘못하면 이 넓은 정원에서 헤매다 매장당하고 어떻게 될지 모르겠다는 생각이 들었다.

"당신, 지금 트리샤에게 뭐라고 욕하셨습니까?"

그녀가 몸을 돌리자마자, 소리 소문 없이 뒤에 다가와 있던 남자는 그렇게 물었다. 그 질문에 깜짝 놀란 유정은 굳은 듯이 걸음을 멈추고 살짝 입을 벌렸다. 순식간에 귀까지 빨개지는 유정의 얼굴을 프란시스는 빤히 쳐다보았다. 마음속으로는 그 모습이 귀여워 웃음이 나오려고 했지만, 겉으로 드러난 그의 표정은 어디까지나 대리석 조각같이 냉정하기만 했다.

"아무리 알아듣지 못하는 말이라고 해도 뒤에서 남을 욕하는 건 좋지 않습니다."

비록 유정이 한국어로 소리쳤어도, 눈치가 있는 사람이라면 그녀가 방금 전 외친 말이 그렇게 좋은 말은 아니라는 것을 알았을 것이다. 타이르듯이 냉정하게 말하는 그의 말이 틀린 소리는 아니었지만, 유정도 할 말은 있었다. 그녀는 입술을 비죽거리면서 불만 가득한 표정을 짓더니 그를 똑바로 올려다보며 말했다.

"있잖아요. 당신의 친한 친구가요, 그것도 평범한 고등학교에 같이 다녔던 친구가, 어느 날 갑자기 부잣집 공주님이라는 사실을 알게 되었다면 당신 기분은 어떨 것 같아요?"

숨 쉴 틈도 없이 다다다다 말을 쏟아 내 놓고 나서 유정은 도전적인 표정으로 그를 바라보았다. 자, 봐라, 이래도 내가 친구 홍을 안 보겠냐라는 시선이었지만, 상대방의 반응은 유정으로서는 매우 뜻밖이었다.

"봉 잡았다고 할 겁니다, 저라면."

"에?"

"논리적으로 생각해 봤을 때, 그렇지 않습니까? 내 친구가 가지고 있는 조건이 눈이 튀어나올 만큼 대단하고, 그것이 내 자신의 출세와 일에 도움이 된다면 그것만큼 좋은 일은 없을 겁니다. 저라면 친구가 그런 사실을 숨겼다는 일에 화를 내기보다는 지금부터 그 친구와의 관계를 어떻게 더 원만하게 이어 갈 것인가를 생각하도록 하겠습니다. 보통의 사람이라면, 지금 이 상황에서 그렇게 여겨야 하는 것 아닙니까?"

프란시스는 진심으로 유정의 행동이 잘못되었다고는 생각하지 않았다. 유정을 일부러 도발하고 놀리기는 했지만, 그도 역시 기본적인 상식과 양식은 있기 때문이었다. 이성적으로는 지금 유정의 행동이 옳다고 생각하고 있었다. 하지만 군이 속물적이고 냉정하게 말한 이유는 자신의 말에 반응할 유정의 태도 때문이었다. 정말로 제대로 된 사람이라면 자신의 말에 파르르 들고일어날 것이다.

바로 이렇게.

"뭐가 이성적이에요? 그건 순전히 친구를 이용해 먹겠다는 심보잖아요! 그런 사이가 무슨 친구예요?!"

프란시스의 말이 끝나자마자 유정은 주먹을 불끈 쥐고 목에 핏대를 세우면서 목소리를 높였다. 너무나도 생각했던 반응 그대로인지라 그는 오히려 재미있었다. 하지만 그 속내는 철저히 감춘 채 겉으로는 여전히 상대에게 무심한 태도로 일관했다. 그러나 사정을 모르는 유정은 표정이 드러나지 않는 프란시스의 얼굴에 더욱더 분통이 터졌다.

이 남자는 자신을 부자 친구에게 빌붙어 기회를 노리는 하이에나와 같은 존재로 쳐다보고 있는 것이 분명했다. 그렇게 느끼자, 참기 힘든 모욕감과 분노가 그녀를 맹렬하게 자극했다.

유정의 그런 생각이 기우가 아닌 듯, 남자는 팔짱을 낀 자세로 그녀를 차갑게 노려보며 비웃음을 띠었다. 그의 푸른 눈동자에 떠오른 빛은 두말할 필요도 없이 경멸이었다.

냉랭하고 정중한 남자의 목소리가 그녀의 고막을 때렸다.

"그거야, 모르는 일 아닙니까?"

"예?"

전혀 예상치 못한 두 번째 대꾸에 유정은 입을 떠억 벌리고 눈을 동그랗게 떴다. 이 남자가 대체 무슨 소리를 하는 거야?!

"제가 당신의 속내를 어찌 압니까? 패트리샤의 집안이 부자라는 사실을 당신이 정말로 몰랐다고 확신할 만한 증거가 아무것도 없는데 말입니다. 아무리 그 녀석의 행동이 튀지만 그 몸속에 흐르는 혈통 자체가 사라지는 것도 아니니, 어디선가 소문을 들어도 이상한 일은 아닙니다. 그러니 당신이 모든 것을 알고서 트리샤에게 접근했을지도 모르는 일 아닙니까?"

정중한 존댓말이 이렇게나 기분 나쁘게 들리기는 유정의 일생 처음 있는 일이었다. 그녀는 부글부글 끓는 속내를 전혀 감추지 않고서 노기 깃든 어조로 소리쳤다.

"저는 트리샤가 당신같이 못된 애였으면 그 애랑 친구 안 먹어요!"

"오호! 그렇다면 당신은 패트리샤가 부잣집 아이라는 것을 알고 있었다는 것이군요."

"내가 언제요!"

"그 말이 그렇지 않습니까? 직접적으로 부정하지 않았으니까요."

"부자 할머니가 있다는 소리는 들었지만, 이런 부자라고는 한 번도 들어 본 적이 없다고요! 그리고 나는 그 애가 부자여서 친구가 된 게 아니에요. 친구란 그런 식으로 사귀는 것도 아니고요. ……당신 정말로 트리샤의 오빠 맞아요?"

목소리를 있는 힘껏 높이다가, 갑자기 이상하다는 듯이 자신을 쳐다보는 유정의 시선에 프란시스는 고개를 갸웃거렸다. 투명한 검은색 눈동자에 한껏 떠오른 의구심이 대체 어떤 의미를 담고 있는지 궁금했다. 맹랑한 여자이니, 아마도 그가 상상했던 것 이상의 말을 하겠지.

기대감을 담고 있는 그에게 유정은 책망하듯이 말했다.

"당신이 정말로 패트리샤를 사랑하고 걱정하는 오빠라면 이런 말을 하지 말아야죠. 누가 뭐래도 저는 트리샤와 친한 친구예요. 친구란 게 한쪽이 일방적으로 쫓아다닌다고 해서 이뤄지는 사이

인가요? 당신은 그렇게 당신 여동생을 못 믿어요? 저를 모욕하는
건 둘째 치고라도 지금 당신은, 당신 여동생도 모욕하고 있다고
요!"

프란시스의 불쾌한 말에 화가 머리끝까지 났기 때문에 유정은
지금 자신의 말을 받아들이는 상대방의 반응을 제대로 파악할 여
유가 없었다. 자신을 바라보는 프란시스의 차갑게 타오르는 눈빛
에 떠오르는 분노는 그녀도 예상치 못한 것이었다. 말을 끝내자마
자 갑자기 어깨가 너무 아파서 그녀는 고개를 숙였다. 어느새 커
다란 손이 그녀의 어깨를 움켜쥐고 있었다. 그 손의 주인은 냉혹
한 표정으로 그녀를 노려보았다. 그녀의 말이 이번에는 이 남자를
제대로 꼭지가 돌게 만든 모양이었다. 아픔에 이를 악물면서도 유
정은 그 남자를 똑바로 쳐다보았다. 심해가 연상되는 새파란 눈동
자에 차가운 분노를 담고 그는 낮게 으르렁거리는 듯한 목소리로
말했다.

"감히 너 같은 것이 우리 가문과 패트리샤를 모욕하는 겁니까?
오냐오냐 귀엽게 봐 드렸더니 하늘 높은 줄 모르고 기어오르시는
군요."

너무 겁을 먹었기 때문에, 유정은 프란시스가 평소의 빈정대는
듯한 존댓말이 아닌, 존댓말과 반말을 뒤섞었다는 것을 제대로 인
지하지 못했다. 사실은 그가 하는 영어를 제대로 해석하는 것도
거의 불가능했다. 프란시스의 날카로운 분위기에 압도당해 언어
중추 쪽이 거의 마비가 된 것이다.

그렇게 사자 앞에 토끼같이 덜덜덜 떨고 있는 유정의 모습을

보고 그는 입가에 미소를 지었다. 그 잔혹한 미소에 유정은 저도 모르게 숨을 삼키고 입술을 깨물었다. 지금의 프란시스의 기세대로라면 한 대 맞지 않은 것이 다행일 지경이었다. 남자는 그녀가 겁을 잔뜩 먹었다는 사실을 알면서도 차가운 기세를 풀지 않았다.

그는 허리를 숙여 귓가에 입술을 바짝 붙여 왔다. 연인에게 속삭이듯이 다정한 태도였지만, 입술 사이에서 흘러나오는 말은 한없이 차갑고 싸늘하기만 했다.

"오늘의 연기 꽤 많이 볼만했습니다. 저는 대단하신 우리 할머니조차도 긴가민가하게 만든 당신의 연기에 감탄했습니다. 무엇보다도 레이디 로랜트의 앞에서 그토록 대담한 옷차림을 한 당신의 용기만큼은 정말로 높게 사고 있습니다. 하지만 저는 할머니만큼 관대하지도, 고결하지도 않으니 조심하시길 바랍니다."

프란시스의 태도는 차가웠지만, 귓불에 닿는 입김은 뜨거웠다. 그가 내뱉는 말이 한없이 냉정하고, 무례한 말임에도 불구하고 유정의 심장은 커다란 북소리를 연속해서 내고 있었다. 제어가 안 될 정도로 세차게 달리는 맥박 때문에 머리가 뜨거웠다.

모든 것은 그 탓이다.

유정은 그렇게 생각했다. 심장이 두근거리는 것은 이 남자가 하는 어처구니없는 소리 때문이다. 이렇게 피가 뜨거운 것은 이 남자가 자신을 모욕했기 때문이다.

화가 나지 않는 것이 이상했다.

"이, 이……!"

머리끝까지 화가 나 이를 아득아득 갈고 있는 유정을 보고 프란시스는 부드러운 미소를 지었다. 부드럽지만, 차갑다. 눈은 전혀 웃지 않는 그런 미소를 지은 그가 몇 발자국 물러서자마자 유정은 팔을 휘둘렀다.

짝 하는 소리와 함께 프란시스의 흰 얼굴에 붉은 자국이 생겼다. 한 대 때렸음에도 불구하고 여전히 분이 풀리지 않은 유정은 거칠게 숨을 들이마시면서 여전히 부들부들 떨었다. 프란시스는 눈동자를 돌려 그런 그녀를 바라보았다.

안쓰러울 만큼 화를 내고 있는 유정의 곧은 표정을 보면서 그는 여기서 그만두어야겠다고 생각했다. 더 했다가는 이 작은 아가씨가 혈압이 올라서 기절하지 않을까 싶었던 것이다.

아니, 지금도 기절 직전이었다.

"기분이 풀렸습니까?"

고개를 돌리면서 그가 냉정하게 물어보자, 유정은 있는 힘껏 소리쳤다.

[야, 이 자식아!]

급하면 튀어나오는 것이 모국어인지라 유정이 냅다 소리쳤지만, 그는 오히려 재미있다는 듯이 미소를 지으며 뒷걸음질 치다가 획 하고 돌아섰다. 더 이상 볼일이 없다는 의사를 명백하게 밝힌 프란시스의 널따란 등을 쳐다보면서 유정은 미친 듯이 소리쳤다.

[망할 자식! 죽어 버려! 대체 무슨 헛소리를 하는 거야! 난……!]

어째서 한국어로 된 욕을 제대로 알지 못하는 걸까? 이런 순간에 나온 말이 고작해야 망할 자식에 죽어 버려라니.

미래의 작가를 꿈꾸면서도 이렇게나 빈약한 어휘력에 스스로 화가 나서 유정은 그 뒤로 한참 동안 제자리에서 발을 동동 굴렸다.

저렇게 형편없는 인간에게 이런 지독한 모욕을 당했다는 사실이 너무나도 분하고 억울했다. 조금이나마 그에게 끌렸던 자기 자신에게 혐오를 보내면서 유정은 저택으로 향했다. 거의 뛰다시피 걸어서 그녀는 자신보다 먼저 저택으로 향한 프란시스의 곁을 거칠게 지나쳤다. 어깨와 팔이 부딪쳤지만, 그녀는 뒤도 돌아보지 않고 재빨리 걸음을 옮겨 저택의 현관으로 들어가더니 뛰어오르듯이 2층으로 올라갔다. 프란시스는 그런 유정의 뒷모습을 보면서 마치 들으라는 듯이 풋 하는 비웃음을 날렸고, 그것이 그녀의 화를 더욱더 돋우었다.

[빌어먹을 새끼!]

간신히 떠오른 다른 욕지기를 내뱉으면서 유정은 자신의 방문을 열었다.

그런 두 사람의 모습을 가정부인 마담 마거릿은 고개를 갸웃거리면서 바라보았다. 저택의 품위에 맞지 않은 발소리와 함께 유정이 살기등등한 걸음으로 뛰어 올라가고 있었고, 그 뒤에 프란시스가 싸늘한 한기를 풍기면서 걸어왔기 때문에 호기심이 생길 만도 한 상황이었다.

"마담 마거릿……."

"마담 플로냑입니다."

자신의 이름을 부르는 프란시스의 말을 끊고 마담 마거릿은 단호한 어조로 말했다. 이름을 부르는 것은 서로에 대한 친근함을 뜻하는 것이지만, 마담 마거릿이 생각하기에 프란시스는 그녀의 이름을 부를 만한 자격이 없었던 것이다. 이 저택에서 그녀의 이름을 부를 수 있는 사람은 레이디 로랜트와 패트리샤뿐이었다. 프란시스는 그녀의 그런 말대꾸를 기분 나쁘다는 듯이 쳐다보았지만, 굳이 따지고 들지는 않았다. 마담 마거릿의 고용주는 레이디 로랜트였고, 프란시스는 그의 손자에 불과했던 것이다. 콧대가 높은 고용인들은 주인 이외의 존재에게 예의는 차리지만 경의는 보내지 않는다. 프란시스 역시 그 사실을 잘 알고 있었다. 자신의 하인들도 비슷했기 때문이다.

때문에 드높은 자존심을 죽이고 그는 다시 입을 열었다.

"마담 플로냑, 저녁 식사 시간은 몇 시입니까?"

"정각 8시입니다."

마담 마거릿의 사무적인 대답을 듣고 그는 자신의 방으로 향했다. 방문을 닫자마자 얼음장 같던 무표정은 완전히 깨지고, 신경질적인 표정이 그의 얼굴에 떠올랐다. 동시에 그는 방의 한쪽에 마련된 미니바에 가서 냉장고 문을 거칠게 열고, 안에서 생수병을 꺼냈다.

다급하게 병째로 물을 들이키면서 프란시스는 거친 숨을 골랐다. 여태까지 가장하고 있던 냉정이 깨지면서 그의 머릿속에는 온통 유정의 놀란 얼굴만이 떠올랐다. 거의 본능적으로, 프란시스는 유정이 자신의 말에 반응했던 상황을 머릿속에서 반복하고 있었다. 그녀는 정말로 그의 말에 화를 내고 있었고, 극심한 모욕감을 느꼈었다.

'그것도 거짓일까?'

이성은 냉정하게 판단한다. 거짓이 아니다. 그렇지만 본능은 흥분하여 떠든다. 그래서 어쩌라고?

정말 그래서 어쩌라고다.

프란시스는 그렇게 생각하면서 팔짱을 꼈다. 병에서 흘러내린 물 때문에 옷자락이 젖었지만, 그는 신경 쓰지 않았다.

지금 신경 쓰이는 것은 상처 입은 것처럼 보였던 유정의 얼굴뿐이었다. 조금 심했나 싶었지만, 그 정도가 아니면 본심을 끌어내기 힘들 것이라고 생각했다. 실제로 유정이 화를 내는 모습은 아무리 봐도 연기처럼은 보이지 않았다.

그것이 문제다.

프란시스는 끄응 하고 한숨을 내쉬었다.

있는 대로 유정을 자극해서 자신에 대한 경계심을 잔뜩 돋우어 놨으니 앞으로 자신에 대해서 좋게 생각할 리가 없다. 다른 때라면 프란시스는 상대방이 자신을 어떻게 생각하든 신경 쓰지 않았다. 그가 일일이 관심을 두지 않아도 다른 사람들이 알아서 관심을 두고 그의 기분에 맞추려 노력하기 때문이었다. 하지만 이번만큼은 그 자신도 놀랄 만큼 유정의 반응과 관심이 신경 쓰였다.

'트리샤가 친구라고 처음으로 소개한 사람이니까 그러는 거야.'

그 이유를 프란시스는 열심히 여동생 때문이라고 생각하고 있었다. 그렇지 않고서야 그렇게 볼 것 없는 여자에게 이만큼이나 관심이 가는 이유가 스스로에게 납득이 되지 않기 때문이었다. 프란시스는 그렇게 중얼거리면서 창문 밖을 내다보았다.

이제야 마음이 조금 편해지는 것 같았다.

"무슨 일 있었어?"

자신의 방 안에까지 들려오는 쿵쾅거리는 유정의 발소리에 패트리샤가 복도로 고개를 내밀었다. 그러곤 붉으락푸르락한 유정의 얼굴을 보면서 깜짝 놀란 표정을 지었다. 유정은 대꾸 없이 자신의 방으로 들어가 버렸고, 패트리샤는 그런 그녀의 뒤를 끈질기게 따라왔다.

결국 유정은 자기 방 한가운데서 소리쳤다.

"야! 니네 사촌 오빠는 왜 그렇게 싸가지야?"

앞뒤 없이 갑자기 프란시스에 관한 이야기가 나오자, 패트리샤는 눈을 동그랗게 뜨더니 의아하다는 듯이 고개를 갸웃거렸다.

"프란? 프란이 너한테 뭐라고 했니?"

"지랄지랄 떨던걸."

"……어떤 지랄?"

"그 옛날 어떤 돈 많은 자식이 나한테 했던 지랄. 돈 노리고 자기한테 접근했다는 착각의 늪에 빠진 자식이 했던 지랄. 한 번 겪었으니 웬만해서는 모르는 척하겠는데, 니네 오빠는 그때 그 자식보다 더 재수 없어!"

"……우리 프란이 좀 많이 재수가 없긴 해. 인정할 건 해야지."

대체 프란시스가 유정을 어떻게 도발했는지 알 수 없지만, 애가 제대로 꼭지가 돈 모양이라고 패트리샤는 생각했다. 그렇지 않고서야 자신을 앞에 두고 유정이 저렇게 한국어로 혼잣말을 하고 있을 리가 없는 것이다.

[망할 자식! 미친 새끼! 크아악! 무뇌아 같은 자식!]

자신을 아랑곳하지 않고 혼자 미쳐서 방 안을 빙글빙글 돌고 있는 유정을 쳐다보면서 패트리샤는 한숨을 내쉬었다. 할머니의 반응이야 이해를 하지만, 유정을 향한 사촌 오빠의 공격은 솔직히 예상외였다. 다른 사람은 몰라도 프란시스는 언제나 그녀의 편이었던 것이다.

'두 팔 벌려 환영하는 것은 기대 안 했지만, 그래도 최소한 내 체면은 생각해 줬어야지!'

속에서 열불이 나는 것은 패트리샤 역시 마찬가지였지만, 그래도 그는 자신의 사촌 오빠였다. 그리고 매우 유감스럽게도 그 인간이 아무런 이유 없이 유정에게 무례하게 굴 사람은 아니라는 것을 알고 있기도 했다.

그렇기에 패트리샤는 당장 프란시스에게 따지러 가지 않은 것이다. 게다가 지금은 머리끝까지 오른 유정의 열을 식혀 주는 것이 급선무였다.

"자자, 진정하고 이 언니한테 털어놔 봐! 프란 그 '새끼'가 대체 너한테 무슨 진상, 지랄을 떨었길래 네가 이러는 거니? 내가 당장 가서 혼내 줄게. 자!"

패트리샤는 유정에게 배웠던 몇몇 한국어 중에서 지금 제일 잘 어울릴 만한 단어를 영어에 섞어 쓰면서 유정의 기세를 제압했다.

발로 방바닥을 소리 나게 구르면서 목소리를 높이는 패트리샤를 보자, 유정은 올라간 체온이 조금씩 내려가는 것을 느꼈다. 앞에 있는 패트리샤가 열을 내는 것을 보자 조금 불안해진 것이다. 이 친구의 불같은 성격을 그녀는 너무나 잘 안다. 그리고 이대로라면 정말로 자기 때문에 친척 간에 싸움이 일어날지도 몰랐다.

유정은 이쯤에서 꼬리를 내리기로 했다.

"……야, 관둬."

"왜? 웬만해서는 화 같은 거 잘 안 내는 네가 이렇게 열을 내는 것을 보니까, 뻔한 것 같아. 분명히 프란이 맞아도 싼 짓을 했다니까. 내가 가서 드롭킥도 날려 주고, 어퍼컷도 때려 줄게. 아주 그 인간을 반 죽여 줄 테다!"

"아냐, 참아! 참아 줘! 제발 부탁이야!"

이제는 유정이 패트리샤의 허리에 매달려야 할 상황이 되었다. 목소리를 높여 가면서 프란시스를 때려잡을 기세를 보이는 그녀가 정말로 일을 벌이지 않도록 말이다.

"그걸 어떻게 참아!"

"참아! 날 봐서 참아! 그래도 오빠잖아!"

그 말이 나오자마자 패트리샤는 금세 화를 누그러뜨리고 선심 쓴다는 듯이 말했다.

"……알았어. 널 봐서 내가 참아 주지."

"그리 생각해 주니 고맙다."

이를 아득아득 갈면서 유정은 그렇게 말하더니, 갑자기 패트리샤에게 따지듯이 말했다.

"근데 너, 니네 할머니집이 이렇게 부자라는 말은 안 했잖아! 이게 뭐야? 이 동네 왜 이래? 대체 어디가 경계선인 거야? 난 여기 올 때 그런 거 못 봤단 말이야!"

"왜? 난 말했던 것 같은데? 너, 차 안에서 졸 때 말이야. 내가 너한테 '19세기를 좋아하니?' 라고 물어봤는데, 네가 '응, 나는 그 전인 18세기도 좋아해. 드레스도 좋고, 신사도 좋고, 집사도 좋고, 메이드도 좋아' 라고 분명히 대답했어. 그래서 내가 '앞으로 갈 곳은 19세기로 가득 찼어' 라고 말해 줬단 말이야. 나, 패트리샤 모건은 절대로 거짓말을 하지 않습니다. 걸스카우트의 명예를 걸고!"

선서를 하듯이 한쪽 손을 들면서 천연덕스럽게 대꾸하는 친구를 향해 유정은 전혀 고상하지 않은 욕설을 내뱉으면서 소리치듯이 말했다.

"이 빌어먹을 기집애야! 그런 건 정신 말짱할 때 말하란 말이야! 기말 시험 때문에 사흘을 밤새고 해롱해롱해 있는 사람의 귀에 그딴 말이 제대로 들어올 것 같아? 제대로 기억할 수 있을 것 같냐고! 너 솔직히 불어! 정체가 뭐야?"

"너의 친구, 패트리샤 모건."

그 이상도 그 이하도 아니야, 라고 대꾸하는 친구의 양쪽 볼따구니를 잡고 주욱 당기면서 유정은 이를 아득아득 갈았다. 친구가 되는 데 가문이나 그 사람의 재산이 문제가 되는 것은 아니었다. 중요한 건 바로 눈앞에 보이는 사람이 자신과 잘 맞는지 아닌지인 것이다. 그런 의미에서 패트리샤는 유정이 미국에 와서 처음으로 제대로 사귄 친구였다. 때문에 지금 그녀의 배경이 어떻다고 해도 두 사람이 친구라는 사실에는 변함이 없었다.

"네가 친구가 아니면 내가 지금 여기에 있겠냐? 이 망할 것아!"

유정의 대답에 패트리샤는 환하게 웃으면서 그녀를 덥석 껴안았다. 이래서 그녀는 유정을 좋아할 수밖에 없었다, 정말로.

저녁 식사 시간은 눈에 띄게 냉랭한 분위기였다.

레이디 로랜트는 좌우로 눈동자를 굴려서 유성과 프란시스, 거기에 더해서 심술이 덕지덕지 붙어 있는 패트리샤의 얼굴을 번갈아 바라보았다. 표정에서 오라버니에 대한 못마땅함이 가득한 패트리샤를 제외하더라도, 유정의 군은 표정이나 프란시스의 의식적인 무표정은 상당히 그녀의 시선에 거슬렸다.

'무언가 수상하군.'

노부인은 그렇게 생각했지만 굳이 두 사람에게 캐묻지 않았다. 그저 주의 깊게 두 사람을 관찰만 할 뿐이었다. 그러다가 디저트가 나왔을 때쯤, 패트리샤의 노골적인 시선을 견디다 못한 프란시스가 그녀 쪽을 날카로운 눈빛으로 노려보면서 말했다.

"왜 그래?"

"아니, 오빠 얼굴 새삼스럽게 잘생겼다고. 프란시스 경은 사교계에서 유명하잖아. 얼굴 잘생긴 걸로."

얼버무리면서 패트리샤는 힐끔 옆자리의 친구를 쳐다보았다. 유정은 두 사람의 대화를 못 들은 척하면서 느릿느릿하게 과일을 씹고 있었다. 싸움이 더 심해지면 패트리샤의 옆구리를 꼬집어서라도 말릴 테지만, 지금은 그냥 내버려 두고 싶었다.

저, 인간도 좀 당해 봐야지.

"그것으로 끝이니?"

"응, 끝이야. 아! 덧붙여서 오빠는 한없이 잘나신 양반이고 무진장 멋진 양반이라는 것도 알지만, 그 잘남을 나에게까지 요구하지는 말아 줘."

"……."

프란시스의 잘생긴 눈썹이 한쪽으로 치켜 올라가는 것을 호기심에 깃든 시선으로 쳐다보면서, 유정은 새로운 과일을 입안으로 집어넣었다. 패트리샤와 프란시스가 나누는 기 싸움에 대해서 아무런 관심이 없는 것처럼 보이는 그 의뭉스러운 태도에 레이디 로랜트는 눈을 가늘게 떴다.

"오빠는 영국인 백작님답게 고상하게 놀아. 나는 평범한 미국인이니까 미국인답게 놀 거야. 유정은 나에게 소중한 친구이고, 그 친구에게 무례한 행동을 하는 것은 오빠같이 고상한 백작님에게 어울리지 않는다고 생각해."

패트리샤의 말이 끝나자, 유정은 프란시스가 거의 그녀를 잡아먹을 듯이 노려보고 있는 것을 발견하고 저도 모르게 깜짝 놀랐다. 이러다가 정말로 싸움이 나는 것이 아닐까 싶었는데, 레이디 로랜트가 작게 헛기침을 해서 두 사람의 주의를 돌렸다.

"싸움은, 내가 없는 곳에서 치고 박으면서 해라. 그러는 편이 너희 둘에게 더 잘 어울리는 고상한 것일 거다. 나는 그런 정정당당한 결투는 말리지 않는다."

"……."

자신의 말에 조개처럼 입을 꾹 다무는 손자들을 쳐다본 다음, 레이디 로랜트는 유정을 쳐다보았다. 너도 역시 이 소동에 어느 정도 책임이 있는 것 아니냐는 시선이었지만, 유정은 오히려 호기심에 가득한 표정으로 레이디와 프란시스를 번갈아 보았다.

그리고 아무도 예상치 못한, 엉뚱한 질문을 꺼냈다.

"저기요, 레이디 로랜트. 질문이 한 가지가 있는데요……."

"……."

"미스터 로랜트는 백작님(Earl)이라고 하시죠?"

분위기가 점점 더 삼천포로 빠지는 것을 느끼면서도 레이디는 착실하게 유정의 질문에 대답해 주었다.

"그래. 저렇게 자기 여동생과 식탁 앞에서 유치한 말다툼을 하는 한심한 놈이지만, 그래도 영국에서 백작의 작위를 가지고 있지. 그래서 다른 사람들이 격식을 가지고 그를 부를 때는 프란시스 경이라고 불러야 한단다."

"……그럼, 레이디 로랜트도 귀족이세요?"

그 순간 식당은 기묘한 정적으로 가득 찼다. 이 무슨 황당한 말이냐는 표정으로 유정을 바라보는 사람들을 향해, 그녀는 어색한 미소를 지었다. 이런 무거운 분위기에 어울리지 않는 엉뚱한 소리라는 것도 알고 있지만, 지금 해결하지 않으면 계속 찝찝할 것 같았다. 이 말도 안 되는 저택의 크기와 마찬가지로 그녀를 심난하게 하는 것이 바로 이놈의 호칭인 것이다. 이곳에 와서 유정은 평소에 들어 본 적이 없는 호칭을 실컷 들었다.

유정이 알고 있는 영어의 존칭은 레이디, 미스터, 미스, 미세스, 써(Sir) 정도였다. 이 저택의 집사가 레이디 로랜트를 꼬박꼬박 맴이라고 부를 때에는 그냥 그러려니 했다. 한국에서도 부잣집 안주인은 마님이라든가 부인이라든가 그런 식으로 부르니까 레이디 로랜트라는 칭호도 그냥 웃어른을 부를 때 쓰는 것이라고 단순하게 이해했었다.

그런데 점점 더 생각하면 생각할수록 이상한 것이, 손자인 프란시스는 분명히 백작이라고 하는데, 그럼 그 백작의 할머니가 작위가 없을 리가 없는 것이다. 거기까지 생각하자, 유정은 새삼스럽게 레이디 로랜트의 정체가 궁금해졌다. 게다가 패트리샤의 설명과 유정이 본 바에 의하면, 이 저택은 완벽한 19세기 풍이었다. 이런 집이 보통이라고 한다면, 유정은 지금까지 자기가 생각해 왔던 보통에 대한 기준을 모두 바꿔야 할 것이다.

혼란스러워하는 유정의 기색을 느꼈는지, 레이디 로랜트는 꼿꼿이 세운 허리에 힘을 주었다. 그리고 경악에 잠겨 있는 자신의 손녀딸 얼굴을 바라보았다. 아무래도 패트리샤 역시 이 상황은 전혀 예상치 못한 모양이었다. 그래서 패트리샤는 프란시스의 드물게 얼빵한 얼굴조차도 눈치채지 못했다.

손자들의 반응에 한심함을 느끼면서 레이디 로랜트는 냅킨으로 입가를 닦았다. 유정이 정말로 몰라서 알고 싶어 한다면, 분명히 대답해 줄 생각이었다. 그녀는 자신의 대답을 듣고 그녀가 어떻게 반응할지 알고 싶었다.

"작위명은 헤이스팅스 공작. 물론 죽은 남편의 것이긴 하다만,

내가 가지고 시집을 갔으니 정확히는 우리 가문의 것이지. 지금은 헤이스팅스 공작부인인 레이디 캐서린 메그놀리아 로랜트다. 이제 답이 되었느냐?"

레이디 로랜트의 담담한 말을 유정이 확실히 이해하기까지 약 30초의 시간이 걸렸다. 그녀는 디저트를 찍었던 포크를 내려놓고 침을 꼴깍꼴깍 삼킨 다음에 눈동자를 데구루루 굴렸다. 헤이스팅스 공작부인이라는 말이 귓가에서 메아리처럼 울려 퍼졌다.

어디선가 많이 본 듯한 단어, 공작부인. 그것은 그녀가 즐겨 읽던 리젠시 시대를 배경으로 한 소설에서 자주 등장하는 작위의 이름이 아닌가. 영국의 귀족들에게서 주로 볼 수 있는 그런 작위 말이다. 프란시스는 백작이고, 그의 할머니는 공작, 여기는 그림책에서나 볼 듯한 대저택의 커다란 식당. 완벽하도다, 19세기여!

패트리샤의 19세기 운운은 결코 거짓말이 아니었던 것이다.

혼란스러운 머리를 모두 정리한 뒤, 그녀는 샤르르 미소를 지으면서 기쁜 듯이 말했다.

"그렇군요. 공작부인이셨군요. 어쩐지 레이디 주변의 품격이 다르다고 생각했어요. 프란시스 씨는, 아니, 프란시스 경은 싸가지가 바가지인데 레이디 로랜트는 위엄 있고, 너무 멋있으셔서 공작부인이라는 말이 쉽게 납득이 갔거든요. 전 정말 운이 좋아요. 보통 사람이라면 쉽게 만날 수 없는 분을 친구를 잘 둔 덕택에 만나 뵐 수 있잖아요."

진심으로 기뻐하는 것 같은, 그리고 노골적으로 프란시스를 놀리는 유정을 보면서 레이디 로랜트는 심기가 복잡한 표정을 지었다. 그녀는 언제나 사람에 대한 판단을 빠른 시간에 정확하게 내리곤 했지만, 패트리샤의 쪼그만 동양인 친구만큼은 좀처럼 파악하기 힘들었다. 아주아주 영리하거나 혹은 정말로 바보거나.

'적어도 프란의 저 얼빵하고 넋 나간 표정을 만들어 낸 것은 참 마음에 드는군. 거기에는 점수를 줘야겠는걸.'

마음속으로 중얼거리면서 레이디 로랜트는 찻잔으로 손을 뻗었다.

3장
요셉의 일족에 낀 남자

눈부신 아침 햇살이 레이스 커튼의 틈을 헤치고 침투했다. 슬금슬금 다가와 기둥이 세워진 마호가니 침대 위로 기어 올라온 햇살은 넓은 침대의 한쪽 구석에서 얌전히 자고 있는 검은 머리카락의 여자의 뺨에 키스를 날렸다. 하지만 그 열렬한 구애에도 불구하고 여자는 좀처럼 눈을 뜨지 않았다. 그러나 잠시 후에, 침실문에 예의 바르게 노크하고 들어온 침입자의 등장으로 유정은 깊은 잠에서 깨어날 수밖에 없었다.

"미스 유정, 일어나십시오."

폭이 넉넉한 검은색 원피스 위에 흰색 앞치마를 두른 전형적인 메이드복 차림새의 수석 가정부, 마담 마거릿은 서양인답게 유정의 한국식 이름을 제대로 발음하기 어려워했다. 이 저택에서 그녀의 이름을 어렵지 않게 발음할 수 있는 사람은 딱 한 명뿐이었다.

'빌어먹을 프란시스……'

비몽사몽간에 가정부의 목소리를 들으면서 유정은 그 기분 나쁜 남자를 생각했다. 그는 이 저택에서 유정의 이름을 틀리지 않게 부르는 유일한—심지어 패트리샤마저도 엉성하게 발음하는데도 불구하고—인간이자, 언제나 그녀의 심기를 불편하게 하는 유일한 인간이었다. 어찌나 아귀가 딱딱 맞게 정확히 발음해 주시는지, 자기 이름을 듣는데도 기분이 나빠질 정도였다.

"……일어났어요, 마담 플로냑."

자석처럼 잡아끄는 푹신한 베개에서 억지로 머리를 떼면서 그녀는 자신을 깨우러 온 가정부에게 말했다. 잠시 머뭇거리다가 발딱 일어나 가정부에게 헤실헤실 미소를 지으면서 그녀는 고개를 살짝 숙였다.

"좋은 아침이에요, 마담 플로냑."

"마담 마거릿이라고 불러 주세요, 미스 유정."

"아, 으음……."

마담 마거릿의 말에 유정은 어떻게 해야 할지 몰라 미소만 띠었다. 어제 그녀는 프란시스가 그녀를 마담 마거릿이라고 불러서 칼날 같은 말대꾸를 당하는 모습을 우연히 보았다. 그래서 자신은 꼬박꼬박 그녀를 마담 플로냑이라 성으로 부르고 있는데 마담 마거릿은 그렇게 생각하지 않는 모양이었다. 언제나 유정이 마담 플로냑이라고 하면, 그녀는 마담 마거릿이라고 불러 주기를 바란다고 대꾸하곤 했다.

그래서 유정은 기분이 묘했다. 이곳에서 자신이 프란시스보다 더 대우받고 있다는 생각에 어깨가 으쓱해졌다가도, 자신이 이런 대우를 받아도 되는 것인지 조심스러웠던 것이다. 그런 그녀의 기분을 아는지 모르는지 마담 마거릿은 온화한 어조로 말했다.

"아침 식사는 8시에 준비됩니다. 점심은 2시부터 1층 플레이아데스 룸의 테라스에서 할 예정입니다. 오늘 오후부터는 카드릴(4인 이상의 남녀가 함께 추는 군무의 일종. 영국 드라마판 '오만과 편견'을 보면 지겹게 나온다) 강좌가 있을 예정입니다. 강좌가 끝난 후에, 티타임은 4시부터 스프링 로즈 룸에서 있을 예정입니다. 산책 시간은 5시부터입니다. 그리고 저녁 식사는 8시에 있을 예정입니다. 다른 특별한 지시 사항이 있으십니까?"

반사적으로 고개를 저으면서 유정은 시계를 쳐다보았다. 고풍스러운 디자인의 시계는 분침이 이제 막 7시로 향하고 있었다. 으랏차라는 기합 소리와 함께 기지개를 크게 켜고 유정은 침대에서 내려왔다. 그사이에 마담 마거릿은 커튼을 걷고 창문을 활짝 열었다. 여름 아침의 청량한 공기가 방 안으로 들어왔다. 그 기운에 이끌려 유정은 종종걸음으로 테라스로 향했다. 프랑스식의 난간이 달린 테라스 너머로 잘 가꾸어진 영국식 정원이 넓게 펼쳐졌다. 여름 장미가 잔뜩 피어서 앞 다투어 향기를 뿜어내고 있는 그런 아름다운 정원이었다.

잠시 동안, 테라스에 서서 아침 이슬에 반짝이는 장미의 모습을 취한 듯이 바라보고 있는데 바스락거리는 발자국 소리가 유정의 귓가에 들어왔다. 그녀는 고개를 들고 시선을 돌렸다. 이른 아침 산책이라도 다녀왔는지 프란시스가 정원의 저쪽에서 저택을 향해 들어오고 있는 것이 보였다.

아무리 유정이 그에 대해서 악감정을 가지고 있더라도 그 남자가 눈에 띄는 미남이라는 사실을 가리는 것은 아니었다. 보통 사람이 입을 때는 평범한 청바지와 흰 셔츠도 저 남자가 입으면 고급스럽게 보였다. 물론 고상하신 귀족님이시니 싼 것은 입지 않으셨겠지만.

"쳇!"

거리가 꽤 많이 떨어져 있음에도 불구하고 그들 두 사람은 동시에 서로의 존재를 알아챘다. 그가 미간에 주름을 잡는 것이 유정의 눈에 보였다. 그것을 보자마자 유정은 반사적으로 뒷걸음질쳐서 방 안으로 들어가 버렸다. 아침부터 재수가 없다는 생각만 들었다. 그렇지만 이율배반적인 그녀의 심장은 또다시 세차게 뛰었다. 자신의 몸인데도 도저히 이해할 수 없는 반응이었다.

저 고매하신 백작님께서 그녀에게 괜찮은 인상을 주었던 적은 단 한 번도 없었다. 그는 매일매일 작은 트집이라도 잡아서 그녀를 비웃는 것을 인생의 낙으로 알고 있는 사람 같았다. 그래서 보면 볼수록 열이 받았다.

'나를 친구에게 빌붙어 먹는 진드기같이 보고 있으니까……'

상대방이 부자이기 때문에, 충분히 그럴 수 있다고 유정은 그렇게 생각했다. 부자니까, 쪼잔하니까, 성질이 지랄맞으니까 그 남자의 그런 태도에 대해서 무시하자고 그녀는 마음먹었다. 게다가 친구의 오빠이고 레이디 로랜트의 손자이니, 그와는 괜히 불편한 분위기를 만들고 싶지 않았다. 마음이 넓고 착한 자신이 그런 싸가지를 너그러이 봐주자고, 유정은 몇 번이고 다짐하고 있었다.

물론 다짐했던 것만큼 충실하게 참아 내지 못한다는 것이 지금의 유정이 가진 비극이었다. 매번 그의 도발에 넘어가 있는 힘껏 혈압을 높이는 까닭에 요즘, 고혈압의 위험도 느끼고 있는 그녀였다.

생각했던 것만큼 까칠한 프란시스를 제외하고는 유정의 저택 체재에 태클을 거는 사람은 아무도 없었다. 처음에는 다가가기 힘들었던 저택의 고용인들도 몇 번 내화를 나누고 함께 일을 하면서 제법 친해질 수 있었다. 그들은 자신들이 패트리샤에게 호의를 보이는 것 이상으로 유정을 따뜻하게 맞아 주었던 것이다. 외국인이라는 것과 레이디 로랜트가 받아들인 손님이라는 사실이 가산점으로 작용했지만, 유정은 거기까지는 생각하지 못했다. 그녀는 유럽식 저택 생활과 레이디 로랜트가 혹독하게 시키는 레이디 수업 때문에 정신이 없어서 프란시스와 싸우는 것 이외에 다른 것을 생각할 여유가 생기지 않았다.

고용인들의 대화에서 주로 도마 위에 오르는 사람은 단연코 레이디 로랜트의 손자들이었다. 그중 프란시스에 대한 이야기는 젊은 여자 고용인들에게 있어서 심심풀이 땅콩과도 같았고, 때로는 그의 여동생인 패트리샤 역시 그를 마른 오징어마냥 잘근잘근 씹어 댔다.

그 덕택에 유정은 생각보다 프란시스에 대해서 많이 알게 되었다. 유럽 최고 항공회사의 최대 주주이며, 부동산과 무역 회사의 젊은 경영자라는 소리를 듣고 유정이 제일 먼저 한 생각은 다른 젊은 여자들이 한 것과 조금 달랐다.

'아아, 그래서 그렇게 싸가지가 바가지였구나.'

유정이 무심코 중얼거린 말에 함께 주방에서 함께 과자를 만들던 메이드와 가정부, 그리고 패트리샤의 눈이 동그랗게 떠졌다. 하지만 유정은 다른 사람들의 그런 반응을 전혀 의식하지 않고 초콜릿빛을 띤 밀가루 반죽을 프란시스에 대입해서 주먹으로 퍽퍽 내려쳤다.

"사업하는 사람들이 성질머리가 나쁘잖아. 그 사람도 보통 깐깐한 성격은 아닌 것처럼 보여. 너한테 하는 말이나 하고 있는 행동을 보자면……."

차마 패트리샤의 앞에서 그보다 더 나쁜 말을 할 수 없어서 애써 말을 골랐는데, 옆자리에서 케엑거리는 헛기침 소리가 났다. 고개를 돌리자, 반죽에 초콜릿 칩을 섞던 패트리샤가 밀가루 묻은 손으로 입을 가리면서 쭈그리고 앉아 있었다. 웃음을 참으려는 듯이 어깨를 바들바들 떨고 있는 그녀를 보면서 유정은 뚱한 어조로 물었다.

"너 괜찮니?"

"아…… 응!!"

고개를 열심히 끄덕이며 긍정을 표현해 봤지만, 그런 그녀를 지켜보는 입장에서는 그다지 신용이 가지 않는 행동이었다. 바들바들 떨리는 어깨나 쭈그려 앉아서 좀처럼 일어나지 못하는 모습을 보고 있자니 말이다.

결국 시선을 돌린 유정은 다시금 만들던 과자에 신경을 썼다.

열심히 밀어 낸 반죽을 쿠키틀로 찍느라 그녀는 주변에 있던 고용인들의 기묘한 표정을 전혀 눈치채지 못했다.

어찌 되었든 그녀로서는 패트리샤에게 프란시스의 흉을 보는 것을 계속해야 했던 것이다. 그렇지 않으면 그동안 쌓인 스트레스가 뻥 하고 터질지도 몰랐다.

"여튼 너무 우아하시고, 대단하시고, 잘나셔서 고개를 함부로 못 들겠다니까, 니네 오빠한테는."

"그거야, 그 인간은 부모 양쪽이 다 귀속인설. 뿌리부터 깊숙이게 블루 블러드야. 나도 가끔은 열 받아. 하도 말투가 싸가지라서."

간신히 웃음을 그친 패트리샤가 얼굴을 정색하고 사촌 오빠를 위한 변명을 입에 올렸지만, 유정은 들은 척도 하지 않았다. 틀로 찍은 쿠키를 조심스럽게 떼어 내느라 정신이 없었던 것이다. 그러나 그 직후에 어떤 메이드가 한 말은 확실하게 들을 수 있었다.

"그래도 클리브던 백작님은 멋지지 않나요? 다른 사람에게 엄격하신 만큼 본인에게도 엄격한 분이세요. 일에 있어서도 완벽주의자이고요."

"헐……. 그럼 주변인들을 모두 피곤하게 만드는 타입이라는 소리잖아요."

유정의 입가에 반사적으로 썩소가 돌았지만, 귀는 어느 틈엔가 활짝 열려 있었다. 호기심을 보이는 그녀의 태도를 보면서 젊은 메이드는 웃음기 띤 어조로 계속 말을 이어 갔다.

"그리고 연인에게도 아주 잘해 준대요. 전에 클리브던 백작님하고 사귀는 여성 분을 본 적이 있는데 어찌나 살갑게 구시던지 사람이 달리 보이더라니까요."

"그리고 나서 헤어지면 매정하지. 그런 남자가 어디가 좋아?"

패트리샤는 도저히 이해가 되지 않는다는 표정이었다. 그녀는 말로는 프란시스를 잘 깎아내리지만, 그의 오만한 점도 좋아할 정도로 오빠에게는 무른 편이었다. 그럼에도 불구하고 오빠의 여성관에 대해서는 도저히 이해하지 못했다. 사귈 때는 간이라도 빼줄 것처럼 잘해 주다가도 헤어지면 칼날같이 잘라 내 버린다. 어떻게 보면 단물만 쪽 빼먹고 마는 것처럼 느껴질 정도라서 그다지 마음에 들지 않았다.

그런 패트리샤의 말에 젊은 고용인은 진지한 어조로 대꾸했다.

"그래도 잘생기셨잖아요. 거부할 수 없는 악마 같은 카리스마요!"

[얼굴이 잘생기면 뭐든 용서가 되는 거냐?]

입으로 투덜거리면서도 유정은 그렇게 말을 하는 메이드의 심정을 어느 정도 이해해 줄 수 있었다. 분명히 프란시스는 그런 말이 쉽게 나올 정도로 매력적인 사람이기 때문이었다. 한국어로 혼잣말을 하는 유정을 보면서 메이드들은 자기들끼리 의미심장한 눈짓을 주고받았다. 이 특별한 손님은 그들이 알고 있는 어떤 사람들보다도 상식적인 사람이었고, 어딘지 모르게 보호 본능을 일으키게 만들어 호의를 이끌어 냈다. 본인은 그런 생각을 전혀 못하고 있지만 말이다.

"오늘 마담 마거릿이 말하길 너희들이 주방을 점령했다고 하던데?"

티타임 시간에 쿠키를 집어 들면서 레이디 로랜트가 그렇게 말하자, 패트리샤는 의기양양하게 대답했다.

"유정이와 제가 만들었어요. 드셔 보세요. 독은 들어 있지 않거든요."

마지막 말은 쿠키를 집어 들다가 움직임을 멈춘 프란시스를 향한 것이었다. 유정은 프란시스가 과자를 먹을지 말지 노골적으로 고민하는 모습을 보면서 저도 모르게 미간을 좁혔다.

'먹기 싫으면 말지. 뭘 고민까지 하냐. 먹지 마! 먹지 마!'

여기가 다른 자리였더라면 유정은 당장이라도 그의 손에 들린 쿠키를 빼앗았을 것이다. 대체 자신을 뭘로 보고 저렇게 노골적으로 의심을 하는 것인지 모르겠다. 다른 사람이 먹을 것이라면 몰라도 자신과 레이디가 먹을 음식에 장난을 칠 만큼 그녀는 성격이 나쁜 사람이 아니다.

그때 프란시스가 고개를 들었다. 그는 유정의 찡그린 얼굴을 바라보더니 보란 듯이 한숨을 푸욱 내쉬고 과자를 입에 넣었다. 그러고는 모래를 씹는 듯한 표정으로 과자를 씹어 삼키는 것이었다. 유정은 그의 그런 행동이 꼭 자기 때문은 아니라고 생각했다. 왜냐하면 그보다 먼저 과자를 맛본 레이디 로랜트가 날카로운 시선으로 프란시스를 노려보았기 때문이었다.

"과자가 맛이 있구나. 미스 유정은 요리를 좋아하나?"

레이디의 질문에 유정은 웃으면서 대꾸했다.

"밥을 해서 남편을 먹일 수 있을 정도죠."

"남자의 위장을 공략할 수 있는 능력을 가진 여자가 위대한 여자지. 패트리샤 너도 명심해 둬라."

레이디의 근엄한 말에 패트리샤는 진지한 표정으로 고개를 끄덕였다. 드물게 두 조손간의 마음이 맞는 순간이었다.

"프란시스 너도. 요리를 잘하는 여자를 만나도록 해라. 자고로 얼굴이 예쁜 여자랑은 오래 못 살아도 요리를 잘하는 여자와는 평생을 같이하는 법이니까."

"명심하도록 하겠습니다."

건성으로 대꾸하는 손자의 태도를 내심 못마땅하게 생각하면서도 레이디 로랜트는 군소리를 하지 않았다. 대신에 유정에게 요리 이외에 무엇을 좋아하냐고 물었다.

"고향의 하늘이랑 독서요. 그것 때문에 패트리샤와 친해졌죠."

레이디 로랜트가 눈을 동그랗게 뜨면서 흥미를 보였기 때문에 유정은 활짝 웃으면서 이야기를 꺼냈다.

그녀는 책을 좋아했고, 그중에서도 특히 18, 19세기의 소설들을 좋아했다. 그것은 패트리샤 역시 마찬가지였다. 유정이 고등학생 시절 패트리샤와 친해졌던 계기는 그녀가 당시에 읽고 있던 책 때문이었다. 17세가 넘은 학생들 중에서 '빨강머리 앤(원제, 그린 게이블즈의 앤)'을 학교 내에서 당당히 읽으며 좋아하던 사람은 유정 자신 이외에 패트리샤가 처음이었기 때문이다. 독서의 취향과 취미, 성격까지 비슷했기 때문에 두 사람은 순식간에 친해질 수 있었다. 그녀와의 우정은 유정이 미국 생활에서 얻은 가장 값

진 것이었다.

유정과 패트리샤가 신이 난 어조로 하는 이야기를 지루한 듯이 들으면서 프란시스는 별스럽다고 생각했다. 다만, 그에겐 그 이해할 수 없는 화제보다 눈을 반짝이면서 이야기에 열중하는 유정의 얼굴에서 시선을 뗄 수 없다는 것이 문제라면 문제였다. 게다가 계속 손이 가는 쿠키도 말이다.

'이건 패트리샤가 만든 것이기도 하니까.'

마음속으로 그렇게 숭얼거리면서 그는 쿠기 조각을 조심스럽게 입에 넣었다. 초콜릿의 향기가 입안 가득 들어왔지만 생각했던 것보다는 달지 않았다. 제법 취향이다. 결코 인정하기는 싫지만 말이다.

머릿속으로는 그런 생각을 하면서도 프란시스의 표정은 심드렁했다. 유정이 하는 이야기는 소녀틱한 낭만과 문학적인 내용이 주를 이뤘기 때문이다. 하지만 '빨강머리 앤'이라는 단어가 나오자 눈을 번뜩인 사람은 정작 따로 있었다.

레이디 로랜트는 흥미롭다는 표정을 지으면서 유정을 똑바로 응시하더니 넌지시 물었다.

"독서를 좋아하나, 유정 양?"

"네, 아주 좋아해요. 특히 좋아하는 것은 18, 9세기 문학이에요. 대학에서도 그걸 전공했어요."

"흐음, 특히 좋아하는 작가는 누군가?"

"제인 오스틴, 루시 모드 몽고메리와 나니아 연대기의 작가인 C.S 루이스도 좋아해요."

"그럼 유정 양도 요셉의 일족인가?"

뜬금없는 레이디의 말에 프란시스는 고개를 살짝 갸웃거리더니 궁금하다는 표정으로 물었다.

"요셉의 일족이 뭡니까?"

그러자 그는 두 여자, 레이디 로랜트와 패트리샤의 비난 섞인 시선을 한꺼번에 받아야 했다. 그 날카로운 시선 공격에 프란시스는 앉은 자리가 바늘방석처럼 느껴지는 것 같았다. 이 사람들의 이 반응이 전혀 이해가 되지 않으니 어리둥절하고, 쏟아지는 비난의 화살이 아파서 프란시스는 헛기침을 했다.

"흠흠!"

유정은 드물게 혼나고 있는 프란시스의 모습을 흥미진진하다는 표정으로 지켜보며, 집사가 먹기 좋게 잘라 준 스콘을 입안에 넣고 오물거렸다. 스콘 역시 그녀가 만들었지만, 일부러 말하지 않았다. 아까부터 스콘을 매우 맛있게 드시고 계시는 모 백작님의 표정 때문이었다. 그는 쿠키를 먹을 때와는 달리, 스콘을 입에 넣을 때는 무척이나 즐거워 보였다. 그리고 프란시스의 질문에 대한 대답은 의기양양하게 콧대를 세우면서 패트리샤가 하고 있었다.

"요셉의 일족이란 말이지, 자신의 인생에 관한 꿈을 가지고 있고, 그 꿈에서 자신의 길을 찾아내는 그런 사람을 말하는 거야. 빨강머리 앤에서 미스 코델리어가 앤을 처음 만났을 때 그런 이야기를 해. 영혼의 친구는 쉽사리 알아보는 법이라고. 나랑 유정도 그런 관계지."

"그렇지이~!"

맞장구를 치면서 서로를 쳐다보며 웃는 유정과 패트리샤의 얼굴을 어이없다는 듯이 쳐다보면서 프란시스는 고개를 설레설레 저었다. '어린것들이 다 그렇지.'라는 생각을 하면서 찻잔을 들던 그는 할머니의 눈빛이 심상치 않은 것을 발견하고 내심 긴장했다. 그러고 보니 할머니도 요셉의 일족이라는 말을 알고 계셨다.

'……설마겠지.'

내심 식은땀을 흘리고 있는데 레이디 로랜트의 눈빛이 일순간 번쩍이는 것이 보였다. 뒤이어 레이디 로랜트는 아무렇지 않은 듯이 유정에게 질문을 던졌다.

"그럼 유정 양은 고양이가 좋은가, 강아지가 좋은가?"

"당연히 고양이죠. 귀엽고 사랑스럽잖아요. 털도 보들보들하고."

"그렇지?"

유정의 망설임 없는 대답이 마음에 들었는지 레이디 로랜트는 생긋 웃으면서 고개를 끄덕였다.

"역시 우아하고 도도한 고양이가 귀족의 애완동물로는 제격이지."

"맞아요. 너무너무 좋아요."

레이디가 웃는 모습을 처음 보았기 때문에 많이 놀랐으면서도 유정은 맞장구를 쳤다. 레이디 로랜트가 웃을 때는 놀랄 만큼 온화하고 우아해 보인다는 생각이 들었다. 어쩐지 흥분되어서 유정은 저도 모르게 계속 입을 열어 떠들기 시작했다.

다음부터는 프란시스는 대화에 전혀 끼어들 수 없었다. 할머니와 패트리샤와 유정이 나누는 말이 무슨 말인지는 안다. 당연하게도 영어니까. 하지만 그 의미에 대해서 따지고 들면 그는 전혀 할 말이 없었다. 유감스럽게도 그의 전공은 어문학이 아니라 경제학이었다. 그리고 프란시스는 고양이를 싫어했다. 때문에 그는 눈을 반짝이면서 자기들만의 대화에 열을 올리고 있는 세 여자를 절대로 이해할 수 없었다.

"그래서 말이에요, 할머니……."

얼씨구, 이제는 할머니 소리가 절로 나오네.

레이디 로랜트에게 친근하게 구는 유정이 프란시스는 마음에 들지 않았지만, 이미 공은 그의 손을 떠난 뒤였다. 레이디 로랜트는 아까보다 훨씬 더 온화한 표정으로 유정을 바라보고 있었다. 마음에 들지 않았다. 이제까지 할머니는 그와 패트리샤 이외의 사람에게 저런 친근함을 보인 적이 없었다.

그것이 그를 초조하게 만들었다. 그것이 그를 기분 나쁘게 만들었다. 그래서 그는 이 동양의 쬐그만 여자에게 신경이 쓰였다. 그 마음을 감추면서 그는 시선을 돌렸다.

"아아, 완전히 19세기로 후퇴해 버렸군."

기분 나빠서 툴툴거리는 프란시스를 모르는 척하면서 레이디 로랜트는 미소를 지었다.

어찌 되었든 그날 이후부터 레이디가 유정을 대하는 태도가 부드럽게 변한 것은 사실이었다. 유정은 풍부한 지성을 자랑하는 레이디 로랜트에게 완전히 반해 버렸다.

자신이 나이를 먹어서도 저렇게 되고 싶다고 생각이 들 정도로 말이다.

✿

　오전의 태양이 비스듬한 그림자를 만드는 정원에 들어서서 유
정은 씩씩하게 걸음을 옮겼다. 오늘은 이 정원의 끝이 어디인지
도달하고야 말겠다는 담대한 희망을 품고 말이다. 처음 저택에 들
어섰을 때 차 안에서 자고 있었던 까닭에 그녀는 이 저택의 부지
가 어느 정도인지 도무지 짐작이 되지 않았다. 어차피 교외 지역
이니 번화가를 가려면 차를 빌려 달라고 레이디 로랜트에게 부탁
해야 한다. 그러니 지금은 멀리 갈 생각은 하지 못하고, 유정은
그냥 경계선이 어디인지만 알고 싶었다.

　"미스 유정, 어디 가십니까?"

　정원 산책 중이었는지 유정이 걷고 있는 길 반대편의 잡목림
사이로 낯익은 두 명의 여성이 나타났다. 레이디 로랜트의 개인
비서인 미스 주디스와 저택의 차석 가정부인 미스 앨런은 저택을
이끌어 가고 있는 양대 산맥인 수석 집사와 수석 가정부 다음으로
핵심 인물이었다.

　미스 주디스는 차가운 엷은 금색 머리카락에 갈색 눈동자를 가
진 쿨뷰티이고, 미스 앨런은 자그마한 키에 커다란 안경을 쓴 온
유한 인상을 가진 귀여운 인상의 여성이었다. 두 사람 모두 자신
의 일에 자부심이 강한 커리어 우먼으로, 특히 미스 앨런은 집사
인 알프레드의 딸이기도 했다.

"저택에서 꽤 멀리 나오셨는데 설마 걸어서 나가시는 겁니까?"

미스 주디스의 질문에 유정은 웃으면서 고개를 저었다.

"아뇨, 하도 넓어서요. 어디가 끝인지 탐험하는 중이에요."

"탐험이요?"

유정이 꺼내 놓은 탐험이라는 단어가 재미있었는지 미스 앨런은 개구진 표정을 지었다. 그녀들은 자신들의 아가씨인 패트리샤가 데리고 온 이 동양 손님에 대해서 어느 정도 호기심이 있었다. 하지만 직접적으로 부딪칠 일이 그다지 없었기 때문에 평소에는 저택에서 마주쳐도 인사만 하고 지나치곤 했다.

"예, 이 저택은 저에게 미지의 세계라서요. 어디서부터 시작이고 어디가 끝인지 도무지 모르겠거든요. 그래서 탐험 중이에요. 최소한 입구가 어디인지는 알아야 할 것 같아서요."

웃으면서 대꾸하는 유정을 바라보면서 미스 주디스 역시 호의적인 미소를 지었다. 유정이 골라 쓰는 단어들은 재미있는 말이었지만 의미를 이해하지 못할 정도로 이상한 것은 아니었다.

그들은 유머를 아는 영국인인 것이다.

"입구까지 다녀오시려면 점심시간이 다 될 텐데요."

"그렇게 멀어요?"

"예, 스트릭하트 저택의 총면적은 7에이커 정도입니다. 그러니……."

미스 앨런이 말을 하다 말고 입을 다문 것은 유정이 전혀 이해하지 못한다는 얼굴을 하고 있었기 때문이었다. 유정은 에이커 단위를 잘 모르기 때문에 그렇게 말을 해 줘도 막연히 뜬구름 같았다. 그래서 미스 앨런은 서둘러 그녀에게 물었다.

"미스 유정은 어떤 단위가 더 익숙하신가요?"

"비교적 편한 게 미터법인데요."

미국에 와서 미국식 단위를 배우긴 했지만, 그래도 편한 것은 한국에서 배웠던 미터법이었다. 그렇게 말해 주자 미스 앨런은 순식간에 단위를 정정해서 말해 주었다.

"대략 28, 328평방미터라고 하면 이해하시겠어요?"

"아뇨, 숫자가 너무 많아서 더 이해가 안 가요."

"그럼 더 쉽게 이해하도록 말씀드리자면 저택에서 입구까지 자동차로는 10분, 자전거로는 1시간, 걸어서는 2시간이 걸린다고 말씀드리겠습니다. 입구에서 저 반대편까지 가려면 지금까지 들으신 시간에 곱하기 2를 하면 되겠죠."

"당신의 지혜로우신 설명 덕분에 너무 잘 이해했습니다. 저는 정말 대단한 일을 하려고 했던 거군요."

미스 앨런의 사실적인 설명에, 현실감 없이 둥둥 떠다니던 단어가 머릿속에 확 하고 인식되는 순간이었다. 유정은 그 어마어마한 넓이에 질려서 이대로 포기해 버릴까를 심각하게 고민했다. 자신의 느린 걸음으로는 미스 앨런이 말한 시간보다 더 많이 걸릴 것이다. 그러면 정말로 점심때까지 도착하지 못할지도 몰랐다.

"진짜 여기 넓네요."

"본국의 로즈웰 저택은 더 넓어요. 입구에서 저택의 현관까지 자동차로 20분 정도 걸리니까요."

"예?"

유정은 눈을 동그랗게 뜨고, 콧등 위로 흘러내린 안경을 끌어올리는 미스 앨런의 의기양양한 표정을 바라보았다. 방금 귀로 들은 이야기를 도저히 믿을 수가 없었다.

"영국에 있는 로즈웰 저택은 스트릭하트 저택과 비교도 되지 않죠. 넓고, 우아하고 고풍스럽죠. 게다가 역사성도 있어서 아주 훌륭한……."

"그런데 유정 양은 한국 분이라고 하셨죠?"

점점 더 길어질 것 같은 미스 앨런의 말을 자르면서 미스 주디스가 유정에게 물었다. 미스 앨런은 저택의 역사에 관한 주제라면 하루 종일이라도 이야기를 할 사람이기 때문이었다. 갑작스런 자신의 질문에 반사적으로 고개를 끄덕이는 유정을 빤히 쳐다보면서 주디스는 의미심장한 미소를 지었다.

"한국은 어떤 나라인가요? 일본이나 중국하고 비슷한가요?"

"전혀 달라요."

"그래요? 하지만 이웃하고 있잖아요. 그러니 비슷할 것 같은데요."

유정이 지금까지 만난 대부분의 외국인들은 그녀가 자신을 한국인이라고 소개하면 이렇게 반응하곤 했다. 일본이나 중국에 비해서 상대적으로 덜 알려진 조국에 대해서 사람들이 오해하고 있다는 것을 알고 있기 때문에 화를 내는 것도 무의미했다. 그렇지만 때때로 울컥하는 기분이 드는 것은 어쩔 수 없었다.

그래서 미스 주디스의 말에 대꾸하는 유정의 목소리는 조금 통명스러웠다.

"이웃하고 있다고 해도 영국하고 프랑스가 다른 것처럼 달라요."

"어머? 당신의 지혜로우신 설명에 탄복했네요. 무척이나 쉽게 이해했어요."

방금 전 자신이 했던 말을 그대로 되돌려 주는 미스 주디스의 말에 유정의 얼굴은 새빨개졌다. 자신이 한 말이 빈정거리는 말이라는 사실을 미스 주디스는 금방 눈치챈 것이다. 그녀의 기분이 상했다는 사실을 깨닫고 미스 주디스는 이내 부드러운 웃음을 지으면서 말했다.

"그래요, 영국하고 프랑스가 다르듯이 한국과 일본은 다르다는 이야기죠? 언제 시간이 나면 한국에 대해서 알려 주세요. 그러면 저도 다음부터는 한국에서 오신 분들께 무례를 범하지 않을 것입니다."

자신을 배려해 주는 그 말이 너무나 고마워서 유정은 활짝 웃으며 고개를 끄덕였다.

"아까는 빈정대서 죄송했어요. 저도 모르게 욱하는 기분이 들어서요."

자신의 잘못을 알자 바로 솔직하게 사과하는 그녀의 태도에 미스 주디스와 앨런은 서로의 얼굴을 쳐다보았다. 생각보다 순진한 그녀의 태도가 마음에 들었기 때문이다. 집사인 알프레드가 유정에 대해서 표현할 때, 동양에서 온 예절 바른 아가씨라고 했는데 그 말이 그리 틀리지는 않은 모양이었다.

'사람에 대한 예의를 아는 아가씨 같더구나.'

미스 앨런은 아버지의 그 말을 떠올렸다. 처음 만났을 때, 유정은 당연하다는 듯이 백발의 노집사에게 자신의 트렁크를 들게 한 패트리샤에게 잔소리를 했다고 한다. 어떻게 나이 드신 분에게 무거운 짐을 들게 할 수 있냐면서 자신들의 아가씨를 혼내는 유정에 대해서 알프레드 집사는 좋은 인상을 받았다고 이야기했다.

그 소문은 저택의 고용인들에게 순식간에 퍼졌고, 때문에 그녀들은 유정을 직접 만나기 전부터 그녀에 대해서 어느 정도의 호의를 가지고 있었다. 예의 바른 아가씨란 상류 사회에서는 병아리 눈물보다도 드문 존재였기 때문이다. 그런 의미에서 저택의 고용인들은 패트리샤 역시 좋아하고 있었다. 툴툴거리고 괴짜같이 보여도 그녀 역시 사람을 사람으로 대하는 법을 알고 있기 때문이었다.

"그런데 유정 양은 언제부터 머리를 그렇게 길렀어요? 오래 기른 것 같은데?"

미스 앨런이 분위기를 변환시키기 위해서 말을 돌렸다. 유정은 그 말에 자신의 긴 머리카락을 만지작거렸다. 산책을 나오느라 하나로 높게 묶어 올렸지만, 엉덩이까지 내려오는 머리카락은 확실히 많이 길었다.

"8년 됐어요."

머리카락의 역사는 유정의 미국 생활 역사와 비슷했다. 미스 주디스는 그 말에 눈을 반짝반짝 빛내면서 뭔가 말하고 싶어서 안달하는 표정을 지었다.

"8년씩이나요? 정말로요? 대단하다. 답답하지 않았어요? 관리하기도 힘들 것 같은데."

미스 앨런의 말에 유정은 고개를 설레설레 저었다.

"아뇨. 그다지. 그냥 탈탈 털어서 내버려 두면 잘 마르잖아요. 여기 와서는 매일매일 드라이하고 있긴 하지만."

머리에 물을 제대로 말리지 않고 돌아다니면 레이디의 호통을 듣기 때문에 저택에서는 샤워 후에 귀찮더라도 드라이는 빼먹지 않았다. 그 말에 미스 주디스는 눈을 번뜩이며 입을 열었다.

"샴푸와 린스 말고 머리에 에센스나 브리브넌트는 하세요? 영양제는요? 두피 마사지는요? 팩도 일주일에 한 번씩은 해야지 건강한 머릿결이 나오죠. 검은 머리카락을 윤을 내려면 나무빗으로 하루에 백 번씩 빗겨야 한다던데, 그런 것은 안 하세요?"

유정은 숨 쉴 틈도 없이 주르륵 튀어나오는 미스 주디스의 말에 눈을 동그랗게 뜨고 어버버하는 표정을 지었다. 그런 상대방의 반응에도 불구하고 미스 주디스는 다이아몬드를 감정하는 감정사와 같은 날카로운 시선으로 말했다.

"머리를 그토록 길게 기르는데 영양제도 쓰지 않으니까 머릿결이 그렇게 상하죠. 머리는요, 드라이어로 말리면 금방 건조해지고 상해요. 수건으로 톡톡 치면서……."

좀처럼 끊이지 않고 계속 이어지는 미스 주디스의 말에 유정이 질려 가는 순간, 미스 앨런이 주디스의 말을 잘라 냈다.

"주디스는 털 고르는 것을 좋아하거든요, 미스 유정. 그러니 이렇게 흥분하는 이 여자를 이해해 주세요."

"어머? 털을 고르다니? 미스 앨런, 그런 고상하지 않은 표현이 어디 있어? 나는 그저 머리카락을 트리트먼트하고, 두피 마사지를 하는 것을 좋아하는 것뿐이야."

"그리고 검은 머리카락도 좋아하지. 적당히 하셔요, 미스 주디스 놀랜드. 앞에 계시는 미스 유정이 당신 기세에 완전히 굳어 버렸잖아."

"어디가?"

미스 주디스는 이해할 수 없다는 표정으로 유정을 쳐다보았다. 그러자 미스 앨런이 말한 대로 유정은 어떻게 반응해야 할지 도무지 모르겠어요, 라는 모습으로 멀뚱히 서 있었다.

몇 번 본 적은 없지만, 유정은 미스 주디스가 굉장히 여성적이면서 자신의 일에 열심인 커리어 우먼이라고 생각했다. 저택에서도 언제나 단정한 샤넬 정장을 입고 있고 화장도 세련되게 하면서도 일을 처리함에 있어서는 빈틈을 보이지 않았기 때문이었다.

그런데 설마 이렇게 괴상한 취향을 가진 사람일 줄은 상상도 한 적이 없었다.

"취미가 참 특이하세요."

간신히 입을 열어 나온 말이 고작 이 정도. 유정은 시시때때로 튀어나오는 자신의 유머 감각이 지금 이 순간에는 대체 어디로 사라졌는지 궁금해졌다. 그래, 이 지구상에는 70억의 인구가 살고 있고, 그중에 머리카락을 가꾸는 취미를 가진 사람이 한 명쯤 있는 것도 나쁘지 않을 것이다.

"특이한 취미는 아니에요. 주어진 아름다움을 가꾸는 것은 여자의 의무이자 권리인 겁니다. 그런 의미에서 미스 유정은 그런 쪽으로는 너무 무관심하시더군요."

날카로운 미스 주디스의 말에 유정은 더욱더 할 말이 없었다. 남들은 십 대 때부터 꾸미고 어쩌고 하는 것에 취미가 들어서 많이들 예뻐지는데 유정은 여전히 화장품 하나 얼굴에 바르는 법이 없었다. 보습용 로션과 선크림이 전부다.

갑자기 부끄러움에 얼굴이 빨개져서 유정은 괜스레 딴청을 피웠다. 그런 그녀의 손을 미스 주디스는 덥석 잡으면서 열정적인 어조로 말하는 것이다.

"그러니까 미스 유정의 관리를 저에게 맡겨 주시지 않겠습니까!"

"네, 네?"

"네, 라고 하신 거죠? 그럼 오늘 밤에 뵙죠."

상대방이 제대로 이해하기도 전에 스스로 일은 진행시킨 미스 주디스는 매우 만족한다는 표정으로 시간까지 지정해 주었다.

정신을 차리고 보니 유정은 어느 틈엔가 저택의 입구에 도달해 있었다. 은근슬쩍 그녀를 저택으로 데리고 돌아온 두 여자는 어느 틈엔가 자기들의 할 일을 하러 사라져 버렸다. 유정은 거대한 4층 건물의 본관을 허리에 손을 올리고 쳐다보았다.

[뭣에 홀린 것 같아.]

그렇게 중얼거리고 있는데 등 뒤에서 다시금 인기척이 느껴졌다. 유정은 반사적으로 고개를 돌렸다. 어깨 너머로 보이는 사람은 캐주얼한 차림새—라고 하기엔 삼복더위에 니트 조끼까지 차려입은—의 프란시스였다. 그의 옷차림은 아침에 보았던 옷과는 또 다른 것이라 유정은 문득 이 남자는 대체 옷이 몇 벌이나 될까, 라는 시시한 생각을 했다. 그녀의 트렁크는 사실 옷도 몇 벌 없어서 지금 입고 있는 옷도 첫날 입은 것을 다시 꺼낸 것이다.

그 사실을 깨닫자, 유정은 조금 부끄럽다는 생각이 들었다. 자신은 무엇 하나 스스로를 꾸밀 줄을 모른다. 미스 주디스의 말대로, 여자로서는 직무 태만일 것이다.

그는 유정과 시선이 마주치자마자 미간을 좁히면서 그녀의 위아래를 훑어 내렸다. 푸른색 눈동자가 자신의 전신을 훑고 지나가는 것을 느끼면서 유정은 얼굴을 붉혔다. 하지만 그 자리에서 일부러 움직이지 않고 고개를 더욱더 똑바로 들면서 상대방을 쳐다보았다.

저택에 와서 시간이 꽤 지났는데도 유정의 차림새는 처음과 별로 다를 바가 없었다. 지금에 와서는 프란시스도 유정의 저택 내에서의 태도가 이웃에 사는 친구 집에 찾아온 보통 서민이라는 것을 이해하고 있었다. 참으로 올곧게 그런 행동을 유지하는 유정의 모습을 보고 있자면 감탄이 나올 정도다.

친한 친구 집에 놀러 왔으니 더운 여름에 반바지에 반팔을 입고 슬리퍼를 끌고 다니는 것이 이상한 일은 아닐 것이다. 하지만 프란시스는 그런 그녀가 많이 못마땅했다.

'여기가 사유지라 외부인이 함부로 들어올 수 없다는 것이 다행이군.'

대체 누굴 유혹하려고 저렇게 짧은 반바지에 짧은 티셔츠 차림으로 정원을 휘젓고 다니는 것인지. 옷자락 사이로 보이는 가느다란 팔다리가 태양빛 아래에서 유혹적으로 빛났다. 얇은 천 한 장 너머로 보이는 가느다란 몸의 실루엣에서 그는 좀처럼 시선을 뗄 수 없었다.

'아, 짜증나.'

프란시스는 자신에게 잘 보이려고 열심히 꾸민 여자들이 아닌, 저렇게 총천연으로 무방비한 여자에게 자꾸 시선이 가는 자신이 마음에 들지 않았다. 그래서 유정의 태도 하나하나에도 약을 올리는 것이다. 저도 모르게.

프란시스의 눈빛에 떠오른 차가운 경멸에 유정은 위가 조여 오는 것 같았다. 눈빛으로 사람을 잡는 사람이 있다면, 그는 꼭 그런 타입이다.

부끄러움, 수치감과 더불어 치밀어 오는 것은 나는 잘못한 것이 없다는 자신감이었다.

'편하게 입고 있는 것이 어때서? 내 옷은 이런 것밖에 없는데!'

그는 귀족일지 몰라도 자신은 아니었다. 그러니 평범한 애가 평범하게 옷을 입는 것이 흠이 될 리는 없는 것이다. 부끄러워할 필요가 없다고 중얼거리면서 유정은 그에게서 시선을 돌리고 저택 쪽으로 걸음을 옮겼다.

"며칠이 지나도 미스 유정은 통 발전이 없으시군요."

어깨 위에서 들려오는 목소리에 유정은 고개조차 돌리지 않았다. 대꾸할 가치를 느끼지 못하기 때문에 무시하려는 것이다. 하지만 다음 순간 들려오는 말은 도저히 무시할 수 없었다.

"지금 할머니의 레이디 수업의 효과가 없는 것처럼 보이니 드리는 말씀입니다. 할머니께서 당신께 사람이 하는 말을 그렇게 노골적으로 무시하라고 가르쳤던가요?"

"그건 아니지만, 지금까지 백작님이 저에게 하신 말씀들은 무시할 만한 가채가 충분히 있어서요. 뭔가 하실 말씀이라도 있나요?"

입가에 억지로 미소를 짓느라 경련이 일어났지만, 유정은 한마디 한마디 또박또박 말을 이었다. 하지만 다음 순간에 프란시스는 고개를 갸웃거리더니 차분한 어조로 말했다.

"가치."

그 엉뚱해 보이는 말에 유정은 눈을 동그랗게 뜨고 남자를 쳐다보았다. 남자는 다시금 입을 벌려 또박또박 발음해 주었다.

"가채가 아니라 가치. 발음 틀렸습니다, 미스 유정."

프란시스의 지적에 유정의 얼굴이 새빨개졌다. 역시나 생각했던 반응대로라 프란시스는 마음속으로 미소를 지었다. 약이 잔뜩 올라 있지만, 옳은 말이라 차마 반박을 못하고 화를 참듯이 어깨를 들썩거리는 그 반응이 재미있어서 프란시스는 이렇듯 자꾸 유정을 놀리는 것이다.

"역시 외국인이신지라, 'R' 발음이 어려우신가 봅니다. 이전에도 생각했는데 자주 틀리시더군요. 8년 정도라면 이제 익숙해질 때도 되지 않았나요?"

"으……."

이를 바득바득 갈면서 유정은 그를 노려보았다. 프란시스의 태도 중에서 그녀를 제일 화가 나게 만드는 것이 무엇이냐고 묻는다면 바로 이런 모습이다. 표정은 하나도 변함이 없다. 무심하다. 어조에도 불필요한 액센트가 전혀 들어가지 않아서 생각을 알 수 없었다. 그럼에도 불구하고 이 남자가 자신을 놀리고 있다는 기색만큼은 똑똑히 느낄 수 있으니 열불이 터지는 것이다.

"앞으로는 조심하도록 하죠!"

이마에 힘줄을 만들면서 대답하자, 프란시스는 당연하다는 듯 고개를 끄덕였다. 그 표정이 학교 선생님을 연상시킨다고 생각하면서 유정은 몸을 돌렸다. 이제 더 이상 _그_와 엮여서 혈압을 높이고 싶지 않았기 때문이다. 하지만 그런 그녀의 어깨를 잡아채면서 프란시스는 단호한 어조로 말했다.

"아직 제 말이 끝나지 않았으니, 그리 급히 자리를 피하시면 곤란합니다."

"그게 무슨 말이든 제가 반드시 경청해야 한다는 이유가 없는데요."

"이유가 있으니 그렇게 급한 성질 드러내지 마십시오."

"저 성격 별로 안 급해요."

"지금은 충분히 급해 보입니다. 별로 긴말은 아니니 그대로 서 계십시오."

그 말에 유정은 반사적으로 어깨를 들썩거려서 프란시스의 손을 떨쳐 냈다. 한 겹의 얇은 천 너머로 느껴지는 남자의 체온을 의식하자, 저도 모르게 심장이 빠르게 뛰었다. 수치심과는 또 다른 느낌이 어깨를 간지럽게 만들어서 저도 모르게 그렇게 행동한 것이지만, 당하는 상대방은 그렇게 생각하지 않았다.

프란시스는 자신의 손길을 강하게 거부하는 유정의 얼굴을 빤히 바라보았다. 그녀가 자신에 대해서 좋게 생각하지 않는다는 것 정도는 알고 있었지만, 이렇게 노골적으로 거부 반응을 보일 줄은 예상하지 못했던 것이다.

'내가 만지는 것도 싫다는 거지?'

머릿속에서 신경줄이 끊어지는 소리가 들리면서 프란시스는 유정을 노려보았다. 그 날카로운 시선에도 불구하고 그녀는 눈 하나 깜짝하지 않았다. 그리고 그것이 프란시스의 신경을 더욱더 거슬렸다.

무반응인 상대에게 자기 혼자만 반응하고 있는 지금이 그는 마음에 들지 않았던 것이다. 상대방이 반응하지 않는다면, 억지로라도 반응을 만들어 내고 싶었다.

그는 유정의 앞으로 한 발자국 다가섰다. 그러자 여자는 한 발자국 뒤로 물러서다가 저도 모르게 멈칫했다. 프란시스의 양팔이 그녀의 어깨를 잡고 옴짝달싹 못하게 만들었기 때문이다.

이번에는 아까처럼 그의 손을 쉽게 떨쳐 낼 수 없었다. 때문에 유정은 그 자리에 선 채로 도전적인 눈빛을 하며 턱을 한껏 들어 올렸다. 그가 할 말이 대체 무엇인지 모르겠지만, 그녀는 하해와 같이 넓은 마음으로 일단 들어는 줄 생각이었다. 절대로 힘에 밀려서 들어 주는 것이 아니다!

"미스 유정은 대체 무슨 배짱으로 이런 옷을 입고 다니시는지 저는 이해가 되지 않아서 말입니다."

라운드 티의 옷깃 사이로 드러난 목덜미와 쇄골을 노골적으로 쳐다보면서 남자는 그렇게 말했다. 그 눈길에 유정은 수치심을 느끼면서 얼굴이 붉어졌다. 하지만 남자의 표정은 한없이 서늘해서 차갑게 타오르는 눈빛과는 대조적이었다.

맥박이 세차게 고동쳤다. 두려움과는 분명히 다른 느낌이 유정의 심장을 움켜쥐었다. 차분한 프란시스의 음성이 고막을 때릴 때마다 신경이 곤두섰다. 그에게 잡힌 어깨가 타오르는 것같이 뜨거워서 떨쳐 내고 싶었지만, 힘이 조금도 들어가지 않았다.

마음의 동요를 감추면서 그녀는 날카로운 어조로 말했나.

"남의 옷차림을 가지고 뭐라고 하는 사람의 말을 귀담아듣는 귀는 없거든요. 내가 무엇을 입든, 어떤 옷을 가지고 있든 그것은 제 자유예요. 당신에게 이러쿵저러쿵 뭐라고 소리 들을 사안이 아니라고요."

"그럼 그렇게 자유로운 의사를 가진 사람에게 충고 하나 하겠습니다. 기능이 떨어지는 것 같은 당신의 귀가 잘 알아들을지는 모르겠지만."

그가 허리를 숙이자, 두 사람의 얼굴이 가까워졌다. 차갑게 타오르는 푸른색 눈동자에 유정은 잡힌 듯이 꼼작도 하지 못했다. 심장 소리가 들렸다. 당장이라도 목구멍을 통해서 튀어나올 듯이 세차게 뛰었다.

코끝이 닿았다. 살짝 스치는 그 느낌에도 솜털이 바르르 떨렸다. 입술이 닿을 것같이 가까이 다가와 그녀의 뺨을 스치자 유정은 저도 모르게 침을 꼴깍 삼켰다.

그 순간의 마음의 동요가 그에게 전달되었을 것이다. 유정은 그렇게 확신했다. 가까이 다가온 그의 푸른 눈동자에서 한순간 미소가 떠올랐다 사라지면서 귓가에 뜨거운 숨결이 느껴졌다.

"진정한 레이디의 마음가짐을 가지고 싶다면, 옷이란 자신의 편의만을 위해서 입는 것이 아니라는 것을 잘 알아 두십시오. 때와 장소에 걸맞은 차림새를 갖추는 것은 자신의 품격을 높이는 것과 동시에 상대의 체면을 세워 주는 겁니다. 이곳이 당신의 평범한 친구 집이라면 이런 차림새가 문제가 되지 않겠지만 여기는 헤이스팅스 공작가입니다. 지금 당신의 이런 차림이 당신의 체재를 허락해 주신 할머니의 위신을 깎아내리고 있다는 사실을 전혀 이해하지 못하는 것 같아서 드리는 말씀입니다."

관자놀이가 쿵쿵 울렸다. 뒷머리가 딩 하고 울리면서 미처 깨닫지 못한 사실에 부끄러움이 몰려들었다. 마른 입술을 혀로 적시면서 유정은 저도 모르게 떨리는 목소리로 말했다.

"변명처럼 들으시겠지만, 프란시스 경. 제가 가방을 쌌을 때, 저는 평범한 친구의 평범한 외가에 가는 줄 알았습니다. 그래서 이 저택에 어울릴 만큼 적당한 옷은 거의 가지고 오지 못했어요. 아침 산책을 나오는 데에도 그렇게 갖춰 입으시는 백작님의 눈에 보이기엔 저는 천박하고 배운 것 없는 아이겠지만요. 그래도 저는 한 번도 레이디 로랜트의 입장을 깎으려고 생각한 적은 없습니다."

입술을 깨물면서 바들바들 떨리는 몸을 진정시키기 위해서 노력했지만, 좀처럼 그렇게 되지 않았다. 지금 다리를 움직이면 분명히 몇 걸음 걷지 않고 주저앉을 것 같아서 유정은 필사적으로 허리에 힘을 주었다. 옷차림이 부끄러운 것이 아니다. 생각이 짧았던 자신이 부끄러울 뿐.

그래도 그의 얼굴을 똑바로 응시하면서 그녀는 떨리는 목소리로 말했다.

"오래되어 낡아 빠진 옷도 저는 부끄럽지 않고, 반팔에 반바지 차림이라도 저는 제 자신이 하나도 창피하지 않아요. 이것이 저에게 어울리고, 제가 할 수 있는 최선이니까요. 그래서 저는 그런 차림을 창피하게 생각하는 프란시스 경이 너무너무 이해가 되지 않네요. 물론 제가 초라하게 입고 있다는 사실은 알고 있습니다. 하지만 저는 진정한 레이디의 마음가짐이 값비싼 옷에서 나온다고는 생각하지 않아요."

"저는 당신에게 비싼 옷을 입으라고 한 적이 없습니다. 최소한의 예의를 갖추라는 말을 한 것이지요."

빈정대는 상대방의 태도 때문에 유정의 목소리는 점점 더 높아졌다.

"그게 그 소리잖아요! 프란시스 경이 저에게 별로 호감이 없다는 사실은 알고 있습니다. 저도 솔직히 말하면 프란시스 경에게 요만큼의 호의도 없고, 관심도 없습니다. 그렇기 때문에 당신이 뭘 하든지 상관도 하기 싫거든요. 당신이 왜 이렇게 절 못 잡아먹어서 안달인지도 모르겠습니다. 한두 번은 그냥, 생리 중인 아가씨의 신경질이라고 넘어갔지만, 지금은 그냥 생트집처럼 들리거든요! 당신이 진정한 귀족이라면 할머니만큼의 관대함을 가져 보시죠!"

머릿속에서 나오는 말을 모두 그에게 쏟아 내고 나서 유정은 가열차게 몸을 돌렸다. 어찌나 몸을 세게 돌렸던지 그녀의 긴 머리채가 나풀거리면서 프란시스의 뺨을 때렸지만, 그녀는 그것을 알아채지 못했다.

그는 시야에서 멀어지는 그녀를 잡지 않았다. 아니, 잡을 수가 없었다.

빠르지도 느리지도 않은 걸음으로 저택에 들어온 유정은 입구에 서 있는 알프레드 집사에게 가볍게 눈인사를 보내고 서둘러 자신의 방으로 올라갔다.

문을 닫고 자신이 혼자라는 것을 확인하자마자 유정은 부드러운 융단이 깔린 바닥에 주저앉았다. 마음속에는 승리의 환희가 가득 찼다.

[이겼다아!]

드디어 그 재수 없는 남자에게 한 방 먹였다는 생각에 유정은 만세를 불렀다. 그녀가 말하는 동안 그 무표정한 얼굴이 흙빛으로 변해 가는 것을 보고 얼마나 통쾌하던지! 특히 '생리 중인 아가씨'라는 말을 듣고서 프란시스의 입가에 이는 경련을 보고 유정은 속이 다 시원해졌다. 어지간히 충격이었는지 그녀가 돌아섰어도 제대로 잡지 못했다.

[아우, 속 시원해. 너무 시원해. 개운해. 나 앞으로 일주일은 밥을 안 먹어도 될 것 같아.]

한국말로 혼자 떠들면서 유정은 바닥을 데굴데굴 굴렀다. 정말 기분이 째졌다. 한 번 말대꾸를 하고 나자 이제는 두 번 다시 프란시스의 무례함을 참아 줄 마음이 들지 않았다.

[좋았어! 앞으로 그 인간이 뭐라고 하면 절대로 참지 않고 맞받아쳐 주겠어. 사람이 성격이 좋아서 참아 주니까 완전히 바보 취급 하고 난리야.]

굳게 다짐하면서, 그녀는 주먹을 불끈 쥐었다.

4장
흔들림

한편, 유정에게 폴로 스틱으로 한 대 맞은 것 같은 기분을 맛보고 있던 프란시스는 그녀가 떠난 뒤에도, 제자리에 굳어 있었다. 자신을 생리 중인 아가씨에 비유하면서 비난하는 유정의 말에 상당히 충격을 받았기 때문에, 거기서 깨어나기 위해서는 시간이 필요했던 것이다. 프란시스는 자신이 그녀에게 그런 비난을 받은 이유에 대해서 곰곰이 생각해 보았지만, 딱히 잘못한 말도, 행동도 없었다. 오히려 자신에게 반발하는 유정의 태도가 이해가 되지 않을 뿐이다.

"언제까지 거기서 굳어 있을 게냐?"

레이디 로랜트의 목소리가 들리자, 그는 깜짝 놀란 표정으로 고개를 돌렸다. 저택의 창문 안쪽으로 보이는 그녀의 근엄한 표정을 보자, 프란시스는 아차라고 중얼거렸다. 이 노부인은 그와 유정의 말싸움을 모두 지켜보고 있었던 것이 틀림없었다.

"나는 네가 그렇게 무례하고 생각 없는 녀석인 줄은 꿈에도 몰랐구나."

그리고 다음 순간 날아온 레이디 로랜트의 말에 프란시스는 자신의 짐작이 맞았음을 깨닫고 낙담했다. 재수가 없다고 생각하면서 그는 짐짓 아무렇지도 않은 표정으로 레이디 로랜트를 바라보았다.

"무례한 게 아니라 할 말을 한 것뿐입니다. 집 안에 저희들만 있다면 그녀의 그런 차림에 대해서 신경 쓰지 않겠지만, 내일 오후에는 손님이 이곳을 방문할 것입니다. 그런데 미스 유정이 저런 차림으로 돌아다닌다면 사람들이 뭐라고 생각하겠습니까?"

"이전에도 너에게 분명히 말해 두었지만, 잊은 것 같아서 다시 말하마. 이 집에서 미스 유정의 옷차림에 대해서 불평을 할 수 있는 사람은 집주인인 나뿐이다. 네가 나서서 왈가왈부할 일이 아니야."

"할 수 있습니다. 저는 할머니의 손자이고, 그 손님을 맞이해서 대접해야 할 사람이기 때문입니다. 우리 가문의 위신이 떨어지는 일만큼은 절대로 용납할 수 없습니다."

"정말 너는 고집불통에 앞뒤가 꽉 막혔구나. 미스 유정이 한 말이 하나도 틀리지 않다."

"할머니!"

"내 귀는 아직 먹지 않았으니 그리 소리 지를 필요 없다. 오후에 패트리샤와 미스 유정을 데리고 뉴욕에 다녀오거라. 너에게 홀

룽한 어퍼컷을 날린 그 아가씨에게 내가 상을 줘야겠다."

"그게 무슨 말씀이십니까?"

어퍼컷이라는 단어를 쓰는 레이디의 말에 프란시스는 적잖은 충격을 받았다. 그가 기억하는 한 영국 숙녀의 표본이라고 할 수 있는 그의 할머니는 한 번도 상스러운 단어나 말을 쓴 적이 없는 사람이었다. 그런데 유정이 이 저택에 체류하자마자 눈에 띄는 이런 작은 변화들이 프란시스는 무척이나 마음에 들지 않았다.

프란시스의 굳은 표정을 보면서 레이디 로랜트는 대수롭지 않은 어조로 대꾸했다.

"무슨 말씀이긴. 너에게 숙녀들의 에스코트를 명령한 거다. 시간이 늦을 것 같으면 저녁을 먹고 와도 좋다. 그리고 그녀에게 확실하게 사과의 말을 하도록 해라. 방금 전의 행동에 대해서 말이다."

프란시스는 항의의 말을 입에 올렸지만, 레이디 로랜트는 손자의 말을 모두 무시하고 창문을 걸어 닫았다. 다시 자리에 앉아서 비서인 미스 주디스가 넘겨주는 서류를 읽어 보면서 그녀는 불만이 가득한 어조로 중얼거렸다.

"그래도 저놈은 지 애비보다 괜찮은 녀석이라고 생각했는데, 틀렸어. 앞뒤가 꽉 막혔군. 나는 내 손자 녀석이 저렇게까지 바보일 것이라고는 생각도 못했네."

"그래도 사교계에서나 재계에서는 능력과 인품을 인정받으시는 분이십니다. 사업상의 문제로 프란시스 경에게 잘못 걸리면 제대로 살아남을 사람이 없다고 할 정도인걸요."

"그러면 뭐해? 아직도 사람을 제대로 보는 눈이 없는걸. 저런 놈이 유럽에서 제일가는 신랑감이라니, 사람들도 눈이 삐었지."

"레이디께서는 미스 유정이 마음에 드십니까? 처음부터 굉장히 잘 대해 주시는데요."

비서라는 자신의 입장에서 보자면, 조금 주제 넘는 말이라고 생각하면서도 미스 주디스는 그렇게 물었다. 그러자 레이디 로랜트는 종이 위에서 움직이던 펜을 멈추고 잠시 생각에 잠긴 듯한 표정을 지었다.

"다른 것은 몰라도 적어도 프란시스를 저렇게 후려치는 능력만큼은 제법 훌륭하지 않나? 아직도 정확히 모르겠지만, 나는 트리샤가 괜찮은 친구를 얻었다고 생각하네. 어떻게 저렇게 한결같이 똑같을 수 있는지 그것도 재주거든. 처음에는 연기일 수 있다고 생각했지만, 오늘 보니 그것도 아닌 것 같아. 아까 하는 말 들었지 않은가. 천하의 클리브던 백작에게 그런 상황하에서 그렇게까지 말할 수 있는 여자가 과연 얼마나 되겠어. 보통은 얼굴에 넘어가서 해롱거리지."

노부인이 거침없이 하는 '해롱거린다' 라는 표현에 미스 주디스는 프란시스가 '어퍼컷' 이라는 단어를 들었을 때만큼의 충격을 받았다. 하지만 그녀가 프란시스보다 더 빨리 정신을 차릴 수 있었던 것은 역시 레이디를 십여 년 넘게 가까이 모시면서 생긴 내공의 힘이었다. 미스 주디스는 놀란 얼굴을 재빨리 감추고서 대수롭지 않은 어조로 레이디에게 말했다.

"저는 오늘 잠시 이야기를 나눠 보았지만, 상당히 귀여운 아가씨던걸요. 자존심도 세고, 자부심도 있으신 분 같았습니다."

"어떤 면에서 말인가? 자부심이란?"

레이디 로랜트의 질문에 미스 주디스는 즉시 대답하지 않았다. 그녀는 오히려 장난기 있는 미소를 지으면서 자신이 경애하는 레이디에게 말했다.

"그것은 레이디께서 직접 알아보십시오. 저의 좁은 소견보다는 레이디의 드높은 안목이 더욱더 정확하실 테니까요."

다음 순간, 미스 주디스는 레이디 로랜트가 동그란 안경 너머로 보내는 엄격한 눈길을 받고 어깨를 살짝 움츠렸다.

꙯꙯

유정은 눈을 동그랗게 뜨고 자신에게 레이디 로랜트의 명령을 하달하러 온 메이드를 빤히 쳐다보았다. 짧게 자른 머리카락과 날렵한 턱선은 잘생긴 소년을 연상시키는 사람이었지만, 그녀는 엄연히 메이드복을 입고 있는 여성이었다. 미스 스텔라는 유정의 얼빠진 표정을 보고 다시금 천천히 입을 열었다.

"점심 식사 후에 패트리샤 아가씨와 함께 뉴욕에 다녀오십시오. 내일 저택에 손님들이 찾아오시기 때문에 그 준비를 하고 오시라고 레이디께서 말씀하셨습니다."

"이렇게 갑자기요?"

"미리 말씀드리면 패트리샤 아가씨가 도망칠지도 모른다고 하셔서요."

씩씩한 어조로 대꾸하는 미스 스텔라의 말에 유정은 저도 모르게 피식 하고 웃어 버렸다. 그 말대로 친구의 괄괄한 성격을 보자면 무엇인가 격식을 차려야 하는 일에 대해서는 질색할 게 뻔했던 것이다.

하지만 아직 유정은 할 말이 있었다.

"그렇지만 굳이 저까지 갈 필요가 있나요? 패트리샤와 프란시스 경이 간다면 저는 빠져도 될 것 같은데요. 프란시스 경은 지각 있는 귀족이시니 여동생을 훌륭하게 긴드를히시겠죠."

게다가 유정은 백화점에 가도 뭔가를 살 돈도 없다. 여름 방학이 시작되자마자 이곳 저택에 왔기 때문에 이모가 쥐어 준 약간의 용돈 이외에 여분의 돈은 없었던 것이다. 그러니 굳이 자신까지 뉴욕에 갈 필요가 없을 듯싶었다.

하지만 미스 스텔라는 조금도 물러날 기색을 보이지 않았다.

"레이디께서는 미스 유정도 함께 가셔서 패트리샤 아가씨의 고삐를 잡아 주기를 바라십니다. 클리브던 백작님은 아가씨에게 많이 무르신 분이라서 아가씨가 고집을 피우면 못 이겨 내신답니다. 그리고 함께 내일 있을 디너파티 준비를 하시라고 말씀하셨습니다."

"준비요? 저도요?"

"예. 백화점 측에는 미리 말을 넣어 두셨으니 너무 걱정하지 마십시오. 그럼 3시에 모시러 오겠습니다."

미스 스텔라는 그렇게 말하고서 방을 나섰고, 유정은 다시금 멍청한 얼굴로 높은 천장을 바라보았다. 자신이 프란시스와 옷 문제로 싸운 것이 불과 몇 시간 전인데 난데없이 백화점이라니, 레이디 로랜트가 뭔가를 알고 있는 것이 아닐까 하는 생각이 들었다.

'아니, 단순한 우연이겠지.'

너무 복잡하게 생각하지 않기로 했다. 비록 프란시스와 함께 간다는 것이 마음에 걸렸지만, 저택 바깥을 나서는 것도 기분 전환은 될 것이다. 게다가 차로 10분이나 걸린다는 저택의 정문을 볼 수 있는 절호의 기회라고 생각하면서 유정은 마음을 달랬다.

미스 스텔라가 말했던 것처럼 정각 세 시 오 분 전에 메이드가 유정을 부르러 왔다. 현관 앞에 자동차가 준비되어 있다는 말에 그녀는 터덜터덜 메이드를 따라나섰다.

"……."

계단을 반쯤 내려왔을 때, 유정은 프란시스가 로비에 서 있는 것을 발견했다. 흠잡을 데 없는 양복 차림의 그는 유정을 발견하자마자 굳은 표정을 지었다. 명백하게 싫어하는 그의 얼굴을 보자, 그녀 역시 턱을 세웠다.

'누군 뭐 좋아서 너랑 같이 움직이는 줄 알아?'

유정은 조금도 신경 쓰지 않는다는 표정으로 계단을 내려온 다음, 현관으로 향했다. 자신이 생각했을 때, 그에게 잘못한 것은 아무것도 없었다. 그러니 기가 죽을 필요가 없는 것이다.

"타시지요, 아가씨."

알프레드 집사가 열어 주는 차문 안으로 들어가자 패트리샤는 이미 차 안에서 두 사람을 기다리고 있었다. 고급 리무진은 안이 매우 넓어서 세 사람이 앉아도 조금도 좁다는 생각이 들지 않았다. 패트리샤의 앞에 앉은 프란시스는 엉덩이를 의자에 붙이자마자 창문으로 시선을 돌려 버렸다. 유정 쪽에는 시선도 주지 않겠다는 명백한 의사 표현인 것이다. 유정 역시 그에게 무관심했다. 게다가 지금은 그에게 관심을 쏟을 여력도 없었다.

"우아, 진짜 우리 할머니는 너무한 것 같아. 사람을 이렇게 갑자기 부리니?"

오라버니의 그런 불편한 심기에노 불구하고, 패드리샤는 유정을 향해 자신의 불편한 심기를 표하는 데 여념이 없었다. 때문에 유정의 온 신경은 패트리샤에게 집중될 수밖에 없었다.

"뭐가 또 불만인데?"

"손님이 온다는 말을 이렇게 갑자기 하는 경우가 어딨어?"

"글쎄다. 그거야 할머니 마음 아니겠니. 그냥 너는 그 입을 닥치고, 얌전히 백화점 쇼핑을 한 다음, 내일 완벽한 아가씨가 되어서 손님들에게 좋은 모습을 보이면 되는 거야."

유정의 입에서 나온 'Shut 삐리리리 up!' 이라는 말에 프란시스는 반사적으로 그녀를 노려보았다. 그의 시선에는 어디서 그렇게 상스러운 말을 하느냐는 비난이 담겨 있었지만, 정작 그 소리를 들은 패트리샤는 조금도 신경 쓰지 않았다. 대신에 그녀는 말꼬리를 잡기보다는 굉장히 상처받았다는 표정으로 친구의 팔에 기대면서 말했다.

"너, 너무 냉정해."

"난 원래 냉정해. 내가 괜히 학교에서 왕따였게."

단호하게 말하면서 유정은 프란시스를 똑바로 노려보았다. 아까부터 그가 계속 자신을 노려보는 것에 대한 반격이었다. 하지만 그녀의 시선을 받은 남자는 슬그머니 고개를 돌려 다시금 창문 밖을 유심히 바라보았기 때문에 김이 피시식 빠졌다.

그런 그녀의 귓가에 패트리샤의 투덜거림이 계속 들려왔다.

"……네가 그렇게 나오면 나는 또 할 말이 없잖아. 여튼 할머니는 뭐든 자기 뜻대로 주물러야 직성이 풀리시는 것 같아. 손님 맞이도 그래. 미리 말씀해 주셨다면 나도 마음의 준비를 할 텐데, 갑자기 옷을 사러 다녀오라니. 이게 무슨 경우냐고. 오늘 일정에 없던 일이잖아. 어이, 친구. 내 말 듣고 있는 거냐?"

유정이 갑자기 자신에게 집중하지 않은 것을 발견하고 패트리샤는 그녀의 눈앞에 손을 흔들면서 물었다. 그때 유정의 시선은 차창 밖에 고정되어 움직일 줄 몰랐던 것이다.

"아, 듣고 있어. 계속해."

"뭘 보는 거야?"

친구가 무엇을 보고 있는지 궁금한 나머지 패트리샤는 고개를 길게 빼고 차창 너머를 바라보았다. 그러자 그녀의 시선에는 열려 있는 저택의 정문이 보였다.

"대문 처음 보냐?"

"나는 처음 보거든."

"하긴, 너 여기 올 때 좋았지. 제대로 못 보긴 했겠다."

"지금도 제대로 못 보긴 마찬가지야. 오늘 아침에 정원에 나갔다가 되돌아왔잖아. 정문까지 걸어서 가다가 미스 앨런한테 저택에서 정문까지의 거리를 듣고서 도저히 탐험할 엄두가 안 나서."

"하긴 이 동네가 좀 무식하게 넓긴 해."

"영국의 본가는 더 넓다며? 미스 앨런이 눈을 번쩍이면서 말하던걸."

"으음, 여기보다 더 넓어. 게다가 무진 낡았지. 안 그래, 프란시스?"

여동생의 말에 프란시스는 바깥을 쳐다보는 시선을 돌렸다. 굳어 있는 그의 시선은 유정을 잠시 농안 응시하다가, 이윽고 느릿느릿하게 패트리샤의 질문에 대꾸했다.

"내부는 새로 수리해서 멀쩡해."

"그래도 완벽한 18세기잖아. 아니, 그보다 더한가? 완전히 저택 전체가 역사박물관 같아. 자그마한 액자 하나만 해도 엄청 오래됐으니까."

"그렇구나. 너희 집안 역사도 엄청 긴가 보다."

"오빠, 우리 집안 역사가 어떻게 되지? 한 이백 년 됐나?"

패트리샤의 질문에 프란시스는 생각에 잠긴 어조로 느릿하게 대꾸했다.

"초대 헤이스팅스 공작님께서 폐하께 작위를 받으신 것이 1869년이니까, 거의 그 정도 됐지."

"오빠는 그런 것도 기억해? 하긴 작위를 잇는 건 오빠니까 그럴 만도 하겠다. 족보에 대해서 열심히 공부해야 아는 척을 하지."

"너도 후보잖아. 할머니가 돌아가시기 전까지 네가 결혼을 하지 않는다면, 네가 작위를 이어받아 네 남편에게 줄 수 있지. 할아버님 역시 그렇게 작위를 받으신 분이니까."

유정은 남의 집안의 복잡한 가정사에는 그다지 관심이 없었지만, 신세를 지고 있는 친구네 집안이기 때문에 프란시스와 패트리샤의 대화에 조용히 귀를 기울였다. 귀족의 작위를 잇는 방법에 대해서는 잘 모르지만, 제법 복잡한 과정이 있는 모양이었다. 그리고 내심, 패트리샤가 공작의 작위를 이을 수 있다는 말에 깜짝 놀랐다.

"유정, 너 뭔가 할 말이 많다는 표정이다."

친구의 얼굴을 유심히 들여다보면서 패트리샤가 그렇게 말하자, 유정은 정색을 하면서 대꾸했다.

"솔직하게 말해도 돼?"

"네가 언제 솔직 안 한 적이 있었니? 마음 놓고 말해 봐."

"아니, 문득 너 같은 애가 작위를 받아도 괜찮을까라는 생각을 좀……."

일부러 말끝을 흐리면서 유정은 친구와 친구의 사촌 오빠의 눈치를 살폈다. 둘 중 어느 누가 더 기분 나빠할까 내심 재면서 말이다. 그리고 그녀의 예상대로 패트리샤는 깔깔대며 웃어 넘겼고, 프란시스는 눈썹을 살짝 일그러뜨렸다.

"나도 그렇게 생각해. 내가 공작부인이라는 말도 안 되……."

"나는 그렇게 생각하지 않아."

여동생의 말에 반박하면서 프란시스는 단호한 어조로 말했다.

"너도 충분히 자격이 있어. 그러니 그런 자신의 위치에 긍지와 자각을 가지도록 해."

"하지만……."

"하지만이 아니야. 그러니 그쪽도 레이디의 마음가짐을 배우고 싶다면, 좀 더 단어 선택에 신중하게 해 주십시오. 입 닥치라는 말은 레이디가 아니더라도 써서는 안 될 말이라고 생각합니다."

그렇게 말하고서 그는 다시 쌀쌀맞게 고개를 돌려 버렸다. 유정은 낮과는 다른 그의 태도에 조금 이상하다는 생각이 들었지만, 아직은 태클을 걸지 않았다. 대신에 자기가 말해 놓고선 무진장 기분 나쁘다는 표정을 짓고 있는 남자를 흥미롭다는 듯이 바라볼 뿐이었다. 그는 입을 굳게 다물고 시선을 차창에 고정시켰다. 여전히 유정과는 눈을 마주치지 않겠다는 의지를 보이는 그를 보면서 내심 부글부글 끓어올랐다.

'어디서 새침 떠는 거야, 남자가!'

이런 기분인 것이다.

뉴욕의 시끄러운 소음은 도시에 들어서기 전부터 나는 것 같았다. 패트리샤와 둘이서 이런저런 이야기를 떠들다 보니 자동차는 어느새 목적한 곳에 도달해 있었다. 유정은 차창을 눈높이만큼 내리고 회색빛이 도는 하늘과 도심의 높은 빌딩들을 바라보았다. 한동안 그녀가 살았던 이 도시에 유정은 그렇게 정이 들지도 않았지만, 또 그렇다고 싫어하지도 않았다.

"내리십시오."

백화점 앞에서 차를 세우고 운전기사가 열어 주는 문으로 제일 먼저 나선 사람은, 역시 남자인 프란시스였다. 그는 차에서 내리는 패트리샤의 손을 잡아 준 다음, 유정에게 손을 내밀었다. 그 자연스러운 동작에 당황한 사람은 유정 쪽이었다. 그녀는 차에서 내리려는 동작을 멈추고, 눈을 멀뚱멀뚱하게 뜬 다음에 뚱한 어조로 말했다.

"저는 혼자서도 차에서 내릴 수 있을 만큼 나이를 먹었다고 생각하는데요."

"레이디를 레이디로 대하는 것이니 그냥 리드하는 대로 따르십시오."

어조만 정중할 뿐, 닥치고 시키는 대로 하라는 듯한 그의 말에 유정은 눈을 동그랗게 떴다. 하지만 다음 순간, 프란시스의 단호한 푸른 눈동자와 눈이 마주치자 그녀는 저도 모르게 입을 다물어 버렸다. 차가운 사파이어처럼 빛나는 눈동자는 어떤 반론도 허용하지 않겠다는 의지를 담고 있었다.

"……."

그래서 유정은 선생님의 말을 얌전히 듣는 학생처럼 입을 꾹 다물고 그에게 손을 내밀었다. 체온을 머금고 있는 커다란 손은 그녀의 작은 손을 가볍게 쥐었다가 그녀가 땅에 균형을 잡은 것을 확인하고서 재빨리 놓아 버렸다. 자신과 닿은 것이 싫은 듯 표정을 굳히는 그를 보면서 유정은 괜히 기분이 나빴다. 아니다. 이건 괜히 기분 나쁜 것이 아니다. 당연히 기분 나쁜 것이다.

'사람을 사람 취급으로도 안 하잖아!'

그래서 그녀는 그에게 고맙다고 내뱉듯이 말한 뒤, 자신을 기다리고 있는 패트리샤의 곁으로 다가갔다.

프란시스는 그런 유정의 모습을 아주 잠깐 동안 응시하면서 자신의 손바닥을 만지작거렸다. 기분이 나빠 보이는 것이 역력한 그녀의 표정을 보면서 남자는 어깨를 으쓱거렸다.

'받은 만큼 돌려줬다.'

낮에 유정이 자신의 손을 거부하듯이 떨쳐 낸 것을 여태까지 기억하고 있던 그였다.

"어서 오십시오, 미스 모건. 클리브던 백작님."

유정은 '나는 정말로 높은 사람입니다'라는 포스를 풍기는 남자가 백화점의 입구에 서서 공손히 자신들을 맞이하는 것을 보고 잠시 걸음을 멈췄다. 패트리샤는 아주 자연스럽게 그의 인사를 받아들였지만, 유정은 대체 저게 뭘까 싶은 표정을 지었다. 그녀는 이제껏 백화점을 오가면서 직원들이 직접 나와 마중하는 것을 본 적이 없었던 것이다.

주춤거리는 그녀를 보고 프란시스는 빈정거리는 듯한 어조로 물었다.

"왜 그러십니까? 미스 유정?"

"아뇨, 저분은 누구신가 해서요."

"백화점의 총지배인과 VIP 전용의 퍼스널 쇼퍼들이라고 설명한다면 이해하실 수 있으십니까?"

유정은 자신을 머리 나쁜 학생 취급하는 프란시스의 말투에 익숙해질 만큼 익숙해졌지만 오늘따라 유독 기분이 나빴다. 그래서 그녀가 저도 모르게 잡아먹을 듯이 노려보자, 프란시스는 그녀의 시선을 무시했다.

관심이 없다는 태도다.

'이건 지금 싸우자는 거지? 너 나랑 한판 뜰래?'

다시금 이를 바득바득 갈고 있는데 뒤통수가 근질근질했다. 이상한 느낌에 고개를 돌리자, 마중 나온 백화점의 직원들은 호기심과 의아함이 깃들어 있는 시선으로 그녀를 바라보고 있었다.

유정은 그 시선이 가지고 있는 의미를 순식간에 파악했다.

'미스 모건이나 클리브던 백작님은 알겠지만, 거기에 꼽사리 낀 너는 뭐니?'

말은 하지 않아도 그들이 그런 생각을 하고 있다는 사실을 유정은 눈치챌 수 있었다. 다른 것이라면 몰라도 옷차림부터가 두 사람과 달랐기 때문이었다. 멋스럽고 어른스러운 정장을 차려입은 패트리샤나 양복 정장을 빼입은 프란시스에 비해서 평범하다 못해 초라하게 차려입은 자신이 그들의 입장에서는 우습게 보일 만도 할 것이었다.

그 사실을 잘 알기에 유정은 지나치게 우려져 쓴맛이 나는 차를 마신 것같이 입맛이 썼다. 하지만 그녀는 시선이 마주친 직원 한 명에게 살짝 웃어 보이고서 패트리샤의 곁으로 다가갔다.

"너, 내 옆에 바짝 붙어 있어."

패트리샤는 단호한 어조로 말하면서 그녀의 팔을 잡아끌었다. 유정은 갑자기 잡아끄는 그 힘에 다리를 비틀거렸지만, 다행히 넘어지지는 않았다.

"왜 그래?"

"널 여기서 잃어버리면 안 되니까. 이유정 씨, 당신은 자신이 길치라는 사실을 종종 잊어버리는 것 같아."

"그래도 아직까지 저택에서는 미아가 된 적은 없거든. 약도도 항상 주머니에 넣어 두고."

"항상 아슬아슬하게 구원의 손길이 닿았기 때문이겠지. 안 그래? 내가 너한테 말은 안 했는데 말이지, 내가 거기 가자마자 미스터 알프레드에게 뭐라고 했는지 알아?"

"……뭐라고 했는데?"

음흉하게 웃고 있는 친구의 사악한 얼굴을 보면서 유정은 불길함을 느끼고 있었다. 그리고 그녀의 예상은 정확히 맞아떨어졌다.

"나는 말이지, 네가 너무너무 걱정돼서 말이야. 혹시나 네가 미아가 될지도 모르니, 잘 좀 신경 써 달라고 말했지. 그래서 저택의 하녀들이 항상 네가 어디에 있든 파악하고 있을 거야."

뚜벅거리던 발걸음을 멈추고 유정은 친구의 잘생긴 뒤통수를 빤히 쳐다보았다. 그녀가 걸음을 멈추자, 뒤따르던 프란시스도 제자리에 섰고, 줄줄이 따라오던 백화점의 직원들 역시 모두 걸음을 멈췄다.

"왜? 안 가?"

패트리샤는 아무렇지 않게 물었고, 유정은 그런 친구의 볼따구니를 세게 잡아당겼다.

"앗!"

"가끔가다가 네가 친구인지 웬수 덩어리인지 모르겠어. 니가 그러면 저택 사람들이 날 대체 어떻게 생각하겠어? 앙?"

"손이 많이 가는 귀여운 아이."

그 순간 유정의 이성은 뚝 하는 소리와 함께 끊어졌다. 자신을 아이 취급하는 친구의 태도에 너무나 화가 난 나머지, 그녀는 날카로운 시선으로 패트리샤를 노려보면서 친구의 반대편 볼따구니를 다시 한 번 세게 잡아당기고서 성큼성큼 걸음을 옮겼다.

"어디 가? 또 길 잃어버리려고?"

패트리샤가 빨갛게 변한 양쪽 뺨을 손으로 문지르면서 묻자, 유정은 휙 돌아서서 앙칼진 어조로 소리쳤다.

"화장실!"

"풋!"

뭐가 재미있는지 웃는 여동생을 한심하다는 듯이 바라보면서 프란시스는 직원 한 명에게 눈짓을 보냈다. 그의 지시를 받은 직원은 재빨리 유정의 뒤를 따랐다. 유정은 그것을 확인하고서 눈살을 찌푸렸지만, 가타부타 뭐라고 말하지는 않았다. 왜냐하면 이곳에 붙어 있는 화장실이 어디 있는지는 그녀도 모르고 있기 때문이었다.

준비된 VIP 룸에 들어선 프란시스는 뭐가 그렇게 즐거운지 여전히 키득거리고 있는 패트리샤에게 냉정한 어조로 물었다.

"패트리샤! 이쪽으로 집중해 봐."

"응? 뭔데 오빠?"

"네 말에 따르면 유정의 근처에는 항상 사람이 있다는 말인데, 진짜야?"

"응. 유정이 쟤는 말이지, 어떻게든 마지막에는 길을 찾긴 찾지만 익숙하지 않은 곳은 뱅뱅 헤매거든. 스트릭하트 저택은 엄청 넓은데 잘못되면 저 녀석 진짜 미아가 된다고. 그래서 미리 조심해 달라고 부탁한 것뿐이야.”

태연하게 대꾸하던 패트리샤는 프란시스의 얼굴이 흙빛으로 변하는 것을 보고 고개를 갸웃거렸다. 그런 그녀의 얼굴을 쳐다보면서 프란시스는 이를 바득바득 갈았다.

몰랐었다. 항상 유정의 주변에 누군가가 있다는 사실을. 알았다면 그는 그녀와 단둘만 있는 경우에나노 비아냥거리거나 쓸데없는 접촉을 하지 않았을 것이다.

평소에 그는 다른 사람들이 보는 앞에서는 유정에게 무관심한 것처럼 말도 잘 나누지 않았다. 기껏 한다는 말도 그녀를 놀리거나 비웃는 한두 마디뿐, 가까이 다가가거나 신경을 박박 긁는 듯한 태도를 레이디의 앞에서는 절대로 보이지 않았다.

‘그런데 할머니가 전부 알아 버렸단 말이지.’

눈치가 백 단에, 코치는 구백 단인 사람이 바로 레이디 로랜트다. 그런 할머니에게 자신의 행동이 모두 전달되었다고 생각하자, 부끄러움과 수치심에 견딜 수가 없었다. 그동안의 내숭이 모두 들켰다는 사실보다 더 짜증나는 것은 자신이 유정에게 특별한 관심이 있다는 것을 할머니가 알고 있었다는 사실이다. 알면서도 그가 내숭을 떠는 것을 보면서 속으로 얼마나 재미있어 했을까?

‘게다가 오늘은 눈으로 직접 확인까지 하셨으니……. 망할 노인네.’

확인 사살 후에 둘이서 잘해 보라고 등 떠밀어 내보내시는 그

넓고 하해와 같은 마음이 프란시스는 의심쩍었다. 그녀는 자존심이 강한 귀부인이다.

설령 프란시스가 유정에게 진심으로 관심을 보인다고 해도 그녀를 가문에 받아들이는 일 따위는 하지 않을 것이었다. 패트리샤의 친구로서 그녀를 인정하는 일은 있어도 그녀를 가문의 일원으로는 생각하지 않을 것이었다. 200년 넘게 이어져 온 공작가문의 혈통에 미국인인 패트리샤의 아버지가 끼어들었다고 그 난리를 쳤었는데, 아시아인이 들어간다고 한다면 그야말로 뒤집어질 것이다.

미국인이라고 해도 모건 가는 대대로 금융업을 하는 재벌가다. 비록 패트리샤의 부친은 가업을 잇지 않고 독립해 고등학교 교사를 하고 있지만, 그래도 그가 가문의 일원임에는 틀림없었다. 그렇기 때문에 패트리샤는 어찌 되었든 헤이스팅스 공작가의 일원으로 인정받을 수 있었다. 만약 그녀의 집안이 그저 그런 서민이었다면 아무리 패트리샤가 레이디 로랜트의 직계 손녀라고 해도 가문 내에서 인정받지 못하리라.

그런데 유정 같은 동양인이라면 더더욱 반대가 극심할 것이다. 애인으로 사귀는 것조차 쉽지 않다. 그 사실을 누구보다 잘 알고 있는 사람이 바로 레이디 로랜트인데 왜 이런 일을 꾸미는 걸까?

'근데 왜 난 이런 생각을 하고 있는 거야? 그 여자와 사귈 마음도, 결혼할 생각도 없으면서.'

프란시스는 머릿속이 순식간에 복잡해진 까닭도, 이런 멍청한 생각을 하게 된 것도 모두 패트리샤가 쓸데없는 짓을 했기 때문이라고 단정 지었다. 할머니가 자신을 떠보는 것도 역시 이 사촌 때문이다. 그래서 그는 이를 바득바득 갈면서 그 원망을 모두 담아 패트리샤를 노려보았다. 사촌 오빠의 살기 어린 시선을 받은 패트리샤는 영문을 모르겠다는 표정으로 눈을 깜빡거렸다.

"왜 그래? 무슨 일이 있어?"

"패트리샤 로즈 모건."

프란시스가 자신의 이름을 풀네임으로 부른다는 것은 그가 대단히 화가 났을 때라는 것을 패트리샤는 잘 알고 있었다. 다른 사람들은 몰라도 그녀는 안다. 이 오빠는 그녀를 무척이나 사랑하고 있었고, 가끔가다가 짜증이 날 정도로 엄격하긴 하지만 진심으로 화를 내는 경우는 거의 없다는 것을. 그런 그가 정말로 화가 났을 때는 무조건적으로 잘못했다고 빌어야 했다. 웬만한 일로 이 오라버니가 화를 낼 리가 없으니 어떤 부분에서 자신이 분명 잘못했을 것이다.

"……"

눈치를 살폈지만, 프란시스는 거친 숨을 내쉬면서 치솟는 화를 참느라 안간힘을 쓰고 있었다. 주먹을 쥐었다가 말았다가 하면서 이를 앙다문 오빠의 얼굴에 패트리샤는 생전 처음으로 겁이 났다. 대체 얼마나 화가 많이 났으면 이렇게 씩씩거리면서 말을 안 하는 것인지 걱정이 되는 것이다.

동시에…….

'나, 대체 무슨 잘못을 한 거야?'

스스로의 죄를 찾아봤다. 대체 어떤 부분이 잘못되었나 고민해 보았지만, 패트리샤는 아무리 생각해도 특별한 것을 찾아낼 수 없었다.

"오빠아?"

애교 있게 그의 옷깃을 잡고 흔드는데 프란시스가 갑자기 뒤로 물러났다. 패트리샤는 깜짝 놀라서 그를 바라보다가 귓가에 들리는 친구의 목소리에 고개를 돌렸다.

"쇼핑은 안 해? 쇼핑하러 왔잖아."

유정은 방 안의 이상한 분위기를 느끼지 못한 듯이 명랑한 어조로 말했다. 아까 전에 패트리샤에게 화를 냈던 것은 모두 잊은 것같이 명랑한 표정이었다.

그리고 프란시스는 그런 유정의 명랑함에 초를 쳤다.

"당신은 퍼스널 쇼퍼라는 말을 대체 뭘로 이해하신 겁니까?"

"아?"

유정은 그의 심상치 않은 태도에 고개를 갸웃거리며 패트리샤를 쳐다보았다. 어깨를 으쓱거리는 친구의 모습에 눈동자를 데굴데굴 굴리는데, 귀에는 여전히 신경질적인 프란시스의 목소리가 들려왔다.

"얌전히 앉아서 기다리면 상품이 알아서 올 테니까, 둘 다 레이디답게 저기에 앉으십시오!"

비어 있는 의자를 손가락질하면서 신경질적으로 말하는 프란시스의 태도에 압도되어서 유정은 처음에 말대꾸를 할 생각도 하지 못했다. 그래서 패트리샤와 함께 슬금슬금 자리에 앉아서 친구의 옆구리를 슬쩍 찔렀다.

"왜 그래?"

"나도 몰라. 지금 엄청 화가 나 있으니까, 안 건드리는 게 좋을 것 같아."

"화가 왜 났는데?"

"내가 그걸 알면 지금 이렇게 깨갱거리겠니?"

속닥이는 두 아가씨들은 남자의 날카로운 시선에 입을 꾹 다물었다. 프란시스가 찌릿 하는 시선으로 노려보았기 때문이었다. 둘이 조용해지자, 프란시스는 손짓으로 백화섬의 총지배인을 불렀다.

"상품을."

"예, 알겠습니다. 백작님."

"미리 말해 두겠지만, 패트리샤. 네 취향대로 고르는 것은 허용하지 않겠다. 내일 오는 사람들은 할머님의 손님들이니 그분께 무례가 되지 않도록 해라. 그건 미스 유정도 마찬가지입니다."

"에? 저도 고르는 건가요?"

유정은 깜짝 놀라서 저도 모르게 말대꾸를 했다. 프란시스의 태도는 여전히 흉흉했기에 목소리는 평소보다 조심스러웠다. 그러자 남자는 여전히 칼날 같은 시선으로 그녀를 노려보면서 냉랭한 어조로 대꾸했다.

"물론입니다. 당신도 내일 정찬에 참석해야 하니까."

"저, 돈 없는데요. 어떻게 지불해요? 아, 다음에 아르바이트라도 해서 갚을까……."

"갚을 필요 없습니다."

"예? 하지만……."

"패트리샤의 친구에게 제가 하는 선물이니 고맙다고 하고 받아 두시면 됩니다."

평소에도 프란시스가 자신에게 하는 정중한 어투에는 정나미가 뚝뚝 떨어졌지만, 오늘따라 더 심한 것 같다고 유정은 생각했다. 게다가 이제는 그녀와 눈도 마주치지 않는다.

그런 그를 그녀는 이상하다는 표정으로 힐끔거렸다. 남자의 저 태도가 어디서 봤나 싶었더니, 자신이 생리통이 심할 때 종종 부리는 이유 없는 짜증과도 좀 닮아 있었다. 아까는 좀 농담 같았지만, 지금은 어쩐지 심각하게 고려해 봐야 할 것 같은 생각이 들었다.

'저 남자 진짜 생리하나? 왜 저렇게 삐쳐 있는 거야? 왜 이렇게 심통을 부리고 있는 겨?

호기심은 고양이를 죽인다. 유정은 머리 한쪽으로는 그래서는 안 된다고 생각하면서도 슬그머니 그를 찔러 보았다.

"하지만요, 제가 가진 선량한 시민으로서의 양심이 비싼 선물을 받아서는 안 된다고 생각하는데요. 부담스러워요."

그의 눈치를 살피면서도 유정이 끝까지 지지 않고 말대꾸를 하자, 프란시스는 눈을 가늘게 떴다. 그는 마치 그녀의 마음속 생각을 읽어 내려는 것처럼 예리한 시선으로 그녀를 쳐다보았다. 유정은 심장 소리가 거칠게 뛰는 것을 느꼈다. 긴장감이 들어 어깨에 힘이 들어가는데, 탐색을 마친 남자는 여유로운 동작으로 다리를 꼬면서 무심하게 대꾸했다.

"그리 부담이 된다면 일해서 갚으시든지."

"예?"

아니, 이 인간이 왜 이랬다 저랬다 하는 겨!

눈을 동그랗게 뜨고 유정은 프란시스의 얼굴을 빤히 쳐다보았다. 그 남자가 무슨 변덕으로 자기가 했던 말을 바꾸는 것인지 이유를 알 수 없었기 때문이다. 진짜, 까다로운 아가씨라도 이렇게 제멋대로일 수는 없는 것이다. 유정은 다시금 심각하게 저 남자가 생리하고 있는 것이 아닌지 고민이 되었다. 패트리샤 역시 이해할 수 없다는 표정으로 사촌 오라버니의 굳어 있는 표정을 노려보았다.

그러자 그는 변명처럼 입을 열었다.

"남에게 선물을 받는 것이 그렇게나 부담스럽고 싫다면, 그 의지를 존중해 주겠다고 말하는 겁니다. 일을 하시겠다면 기꺼이 시켜 드리지요. 그러니 받으시겠습니까?"

"그, 그럼 어떤 일을 시키시려고요."

"때가 되면 알게 될 거니까 신경 쓰지 마십시오."

아니, 지금 많이 신경 쓰이거든요. 나, 지금 피박에 쓰리고에 독박까지 쓴 기분이에요! 괜히 사양하는 척했잖아! 이유정, 바보!

유정의 온몸으로 지르는 마음의 외침을 눈치챘으면서도, 프란시스는 짐짓 모르는 척하면서 시선을 돌렸다. 마음속으로 유정의 구겨진 얼굴을 귀엽다고 생각하면서 말이다. 할머니의 계략은 둘째 치고라도 우선은 여성분들의 옷 갈아입히기 놀이 쪽에 집중하자고 생각했다.

'어차피 벌어진 일, 대책은 느긋하게 생각해도 늦지 않아. 계속 화를 내 봐야 무의미하고.'

할머니의 생각이 어떤 것인지 짐작할 수는 없지만 호락호락하게 당할 생각은 없었다.

그때 마침 퍼스널 쇼퍼들이 준비된 상품들을 가지고 와서 그녀들의 앞에 내려놓았다.

이윽고 VIP 룸에서는 총성 없는 전쟁이 벌어졌다.

5장
쇼핑 전쟁

화려한 무늬가 들어간 칵테일 드레스를 들고서 패트리샤는 버럭 소리쳤다.

"난 이게 좋아!"

"천박해 보여서 반대다."

"나한테 어울리면 되는 거지 뭘 그렇게 따져!"

"색깔도 무늬도 디자인도 너한테 어울리지도 않아. 아까도 말했지. 오시는 손님들에게 부끄럽지 않은 차림새가 되어야 한다고. 안 돼. 다른 것."

바늘 하나 들어갈 틈을 안 주는 견고한 프란시스의 방어전은 이번에도 패트리샤의 고집을 꺾었다. 결국 자신의 눈동자 색과 비슷한 수수한 푸른색 드레스를 고른 패트리샤는 분노에 찬 걸음으로 VIP 룸을 박찼다.

"어디 가?"

커피를 마시면서 그렇게 묻는 프란시스에게 패트리샤는 쌩한 어조로 대꾸했다.

"화장실!"

"그럼 나도……."

눈치를 보아 가면서 유정도 역시 자리에서 일어났다. 오늘따라 유난히 신경질적인 프란시스와 단둘이서 버틸 만한 자신이 없기 때문에 패트리샤와 함께 움직이려는 것이다. 그는 여동생의 뒤에 바짝 붙어서 움직이는 유정의 뒷모습을 힐끔 쳐다보면서 커피 잔을 받침에 내려놓았다.

건드리면 건드리는 대로 파르르 떠는 패트리샤와 달리 유정의 경우에는 체념을 한 모양이었다. 그가 뭘 골라 줘도 얌전히 받는 모습이, 조금 심심한 느낌이다. 조금쯤은 반발하면 어디가 덧나나?

'가격에 놀라서 굳은 기분도 들긴 하지만.'

그가 골라 주는 옷들의 가격표들을 보고 유정의 얼굴빛이 파랗게 질리는 것을 보았다. 그녀는 그를 쳐다보면서 붕어마냥 뻐끔거리다가 꼬리를 내리고 입을 다물었다. 아무리 봐도 될 대로 되라는 표정이다.

조금 아쉽기는 했지만, 지금은 어디로 튈지 모를 패트리샤가 더 문제였다. 그녀와 있는 대로 신경전을 벌이고 나니, 아무리 프란시스라고 해도 조금 지치는 기분이 들었다.

미간에 주름을 잡으면서 그는 유정이 패트리샤같이 노출이 심한 옷을 좋아하는 사람이 아니라는 것에 안심했다. 야한 드레스를 입은 유정이 다른 사람들의 시선에 닿는다는 상상만 해도 기분이 불쾌해졌던 것이다.

화장실에 들어갔다 나온 패트리샤는 손을 씻으면서 짜증이 잔뜩 묻어나는 어조로 투덜거렸다.

"완전 폭군이야! 오늘따라 왜 그러는지 모르겠어! 다른 때에는 다소 이상한 옷을 골라도 웃으면서 괜찮냐고 했거든. 오히려 힐머니든 누구든 뒤집어지겠다고 지가 더 재미있어 했는데 오늘은 완전히 꽉 막혔어! 진짜 짜증나!"

"그래, 진짜 이상하긴 하더라. 여기 도착하고 나서부터 아주 살판이 나셨어. 그래도 너는 니가 고르기라도 하지. 나는 대체 뭐냐? 옷 들고 고등학교 다시 가야 할 것 같더라."

유정은 그런 친구의 분노에 맞장구를 쳤다. 패트리샤는 자기 옷에 대해서 주장이라도 했지, 그녀의 경우에는 주장할 권리조차도 없었다. 하나같이 얌전하고 수수한, 그러나 가격은 무지막지하게 비싼 것들을 프란시스가 먼저 결정하고 이렇게 말한 것이다.

"사이즈가 맞는지 확인하고 나오십시오. 맞으면 살 테니까."

프란시스의 독특한 퀸즈 잉글리시 액센트를 흉내 내면서 유정이 그렇게 말하자, 패트리샤는 그제야 조금 웃으면서 말했다.

"히틀러 씨도 프란보다는 나을 거야."

"나는 히틀러 말고 다른 것 상상했는데."

"뭔데?"

"생리 중인 귀족 아가씨. 딱 그 정도로 변덕이 심하지 않니? 신경질도 그렇고."

유정이 진지한 태도로 진지하게 말을 끝내자마자 패트리샤는 약 10초간 얌전히 그녀를 바라보더니, 이내 포복절도할 태세로 웃기 시작했다.

"까하하하하! 그 말 찬성! 절대 찬성! 넌 역시 천재야!"

너무나 유쾌하게 웃는 패트리샤의 모습을 보면서 유정도 역시 꿍해 있던 기분을 풀었다. 그리고 방에 돌아와 보니 프란시스의 모습은 보이지 않았다. 대기하고 있던 직원에게 패트리샤가 그의 행방을 묻자, 직원은 공손한 어조로 대꾸했다.

"전화 통화하신다고 자리를 비우셨습니다."

"방에서 해도 되잖아."

패트리샤는 대번에 그렇게 말했지만, 유정은 프란시스가 고른 자신의 옷과 신발을 다시금 뒤적거리면서 느긋하게 대꾸했다.

"남에게 들려줄 수 없는 극비의 통화인가 보지."

손에 들고 있는 엷은 분홍색 원피스를 유정은 잠시 동안 노려보았다. 프란시스가 그녀에게 골라 준 옷들은 거의 대부분 프레피 룩 스타일(미국 동부의 사립학교 교복에서 영감을 얻은 단순하고 고전적인 스타일의 디자인)의 옷들이 대부분이었다. 입고 돌아다닌다면, 안 그래도 동안인 그녀가 고등학생으로 취급받기 딱 좋을 옷들이다.

'이제 곧 졸업인데 말이지.'

이번 여름 방학이 끝나면 유정은 대학 졸업장을 탄다. 그런데 다시금 고등학교로 회귀하는 듯한 이 디자인의 옷들은 대체 뭐라고 설명해야 할까? 무난하고 단정하며 예쁘기는 하지만, 옷을 골라 준 프란시스의 취향이 상당히 걱정되는 유정이었다.

'게다가 대체 날 얼마나 부려 먹을 생각인 거야, 이 인간? 옷을 몇 벌을 사! 나 진짜 가난한데!'

태그에 쓰인 가격은 서민인 그녀의 입장에서 보자면 천문학적인 금액이었다. 그런 옷을 한 벌도 아니고, 십수 벌이나 골라서 지불하겠다는 프란시스의 말에 유정은 내심 벌벌 떨고 있었다. 게다가 옷만 사는 것이 아니다. 신발이며, 양말, 스타킹에 속옷까지 작정하고 골라서 이걸 사라, 저걸 사라 하는 그의 말에 그녀는 완전히 질려 버렸다.

이미 이 정도면 일해서 갚는다는 말이 무색할 정도다. 여기에 모여 있는 것들은 아무리 작은 소품 하나에도 붙은 0의 개수가 일반 상표와는 다른 브랜드들인 것이다.

'심난하네. 그냥 콱 무를까?'

마음속으로 이런저런 생각을 하고 있던 그녀의 옆에서 패트리샤는 이 옷 저 옷을 골라 보더니 갑자기 주홍빛의 슬릿이 깊게 파인 드레스를 한 벌 골라 유정에게 불쑥 내밀었다.

"너, 이거 어때? 한번 입어 볼래?"

"……왜 이러셔? 왜 이렇게 야시시한 걸 내미는 겨?"

"아니, 네 피부색하고 잘 어울릴 것 같아서. 너 지금까지 이런 성숙한 스타일의 드레스는 입은 적이 없잖아. 졸업파티 때 입은 옷도 완전 시대극에나 나올 것 같은 괴상한 코스튬이었고. 지금은 프란도 없으니까 한 번 입어 봐. 나는 괜찮을 것 같은데."

"길어서 발에 치이겠는걸."

"길이는 줄여 달라고 하면 돼. 여기 아가씨 옷 입는 것 도와주세요."

패트리샤의 말이 끝나자마자 직원이 달려와서 유정을 피팅 룸으로 안내했다. 얼떨결에 실크 드레스를 들고서 룸으로 들어선 그녀는 옷을 보고 잠시 고민하다가 따라 들어온 직원의 말에 혼비백산했다.

"속옷까지 완전히 벗으시고 입으세요."

"에에에엥?!"

"원래 그렇게 입는 드레스입니다. 이런 스타일은 한 번도 입어 보신 적이 없나요?"

"없는데요. 안 입으면 안 될까……."

"안 돼! 입고 나와!"

문밖에서 들리는 패트리샤의 목소리는 유정의 말을 댕강 잘라 먹었다. 저 귀신같은 계집애는 기어코 유정에게 이런 드레스를 입힐 생각인 것 같았다. 여태 무표정하던 직원의 얼굴에도 미소가 도는 것을 보면서 유정은 그냥 현실과 타협했다. 뭐, 이런 옷 입어 보는 것도 경험은 경험일 것이다.

"야하지는 않을까요?"

"아뇨, 입어 보시면 굉장히 우아하고 아름다운 드레스입니다. 아가씨와 잘 어울릴 것 같은 색상인데요. 피부가 고우셔서 드레스의 색이 잘 받으실 거예요."

패트리샤는 그렇더라도 직원의 칭찬도 있었기 때문에 유정은 잠자코 옷을 벗었다. 몸에 달라붙는 실크의 감촉은 서늘하면서 부드러워서 그녀는 저도 모르게 만족스러운 미소를 지었다. 유정이 옷을 입는 것을 도와준 직원은 잠시 기다려 달라는 말을 하더니 피팅 룸 밖을 나갔다가 들어왔다.

"이것을 신어 보십시오. 드레스와 어울리는 것입니다."

그녀가 가지고 온 샌들의 굽을 보자 유정은 아찔한 기분이 들어서 고개를 설레설레 저었다. 도저히 그 신발을 신을 만한 용기가 나지 않았기 때문이다. 하지만 다음 순간 피팅 룸에 들어선 패트리샤와 직원은 그런 그녀를 용납하지 않았다.

"야, 이쁘잖아! 빨랑 신어 봐. 이 언니가 봐 줄게."

"야, 너는 왜 여기 들어와서 난리야."

"옷이 이쁜지 보려고 왔지. 입어만 보는 건데 뭐 어때서 그래? 괜찮아. 입어 보는 것에는 돈 안 들어. 옷은 괜찮네. 길이도 맞는 것 같고. 역시 나의 미적 감각은 탁월하다니까."

활짝 웃으면서 말하는 패트리샤의 얼굴에서 유정은 불온한 감정을 발견했으나 그녀가 채 반격하기 전에 직원이 속공을 날렸다.

직원은 유정의 앞에 샌들을 내려놓고서 번쩍이는 광채를 내뿜는 목걸이를 손에 들고 나타난 것이다.

"이걸 신으시고, 액세서리는 이것으로 하시는 것이 좋겠습니다. 가슴 부분이 깊게 파이는 드레스인지라, 화려한 목걸이 쪽이……."

"나는 차라리 머리를 틀어 올려서 비녀를 꽂는 편이 더 나을 것 같다고 보는데요? 이거 어때요?"

유정은 자신의 앞에서 신나게 떠드는 두 여자를 인내심 있게 바라보았다. 그래, 옷은 입어만 보는 것이고 신발은 신어만 보는 것이며, 액세서리는 착용만 해 보는 것이니 깊게 생각할 필요가 없을 듯싶었다. 그녀에게 단순하고 수수한 옷만 사 주려고 작정한 프란시스가 이런 드레스를 사는 데 돈을 쓸 일도 없을 테니까 더 더욱 안심하고 이 시간을 즐기면 될 것이라고 유정은 스스로에게 말했다. 무엇보다도 패트리샤가 이미 자신을 꾸미는 것에 너무 열 중하고 있어서, 그녀가 무슨 말을 해도 통하지 않을 것 같았다. 그리고 지금은 프란시스도 없다. 이런 야시시한 드레스 차림새를 그에게 보이지 않게 되는 것이 묘하게 안심이 되면서도 아쉬웠다.

"우아, 진짜 예쁘다! 잘 어울려!"

패트리샤는 호들갑스러운 어조로 소리쳤다.

"정말 잘 어울리십니다. 마치 아가씨를 위해서 디자인된 옷 같 네요."

이마에 송골송골 올라온 땀을 닦아 내면서 백화점의 직원도 그 렇게 말했다.

"……."

그리고 유정은 거울 속의 여자를 신기하다는 듯이 빤히 쳐다보 았다. 저 유리 너머 비춰지는 여자가 자신이라는 생각이 좀처럼 들지 않았던 것이다.

틀어 올려 고정시킨 머리 위에는 반짝이는 티아라가 올라가 있 었다. 훤히 드러나는 목덜미와 깊게 파인 가슴 사이에는 검은 공단 초커가 시선을 분산시켜 주었다. 정열적이면서도 우아한 주홍 빛의 실크 드레스는 그녀가 가진 여성적인 실루엣을 아름답게 드러내 주면서 유정을 전혀 다른 인상으로 만들었다. 이제까지는 어린 학생 같은 느낌이었다면, 지금은 성숙한 여인의 향기가 물씬 나는 모습이다.

몇 번을 보아도, 거울 속의 여자는 예뻤다. 스스로에게 이런 식의 찬사를 보내는 것이 우습기는 했지만, 유정은 정말로 자신이 미인이라는 생각을 처음으로 해 보았다. 얼굴이 확확 달아올랐지만, 자신의 모습이 너무 마음에 들어서 그녀는 활짝 웃으며 말했다.

"트리샤, 나 정말 미인이었구나!"

"당연하지! 여잔 꾸미면 다 이쁘다고! 안 그래요, 언니?"

자신의 작품을 만족스럽게 바라보던 직원은 두 여자가 깍깍거리는 포인트가 미묘하게 어긋하고 있다고 생각했지만, 모르는 척하면서 미소를 지었다. 유정의 모습은 그녀가 처음 상상했던 것보다 훨씬 훌륭해서, 이 정도라면 저 깐깐한 클리브던 백작도 분명히 저 드레스를 사고 말 것이라는 생각이 든 것이다.

'물론 액세서리도.'

그렇게만 된다면 이번 달 성과급을 100%로 받게 될 것이기에 그녀는 행복한 기대에 차 있었다.

감격에 북받쳐 고개를 끄덕이고 있던 직원의 귀에 문이 열리는 소리가 들리더니, 이내 묵직한 퀸즈 잉글리시가 들려왔다.

"트리샤! 저녁은 이곳 레스토랑에서……."

사업상의 통화를 끝내고 내친 김에 저녁을 먹을 레스토랑의 예약까지 한 프란시스는 아무 생각 없이 방으로 들어오다가 그대로 굳어 버렸다. VIP 룸의 한가운데에 그가 처음 보는 아름다운 아가씨가 서서 거울 너머로 자신을 쳐다보고 있었다.

"⋯⋯."

그대로 숨이 멈춰 버릴 것 같은 충격에 프란시스는 그녀를 바라보았다. 처음에 다소 당혹스러운 표정을 하고 있던 그 여자는, 이내 검은 눈동자를 반짝이면서 그를 향해 살짝 미소를 짓더니 천천히 몸을 돌렸다. 아주 작은 동작 하나하나에도 프란시스의 온 신경이 저도 모르게 거기에 쏠렸다.

시선이 허공에서 마주쳤다. 유정의 까만 눈망울은 무엇인가를 기대하듯이 그를 바라보고 있었다. 한없이 사랑스럽고, 귀여운 입술이 붉은색의 우아한 곡선을 그리고 있는 것을 보자 심장이 떨려왔다.

한 걸음 한 걸음, 마음은 그쪽으로 향해 걷고 있었다. 부드럽게 빛나는 하얀 어깨에 팔을 올리고 가느다란 목덜미에 입술을 부비고 싶었다. 허리를 끌어안고 체온을 느끼면서 그 향기를 맡아 보고 싶었다. 얼마나 기분이 좋을지, 얼마나 달콤할지, 상상만 해도 온몸이 뻐근해지면서 체온이 올라갔다.

꾸미지 않을 때도 사랑스러운 여자였다. 하지만 꾸몄을 때는 우아함과 요염함이 함께 느껴져 걷잡을 수 없는 매력이 있었다. 이대로 그녀를 데려다가 아무도 보이지 않는 곳에 꽁꽁 숨겨 두고 자신만의 것으로 하고 싶다는 충동이 일어났다. 머릿속에 떠오르는 수만 가지 사념을 떨쳐 내려는 듯이 프란시스는 고개를 가볍게 흔들더니 다시금 유정을 빤히 바라보았다.

그녀는 여전히 순진하리만큼 천진한 미소를 짓고 있었다. 칭찬을 기다리는 어린아이 같은 표정을 보면서 그는 이를 악물었다. 그래, 다 좋다. 지금의 유정에게 가슴이 떨렸다는 사실을 프란시스는 부정하지 않았다.

하지만 절대로 저 여자가 저런 차림을 하게 내버려 두지는 않을 것이다. 그녀의 저런 매력은 자기 혼자만 알고 있으면 된다. 어느 누구도 몰라야 했다.

그래서 그는 서늘한 푸른색 눈동자를 돌려 이 사태를 야기한 책임자를 날카롭게 쏘아보았다.

"트리샤."

"왜 오빠?"

기대감에 가득 차, 그의 반응을 기다리는 사촌 여동생의 생글생글 웃는 얼굴이 그 순간에는 사악한 마녀처럼 보였다. 한 대 쥐어박고 싶은 마음을 꾹 참으면서 그는 목소리를 가다듬었다.

"몽생미쉘에 예약해 두었어. 7시 30분 예약이니 슬슬 마무리하자."

"알았어. 어차피 다 끝났으니까, 뭐. 그나저나 오빠 어때? 유정이 참 예쁘지? 뭐라고 말을 해 봐. 성숙한 레이디의 아름다움을 칭찬할 줄 알아야지 진정한 신사지."

"어디가 성숙해. 짜리몽땅한 게 어울리지도 않는 드레스를 입고 있으니 깜짝 놀랐다. 빨리 갈아입으라고 해."

"그게 무슨 소리야!"

"……!"

냉정하다 못해 일말의 예의조차 들어 있지 않은 그의 말에 패트리샤는 분개했고, 직원은 날아간 상여금에 눈물 흘렸다. 하지만 제일 크게 상처 입은 사람은 유정이었다. 거울을 보면서 패트리샤와 호들갑을 떨었을 때, 그녀는 내심 프란시스의 반응이 궁금했었다. 그가 자신을 보고 어울린다거나 예쁘다는 말을 해 주길 바랐다. 그가 당황해하는 모습을 보고 싶었고, 조금이라도 자신 때문에 흐트러지게 하고 싶었다.

딱히 그의 관심을 끌고 싶은 것은 아니다. 절대로 아니다. 저렇게 재수 없는 인간의 관심을 끌어 봐야 좋을 것은 하나도 없었는데 뭐하러 유혹을 하겠는가? 매번 옷, 옷 하는 남자였기 때문에 나도 잘 차려입으면 이렇게 변할 수 있다는 사실을 과시하고 싶던 것이다.

'그냥 알고 싶은 거야. 내가 저 남자에게도 매력이 있는 것인지 아닌지.'

그렇게 스스로에게 다짐하듯이 말하면서 유정은 프란시스를 빤히 바라보았다. 일부러 웃어 보이기까지 하면서.

하지만 프란시스는 그녀의 모습에 조금도 당황하지 않았다. 방 안에 들어섰을 때, 거울 속에서 그녀와 시선이 마주쳤을 때, 그녀가 돌아서서 미소 지었을 때도 표정은 한결같이 냉막했다. 눈빛도 흔들리지 않았다. 한없이 차분하고, 고요한 그의 푸른색 눈동자는 한겨울의 청량한 하늘처럼 싸늘한 빛을 품고 있을 뿐이었다. 일말의 동요도, 흥미도 보이지 않는 그의 태도에 유정은 심장이 따끔거리는 기분을 맛봤다. 그것은 그녀가 한 번도 느껴 본 적이 없는 그런 감정이었다.

"……."

가슴이 따끔거렸다. 호흡이 가빠졌다. 갑자기 자신이 벌거벗은 기분이 들어서 견딜 수 없이 부끄러웠다. 이대로 도망치고 싶다는 나약한 생각과 절대로 지고 싶지 않다는 오기가 동시에 솟아났다. 스스로가 생각해도 놀라울 성노로 침착한 시선으로 그녀는 프린시스를 쳐다보았다.

그의 얼굴이 흔들리는 것이 보였다. 침착한 유정의 반응이 프란시스에게는 의외인 모양이었다. 그것을 보자 그녀는 더욱더 아무렇지 않은 듯이 어깨를 으쓱거렸다. 목구멍을 타고 넘어오는 목소리도 평소와 다르지 않았다.

"그만 해, 트리샤. 남자들이 보기엔 별로였나 보지."

틀어 올린 비녀를 뽑아내면서 그녀는 흥분해서 얼굴을 붉히는 친구를 향해 웃어 보였다. 너무 밝아서 오히려 짠한 미소였기에 패트리샤는 더욱더 미안해졌다.

저놈의 웬수댕이 프란!

"그렇지만……!"

"나 배고파. 빨리 옷 갈아입고 밥 먹고 싶어. 저기요, 옷 갈아입는 것 좀 도와주세요."

"네, 알겠습니다."

직원은 시무룩한 얼굴로 유정을 따라 피팅 룸으로 향했고, 두 사람이 시야에서 사라지자 패트리샤는 프란시스를 잡아먹을 듯한 시선으로 노려보았다.

"나, 정말 오빠한테 실망했어."

"그게 무슨 말이야."

"나는 오빠가 유정을 별로 안 좋아한다는 것을 잘 알아. 그래도 그녀를 초대한 내 입장을 생각해서라도, 아니 내 친구니까 최소한의 예의는 갖춰 줄 줄 알았어. 근데 오빠 뭐야? 겉치레라도 칭찬 한마디 못해 주니? 사교계에서는 돼지같이 못생긴 것들한테도 번지르르한 말은 잘하면서!"

"어울리지 않는다는 것을 조금 과하게 말했다는 것은 인정하마. 사과할게. 하지만 나는 저 여자가 그런 차림을 하고 있는 것이 마음에 들지 않아. 그게 무슨 드레스야? 속옷에 가깝지. 전혀 고상하지 않고 천박해 보여서 그랬어. 너무 야해."

"사교계에 가면 저 드레스보다 더 괴상하고 야한 옷 입는 애들 천지야! 몰라? 유정이 상처받았어. 그 애는 내 친구야. 소중한 베스트 프렌드라고! 그런데 오빠 때문에 내가 지금 뭐가 돼!"

"알았어. 있다가 그 여자가 나오면 사과하면 될 것 아니야. 말이 과했다고. 그럼 됐지."

"성의 없어!"

"그럼 내가 어떻게 해!"

드물게 신경질적인 어조로 버럭 소리치는 프란시스의 모습에 패트리샤는 저도 모르게 입을 다물었다. 보통 때라면 잠자코 그녀의 화를 받아 주었던 오빠가 오늘은 더 많이 짜증내고 있었던 것이다. 잔뜩 화가 나 있는 그의 표정은 그녀에게 더 이상의 불평을 하지 못하게 만들었다.

"네 입장을 곤란하게 한 것에 대해서 미안하게 생각한다, 패트리샤. 그리고 미스 유정, 제가 방금 전에는 무례한 말을 했습니다. 하지만 당신에게 정말로 어울리지 않다고 생각했기 때문에 솔직한 감상을 말씀드린 것입니다. 이해해 주시겠죠?"

피팅 룸에서 나온 유정을 보자마자 프란시스는 으르렁거리는 목소리로 그렇게 말했다. 유정은 패트리사의 울싱을 진 일굴과 대조적으로 고요히 화를 내고 있는 프란시스의 얼굴을 번갈아 바라보았다. 그리고 침착하고 차분하게 입을 열었다.

"예. 오히려 솔직하게 말씀해 주셔서 감사합니다. 앞으로는 좀 더 자신에게 어울리는 스타일의 옷을 입도록 노력해 보겠습니다. 그리고 트리샤, 오빠랑 이제 화해해. 나 별로 상처 안 입었어. 괜찮아."

"……"

유정의 말에도 대꾸 없이 패트리샤는 입술만 질겅질겅 깨물었다. 잔뜩 화가 나 있는 그녀에게 유정은 다시금 부드러운 어조로 달래듯이 말했다.

"삐치지 말고. 네가 나 때문에 백작님하고 싸우면 내 입장이 많이 곤란하단 말이야. 알지?"

"미, 미안해. 유정! 우리 바보 같은 오빠 때문에……."

"아이, 뭐 어때. 덕택에 좋은 옷도 잔뜩 받았잖아. 나는 오히려 지금 기분 좋다고. 내가 언제 이렇게 비싼 옷도 입어 보고, 사 보기도 하겠냐? 너무 신경 쓰지 마. 기분 풀고 우리 밥 먹으러 가자, 응?"

"진짜야? 괜찮아?"

"물론이야. 프란시스 경이 원래 싸가지 바가지에 지랄맞은 사람이라는 거 옛날부터 알고 있었는데 뭘 더 신경을 쓰겠니? 안 그래? 그러니까 정리하고 가자. 맛있는 것 먹어야지."

일부러 거친 말을 해 가며 자신을 달래는 유정의 말에 패트리샤는 어렵사리 고개를 끄덕였다. 그리고 처음으로 프란시스는 유정의 거친 언사에 대꾸하지 않았다. 그는 자신답지 않게 격정적인 모습을 보인 것이 부끄러워, 더 이상 그 자리를 지키지 못하고 먼저 자리를 떠나 버렸던 것이다.

❧

스트릭하트 저택의 현관 앞에 검은색 리무진이 조용히 멈추자, 알프레드 집사는 절도 있는 걸음걸이로 다가가 차문을 열었다. 맨 처음에 프란시스가 나오자마자, 그는 집사를 본체만체하고 저택 안으로 들어가 버렸다. 다음에는 퉁퉁 부어 있는 얼굴의 패트리샤가 그의 손을 잡았다. 그녀 역시 프란시스와 막상막하인 태도로 현관으로 향했다. 마지막으로 모습을 드러낸 유정은 일행 중 유일하게 침착한 모습이었다. 그녀는 집사와 눈이 마주치자 살짝 웃으면서 그에게 인사했다.

"다녀왔습니다, 미스터 헤인즈."

"알프레드라고 불러 주십시오, 유정 양."

"헤헤. 담에는 꼭 그렇게 할게요. 아, 그건 저에게 주세요. 제가 할게요."

열린 트렁크에서 메이드가 쇼핑백들을 하나하나씩 꺼내고 있었다. 유정은 당연하다는 듯이 그녀들을 도왔고, 짐을 나눠 들었다. 그런 그녀의 모습에 메이드는 미소를 지었고, 알프레드 집사는 따뜻한 시선으로 유정을 바라보았다.

"하아……!"

방 안에 들어서자마자 프란시스는 넥타이를 거칠게 풀어헤치면서 깊은 한숨을 내쉬었다.

와이셔츠의 두 번째 단추가 풀어질 때쯤, 프란시스는 미니바의 냉장고를 열고 물통을 꺼내서 뚜껑을 열었다.

"꿀꺽!"

집으로 돌아오는 길 내내 목이 말랐다. 말없이 창문만을 바라보는 유정의 고요한 얼굴을 계속 바라보고 있자니, 갈증이 생겼던 것이다. 그 갈증은 물을 마셔도 좀처럼 충족되지 않아서, 갑갑한 기분이 들었다.

이런 느낌이 어떤 것인지, 프란시스는 생소했다. 여태까지 만나왔던 여자들과는 명백하게 다른 그 느낌에 다소 당황스럽기까지 했다.

그는 여자가 무엇을 입든, 어떤 모습을 하고 있든 신경 쓰지 않았다. 사귀지도 않는 여자의 옷차림이 어떻든 간에 관심을 둘 필요도 없었고, 사귀는 여자라도 그녀들은 알아서들 잘 입고 다녔다.

다소간의 노출이 있는 의상을 입고 있는 여자를 봐도 유정을 보았을 때의 충격을 느껴 본 적도 없었다. 오히려 적당히 노출이 있는 여자의 모습을 즐기기까지 했다. 자신을 향해 구애를 보내는 여자가 싫은 남자는 하나도 없듯이, 그도 그런 면에서는 평범한 남자였기 때문이다. 그래서 그런 여자들과 적당히 즐기면서 지내 왔다.

야한 옷을 입어서 싫은 여자는 패트리샤 정도다. 하지만 그것 은 패트리샤가 그의 가족이고, 제일 사랑하는 여동생이기 때문이 었다. 그런데 오늘 드레스를 입은 유정을 보고 그는 패트리샤가 야한 옷을 입었을 때보다 더 많이 기분이 나빴다.

유정은 가족이 아니다. 더더군다나 그의 연인도 아니다. 그런 사람이 뭘 입고 있든 그게 무슨 상관이란 말인가. 반팔 반바지를 입고 슬리퍼를 끌고 다녀도 그건 그녀가 창피할 일이지 프란시스 나 레이디 로랜트의 문제가 될 수 없다.

에어컨 바람이 답답하게 느껴져 프란시스는 창문을 열었다. 어 두운 밤하늘을 마치 그의 마음을 대변해 주는 것처럼 막막하게 보 였다.

"그 여자가 특별한 거야."

혼잣말처럼 중얼거리면서 그는 창턱에 몸을 기댔다.

그녀니까 특별한 거다.

6장
디너파티

김이 모락모락 나는 욕조에서 나와 거울을 쳐다보면서 유정은 진지한 어조로 혼잣말을 중얼거렸다.

[야, 이유정! 너는 왜 그따구로밖에 안 생겨 먹은 거니?]

거울 속의 그녀는 찡그린 얼굴을 하고 있을 뿐, 대답은 해 주지 않았다. 그래서 유정은 물기 묻어 있는 손으로 거울을 문질러 얼굴을 지워 버렸다. 하지만 그 순간에 튀어나오는 한숨만큼은 어쩔 수 없었다.

[비참해.]

혼자서 지랄을 떨어 봐야 느껴지는 것은 설움뿐이다. 그래서 그녀는 몸을 일으키면서 걸어 두었던 목욕 가운을 집어 들었다. 더 이상 이곳에 있다가는 목욕물의 열기 때문에 현기증이 날 것 같았기 때문이다.

레이디 로랜트가 자랑스러워하는 목욕탕은 대리석 욕조와 모자이크 타일 바닥, 그리고 부드러운 러그가 깔려 있었다. 벽에는 섬세하게 새겨 넣은 부조가 있었고, 전신을 비출 수 있는 커다란 거울은 거기에 비춘 사람을 객관적으로 보이게 만들었다. 향기로운 장미향이 은은하게 나는 것은 입욕제 때문이었다. 붉은 장미가 동동 떠 있는 목욕물은 옅은 핑크색을 띠고 있었다.

유정이 이 목욕탕을 사용한 것은 오늘이 처음이었다. 그 전까지는 방에서 간단히 샤워만 하고 지냈다. 하지만 오늘은 패트리샤가 일부러 그녀를 이곳으로 밀어 넣었다.

"최고급 스파를 즐기면서 스트레스를 풀어."

그녀가 프란시스에 받은 모욕 때문에 패트리샤는 오늘 내내 기분이 안 좋았다. 그리고 과도하게 유정의 기분을 살피느라 전전긍긍했다. 유정은 그런 그녀의 배려가 부담스러워서 애써 괜찮다고 말했지만, 당분간 이 분위기는 계속될 것 같았다.

"나오셨습니까? 그럼 이곳에 누우세요."

욕실의 문이 열리고 미스 주디스가 얼굴을 내밀면서 그렇게 말했다. 오늘에야 들은 이야기지만 그녀에게는 미용 마사지 자격증도 있었다.

마사지 침대를 가리키면서 미스 주디스가 그렇게 말하자, 유정은 그대로 걸음을 옮겼다. 솔직히 지금은 다른 생각이 머릿속에 떠오르는 것도 아니었기에, 그녀는 얌전히 걸음을 옮겼다.

마사지 의자에 거꾸로 눕혀지고 나서 유정은 등허리에 축축한 액체가 발려지는 것을 느끼고 미간을 좁혔다. 하지만 이내 자기만의 생각에 잠겨 버렸다. 낮에 백화점에서 있었던 일이 머릿속에 둥둥 떠다녀서 유정은 좀처럼 다른 것에 신경 쓸 겨를이 없었던 것이다.

그녀는 딱히 패트리샤처럼 프란시스의 태도에 화가 난다던가 울화통이 나지는 않았다. 이전에는 그의 말 하나하나에 일일이 반응하면서 화를 냈지만, 여기까지 와서는 이제 더 이상 뭐라 할 기력도 나지 않은 것이다. 처음 그 말을 들었을 때는 조금 슬픈 기분이 들었지만, 돌아서서는 오히려 차분해졌다. 그래서 옷을 갈아입고 바깥으로 나왔을 때, 프란시스에게 화를 내는 패트리샤를 달랠 수 있었다.

그리고 지금에 이르러서는 왜 자신이 화가 나지 않는지 이유를 생각하느라 바빴다. 하지만 그녀의 생각이 더 깊어지기 전에 유정은 등짝에서 느껴지는 엄청난 고통에 눈물을 찔끔 흘렸다.

"아악!"

"어머! 많이 아팠어요?"

머리 위에서 미스 주디스의 호들갑스러운 목소리가 들려왔고 유정은 눈물이 그렁거리는 얼굴을 들었다. 코를 훌쩍거리면서 그녀는 미스 주디스의 차가운 은테 안경을 쳐다보았다.

"무슨 일이에요?"

"왁싱하는 데 쓰는 용액인데, 많이 아팠어요?"

미스 주디스는 엉망진창인 유정의 얼굴을 보고 걱정스러운 어조로 물었다. 하지만 그녀의 대답은 미스 주디스가 이해할 수 없었다.

[아파요. 아팠어요. 엄청 아파요…….]

울먹이면서 한국말로 말하는 유정을 보고 미스 주디스는 무엇인가 심상치 않은 분위기를 느꼈다. 단순히 왁싱의 고통 때문에 그렇게 눈물이 날 리가 없었다. 아무런 말도 못하고 눈물만 뚝뚝 흘리는 유정의 눈빛은 많은 것을 담고 있었다.

"무슨 일 있으세요?"

조심스럽게 묻는 미스 주디스의 질문에 유정은 대답하지 못하고, 고개를 저었다. 대답할 수가 없었다. 그녀의 질문이 이해가 되지만 유정은 도저히 대답할 수가 없었다. 아무리 해도 말이 나오지 않았다. 가슴에 맺힌 것이 그녀의 목구멍을 가로막은 것 같은 기분이 들었다.

미스 주디스는 엉엉 우는 유정의 어깨를 다독였다. 이유는 몰랐지만, 그녀는 유정이 너무 가엽게 느껴졌고, 그녀가 우는 이유를 알고 싶었다. 하지만 그녀는 유정에게 그런 질문을 하지 않았다. 그녀가 실컷 울게 내버려 두는 것이 지금은 최선이라는 것을 알고 있기 때문이었다.

중간에 욕실의 문을 두드리는 소리가 들리고, 마사지 오일을 들고 있는 미스 스텔라가 고개를 내밀었다. 그녀는 미스 주디스의 품 안에 안겨서 엉엉 울고 있는 유정의 모습을 발견하고 눈을 동그랗게 떴지만, 숙련된 메이드답게 모르는 척하고 문을 닫았다. 그리고 문 앞에 굳건하게 서서 아무도 욕실에 들어가지 못하게 막았다.

"……죄송합니다, 미스 주디스. 이제 괜찮아요."

간신히 마음을 진정시킨 유정은 억지로 미소를 지으면서 미스 주디스에게 더듬거리는 영어로 말했다.

"아까 왁싱이 너무 아팠나 봐요. 눈물이 그치지를 않더라구요. 놀라셨죠? 죄송해요."

아무렇지 않은 듯이 말하는 유정에게 미스 주디스는 안쓰러운 표정을 지었지만, 군소리하지 않았다.

"많이 아프셨나 보네요. 죄송합니다. 놀란 피부가 진정할 수 있도록 마사지해 드릴 테니까 다시 누워 주실래요? 이번에는 아프지 않도록 조심하겠습니다."

"네, 잘 부탁드립니다."

빨개진 눈을 비비면서 유정은 고개를 숙였다. 울고 났더니 기분이 조금 풀렸는지 아까보다는 훨씬 더 숨쉬기가 편했다.

바디 마사지에 두피 마사지까지 시원하게 받고 나서 유정은 간신히 침대에 누울 수 있었다. 레이스가 달린 캐노피의 주름을 하나하나씩 세어 가면서 그녀는 멍하니 생각에 잠겼다.

아까는 왜 그렇게 울었는지 그녀 자신도 이해할 수 없었다. 그냥 서러웠나 보다. 그렇게 생각하기로 했다. 슬펐다. 그냥, 슬펐다. 자신이 프란시스에게 그렇게 쉽게 보이는 사람이었나 싶어서, 그렇게 슬펐던 것 같았다.

아주 옛날에, 그녀가 지금보다 더 많이 어렸을 때, 한국에서 빚쟁이들이 집까지 쫓아왔었다. 그때 그 사람들이 유정의 어머니와 그녀를 쳐다보던 눈빛이 지금의 프란시스와 비슷하다고 유정은 생각했다. 신뢰가 없는, 천하의 불한당을 쳐다보는 그런 시선이었다.

그때도 유정의 기분은 그냥 그랬다. 왜 아버지의 잘못을 자신과 어머니가 뒤집어써야 하는지 이유를 몰랐기 때문이었다. 하지만 빚쟁이들이 집 안을 한바탕 뒤집고 돌아갔을 때, 혼자 남아서 엉망이 되어 버린 집 안을 치우다가 유정은 엉엉 울었다. 이유는 알 수 없었지만, 한없이 눈물이 나서 그냥 울었다.

설움이라면 설움이, 화라면 화가, 그렇게 치밀어 올라서 눈물로 변해 버린 것 같았다. 울어도 해결되는 것은 없었다. 그렇게 울었어도 빚쟁이들은 끊임없이 그녀의 집 안으로 쳐들어왔고, 유정은 여전히 깨진 그릇을 치워야만 했다. 소동을 세 번쯤 겪고 나서는 완전히 무덤덤해져서 더 이상 아무렇지 않게 되었다.

그러니까 프란시스의 폭언도 이제 곧 익숙해질 것이다. 이렇게 오늘 울었으니까, 내일부터는 절대로 아무렇지 않을 것이었다.

'나는 괜찮아.'

어차피 상처를 입을 만큼 그 사람을 좋게 생각한 적도 없었으니까 더 이상 감정이 상할 것도 없었다.

❧

다음 날, 유정이 아침 식사를 하러 1층으로 내려갔을 때, 알프레드 집사가 그녀에게 메모 한 장을 건네주었다.

"클리브던 백작님께서 전달해 달라고 하셨습니다."

"그 사람 여기 없어요?"

반사적으로 고개를 갸웃거리면서 묻자, 알프레드 집사는 차분한 어조로 대답했다.

"아침 일찍 뉴욕에 가셔서 만찬 전에는 돌아오신다고 하셨습니다."

은쟁반 위에 놓여 있는 메모를 유정은 빤히 노려보다가 조심스럽게 집어 들었다. 식사가 끝날 때까지 유정은 메모에 대한 생각은 일부러 하지 않았다. 알프레드 집사의 말에 의하면 프란시스는 오늘 저녁때까지는 저택에 오지 않을 것이니 급하게 확인해야 할 것도 없으리라.

식당을 나와 서재에 자리를 잡고 앉을 때까지 유정은 손 안에 놓인 메모를 펼치지 않았다. 엉덩이를 붙이고도 한참 동안 그녀는 고풍스러운 무늬가 새겨진 종이를 빤히 노려보았다.

[고민해 봐야 소용없네. 얼른 열어, 이유정.]

스스로에게 채근하듯이 말하고서 유정은 천천히 종이를 열었다.

서재의 책상 위에 놓여 있는 서류들 지시대로 고쳐서 모두 워드로 작성해 둘 것. 5시에 와서 확인하겠습니다.

긴장했던 것이 허탈할 정도로 업무적인 메모였다. 그래, 이 종이 쪼가리에 사과의 말이 들어 있으리라고 기대한 내가 바보다.

유정은 한숨을 내쉬었다. 그리고 천천히 자리에서 일어나 서재의 책상으로 다가갔다. 거기에는 1센티 높이로 쌓여 있는 종이 뭉치와 검은색으로 반짝거리는 노트북이 가지런히 놓여 있었다.

의자에 앉아서 노트북의 전원을 넣고, 유정은 서류를 천천히 훑어보았다. 어려운 법률적인 용어가 나열된 문장의 중간중간에 오타 지적과 첨부되어야 할 사항들이 붉은색 펜으로 빽빽하게 손으로 적혀 있었다. 대충 보아하니 사업상 필요한 서류의 수정본인 듯싶었다. 이것을 다시 작성해서 저장해 둬야 하는 일이 그녀의 업무인 모양이다.

"꼼꼼도 해라. 오타 하나 빼먹은 것이 없네."

혹시나 빠진 것이 있나 싶어서 제일 쉬운 오타 찾기를 해 보았지만, 오류가 난 것은 아무것도 없었다. 하긴 그렇게나 꼼꼼한 성격의 남자가 작은 오류 하나 남겨 놓을 리가 없을 것이다. 그래서 흠 찾기는 그만하고 유정은 지시한 일을 시작했다.

일은 의외로 재미가 있었다. 그것도 생각보다 많이 재미있었다. 문서 한 장 한 장을 작성하는 단순 노동이 이렇게 재미있을 것이라고는 생각지도 못한 유정이었다. 머리가 복잡할 때는 생각 없이 몸을 움직이는 것이 좋다더니, 그 말이 정말 맞았다.

"무슨 일이야? 뭐해? 밥 안 먹어?"

점심때 패트리샤가 어슬렁거리면서 서재로 들어와 유정에게 물었다. 유정은 미스 마거릿이 한 시간 전에 가지고 온 간식거리를 입에 오물거리면서 느릿하게 대꾸했다.

"밥은 됐어. 이거 5시까지 다 끝내려면 밥 먹을 시간도 없을 것 같아. 이제 겨우 절반 끝냈는데 그거 오타 찾고 정리하려면 시간 모자라."

"이게 뭔데?"

"프란시스가 시킨 일이야. 옷 값 대신으로."

"그 인간 정말로 너한테 일 시켜 먹는 거야! 아씨이! 이 인간이 진짜……!"

"뭘 화를 내고 그러니. 나는 더 고맙구만. 공짜로 옷을 받아먹는다는 그런 불합리한 기분은 느껴지지 않잖아. 게다가 나 비싼 것인데 낼름 받아먹기도 그렇고."

아무렇지 않게 말하는 유정의 얼굴을 패트리샤는 신기한 듯이 바라보았다. 그리고 한숨과 함께 유정의 어깨를 살포시 안았다.

"미안하다, 우리 바보 오빠 때문에."

"괜찮아. 덕택에 옷은 잔뜩 얻었잖아. 그것으로 됐어. 나, 한국 가면 그 옷들 전부 다 팔아 버릴 거야. 중고라고 해도 명품이라서 가격 잘 받을 거야. 아싸, 그러면 한 재산 챙기는 거지."

주먹을 불끈 쥐고 유정이 그렇게 말하자, 패트리샤는 어쩔 수 없다는 듯이 미소를 지었다. 그래, 이런 녀석이 내 친구지.

점심시간이 끝난 후에도 유정의 모습이 보이지 않는 것을 보고 레이디 로랜트는 미스 주디스에게 지나가는 어투로 물었다.

"유정인 대체 뭘 하길래 오늘은 코빼기도 보이지 않는 거지?"

"프란시스 경이 시키신 일을 하고 계십니다. 어제의 옷값 대신으로 그분 일을 도와드리기로 하셨다고 하더군요."

"그런데 식사는 왜 못하러 오는 건데?"

"분량이 많아서 따로 식사할 시간이 없으신 모양이더군요. 마담 마거릿이 서재로 식사를 가져가셨습니다."

"프란시스 녀석. 내 말을 허투루 들은 건가? 옷을 선물하면서 사과를 하라고 했더니, 뭐? 일을 시켜?"

"유정 양이 과한 선물은 싫다고 했답니다. 그러니 그럼 일이라도 해서 갚으라고 했다는 말이 나왔다던데요."

"그 아가씨가 그런 이야기를 했단 말이지? 그리고 프란시스는 그 말 그대로 유정 양에게 일을 시키는 거고. 거참……!"

재미있다는 듯이 레이디는 연신 웃음을 지으면서 미스 주디스를 바라보았다.

"좀 지켜보도록 할까? 젊은 애들의 놀음을 지켜보는 것도 꽤 재미있구먼."

"그렇습니까?"

"그래. 이번 여름은 정말 즐거워. 프란 녀석이 대체 어디까지 이상해지는지 우리 내기나 해 볼까, 미스 주디스?"

레이디의 말에 미스 주디스는 미미하게 미소를 지으며 고개를 저었다.

"거부하겠습니다. 내기를 하면 반드시 레이디에게 질 것이 뻔하니까요."

오후 늦게 프란시스가 저택으로 돌아왔을 때, 패트리샤는 현관문 앞에 주저앉아 있었다. 어제 유정 때문에 싸운 이래로 두 사람은 서로 한마디도 하고 있지 않았다. 프란시스가 뭐라고 말을 걸어도 패트리샤가 그것을 무시하기 때문에 더욱 그랬다. 패트리샤는 그가 한 손에 종이백을 들고 있는 것을 힐끔 쳐다보면서 시큰둥한 어조로 그에게 말했다.

"이제 와?"

"응."

"무슨 일로 나갔어? 오늘 손님도 오는데."

"일이야. 급하게 처리해야 할 일이 있었거든. 화는 풀렸나 보네. 나한테 먼저 말을 거는 걸 보니."

"화가 풀린 건 아닌데, 내가 너무 화를 내면 유정이가 불편해하니까 이쯤에서 오빠랑 화해하려고."

"……"

"그러니까 우리 오늘 저녁에는 얌전히 보내자. 그리고 내 친구작작 좀 부려 먹어. 일이 얼마나 많은지 애가 점심도 못 먹고 일하더라."

"아직도 일해?"

조금 놀랐다는 표정으로 프란시스가 묻자, 패트리샤는 고개를 끄덕였다. 그녀도 알고 있었다. 프란시스는 유정을 경계하고 있다는 것을. 평범한 친구에 대한 돈 있는 자들의 색안경에 대해서 모를 만큼 패트리샤는 바보가 아니었다. 다만 시간이 지나면 자신이 그랬고, 다른 사람들이 그랬듯이 프란시스의 편견도 곧 벗겨질 것이라고 생각했었다.

실제로 할머니이신 레이디 로랜트는 유정에게 호의를 보내고 있었다. 할머니마저도 그러는데 속 좁은 프란시스는 왜 이렇게 유정의 일이라면 일일이 쌍지팡이 짚고 싫어하는 것인지 그녀는 도저히 이해가 안 갔다.

"그나저나 유정이 웃은 그것으로 될까? 오빠가 고른 것들은 하나같이 디너에는 어울리지 않는 것이었단 말이야. 그래서 내가 그런 드레스를 골랐는데 오빠는 길길이 날뛰고. 그게 뭐니? 그러니 내가 화를 안 내겠어? 기왕 선물할 것이면 종류별로 다 선물을 하든가. 쪼잔하게 그게 뭐니? 백작님이."

옆에 달라붙어 종알거리는 패트리샤의 말에도 프란시스의 표정은 그다지 변화가 없었다. 원래 이런 남자라는 것을 알고 있기 때문에 패트리샤는 그다지 신경 쓰지 않았다. 이 오빠가 다른 사람의 말은 발로 들어도, 그녀와 할머니의 말만큼은 언제나 제대로 들어 준다고 믿고 있기 때문이었다.

그러니까 할 말은 적당히 해 두는 것이다. 듣고 나서 생각 좀 하라고.

"실망이야. 할머니 체면을 그렇게 생각하는 오빠가 유정이 드레스 한 벌을 안 사 주니?"

"잔소리 다 끝났니?"

"응. 다 들었어?"

"하나도 빼지 않고 잘 들었으니까 이제 그만 가 봐. 오빠 아직도 일이 남아 있거든. 너도 준비해야 하잖아."

"유정이도 해야 해. 걔도 여자거든."

"알고 있어. 시간 늦지 않게 올려 보낼 것이니까 걱정하지 마.

네가 여기서 날 계속 잡고 있으면 미스 유정이 준비하러 올라갈 시간이 늦어진다."

엄격한 프란시스의 말에 패트리샤는 더 이상 군소리를 하지 않고 몸을 돌렸다. 그녀가 복도 끝에서 사라지는 것을 확인하고, 프란시스는 서재의 문을 두드렸다. 대답이 없는 서재의 문을 열자 그 안에서 유정은 의자에 푹 파묻혀서 타자를 치느라 정신이 없었다.

발걸음 소리도 없이 그는 유정의 곁으로 다가갔다. 책상 옆에 서 있는 트레이의 위에 놓인 차가 차갑게 식어 있는 것을 발견하고 프란시스는 가볍게 헛기침을 했다. 그러자 유정은 화들짝 놀란 표정으로 고개를 돌려 그를 쳐다보았다.

"일은 어느 정도까지 하신 겁니까?"

프란시스의 질문에 유정은 빨개진 눈을 비비면서 느릿하게 대꾸했다.

"반밖에 못했어요."

죽어 가는 목소리로 대꾸하는 유정의 표정은 귀여웠지만, 프란시스의 얼굴은 평소와 다름없이 냉정했다. 그는 그녀의 얼굴을 빤히 바라보면서 차분하게 대꾸했다.

"잠깐 확인해 보겠습니다. 비켜 주십시오."

"예, 그럼……."

유정이 의자를 뒤로 빼는 작은 틈으로 프란시스의 몸이 들어왔다. 그녀는 그 순간 느껴지는 달콤한 향기에 저도 모르게 코를 벌름거렸다.

"뭡니까?"

"아뇨, 향수 냄새가……."

"냄새가 뭐?"

자신이 무슨 꼬투리를 잡을까 하는 생각에 눈에 쌍심지를 켜는 프란시스를 쳐다보면서 유정은 생긋 웃었다. 그러자 프란시스는 한순간 몸이 굳어졌다. 그녀는 아무 생각 없었지만, 지금 유정이 그에게 보인 미소는 지독하게 유혹적이었다. 그대로 그녀에게 입을 맞추고 싶은 충동을 자제하면서 그는 그녀를 똑바로 노려보았다. 그런 그를 향해 여자는 도발적인 미소를 지으면서 장난스러운 어조로 대꾸했다.

"좋다구요. 무슨 향수 써요? 달달하고 상큼한데……."

아무렇지 않게 묻는 그녀의 말에 다른 사심이 있는 것처럼 보이지는 않았다. 순수하면서도 요염한, 그래서 더욱더 매혹적인 표정이 유정의 얼굴에 떠올랐다. 호기심이 깃들어 궁금하다는 얼굴로 그의 대답을 기다리는 유정은 이전에 그녀 자신이 했던 말대로 그에게 관심이 없는 듯했다. 이렇게나 가까이 있는 자신을 의식하지 않는 여자의 모습을 바라보면서 프란시스는 어제 보았던 유정을 떠올렸다.

그때 화려하게 차려입고 요염하게 자신을 향해 미소 짓던 여자와 지금의 유정이 동일 인물인지 알고 싶어졌다. 그래서 그는 그녀 쪽으로 더 가까이 다가가면서 느릿한 어조로 말했다.

"체크 메이트라고 합니다."

후끈하게 느껴지는 남자의 체취에 유정의 민감한 솜털이 곤두섰다. 후각을 자극하는 향기에 한순간 취해서 유정은 저도 모르게 고개를 들고 프란시스를 빤히 바라보았다. 느슨하게 벌려진 셔츠 사이로 보이는 그의 목덜미와 섬세한 쇄골선이 눈에 들어왔다. 한순간 저도 모르게 현기증이 나서 그녀는 반사적으로 눈을 꼬옥 감았다가 다시 눈을 떴다. 하지만 향기는 여전히 코에 남았고, 남자는 여전히 그녀의 코앞에 있었다. 화면을 쳐다보면서 자판을 놀리는 그의 손가락 끝에서 탁탁거리는 소리가 났다.

'진정해, 이유정. 너 어제 저 인간에게 당한 일을 생각하라고! 그러니까 당황해서는 안 된다고!'

스스로에게 계속 다짐하듯이 말하면서 침을 꼴깍 삼키고 유정은 그에게서 멀어지려고 했다. 현기증이 계속 이어지면 이성을 잃고 자신이 프란시스를 덮칠지도 모른다는 그런 생각이 들었기 때문이다.

분위기를 빨리 변화시켜야 했다. 이런 농밀한 분위기는 자신과 어울리지 않았다. 하지만 왜 이렇게 심장은 두근거리는 것인지.

유정은 당황한 어조로 화급히 입을 열었다.

"그거 어디서 팔아요? 하나 사고 싶은데?"

"시중에서 팔지 않습니다. 조향사에게 개인적으로 오더를 넣은 것이니까."

"아……. 한마디로 귀족님의 개인 취향에 맞는 향을 만든 거군요. 진짜 귀족 같아요."

입에서 튀어나오는 말은 이성이라는 필터로 걸러지지 않은 그런 것이다. 유정은 자신이 한 말이 얼마나 바보 같은지 깨닫고 얼굴을 붉혔고, 그런 그녀의 얼굴을 똑바로 응시하면서 그는 나직한 목소리로 말했다.

"미스 유정은 곧잘 잊어버리는 모양입니다만, 저는 작위를 가진 귀족입니다."

"아, 죄송해요. 가끔 깜빡해요. 워낙에 할머니랑 차이가 나서……."

일부러 말끝을 흐리는 것은 유정이 피우는 작은 심술이었다. 그녀의 예상대로 프란시스는 유정을 날카로운 시선으로 노려보았다. 입꼬리가 실룩거리는 것이 어떤 기분 나쁜 한마디가 나올까 싶어서 그녀는 저도 모르게 몸을 뒤로 뺐다. 하지만 그는 오히려 유정 쪽으로 얼굴을 기울였다.

먼저 다가온 것은 따뜻한 숨결, 그다음은 차갑고 건조한 입술이었다. 그러나 이내 촉촉한 혀끝이 그녀의 입술을 간질였다. 그 가벼운 노크에 유정은 저도 모르게 입술을 열려다가 키득거리는 웃음소리에 정신이 번쩍 들었다.

[무슨 짓이야!]

버럭 소리치면서 유정은 프란시스의 어깨를 밀었다. 그는 두어 걸음 밀렸지만 바퀴 달린 의자에 앉아 있던 유정은 뒤로 주르륵 밀렸다가 좁은 테이블에 걸려 멈췄다. 잘 익은 사과가 저리 가라고 할 정도로 새빨개진 얼굴로 유정은 프란시스를 쳐다보았다.

그는 웃고 있었다. 그것도 장난기 가득한 빛이 깃들어 있는 그런 시선이었다. 입가에 빙글빙글 떠오른 조소를 보자 부끄러움과 다른 분노가 치밀었다.

[야, 이 나쁜 놈아!]

입에서 튀어나오는 말은 한국어였지만, 의미는 충분히 통했다. 프란시스는 분노에 이글이글 타오르는 유정의 앞으로 성큼성큼 다가서더니 놀리듯이 말했다.

"정신 차리십시오."

[정신 차리고 있어!]

"차리고 있다니 다행입니다. 차렸으면 이거 받으시고."

[너 대체 무슨 짓이야!]

"생각했던 것보다 반응이 별로입니다. 혹시 경험이 없으신 편입니까?"

[그딴 헛소리하지 마! 내가 경험이 있든 없든……!]

거기까지 이야기하고서 유정은 지금 상황이 상당히 기묘하다는 것을 깨달았다. 프란시스는 영어로 말하고 있는데, 그녀는 한국어로 대꾸하고 있었던 것이다. 그런데도 서로 대화가 통하고 있는 것처럼 느껴져 유정은 머리가 순식간에 식어 버렸다.

진짜 웃기는 일이다.

"빨리 받으십시오. 팔 아프니까."

그리고 프란시스가 들이미는 종이봉투를 엉겁결에 일어나 받아 들고서 그녀는 멍청한 표정을 지었다. 그는 그녀의 그런 표정이 꽤 마음에 들었는지 히죽 미소를 지었다.

이상한 일이었다. 유정은 그렇게 생각했다. 어제의 프란시스는 신랄할 정도로 차갑고, 매정했다. 그러나 오늘은 이 남자가 이제까지 보여 준 적이 없는 모습을 보였다.

웃는다. 재미있다는 듯이. 개구쟁이같이.

비웃음이나 조롱하는 것이 아닌, 순수한 미소.

처음으로 알았다. 그가 웃을 때, 저렇게 사랑스러울 수 있다는 사실을.

미소를 보는 순간, 그에게 났던 화가 싹그리 사라지는 것 같았다. 자신이 특별해지는 기분이 들었다. 그 이유를 알 수 없는 느낌에 유정은 눈을 동그랗게 뜨고, 자신의 옆을 스쳐 지나가는 남자를 빤히 바라보았다.

머리를 아무리 굴려도 그녀는 지금 이 남자의 이런 행동을 이해할 수 없었다. 그래서 그녀는 눈을 동그랗게 뜨고, 밀려간 의자를 끌어 와 책상 앞에 앉는 그를 바라보았다. 그는 방금 전까지의 소동이 무색할 정도로 침착하게 자판을 때리고 있었다. 그런 그의 얼굴에 고정된 그녀의 시야에 이윽고 그 남자의 붉은 입술이 크게 들어왔다.

향수 냄새가 났다. 냉정한 이 남자와는 어울리는 듯 어울리지 않는 달콤하고 쌉쌀한 느낌. 아까의 키스와 비슷한 느낌이었다. 입술이 화끈거리면서 바짝 말라서 유정은 저도 모르게 혀로 축였다. 발이 땅에 붙은 것처럼 꼼짝도 할 수 없어서 좀처럼 움직일 수가 없었다.

'야, 고개. 빨리 움직여! 다리도! 여기서 대체 뭐하고 있는 거야? 너 제정신이니? 왜 자꾸 저 인간을 보고 있는 거야? 왜 여기

서 안 나가?!'

마음속으로 아무리 불평을 쏟아 봐도 좀처럼 움직일 생각을 하지 않은 야속한 다리님 때문에 그녀는 그 자리에 굳은 것처럼 멀뚱히 서 있었다.

"뭡니까?"

이윽고 프란시스가 냉정한 어조로 그렇게 말했을 때, 유정은 뒤통수를 한 대 맞은 것 같았다.

"아뇨. 손이 정말 빠르시네요, 라고 생각해서 감성 중이었어요."

입에 올린 변명의 말이 너무나 변명 같아서 부끄러웠지만, 그녀는 고개를 계속 뻣뻣하게 들고 아무렇지 않은 듯이 입술을 삐죽거렸다.

키스 따원 아무것도 아니야. 그런 게 의미가 될 수 없어. 절대로 동요하거나 흥미 있다는 사실을 그에게 보이지 않을 거야!

마음속으로 다짐하면서 그녀는 뚱한 표정을 지었다. 그리고 그런 유정을 냉한 시선으로 쳐다보면서 프란시스는 미간을 좁혔다.

"……"

"아니, 왜 천하에 다시없는 바보를 보는 시선으로 쳐다보세요?"

"바보를 보는 것이 맞으니까요."

그 말에 유정은 저도 모르게 주먹을 쥐었다가 꾸욱 참고, 애써 미소를 지으면서 대꾸했다.

"왜 제가 바보예요?"

"스스로 고민해 보십시오. 답이 나오면 바보 취급 안 하도록 하겠습니다."

영국의 1퍼센트가 쓴다는, 그야말로 교양 있는 영국인의 전형이며, 미국 여자들이 그 섹시함에 사족을 못 쓴다는 퀸즈 잉글리시가, 왜 이렇게 기분 나쁘게 들리는지. 입맛이 쓰다고 생각하면서 유정은 화가 난 듯이 입을 열었다.

"그럼 신중하게 고민해 보고 답은 다음에 알려 드리도록 하죠."

"내일까지 생각해 보십시오. 기발한 답을 기대하죠."

그 싸가지 없는 목소리가 그녀의 귀를 때리자, 그때까지 떨어지지 않던 다리가 움직여졌다. 그래서 그녀는 프란시스를 잡아먹을 듯이 노려본 다음, 서재의 문을 쾅 하고 닫았다.

요란하게 유정이 나가고 난 뒤, 프란시스는 자판 위를 움직이던 손을 멈추고 입술을 깨물었다. 키스의 여운이 입술 위에 아직 남아 있었다. 여리고 보드라웠던 감촉, 달콤한 맛, 놀라서 동그랗게 떴던 검은 눈동자와 새빨개진 얼굴……

음미하듯이 손끝으로 입술을 더듬다가 그는 그런 자신의 행동에 화들짝 놀라서 얼굴을 붉혔다. 자기가 자기답지 않아서 쓴웃음을 짓고, 그는 고개를 설레설레 저었다.

"결국 저질러 버렸군."

충동적으로 입술을 뺏고, 다음에는 웃어 버렸다. 조만간에 저지르지 않을까 했는데 이렇게나 엉망으로 해치우다니. 지금까지의 연애 경력이 우는 소리가 들리는 것 같았다.

한 가지 기분 좋은 것은 그녀가 경험이 없다는 것. 자신 이외에 어느 누구도 그녀를 건드린 사람이 없다는 것이 기분 좋았다. 서투른 유정의 반응이 귀여워서 절로 웃음이 나왔다.

저택 내에서 길을 헤매는 일도 없이 유정은 자신의 방으로 곧장 돌아왔다. 새빨개진 자신의 얼굴을 남에게 들키지 않도록 걸음을 빨리한 탓이었다.

문을 닫고서 그녀는 턱까지 차오른 숨을 놓아쉬었다. 얼굴이 화끈거리고 맥박이 세게 뛰는 것은 빨리 걸어서 그런 것이다. 절대로 프란시스 때문이 아니었다.

'……젠장! 첫 키스였는데! 더 때려 줬어야 했었는데!'

뒤늦은 후회가 물밀듯이 밀려왔지만, 이미 게임은 끝났다. 유정은 종이백을 프란시스인 것처럼 퍽퍽 때렸지만, 이상하게 화가 많이 나지 않았다. 그게 문제다.

'웃음 한 방에 용서해 버리다니, 너무 쉽잖아!'

[젠장!]

자신이 그렇게 쉬운 여자였나 싶은 마음에 갑갑해져서 주먹으로 가슴을 퍽퍽 치고 말았다. 그렇게 홀로 분통을 터트리던 유정은 손에 든 종이백을 뒤늦게 눈치챘다.

"응?"

생각 없이 가방을 여는 순간 눈앞이 갑자기 번쩍거렸다.

단순하지만 우아한 라인이 들어간 검은색 원피스가 사라락거리는 소리와 함께 등장했다. 그녀의 작은 체형을 고려한 A라인 원피스는 이전에 입었던 것처럼 등이나 가슴이 많이 파이지도 않아서 그녀가 지금 입기에도 부담스럽지 않은 디자인이었다. 게다가 결정적으로 속옷도 챙겨 입을 수 있다!

[지금 생각났는데, 프란시스는 대체 이런 옷을 고르는 안목이 어떻게 있는 거야? 이거 전부 여자 옷인데!]

어제 프란시스가 고른 옷들도 수수하긴 해도 여성스럽고 우아한 디자인들이었다. 그리고 오늘도 마찬가지다. 원피스의 사이즈야 어제 입은 옷들로 대충 알아챌 수 있었을 테지만 남자가 이런 여성스러운 디자인을 고르는 눈은 보통으로는 생기지 않을 것이다.

[……여자 많겠지? 안 그럼 여자 옷을 그렇게 잘 알 리가 없어. 아님 진짜 게이든가.]

그런 생각이 들자 유정은 저도 모르게 깊게 한숨을 내쉬었다. 게이라고 생각하는 건 실례겠지만—그녀에게 키스도 했고—그 나이의 남자가 여자가 없다는 것은 이 동네에서는 이상한 일에 해당한다. 게다가 얼굴 잘생겨, 돈 많아, 키도 커, 뭐 하나 빠지는 것이 없는 인간이 여자가 없을 리가 없다. 메이드들이나 패트리샤가 그가 사귀었던 여자들에 대한 이야기도 몇 번 해 줬고. 그러니까 게이는 아니겠지만, 그래도 여자 옷을 너무 잘 안다.

[이거야 원, 여자인 내가 부끄럽잖아.]

원피스의 부드러운 감촉을 만지작거리면서 유정은 필사적으로 투덜거렸다. 하지만 아무리 투덜거려도 키스의 여운은 여전히 입술 위에 남아 있고, 생각하면 할수록 그 남자가 미워지지 않았다.

결국 유정은 두 팔을 번쩍 들고 항복했다.

[으아, 역시 사람을 얼굴값을 하고 산다니까!]

갑자기 그가 사 준 원피스를 입고 싶지 않았지만, 자리가 자리인 만큼 유정에게는 선택의 여지가 없었다. 한국으로 돌아가면 필히 팔아 주겠다고 다짐하면서 유정은 원피스의 지퍼를 올렸다.

레이디 로랜트의 디너에 찾아온 손님들은 레이디가 사업상 만나는 사람들이라고 했다. 세 쌍의 부부와 한 명의 남자는 정장을 단정하게 차려입고서 살롱에 모여 있었다. 그중 몇몇 사람들은 유정과 패트리샤와 인사를 나눈 뒤, 잠시 산책을 하고 오겠다며 정원으로 나갔고, 살롱에는 세 명밖에 남아 있지 않았다.

유정은 손님으로 온 사람들의 의심스러운 시선을 한눈에 받았다. 특히, 혼자 온 젊은 남자는 대체 왜 이런 애가 여기에 있나 싶은 시선으로 유정을 빤히 쳐다보았다. 동양인이라는 이유로 이런 시선을 많이 받아 본 유정이기에 그 남자의 그런 무례함도 무심히 넘겨 버렸다. 어차피 유정은 레이디 로랜트의 손님으로 소개되었기 때문에 이 이상의 무례는 범하지 않으리라.

'생긴 것은 꼭 쥐새끼같이 생겨서.'

속으로 그 남자에 대한 흉을 보며 유정은 패트리샤의 옆에 앉았다. 그녀는 어제 프란시스가 사라고 바락바락 우긴 복숭아색 원피스를 입고 있었다. 본인은 마음에 들지 않는다고 툴툴거렸지만, 부드러운 빛깔의 원피스는 패트리샤의 하얀 피부와 짙은 금발에 잘 어울렸다. 역시나 프란시스의 안목은 보통이 넘는다고 생각하면서 유정은 진지한 어조로 물었다.

"니네 오빠는 여자 옷을 고르는 데 탁월한 감각이 있는 것 같아."

"아, 음. 그렇지. 프란이 좀 눈이 높아. 말을 좀 재수 없게 해서 그렇지. 내 옷도 결국 지 고집대로 했잖아. 남모르게 여자 옷 연구라도 하는지 모르지."

"그래서 나 아까 엄청 심각하게 고민했어."

"뭘."

"프란시스가 게이가 아닐까? 라는."

의심이긴 하나 발언의 수위가 상당히 높은 것이기 때문에 유정은 주변의 눈치를 살폈다. 어차피 공개석상에서는 죽어도 하지 못하지만, 친구와 둘이서 나누는 사담이 이곳의 다른 사람들 귀에 들어갈 리가 없었다. 점잖은 표정으로 응접실을 차지하고 있는 신사와 숙녀들은 그녀들과는 멀찍이 떨어져 있던 것이다. 그래도 말이 말인지라, 유정은 일단 최대한 목소리를 낮춰 보았다.

"하?"

패트리샤의 눈썹이 치켜떠졌다. 그 황당한 표정을 보면서 유정은 어깨를 으쓱거렸다. 아싸, 저질렀다는 자포자기의 마음도 없지 않았다.

"그게 뭔 소리야?"

점점 소리가 높아지려는 친구의 경망스러운 입을 양손으로 틀어막으면서 유정은 주변의 눈치를 살폈다. 두 여자가 호들갑을 떠는 것이 신경에 거슬렸는지, 소곤거리는 대화를 나누던 중년 부부가 가슴츠레한 시선으로 둘을 노려보았다. 난롯가에 혼자 서서 시계를 노려보던 남자도 역시 그녀들에게 시선을 돌렸다. 그들의 그런 반응에 유정의 등허리에는 땀이 고였지만, 무자비한 미녀인 패트리샤는 끈질겼다.

"그러니까 왜 그런 생각을 한 거야?"

여전히 불안불안한 강세로 흘러나온 패트리샤의 질문에 유정은 미간을 좁히면서 한숨을 내쉬었다. 내가 정말 말을 말지, 왜 이 순간에 이런 인간에게 이런 말을 해서 이런 상황을 만들었나 싶어서 유정은 자기 자신의 방정맞은 입을 저주했다.

'이래서 프란시스가 나보고 바보라고 한 건가?'

문득 그런 생각을 하면서 눈동자를 데굴데굴 굴렸다. 다행히 살롱의 안에는 프란시스의 큰 키는 보이지 않았다. 마음속으로 안도의 한숨을 내쉬고, 그녀는 속삭이듯이 대답했다.

"그게 말이야. 프란시스가 이 원피스를 사서 보냈는데, 이걸 보면서 드는 생각이 그 사람 안목이 너무 탁월하다는 거야. 남자가 보통 여자 옷에 대해서 알면 얼마나 아니? 이런 거 잘 아는 사람은 게이 정도나 될까? 왜, 유명 패션 디자이너들은 대부분 게이잖아. 그래서 혹시나……."

"그래서 혹시나 내가 게이일 거라고 생각한 것이라면 참 깜찍

하십니다, 미스 유정. 아까 증명해 드린 것으로는 모자랐습니까? 더 해 드릴까요?"

귓구멍에 살랑살랑 들어오는 저음의 목소리에 유정은 화들짝 놀라서 자리에서 벌떡 일어섰다. 눈을 동그랗게 뜨고 뒤를 돌아보자 소파의 등받이에 팔을 걸치고 기대 있는 프란시스가 입가를 살짝 끌어당기는 매력적인 미소를 지으면서 유정을 바라보고 있었다.

하지만 그의 푸른색 눈동자는 한없이 싸늘해서 주변의 온도가 십 도쯤은 떨어진 것 같았다. 물론 그 영하의 온도에도 불구하고 패트리샤는 깔깔대며 웃기에 바빴지만. 유정은 그런 친구를 날카로운 시선으로 노려본 다음, 어쩔 줄 몰라 하는 표정으로 슬금슬금 뒷걸음질 쳤다. 저지른 일이 있으니 여기서 빨리 도망쳐야 하는데, 왜 이렇게 다리가 움직이지 않는 것인지.

게다가 왜 눈은 계속 저 인간 입술에 가 있는 거야!

"어딜 가십니까?"

목소리는 부드러운데 눈빛은 날카롭다. 눈빛으로 사람을 잡을 수도 있다는 사실을 유정은 절절히 깨달았다. 제대로 시선조차 마주치지 못하며 그녀는 식은땀을 흘렸다.

"아뇨, 저기⋯⋯. 저기서 음료수가⋯⋯ 펀, 펀치를⋯⋯."

"제가 가져다드리죠. 레이디가 움직이게 해서야 신사의 도리가 아닙니다."

여전히 생글생글 웃으며 대꾸하면서 프란시스는 허리를 폈다. 우아하고 귀족적인 태도였지만, 유정의 시선에는 먹이를 노리는 맹수가 날카로운 발톱을 세우는 것 같아 보였다. 이대로라면 그녀는 분명히 갈기갈기 찢겨질 것이다.

"아니요, 제발⋯⋯."

잘못했어요, 라는 말이 목구멍까지 올라왔지만 차마 말이 되어 나오지는 않았다. 게다가 상대방은 유정의 작은 반응 따위는 신경도 쓰지 않은 듯 날렵한 걸음으로 샴페인과 위스키가 놓여 있는 미니바로 향했다. 그 뒷모습에서 간신히 고개를 돌리고, 유정은 끄윽거리면서 여전히 웃느라 바쁜 패트리샤의 옆구리를 세게 꼬집었다.

"야! 너 뭐야!"

"아니, 아니, 너무 웃겨서 견딜 수가 없어! 우리 오라비가, 고매하신 오라비가아⋯⋯."

찔끔 흐르는 눈물을 닦으면서 패트리샤는 그렇게 말했다. 유정은 일생에 도움이 안 되는 친구를 날카롭게 노려보았다. 그 시선의 파워에 밀려서 패트리샤는 있는 힘껏 배에 힘을 주고 간신히 웃음을 멈출 수 있었다.

"샴페인 한 잔과 칵테일 두 잔. 숙녀 분들 것은 알코올은 많이 넣지 말도록."

알프레드 집사에게 그렇게 말하고 프란시스는 미소를 지었다. 기가 잔뜩 죽어 있는 유정이 그의 눈치를 슬금슬금 보고 있는 것이 보였기 때문이다. 끌어낼 수 있는 최대한의 여유로 불쾌한 감정을 내리누르면서 프란시스는 대체 저 여자를 어떻게 하면 혼내줄 수 있을까 고민했다. 감히 자신을 게이라고 말하는 저 얄미운 입을 어떻게 다물게 만들까 여러 가지로 상상하는 것이 이상하게 즐거웠다.

'정말로 덮치는 것으로 내 성정체성을 증명해야 되나?'

진지하게 생각하면서 그는 기가 죽은 유정을 놀리다가 옆구리를 꼬집히는 여동생을 보면서 혀를 찼다. 소곤소곤 키득거리는 두 사람에게는 방금 전까지의 심각함은 어디에도 없었다.

천생 여자아이들이다. 그런 느낌이었다.

술잔의 술을 한 모금 마시면서 그는 유정의 웃는 얼굴을 빤히 바라보았다. 그가 선물한 검은색 원피스를 얌전히 차려입은 유정은 이마에서부터 머리카락을 땋아서 고전적인 형태로 틀어 올린 모습이었다. 하얀색 진주 귀걸이와 은색의 체인에 매달린 자개 목걸이가 그녀를 장식하고 있는 유일한 장신구였다.

심플하지만 우아하다. 프란시스는 자신의 안목에 만족했다. 뉴욕에서의 일을 끝내고 백화점에 들렀을 때, 제일 먼저 눈에 들어온 그 옷을 그는 충동적으로 구매했다. 사실 그가 백화점에 간 까닭은 어제 사려다가 깜빡한 커프스를 사기 위해서였다. 하지만 여성복 매장을 지나치다가 마네킹에 걸려 있는 저 원피스를 보자마자 그는 저도 모르게 걸음을 멈췄다. 그리고 정신을 차려 보니, 자신은 어느 순간 옷을 사 들고 차로 가고 있었다. 프란시스의 경험상 그가 무엇인가를 충동적으로 하는 경우는 거의 없었기에 제법 신선한 기분이었다.

'잘 어울리네. 생각했던 것보다 훨씬 더. 기분 나쁘게시리. ……쳇!'

프란시스가 마음속으로 투덜거리는 것도 무리는 아니었다. 유정은 그의 취향대로 입은 것은 물론이거니와 단순한 장신구들이 그녀를 성숙하게 보이도록 만들었던 것이다. 또한 며칠 동안 레이디 로랜트에게 자세를 교정 받은 탓인지, 그녀의 태도로만 보자면 어느 양갓집 아가씨 못지않았다. 손님들도 외국인이라는 것 이외에 그녀에게 위화감을 느끼지 않은 듯, 유정에게 유난히 집중하는 사람도 없었다. 모두 점잖은 나이의 신사에 유부남들이니 레이디 로랜트의 살롱에서 젊은 아가씨에게 치근덕거리지는 않으리라.

'한 명만 빼고.'

술잔에 담긴 술을 프란시스가 반쯤 마셨을 때, 유일하게 혼자 이 자리에 참석한 사람이 그쪽으로 시선을 돌렸다. 벽난로를 아지트 삼아서 무료하게 시간을 보내던 로날드 벨, 벨 주식회사의 최고 경영자는 슬금슬금 프란시스의 곁으로 다가오더니 낮은 목소리로 속삭였다.

"천하의 클리브던 백작님께 음료 심부름을 시키는 저 아가씨는 누구입니까? 레이디 로랜트께서 손님으로 모시는 분이라면 동양인이라도 어딘가의 고명한 아가씨겠죠?"

"패트리샤의 친구입니다."

유정을 좋은 집안 아가씨라고 멋대로 착각을 하는 것은 그쪽의 사정이었다. 굳이 설명해 줄 필요가 없어서 프란시스는 간단히 대꾸했다. 그러자 로날드는 자기 멋대로 유정에 대해서 상상하기 시작했다.

"요즘 일본인들이 돈을 가지고 자기들이 상류층이니 하는 꼴은 참 보기 싫은데, 레이디 로랜트의 살롱에서도 보게 되는군요."

"벨 씨의 눈에는 검은 머리카락에 검은 눈동자면 다 일본인처럼 보입니까?"

"네?"

"최소한 유정 양은 일본인은 아닙니다. 국제적인 사업을 하는 사람이라면 상대방이 어떤 나라의 사람인지 한눈에 알아채는 것도 능력입니다. 영국인과 프랑스인을 잘 구별하지 못한다고 해서 영국인에게 프랑스 사람이냐고 묻는 것만큼 무례한 일은 없습니다."

프란시스의 냉정한 대꾸에 벨은 놀란 눈으로 그를 바라보았다. 하지만 상대방은 아무렇지 않은 얼굴로 그에게 고개를 까닥해 보이고서 여동생과 그 친구가 앉아 있는 곳으로 향했다.

유정은 그가 가까이 다가오는 것을 보자마자 표정이 새파랗게 굳어 버렸지만, 프란시스는 아랑곳하지 않고 패트리샤에게 칵테일 잔을 내밀었다. 다른 한 개를 유정에게 내밀자, 유정은 정말로 죽을상을 하면서 잔을 받아 들었다.

"감사합니다."

인사를 잊지 않은 것은 양심이 남아 있어서다. 유정은 곤란하다는 표정으로 화려한 노란색을 띤 칵테일을 힐끔거렸다. 줬으니 먹긴 먹어야 할 텐데, 이것이 과연 목구멍에 넘어갈지가 문제인 것이다. 유정은 알코올류에 쥐약인 사람이었다.

그런데 잔을 건넨 프란시스가 유정을 빤히 내려다보면서 말했다.

"할 말은 그것뿐?"

냉정한 그 어조가 뜻하는 것이 무엇인지 그녀는 금방 알 수 있었다. 점점 내려가는 공기에 닿는 맨살에 소름이 돋았다. 바늘같이 따가운 냉기가 피부를 따끔따끔하게 찔러서 이 자리에서 냉큼 도망치고 싶었다.

하지만 도망칠 때는 노망치너나노 할 말은 해야 했다. 유정은 아까 전에 하지 못했던 말은 조그만 목소리로 꺼내 들었다.

"죄송합니다."

"뭐가 죄송하다는 겁니까?"

여전히 냉랭한 프란시스의 어조에 유정은 한숨을 푹푹 내쉬더니 갑자기 숨을 크게 들이마셨다. 허리를 똑바로 폈다. 고개를 들고 시선을 프란시스에게 맞췄다.

"함부로 실례되는 말씀을 했습니다. 죄송합니다. 잘못했습니다. 정말로, 정말로 많이 사과드립니다."

또박또박 흐트러짐 없는 목소리가 입을 열자, 프란시스는 잠자코 서서 듣기만 했다. 대답을 하지 않는 그 모습에 유정은 내심 불안했지만, 그래도 얌전히 상대방이 자신을 용서해 주기를 기다렸다.

손바닥에 땀이 고였다. 잡고 있는 칵테일 잔을 만지작거리면서 유정은 프란시스의 대답을 기다렸다. 잘못을 했으니, 프란시스에게 혼나더라도 별로 억울하지는 않았다. 얄미운 것은 옆에서 여전히 눈치 없이 웃고 있는 친구뿐. 아까처럼 옆구리라도 비틀어 줘야 기분이 시원할 텐데, 눈앞에는 호랑이같이 무서운 친구의 오빠가 눈을 부라리고 있으니 불손한 행동을 한다는 것은 상상할 수도 없었다.

시간이 너무나 길게 지나가는 것 같아 어깨가 점점 무거워지는데, 이윽고 프란시스가 느릿한 어조로 입을 열었다.

"미안한 것을 알았다면 언행을 조심히 해 주시길 바랍니다. 그것은 패트리샤 너도 마찬가지다. 이곳에는 우리들만 있는 것이 아니라 손님들도 있어. 그분들 앞에서 할머니와 가문의 명예에 흠이 될 만한 행동은 더 이상 하지 마라."

엄격한 프란시스의 얼굴에는 자신의 가문에 자긍심이 가득한 귀족의 표정이 떠올라 있었다. 유정은 평소의 싸가지와는 다른 분위기의 표정을 보고 그에게 압도당하는 것 같은 기분을 느꼈다. 선생님에게 혼나는 학생처럼 기가 죽어서 그녀는 얌전히 고개만 끄덕였다.

프란시스의 충고 때문인지 패트리샤는 얌전했고, 그것은 유정도 마찬가지였다. 이제 두 사람은 다른 짓을 하는 것은 상상도 할수 없었다. 그의 무시무시한 감시가 그녀들의 뒤에 졸졸졸 따라다녔기 때문이다.

"사업은 잘 진행되십니까? 클리브던 백작?"

검은 양복에 나비넥타이까지 점잖게 차려입은 뚱뚱한 중년 신사가 프란시스에게 정중하게 물었다. 그러자 그에 대꾸하는 남자쪽은 거만해 보일 정도로 느긋한 어조로 말하는 것이다.

"스미든 씨께서 걱정하지 않으셔도 될 만큼 안정적입니다. 그나저나 스미든 씨 역시 중국 쪽에 투자하셨죠?"

"네, 꽤 많은 수익을 얻었습니다. 하지만 이제 슬슬 거기서 발을 뺄 생각입니다."

"아니, 왜요? 앞으로 중국 관련 주식은 상한가를 칠 겁니다."

"제 개인적인 정보에 의하면 조만간에 문제가 생길 것 같아 보여서 말입니다. 그래서 저는 일찌감치 발을 뺄 생각입니다. 지금까지의 투자로도 수익은 충분합니다."

느긋한 어조로 대꾸하는 프란시스의 모습이 여유로우면서도 미묘하게 건방져 보였다. 그의 앞에 서 있는 남자 쪽이 훨씬 더 연상인데도 밑으로 굽어보는 듯한 프란시스의 태도에는 겸손함이 없었던 것이다.

'귀족이라서 그런 걸까?'

그런 것과는 달리 저 남자의 경우엔 타고난 건방짐인 것 같지만 말이다.

하지만 무엇보다도 다른 손님들 앞에서 새침을 떨며 우아하게 움직이는 패트리샤의 모습이 유정은 신기하기만 했다. 평소에는 있는 주접 없는 주접 다 떨어 대며 같이 놀던 친구의 새로운 모습을 그녀는 TV 영화를 보는 기분으로 지켜보았다. 레이디 로랜트의 위엄 있는 모습도 마치 여왕님처럼 느껴졌다. 프란시스와 패트리샤 이외의 사람들은 모두 그녀의 앞에서는 하찮은 신하들처럼 보일 지경이다. 물론 유정도 마찬가지였다.

며칠 배우지 않았지만 그동안 습득한 테이블 매너를 열심히 써

먹으면서 유정은 무사히 디너타임을 마쳤다. 후식이 나오는 시간만 넘기면 자유 시간이었다. 더 이상 손님들에게 신경 쓰지 않아도 되기 때문에 유정은 빨리 이 시간이 지나갔으면 좋겠다고 생각했다.

그녀가 디저트로 나온 얼음 셔벗을 한 수저 막 들었을 때, 로날드가 갑자기 유정을 쳐다보면서 대수롭지 않은 어조로 물었다.

"그런데 미스 유정은 어디 집안의 아가씨입니까? 레이디 로랜트의 손님이시니, 평범한 집안은 아니겠지요? 제가 견문이 좁아 아직 아가씨의 집안을 알지 못하니 알려 주시지 않겠습니까?"

일순간 식당에 침묵이 돌았다. 사람들의 시선은 그렇게 침묵한 채 유정에게 몰렸고, 그녀는 그 시선에 입술을 비죽였다. 그러다가 문득 프란시스와 눈이 마주쳤다.

그 남자는 흥미진진한 표정으로 그녀를 바라보고 있었다. 짙푸른 눈동자에 떠오른 시선은 그녀가 어떤 대답을 할 것인지 기다리고 있는 눈치였다.

'너같이 평범한 아이가 내세울 것이 뭐가 있겠어?'

그런 텔레파시가 느껴지는 그의 표정을 보자 유정은 문득 오기가 치밀었다.

'내가 평범한 것에 대해 니들이 뭐 보태 준 것이 있어?'

마음속으로 투덜거리면서 그녀는 천천히 입을 열었다.

"저는 한국에서 유학 온 학생입니다. 고매하신 여러분께서 일부러 신경 쓰실 만큼 대단한 사람은 아니에요."

거짓말을 하지 않았지만, 제법 삐딱한 그녀의 대꾸에 패트리샤는 싱긋 미소를 지었다. 그 대답을 들은 손님들이 온갖 상상을 다 하는 동안 유정은 새침하게 손을 움직여 셔벗을 한 수저 떴다. 어떤 말이 나오든지 맞받아쳐 주겠다는 전투 의욕을 가득 담고서 말이다.

로날드는 유정의 대답을 듣고 그런 나라가 세계 지도에 존재하는지 궁금하다는 표정으로 그녀를 쳐다보았다. 그는 분명히 한국이 어디에 붙어 있는지도 모를 것이다.

"유학생이십니까? 한국이라면 아시아의 나라죠? 어디에 있는 곳입니까?"

"일본의 위에 있고, 중국의 옆에 있으며, 러시아의 아래에 있죠. 여러분들은 많이 배우신 분들이니 한국이 어떤 나라인지는 아시겠죠?"

화사하게 웃으면서 말하는 유정의 말에 대꾸할 수 있는 사람은 어디에도 없었다. 그들은 굳은 얼굴로 서로의 시선을 마주치며 당혹스러운 표정을 지었다. 식당의 분위기가 점점 더 싸하게 변해가는 것을 유정은 피부로 느낄 수 있었다. 패트리샤와 프란시스, 그리고 레이디 로랜트만이 유정이 이 사람들을 비웃고 있다는 사실을 깨닫고 있을 뿐, 다른 사람들은 그녀가 대체 무슨 말을 하고 있는지 이해하지 못하고 있었던 것이다.

많이 배우긴 했으나 지리학과는 전혀 연관이 없는 그들의 상식에 한국이라는 나라에 대한 개념이 전혀 잡히지 않아 있었다. 그 사람들이 알고 있는 동양이란, 인도와 중국, 그리고 산업 강

국인 일본 정도였다. 기적적으로 한국이라는 나라 이름을 알아
도, 이전에 한국 전쟁으로 초토화된 가난한 나라라는 생각밖에
하지 못한다. 유학을 온 이래로 유정은 자신에게 그런 식으로 물
어보는 수많은 외국인들을 보아서 이제는 그런 반응이 지겨울
정도였다.

그리고 유정의 생각대로 이 자리에 참석한 사람들도 대부분 그
렇게 생각하고 있었다.

"어머? 그런 가난한 나라에서 유학을 올 정도라면, 그곳에서는
대단한 가문의 아가씨인가 보군요, 유정 양은."

젊은 부인 한 사람이 그렇게 말하자 상황은 정리되었다. 유정
은 순식간에 지위가 상승되는 것을 느끼면서 한숨을 내쉬었다. 여
기 있는 사람들에게 한국에 대한 관념은 60년 정도 후퇴되어진
모양이었다. 일부러 비꼬듯이 말했는데 한 사람도 알아듣지 못했
으니 이젠 한숨조차 나오지 않았다.

누군가 그녀의 무례함을 알아챘다면 유정이 얼굴을 붉히면 되
는 문제이다. 그녀의 행동에 대해 기분 나빠한다면 그 사람에게
정중하게 사과를 하겠지만, 아직까지 아무도 이 문제에 대해서 그
녀에게 따지지 않았다. 그래서 유정은 편하게 생각하기로 했다.
알아서 착각해 주는 것에 대해서 뭐라고 할 생각이 없으니 입을
다물어 버리는 것이다. 일일이 설명하다 보면 머리가 터질 것 같
았기 때문에 그런 건 알아서 공부하세요! 라고 언제나 외치고 있
었다.

'하지만 이런 점잖은 인간들에게 그런 소리 하면 뒤집어지겠

지.'

　과거의 경험상 머릿속의 생각을 모두 말하지 않는 편이 좋았기 때문에 유정은 입을 꾸욱 다물고 새침하게 자리에 앉아 있었다. 그러나 그때, 그녀는 얼음장같이 싸늘한 프란시스의 시선을 받았다. 경멸의 빛이 가득한 그의 눈빛에는 그녀의 거짓말을 간파했다는 의도가 보였다. 상대방을 배려하지 않고 무시하는 것 같은 유정의 태도가 못마땅한 듯이 보이는 그의 시선을 받으면서도 유정은 꿋꿋했다.

　하지만 프란시스는 유정의 말을 듣고는 그동안 생긴 그나마 있던 호의마저 사라지는 기분이었다. 적어도 솔직하고 당당한 여자라고 생각했는데, 저렇게 가식적이었나 싶어 낮의 일이 후회되었다. 하지만 그는 일부러 입을 다물었다. 그녀를 곤란하게 만들고 싶지 않았기 때문이다.

　실망을 하더라도 그녀는 어찌 되었든 할머니의 손님이었다. 손님의 체면을 깎는 일은 할 수 없었다.

　"트리샤."

　식후에 유정이 잠시 자리를 비운 사이에 프란시스는 사촌 여동생의 팔을 붙잡고 고개를 숙였다.

　"저 여자, 아까 대체 뭐야?"

　"뭐긴, 우리들이 잘하는 짓을 남에게 해 주는 거지. 과연 내 친구라니까. 저렇게 멋지게 한 방 먹여 주다니 가슴이 두근거려! 하여간 바보 같은 사람들은 꼭 있다고. 모르면 모른다고 솔직하게 말하고 양해를 구하지. 꼭 저렇게 아는 척을 해서 사람 속을 뒤집어 놓는다니까."

"너도 그런 소리 하지 마. 방금 전은 명백하게 미스 유정이 잘못했어."

"그럼 오빠는 영국에 대해서 잘 모르는 외국인이 영국이 2차 대전 이후에 폐허가 된 가난한 나라라는 식으로 말을 하면 기분이 좋겠어? 유정이도 똑같아. 내가 유정이랑 친구를 하면서 저런 식으로 알지도 못하면서 아는 척, 유정이네 고국을 깎아내리는 사람들을 엄청 많이 봤어. 그런 사람들을 좀 골려 주면 어디가 덧나? 자기도 똑같으면서 남에게 놀림 받는다고 기분 나빠하지 마. 그것도 위선이야."

"……."

있는 힘껏 친구를 옹호하는 패트리샤의 얼굴을 프란시스는 새삼스럽게 쳐다보았다. 여동생의 말이 틀리지 않았다는 것을 그는 본능적으로 이해했다.

한숨이 나왔다. 할머니가 유정의 건방짐을 내버려 둔 것도 패트리샤와 비슷한 생각을 했기 때문일 것이다. 가식을 부리더라도 포기할 수 없는 자부심과 자긍심을 헤이스팅스가의 여인들은 이해하고 있는 모양이었다.

그리고 프란시스도 이제는 조금 이해할 수 있을 것 같았다.

"이번엔 내가 묻자, 트리샤."

"응?"

"너희 둘은 대체 무슨 사이야?"

"친구 사이야. 베스트 프렌드!"

"조금 위험해 보이는데."

"게이스러운 오빠가 생각하기엔 그럴지도."

그 순간 딱 하는 소리와 함께 패트리샤의 머리에는 작은 혹이 생겼다.

"친구를 잘 사겨. 왜 저런 애를 사귀는 거야?"

"그거야, 유정인 특별하니까."

"어디가? 돈도, 가문도 없고, 외국인에 가식적이기까지 한데?"

프란시스의 말에 패트리샤는 이상하다는 표정을 지었다. 그리고 프란시스의 얼굴을 빤히 쳐다보았다.

"왜 그래?"

"아니, 오빠는 유정일 그렇게 보고 있구나 싶어서."

"그럼 아니야?"

진심은 아니지만, 일부러 그렇게 말해 본다. 그러자 패트리샤는 정말로 화가 났다는 듯이 목에 힘을 주면서 말했다.

"판단은 오빠의 자유지만, 그런 판단을 나에게 강요하지 마. 나는 내 친구를 믿고 좋아해. 그러니까 오빠도 좀 관대해 봐. 그렇게 나를 못 믿는 거야? 그 앤 내가 선택한 친구야!"

프란시스는 대꾸가 없었다. 다만 그는 그때 바에서 알프레드 집사와 대화하며 웃고 있는 유정의 얼굴을 힐끔 노려보았다. 이전에 지금과 똑같은 소리를 유정에게서 들었다. 그렇게 트리샤를 믿지 못하냐고.

'아아, 그런가? 똑 닮은 것들끼리 잘들 놀고 있다.'

머릿속으로 그런 생각을 하면서 프란시스는 미간을 좁혔다.

그것을 보고 패트리샤는 매우 못마땅한 기색이라고 생각했다. 하지만 다음 순간, 프란시스가 정말로 싫은 듯이 눈살을 찌푸리는 것을 보고, 그녀는 조심스럽게 그의 시선을 따라갔다. 그곳에는 로날드가 묘한 표정을 지으면서 유정에게 말을 걸고 있었다.

"한국인들은 모두 미스 유정처럼 미인입니까?"

그가 유정에게 그렇게 묻자, 그녀는 무관심한 어조로 대꾸했다. 아까 그가 그녀에게 물어보았던 태도가 과히 마음에 들었던 것은 아니지만, 그래도 그는 레이디 로랜트의 손님이었다. 무례하게 대하고 싶지는 않았기 때문에, 유정은 최소한의 예의는 차리고 있었다.

"저보다는 다들 미인이에요."

"겸손하시군요."

그는 그녀의 곁에 바짝 다가오면서 그렇게 말했다. 유정은 자신보다 조금 더 큰 작달막한 남자의 눈을 똑바로 노려보면서 이이상 다가오면 가만두지 않겠다는 투지를 내뿜었다.

"저희 어머니가 항상 하시는 말씀이 겸손하라는 거였어요. 저는 그 말을 충실히 따르고 있답니다."

물론 상대방은 그녀의 그런 기색을 자신에 대한 호감으로 착각해서 좀 더 그녀에게 다가서면서 은근한 어조로 입을 열었다. 처음에는 그는 유정이 그저 졸부인 동양인이라고 생각했었다. 운좋게 레이디의 살롱에 초대된 사람이라고 말이다. 하지만 자신의 말에 프란시스가 은근히 열을 내면서 그녀를 옹호하는 것을 보자 생각을 바꾼 것이다. 게다가 디저트를 먹으면서 자신만만하게 자신의 질문에 대답을 한 것도 그녀에 대한 관심을 불러일으켰다.

"위트 있으신 분이군요. 미국에는 오래 계셨습니까?"

"8년 정도요. 고마우신 분이 후견인이 되어 주셔서 충실하게 공부할 수 있었답니다. 다음 달에는 귀국할 예정이에요. 돌아가서 어머니를 도와드리고 싶거든요. 미스터 벨은 일을 하시는 분인가요?"

"무역업을 하고 있습니다. 주로 유럽과 중동 지역이 주무대지요. 유정 양의 집안은 어떤 사업을 하십니까?"

"……."

그 말에 유정은 즉답을 하지 않았다. 잠시 궁리하다가 그녀는 싱긋 웃으면서 대꾸했다.

"금융업을 하세요."

엄마의 현재 직업은 보험 설계사이니, 아주 거짓말은 아니었다. 단지 유정은 이 남자를 놀려 주고 싶었다. 사실을 알게 되더라도 창피한 것은 남자 쪽이었다. 그녀의 말을 곡해해서 착각한 것이니까.

그리고 아니나 다를까 벨은 눈을 반짝이면서 그녀에게 호감을 표했다. 그는 패트리샤의 집안인 모건 가문이 미국 내에서도 유명한 은행 재벌이라는 것을 알고 있었다. 그러니 유정도 역시 모건 가와 연관이 있을 것이라고 지레짐작한 것이다.

"호오, 그렇군요. 그럼 이런 만남도 인연인데, 귀국하시기 전에 한번 패트리샤 양과 함께 저녁을 하시는 것이 어떨까요? 제게 두 숙녀 분을 모시는 영광을……."

"주고 싶지는 않습니다."

프란시스의 목소리가 들리자마자 유정은 드물게 반갑다는 표정으로 그를 바라보았다. 프란시스는 그런 유정의 얼굴을 보고 살짝 표정을 굳히더니 더욱더 의기양양하게 입을 열었다.

"제 여동생은 저의 보호 아래에 있습니다. 그녀의 친구인 미스 유정도 마찬가지이고요. 그러니 이제 제가 유정 양을 모시고 가도 되겠습니까? 트리샤가 목을 길게 빼고 기다리고 있어서요."

그리고 그는 벨이 뭐라고 대꾸하기도 전에 유정의 팔목을 살짝 잡아끌고서 패트리샤가 있는 쪽으로 걸음을 옮겼다. 유정은 프란시스의 손에 잡힌 팔목이 아팠지만, 내색은 하지 않았다. 하지만 그가 손목을 놓았을 때, 그녀는 무의식적으로 그곳을 쓰다듬었다. 빨갛게 손자국이 난 것을 보니, 내일이면 멍이 들 것이다.

그것을 보고 그는 내심 마음이 불편해졌지만, 나빠진 기분이 가라앉는 것도 아니었다. 그는 유정이 거짓말을 하는 것이 싫었다. 그녀의 매력은 순진할 정도로 당당하고 솔직한 것이지, 누군가를 비웃고 힐뜯는 것처럼 그녀와 어울리지 않는 것도 없다고 생각했다.

거기에 로날드 녀석이 그녀에게 추근거리는 것을 보자, 기분이 상할 대로 상한 것이다.

"앉으십시오."

슬금슬금 엉덩이를 옆으로 밀면서 패트리샤는 사촌 오빠의 눈치를 살살 살폈다. 그가 기분 나쁘다는 것을 그녀는 느끼고 있었다. 문제는 왜 기분이 나쁘냐라는 것이다. 자신은 프란시스가 화낼 만한 일은 하나도 하지 않았다.

화내는 상대를 자극할 생각이 없기 때문에 유정은 그의 말대로 패트리샤의 옆에 앉으면서 프란시스에게 말했다.

"서기, 도와줘서 감사합니다. 조금만 더 그 사람이랑 얼굴을 마주하고 있었으면 진짜 어떤 말이 나왔을지 모를……."

"거짓말을 그렇게 천연덕스럽게 하는 것은 습관입니까? 아니면 생활입니까?"

추궁하는 듯이 묻는 프란시스의 목소리는 차가웠고, 숨길 수 없는 경멸이 담겨 있었다. 유정은 순식간에 그 기색을 눈치채고, 저도 모르게 침을 꼴깍 삼켰다. 하지만 여전히 아무렇지 않은 어조로 대꾸했다.

"제 영어 실력이 잘못된 것이 아니라면 둘 다 똑같은 소리인 것 같은데요."

"눈치챘다니 다행이군요. 머리가 나빠서 못 알아들었으면 어쩌나 하고 걱정했습니다. 알아들었다면 앞으로는 그런 행동은 자제하십시오. 자신의 자존심과 조국의 자존심을 세우는 방법은 그런 거짓말이 아니라 스스로의 능력으로 세우는 겁니다. 거짓말은 들통 나면 그 순간부터 되돌릴 수 없는 수치가 됩니다. 아시겠습니까?"

그 말에 유정은 미간을 찌푸렸다. 그런 것이 아니라고 그녀가 채 변명을 하기도 전에 그는 몸을 돌려서 살롱을 나가 버렸다. 기분이 좋지 않아 보이는 그 뒷모습에 저도 모르게 입이 다물어졌다.

그를 실망시킨 것 같다고 생각했다. 그렇게 생각하자 마음이 무거웠다.

그때 패트리샤가 유정의 어깨에 손을 올렸다. 반사적으로 고개를 돌리자, 그녀는 한숨과 함께 어깨를 으쓱거렸다.

"우리 오빠가 많이 쪼잔해서 미안해."

아아, 그 말이 맞긴 맞았다.

7장
천 개의 종

전화벨 소리가 요란하게 울리자 유정은 보고 있던 서류에서 고개를 들고 반대편의 책상을 노려보았다. 1초 후에 핸드폰을 들어 돌리는 긴 팔은 유정의 불만스러운 얼굴에 날카로운 시선의 화살을 날리면서 몸을 돌렸다.

"Hello(이하 유정에게는 이해 불가능)……."

프랑스어가 모국어처럼 나오는 남자의 얼굴을 유정은 불만 가득한 시선으로 노려보다 말고, 다시 서류에 시선을 돌렸다. 다행히도 그녀가 보고 있는 서류는 영어로 되어 있어서 읽을 수가 있었다. 교정이 되어 있는 곳과 새로 입력할 데이터를 체크하고 유정은 바지런히 손을 움직여 자판을 꾹꾹 눌렀다.

"서류 작성 다 끝났습니까?"

프랑스어로의 통화를 끝낸 프란시스가 돌아보면서 그렇게 묻자, 그녀는 대꾸 없이 고개를 저었다.

"얼마나 남았습니까?"

"두 장이요."

"느리군요."

그 무시하는 듯한 말에 유정의 이마에 힘줄이 솟았지만, 모르는 척하고서 그녀는 계속 손을 움직였다. 이게 모국어인 한글이라면 얼마든지 빨리 해 주겠지만, 아무래도 영어는 인식 능력이 좀 떨어지는 경향이 있었다. 게다가 익숙하지 않은 경제 용어가 계속 나오는 서류는 이해하기 어려웠다.

프란시스가 옷값 대신에 시키는 일이란 그의 비서 일과 비슷했다. 서류를 작성하고, 그가 불러 주는 메일을 쓰고, 도착한 메일들을 출력해서 프란시스가 볼 수 있도록 하는 일 정도였다. 일 자체는 어렵지 않지만 분량이 많았다. 게다가 유정은 이런 일은 처음으로 하는 것이라서 속도가 더욱 느렸다.

"좀 느린 건 봐주시죠. 초짜인데."

"그건 변명이 안 됩니다. 이런 쉬운 일도 제대로 처리 못하면서 어떻게 사회생활을 하려고 합니까? 그러고 보니 졸업반이죠?"

"그건 그때 가서 생각해 볼래요. 그리고 지금도 그렇게 쉬운 건 아니에요. 가르쳐 주는 사람이 애매하면 배우는 쪽도 애매하거든요. 저도 사회생활이라면 할 만큼 해 봐서 그 정도는 안답니다. 바보는 바보답게 사는 법이죠."

유정이 한마디도 지지 않고 대꾸했을 때, 서재의 문을 두드리는 소리가 들려왔다. 덕택에 두 사람의 입씨름은 소강상태에 접어

들었고 서재에는 잠시간의 정적이 흘렀다. 프란시스가 들어오라고 하자, 열린 문을 통해 가정부인 마담 마거릿이 다과가 가득한 트레이를 끌고 등장했다. 유정은 그 달콤한 냄새를 맡고 화색이 돌았지만, 프란시스 쪽은 슬머시 고개를 돌려 과자에서 시선을 뗐다. 한참 후에 알게 된 사실이지만, 그는 단 과자류는 그렇게 좋아하는 편이 아니어서 티타임이 아니면 과자는 입에 대지 않았다.

우유와 꿀을 넣어 달게 만든 홍차를 마시면서 유정은 잠시 일에서 도망쳤지만, 프란시스는 여진히 누군기의 통화를 하고 있었다. 이번에는 그녀가 국적을 짐작조차 할 수 언어로 대화하는 그를 보면서 유정은 문득 그가 몇 개 국어를 할 줄 아는지 궁금하다는 생각이 들었다.

"저기요, 프란시스 경은 몇 개 국어를 하세요? 트리샤도 프랑스어랑 이탈리아어 정도는 잘하던데."

전화를 끝낸 그에게 유정은 별다른 기대를 하지 않고서 물었다. 그녀에게는 그다지 친절하지 않는 프란시스였기 때문에 대답이 제대로 나올 리 없다고 생각한 것이다.

그가 친절했다면 유정의 일은 좀 더 편해졌을 테니까.

"7개."

그리고 순순히 나온 대답의 숫자에 유정은 눈을 동그랗게 떴다.

"7개요?"

"영어, 독일어, 프랑스어, 러시아어, 일본어, 스페인어, 이탈리아어까지 7개를 할 수 있습니다."

"우아, 진짜요?"

"예."

재수 없지만, 멋있다는 생각이 절로 들 정도로 시크하게 대꾸하고, 느긋하게 커피 잔을 입에 가져가는 남자를 유정은 빤히 바라보았다. 저런 때는 참 멋있는데, 밉살스럽게 말할 때는 한없이 미우니 자신과 저 사람하고는 상당히 상성이 안 맞는가 보다.

그러면서도 어떻게 같은 서재에 앉아서 얼굴을 보고 일하고 있었다. 그것도 며칠째. 무수한 잔소리와 구박을 받아가면서도 유정은 꿋꿋했다.

"어떻게 그렇게 공부했어요?"

꼬치꼬치 캐묻는 유정의 말에 싫은 기색도 없이 남자는 여전히 일에 집중하는 얼굴로 대꾸했다.

"어떤 분과 달리 머리가 좋으니까요."

"아, 네엡."

당연히 나올 만한 대답에 유정은 김빠진 어조로 대꾸하고, 하던 일에 시선을 돌렸다. 그때, 누군가의 전화를 받은 프란시스가 잠시 유정의 얼굴을 빤히 쳐다보더니 미간을 좁히면서 자리에서 일어났다. 서재를 나가는 그의 뒷모습을 훑어보면서 유정은 입맛을 다셨다.

달디단 홍차의 맛이 혀끝으로 느껴지면서 달콤함이 다가왔다.

[진짜 저런 성격만 빼면 킹카인데.]

그렇게 생각할 수 있는 것은 어디까지나 얼굴이 되기 때문이다. 가끔씩 약이 바짝 오를 때가 있지만, 또, 쉽게 용서되는 것이 잘생겼기 때문이었다. 잘생긴 사람은 얼굴값을 한다는 아주 훌륭한 말을 대체 누가 생각해 냈는지 유정은 가끔 궁금해졌다.

한편 밖으로 나오면서 프란시스는 다소 성급하게 입을 열었다.

"어떤 결과가 나온 건가?"

수화기 너머의 남자는 정중한 어조로 대답했다. 그는 프란시스가 유정의 뒷조사를 하라고 의뢰한 사립탐정이었다.

—말씀해 주신 이유정이라는 분에 대한 조사 기록은 메일로 보내 드렸습니다. 한국에서 보내온 자료도 많지는 않지만 번역해서 함께 첨부해 드렸습니다. 그런데…….

"그런데 뭐? 특별히 주목해야 할 내용이 있나?"

—조사하다가 발견한 이상한 일입니다만, 이유정 씨 말입니다…….

사립탐정이 이상하다고 할 정도로 일이라면 분명히 저 여자의 꼬투리를 잡을 수 있을 것이었다. 기대감을 가지고서 그는 사립탐정의 다음 말을 기다렸다.

—표면적으로 드러난 사실에는 특별한 것이 없지만, 과거 몇몇 유력 가문에서 그 아가씨에 대한 뒷조사를 했던 모양입니다. 2년 전쯤의 일입니다.

뒷조사라는 말에 프란시스의 눈썹이 꿈틀거렸다. 이유정이라는 여자의 과거에 대해서 자기 말고 궁금해하는 사람이 또 있다는 사실이 이상했던 것이다. 그것도 2년 전의 일이라니.

"혹시 모건 가(家)인가?"

프란시스가 패트리샤의 친가를 입에 올려 본 것은 혹시나 해서

이다. 그녀의 아버지는 가족사업과 관계없는 학교 선생님을 하고 있지만, 가족들은 여전히 미국 금융계를 움직이는 큰 손이었다. 그러니 그들이 패트리샤의 친한 친구가 어떤 사람인지 궁금해할 수도 있는 일이었다. 하지만 사립탐정은 그렇지 않다고 대답했다.

—아닙니다. 모건 가가 아니라 패트웰이나 윌리엄스 가(家), 그리고 홍콩 미디어 그룹인 웬 그룹……

그 뒤로 탐정이 줄줄이 나오는 것은 제법 알려진 재벌들이었다. 그것도 단순히 미국뿐만 아니라 유럽과 아시아를 포함하고 있어서 더욱더 프란시스를 황당하게 만들었다. 대체 왜 그런 집안들에서 이유정같이 별 볼일 없는 여자의 신원을 궁금해한다는 것인지 알 수 없었던 것이다. 수화기 너머에서 들리는 탐정의 목소리는 점점 더 재미있다는 투로 바뀌어 가고 있었다.

—예, 그런데 더 재미있는 것은 말입니다. 미스 이유정에 관한 조사가 본격적으로 들어가기 전에 모두 차단되었다는 것이지요. 아무래도 그 아가씨의 정체가 밝혀지는 것을 꺼려하는 사람이 있는 모양입니다.

"뭐?"

그 황당한 소리에 프란시스는 저도 모르게 입을 벌렸다. 내용이 점점 더 그가 이해할 수 있는 수준을 뛰어넘었던 것이다. 하지만 사립탐정은 능글맞은 어조로 계속 말을 이어 갔다.

—저는 운이 좋아서 그다지 방해를 받지 않았지만, 동업자들의 이야기를 들어 보니 상당한 압력이 들어왔다고 합니다. 그것도 일본 쪽에서 말이지요.

"일본이라면 어디?"

—거기까지는 저도 알 수 없습니다. 일본인들답게 비밀스럽게 해치운 모양입니다. 하지만 동부 지역의 사교계 내에서 미스 이유정에 관한 소문은 꽤 은밀히 퍼졌던 모양입니다. 나쁜 소문은 하나도 없습니다. 대부분은 호의적인 인상이라서 오히려 기분 나쁠 정도입니다.

"……나쁜 소문이 하나도 없다니. 그게 사람인가?

—없습니다. 그러니까 약을 했다든가, 남자관계가 범상치 않다든가, 혹은 범죄 행위에 가담했다든가 등의 나쁜 소문을 원하신다면 없다고 대답해 드리겠습니다. 평범을 그림으로 그린 듯한 사람입니다. 학과 성적도 장학금을 받을 정도로 높은 편이고, 아르바이트를 한 곳에서도 좋은 아가씨라는 칭찬이 자자합니다. 후견인인 가문 역시 이 지역에서는 무역으로 성장한 건실한 집안입니다. 아이가 없어서 그녀를 양녀로 들인 것으로 되어 있군요. 그렇지만 그녀의 한국 쪽 집안에 빚이 좀 있습니다.

"빚이라니?"

—보내 드린 보고서에도 작성된 사항입니다만, 이유정 씨 친부의 사업 실패로 집안에 빚이 좀 있습니다. 액수가 꽤 많이 되기 때문에 한국의 가족들은 그것 때문에 힘든 모양이더군요.

그 이외에 사립탐정이 하는 말은 특별히 귀담아들을 것이 없었다. 프란시스는 유정의 뒷조사를 막은 배후 세력에 대해서 더 캐보라고 지시를 내리고서 찝찝한 기분으로 그와의 통화를 끝냈다. 그녀에 대해서 알면 알수록 점점 더 모르겠다는 생각만 들었다.

작은 여자, 외국인, 패트리샤의 친구, 어떨 때는 도발적이고 어떨 때는 한없이 순수해 보이는 그런 여자.

'그저 그런 여자······.'

아니다. 그저 그런 여자가 아니다. 그녀는 그를 흔들리게 하는 여자다. 무엇인가 특별한 점도 없으면서 그를 떨리게 만들었다. 함께 있는 순간순간, 그녀에게 자꾸 시선이 가는 자신이 있었다. 정신을 차리고 보면 스스로가 머쓱할 정도다.

하지만 그의 그런 태도를 유정은 전혀 눈치채지 못했다. 그 바보 같은 여자는 정말 멍청할 정도로 주어진 일에만 집중할 뿐, 함께 서재에 있는 프란시스를 조금도 의식하지 않았다. 그가 있는 쪽으로는 고개도 돌리지 않는 여자를 보면서 프란시스는 속이 부글부글 끓는 것 같은 기분을 느꼈다. 혼자만 흔들리는 것 같아서 자존심에 상처가 생긴 것이다. 이제까지 그 어떤 여자도 그에게서 이런 감정을 느끼게 한 적이 없었다.

"단단히 걸린 모양이야."

서재의 문고리를 잡고서 그는 그렇게 중얼거렸다.

주어진 일을 모두 끝내고서 유정은 노트북을 덮었다. 그리고 제자리에 잠자코 앉아서 일을 시킨 사람이 돌아오기를 기다렸다. 프란시스에게 검사를 맡고 다음의 일감을 받든가 아니면 오늘의 일은 끝나는 것이다. 그는 종종 유정에게 일감을 찾아서 하라고 타박했지만, 유정은 자신이 무턱대고 손을 대서 일이 잘못될까 무서워서 프란시스가 일하는 책상 근처에도 다가가지 않았다.

자신이 여태까지 해 왔던 잡무 담당의 아르바이트와 사업가의 비서일은 달라도 너무 달랐다. 사무직일이기 때문에 쉽지 않을까 생각했던 것도 잠시뿐, 잡무란 일단 밀리기 시작하면 다음번에는 두 배로 부풀어 등장하는 것이다. 어제 그 때문에 하루 종일 고생해서 이제 두 번 다시 그런 일은 사양이었다.

[아씨이~. 왜 이렇게 안 와?]

도무지 열릴 생각을 하지 않는 서재의 문을 노려보면서 그녀는 그렇게 중얼거렸다. 전화 통화가 생각했던 것보다 더 오래 걸리는 모양이었다. 다른 전화는 서재에서 아무렇지 않게 받으면서 이번 전화는 왜 굳이 바깥으로 나간 것인지 유정은 궁금했다. 혹시 여자 친구에게서 온 전화일까?

'……!'

그렇게 생각하자 어쩐지 속에서 울컥하는 느낌이 들어 그녀는 입술을 비죽였다. 역시 엊그제의 키스는 그녀를 놀리려고 했던 것이다. 오늘도 역시 함께 일하면서 단 한 번도 그녀에게 관심을 보인 적이 없었다. 철저하게 일만 하고 일 이외의 대화를 한 건 한 번뿐이었다.

'뭔가를 조금 기대한 내가 바보지.'

디너파티 때도 그다지 태도 변화가 없던 인간이 지금에 와서 그녀에게 살갑게 굴 것이라고는 기대도 안 했지만, 이건 정말 실망이었다. 속이 부글부글 끓어도 열심히 참고 일해 주고 있는데 빈말로라도 잘했다는 말 한 번 없는 인간이었다. 그때 정말 때려줬었어야 했는데라고 다시금 후회하면서 유정은 프란시스가 앉아 있던 의자를 오롯이 노려보았다.

서재의 공기는 차가웠다. 성능이 좋은 에어컨이 적당한 온도를 유지하고 있기 때문이다. 저택 전체가 그런 구조라 바깥의 뜨거운 날씨가 안쪽에서는 거짓말처럼 느껴졌다. 일에 열을 올리느라 뜨거워졌던 체온이 서늘한 공기에 차갑게 식자, 유정은 문득 피부에 소름이 돋았다. 지금의 자신이 처한 상황이 또렷이 인식되었기 때문이다.

프란시스와 단둘이서 함께 보내는 시간이 유정은 솔직히 내키지 않았다. 할 수만 있다면 이 일을 안 하겠다고 하고 싶었다.

키스에 의미를 두고 싶지 않았지만 그 뒤에 기분이 썩 좋았던 것도 아니었다. 자신이 그에게 휘둘리고 있다는 사실이 그다지 마음에 들지 않았고, 좀처럼 알 수 없는 프란시스의 속내가 너무너무 신경 쓰였기 때문이다. 그와 아무 일 없이 지낼 자신이 솔직히 없었다.

하지만 프란시스는 유정에게 사무적인 일 이외에는 말도 걸지 않았다. 서재에 들어서는 순간부터 책상 앞에 앉아서 정말 꼼짝도 하지 않고 일만 할 뿐, 그녀에게는 관심도 보이지 않았다. 아무 일도 없었다는 듯이 무심한 그의 모습을 보고 있자니 속에서 열불이 치밀어 올랐다.

어차피 지난 일이다. 되씹어 생각할 가치도 없었다. 그러니까 그녀도 모르는 척하고 일만 했다. 하지만 그가 조금이라도 움직이면 저도 모르게 그쪽으로 관심이 돌아가려는 고개를 고정시켜 목에 힘을 주느라 목과 어깨 근육이 뻐근할 지경이었다.

[나쁜 시키!]

투덜거리면서 그녀는 자리에서 일어났다. 계속 이렇게 멍하니 앉아 있다가는 별별 생각을 다 하게 될 것 같아서 달리 집중할 일이 필요했던 것이다.

결국 프란시스를 기다리다 지친 유정이 서가에 꽂힌 책 중에서 눈에 보이는 것을 한 권 꺼내서 읽기 시작하자, 서재 문이 열리는 소리가 들렸다.

체크 메이트. 프란시스의 전용 향수 냄새기 홍차의 향기를 몰아내는 것이 느껴졌다. 유정은 반사적으로 고개를 들고, 책장 사이로 고개를 빠끔히 내밀었다. 그는 서늘한 푸른색 눈동자를 들어서 그녀를 쳐다보곤 거만하게 팔짱을 끼었다.

"일은 다 끝내고 노는 겁니까?"

"예, 뭐 다른 것 시키실 일이 있나요? 뭐 도와드려요?"

차분한 어조로 대꾸하는 유정을 프란시스는 못마땅한 시선으로 바라보았다. 대체 이런 여자에게 배후 조직이라는 것이 존재하는 것인지 의문이 들었기 때문이다. 아니, 배후 조직이라고 생각하는 것조차 거창하다. 유정의 뒷조사를 하는 것을 그녀의 후견인 쪽에서 알아채고 손을 쓴 것이 분명했다.

그렇게 생각하면서 그는 그녀의 피곤해 보이는 얼굴을 빤히 바라보았다. 유정의 눈가에 검게 흘러내린 다크 서클이 갑자기 그의 눈에 들어왔다. 혹사시킬 만큼 혹사시켰다. 근 사흘 동안 상당한 양의 문서들—대부분은 그다지 필요도 없는 일들이었다—과 씨름한 유정이다. 할 만큼 했으니 이제 그만둬야겠다는 생각이 들어서 그는 한 꺼풀 꺾인 어조로 말했다.

"다 했다면 됐습니다. 저장한 파일은 보냈죠?"

"네, 전부 잘 저장해서 보냈어요. 확인해 보세요."

"알겠습니다. 그럼 쉬십시오."

"어, 정말요?"

생각보다 일찍 끝나는 일에 유정은 놀라서 저도 모르게 되물었다. 그런 그녀에게 프란시스는 무뚝뚝한 어조로 대꾸했다.

"그렇게 아쉬우면 일을 더 하든지요. 잘됐군요. 모처럼 의욕이 있으신 모양이니, 아직 제가 좀 더 손봐야 할 일을 ……."

"아니요! 오늘은 일찍 끝내 주셔서 대단히 감사합니다!"

유정이 사색이 되어서 소리치는 것을 보고 프란시스는 싸늘한 표정으로 비웃더니 알았다고 대꾸했다. 긍정의 대답을 듣고 나서 유정은 다시금 조심스럽게 물어보았다.

"저기요, 백작님."

"뭡니까?"

"일이 다 끝나긴 했지만 여기 있어도 돼요? 방해 안 할게요."

"그렇게 저와 오래 있고 싶으십니까? 그렇다면 어제보다 다음 단계로 넘어가는 것이 어떻습니까? 게이가 아니라는 사실을 증명도 할 겸?"

책상을 짚으며 자신 쪽으로 다가오는 조각 같은 얼굴에서 시선을 뗄 수 없었다. 속삭이듯이 은근히 물어보는 그의 목소리에 유정의 등골에 소름이 돋았다. 이전에 그와 했던 키스신 장면이 리플레이 되면서 얼굴이 화끈거리는 것이다. 확실히 이 남자랑 한 공간에 있으면 위험하긴 하지만, 그래도 포기할 수 없는 것이 하나 있었다.

그러니까 나는 그 정도로 당신을 좋아하는 것이 아니니까 착각하지 말아요!

"그, 그런 게 아니라요! 저는 서재가 너무너무 좋거든요!"

달아오른 얼굴 체온에 놀라면서도 유정은 화급히 변명의 말을 입에 올렸다.

"서재가 좋아?"

생각 외의 대답에 남자는 고개를 갸웃거렸다. 짙어졌던 공기는 순식간에 가라앉았다. 이해하기 힘들다는 표정이 떠오른 그의 얼굴을 쳐다보면서 유정은 고개를 세차게 끄덕였다. 그래, 나는 너랑 같이 있고 싶은 게 아니라 여기 이 자리가 좋아서 참는다니까!

"네, 엄청 좋아해요! 이런 서재를 가지는 것이 꿈이에요! 그러니까 당신이 좋은 게 아니라요! 저, 솔직히 백작님은 절대로 취향 아니거든요! 외국인에 여자 친구가 있는 남자 따윈 쳐도 안 가져요!"

"여자 친구?"

뭔가 이상한 말을 들은 것 같아서 프란시스는 책상에 몸을 기대고 고개를 갸웃거렸다. 그의 푸른색 눈동자에 떠오른 의구심을 보면서 유정은 아차 싶었다. 대체 왜 자신이 여자 친구라는 괴상한 단어를 말한 것인지 스스로도 이해를 못하고 있었다.

'입이 방정이야!'

어떻게 해서든지 서재를 잠식하기 시작한 어색한 분위기를 바꿔 보려고 생각했지만, 상대편은 그녀의 그런 생각에 협조할 생각이 없는 듯이 보였다.

프란시스는 입으로 몇 번 여자 친구라는 단어를 되뇌더니 유정을 빤히 바라보았다. 표정을 읽을 수 없는 얼굴이었다. 이전에도 지금까지 몇 번이고 본 무표정한 얼굴이지만, 이번에는 도저히 어떤 생각을 하고 있는지 알 수 없었다.

서재는 시원한데, 이마에는 땀이 흘렀다. 긴장 때문에 심장 소리가 유독 크게 들려와서 숨이 막힐 것 같은 기분이다. 유정은 제발 그가 뭐라도 말을 해 주기를 간절히 바랐다.

'화를 내. 차라리 화를 내라고!'

마음으로 외치는 유정의 간절한 심정을 외면하고 프란시스는 자리에서 일어나더니 갑자기 그녀의 앞으로 다가왔다.

향수 냄새가 났다. 달콤하고 쌉쌀한, 프란시스와 어울리는 듯 어울리지 않은 그 향수가 무엇보다 먼저 그녀를 붙잡았다.

그는 손을 내밀어 유정의 턱 끝을 살짝 들어 올리며 그녀를 어르듯이 물었다.

"트리샤가 그럽니까? 저에게 여자 친구 있다고?"

"그 나이의 남자에게 없는 게 이상한 일 아닌가요?"

"그거야 그렇습니다."

망설이지 않고 대답하는 남자의 얼굴에서 유정은 은근히 약이 올랐다. 하지만 그녀가 뭐라고 하기 전에 남자가 먼저 입을 열었다.

"그렇지만 제가 제 입으로 그런 말씀을 드린 적이 없는데 너무 단정 짓듯이 말하십니다? 그래서 묻는 겁니다만, 미스 유정. 당신 저에게 관심 있으십니까?"

"없습니다!"

이제 막 신병 훈련소에 입소한 군인처럼 유정은 망설이지 않고 큰 소리로 냅다 대꾸했다. 여기서 자신의 마음을 들키고 싶지 않았다. 그에게 자꾸 시선이 간다는 것, 남자의 작은 행동 하나하나에도 눈을 뗄 수 없다는 것, 그럴 때마다 마음이 떨려서 견딜 수 없다는 것.

그 모든 마음을 들키고 싶지 않았다. 보이고 싶지 않았다. 그러니까 거짓말을 하는 거다.

프란시스는 유정의 씩씩하다 못해서 악다구니가 깃든 대답에 재미있다는 듯이 미소를 지었다. 좀 더 다가서자 두 사람의 몸이 가깝게 맞닿았다.

'위험해. 이러다가 심장 소리가 들리겠어.'

몸을 뒤로 빼려고 해도 등 뒤에는 소파의 등받이가 벽처럼 서 있었다. 다음 순간 프란시스가 입을 열자, 유정은 저도 모르게 숨을 삼키고서 그대로 굳어 버렸다.

"진짜입니까?"

진심으로 아쉽다는 듯이 대꾸하는 그 표정을 대체 어떻게 해석해야 할지 알 수 없었다. 머릿속이 빙글빙글 돌고 있는 것이 그대로 드러나는 유정의 얼굴을 보면서 그는 갑자기 그녀의 가느다란 허리를 감싸 안았다.

밀착된다. 타인의 체온이 달라붙는다. 타인의 심장이 뛰는 느낌이 얇은 피부 사이로 전달된다. 호흡이 가빠지고, 머릿속이 백지 장처럼 새하얘진다.

보이는 것은 보석 같은 푸른색 눈동자뿐. 느껴지는 것은 허리를 감싼 굳건한 팔의 감촉. 맞닿은 몸에서 느껴지는 고동. 커다란 손이 시야를 가리더니 눈앞이 깜깜하게 변했다. 프란시스는 그녀의 눈을 가리더니 이마를 맞대면서 속삭이듯이 말했다.

"이상합니다. 관심이 없으시다면서 어째서 지금, 이런 짓을 하는 저를 밀어내지 않으십니까?"

보이지 않아서인지 유정의 온 신경은 그의 목소리, 냄새, 느낌을 민감하게 받아들였다. 솜털이 곤두섰다. 덜덜 떨리는 팔을 들어서 그녀는 그의 머리를 잡았다. 처음으로 만져 보는 머리카락의 부드러운 감촉과 따뜻한 피부의 느낌이 이상스레 느껴졌다. 잡힌 머리카락을 천천히 쓰다듬다가 갑자기 세게 잡아당기면서 말했다.

"당연히 밀어내야지요, 이 변태 상사!"

"아얏!"

갑작스러운 충격에 프란시스는 저도 모르게 비틀거리면서 유정을 잡았던 팔을 놓아 버렸다. 그런 그에게서 재빨리 물러나던 그녀는 발이 꼬여서 바닥에 엉덩방아를 찧고 말았다.

"꼴좋네요."

유정 때문에 흐트러진 머리를 정리면서 프란시스는 고소하다는 듯이 말했다. 부딪힌 엉덩이가 아파서 울상을 짓던 그녀는 그 기세를 모두 모아 그에게 소리쳤다.

"내가 왜 이 꼴이 됐는데요. 전부 당신 탓이잖아! 이게 진짜 회사였으면 이런 직장 애초에 관뒀어요. 일은 죽어라 많지 상사는 성희롱 대마왕이지!"

"성희롱?"

"그럼 이게 성희롱이지 뭐예요? 내가 당신의 뭔데요? 애인이에요? 여자 친구예요? 아무것도 아닌데 자꾸 접촉하고, 만지고, 키스하는 거 전부 성희롱에 성추행이라고요! 하지 마요. 싫다고요! 진짜, 진짜 싫어!"

바락바락 악을 지르는 유정을 보고도 프란시스는 별로 상처 입지 않은 듯한 표정이었다. 그는 빨개진 유정의 얼굴을, 흔들리는 그녀의 눈동자를 빤히 바라보다가 잠자코 손을 내밀었다.

"싫더라도, 손잡고 일어나십시오. 계속 바닥에 앉아 있으실 겁니까?"

그 말에 유정은 긴장한 듯이 침을 꼴깍 삼키더니 잠자코 그의 기색을 살폈다. 그 모습이 경계심이 많은 아기 고양이를 보는 것 같아서 프란시스는 내심 미소를 지었다. 고양이가 경계심을 풀 때까지 참을성 있게 기다리자, 이윽고 유정은 조심스럽게 손을 내밀었다.

"웃차."

가벼운 기합과 함께 그녀를 일으켜 세우고서 프란시스는 개구진 미소를 지었다.

"……!"

유정의 첫 키스를 훔쳤을 때와 같은 그런 미소에 그녀는 다시금 아무 말도 하지 못했다. 그는 그녀의 머리를 가볍게 쓰다듬으면서 타이르듯이 말했다.

"앞으로는 나 이외에 당신에게 접근하는 남자가 있다면 그렇게 저항하십시오. 그게 맞는 겁니다."

그의 손길이 닿았던 머리에 반사적으로 손을 올리면서 그녀는 동그랗게 떴다. 프란시스는 그런 그녀를 내버려 둔 채, 아무렇지도 않은 걸음으로 책상에 다가가 커피 잔을 들여다보았다.

잔이 빈 것을 확인하고서 그는 서재의 문을 열면서 뒤를 돌아보았다. 여자는 이상하리만큼 굳은 표정으로 그가 움직이는 것을 바라보고 있었다. 그것도 마치 조각상처럼 말이다.

당황하고 있다는 것, 혼란스러운 감정이 역력하게 떠오른 그 얼굴을 프란시스는 재미있다는 듯이 쳐다보다가 살짝 미소를 지었다. 냉막한 미소도, 비웃음조도, 개구쟁이 같은 미소도 아닌, 순수한 즐거움이 담겨 있는 밝은 미소였다.

그 웃는 얼굴을 보는 순간, 유정은 귓가에서 천 개의 종이 일제히 울리는 것 같은 기분을 느꼈다.

복도에 홀로 남게 되자, 프란시스는 깊은 한숨을 내쉬었다. 하마터면 그녀를 쓰러뜨릴 뻔한 자신의 형편없는 자제력에 감탄을 하면서, 그는 쓴웃음을 지었다. 어쩜 저렇게 남자에게 무방비한 것인지.

남자와 단둘이 있고 싶다는 말을 아무렇지 않게 하는 그녀가 걱정이 된다. 아무리 자신에게 관심이 없는 여자라도 저렇게 나오면 단순한 남자들은 그것을 호감이나 그 이상으로 착각하기 마련이니까.

이것으로 저 바보 같은 여자가 정신을 좀 차렸으면 좋겠다. 위험한 말은 함부로 하지 않도록.

부엌에 가서 손수 만든 커피를 들고서 프란시스가 서재에 돌아왔을 때, 유정의 모습은 어디에도 보이지 않았다. 그와 단둘이 있는 모험을 이 이상 감행하고 싶지 않은 그녀가 이미 줄행랑을 쳤기 때문이었다. 고요한 서재의 입구에 서서 유정이 앉아 있었던 곳을 빤히 쳐다보던 그는 어깨를 으쓱거리면서 자신의 책상으로 향했다.

"도망쳤군."

혼자서 중얼거리는 말이 어쩐지 쑥스러워서 프란시스는 저도 모르게 미소를 지었다. 자리에 앉아서 컴퓨터의 화면을 열자 메일이 왔다는 알람이 떴다. 사립탐정이 보낸 것이었다.

대략적인 보고는 이미 전화상으로 끝냈기 때문에, 프란시스는 메일의 첨부 파일부터 열었다. 거기에는 유정의 중고등학교 시절 성적표부터 시작해서 그녀에 관한 모든 정보들이 정리되어 있었다. 어떻게 구했는지 알 수는 없지만 한국에서 보내온 자료들까지 모두 영어로 번역되어 있었다. 초등학교 성적표부터 시작해서 마지막 중학교 생활기록부까지 모을 수 있는 모든 자료를 끌어다 놓은 것이다.

프란시스는 초등학교 졸업사진 속의 유정을 빤히 쳐다보았다. 발그레한 홍조가 띤 통통한 뺨이 꽤 많이 귀여운 꼬마는 긴장한 시선으로 정면을 보고 있었다. 사진을 찍는 것이 어색한 것이 역력한, 그러나 될 수 있으면 웃어 보이려는 노력이 가상한 그런 사진이었다. 그는 그 꼬마와 자신이 알고 있는 여자의 얼굴을 비교해 보았다. 유정의 동그란 얼굴과 새치름한 눈매, 비죽거리는 입술을 머릿속에 떠올리면서 프란시스는 커피 잔을 입가에 가지고 갔다.

'얼굴이 거의 변하지 않았네.'

통통했던 볼 살이 조금 빠진 것 이외에는 유정의 이목구비는 어릴 때와 별로 다를 바가 없어 보였다. 오히려 어릴 적이 훨씬 더 귀여운 여자애였다. 사심 없어 보이는 무구한 검은 눈동자가 상당히 마음에 들어서 그는 저도 모르게 미소를 지었다. 시선을 사진에서 돌려 다른 사항을 천천히 읽어 가던 그는 유정의 아버지의 조사 결과를 보고서 저도 모르게 입술을 깨물었다.

그녀 아버지의 사후 남은 것은 4억이 조금 넘는 빚뿐이라는 것이 프란시스의 심기를 거슬리게 만들었다. 패트리샤는 자신의 판단을 믿어 보라고 말했지만, 프란시스는 그 말을 전적으로 신뢰할 수 없었다. 패트리샤의 안목을 무시하는 것은 아니다. 다만, 돈이 가지고 있는 힘을 무시할 수 없는 것이었다. 그는 아주 어린 시절부터 돈과 관련되었을 때 사람이 얼마나 추해질 수 있는지를 많이 보아 왔었다.

혼자 남은 그녀의 어머니가 보험 설계사를 하고 있다는 항목을 발견하고, 프란시스는 저도 모르게 미소를 지었다. 유정이 자신에게 접근하려는 로날드를 골려 먹을 때, 거짓말로 가업이 금융업이라고 했었다. 그것이 진짜 거짓말이 아니라는 것을 이제 알았지만, 진실도 아닌 교묘한 대답이라고 생각하면서 그는 답답한 듯이 한숨을 내쉬었다.

'그 여자를 어디까지 믿어야 할까?'

그는 자신의 앞에서 변화무쌍한 표정을 만들어 내던 유정의 얼굴을 떠올렸다. 그녀는 때로는 귀엽고, 천진난만하고, 교활하고, 요염했다. 함께 일할 때는 한없이 진지하고, 모르는 것을 물어볼 때는 집요했다. 작업할 때와 책을 읽을 때의 집중력은 대단해서, 옆에서 무슨 소리를 해도 잘 모를 정도였다. 그가 어떤 싫은 소리를 해도 한 귀로 흘려 넘기는 내벙함이 있으면서, 말대꾸로는 결코 지지 않으려는 오기도 대단한 여자였다. 그런 때의 대꾸는 또 얼마나 재미있는지, 농담의 당사자만 아니라면 제법 웃기기도 했다.

미간을 좁히면서 그는 다시금 컴퓨터의 화면을 노려보았다. 첨부된 가족사진 속에서 유정은 여전히 악의 없는 미소를 짓고 있었다. 그 얼굴을 노려보면서 프란시스는 나직한 어조로 중얼거렸다.

"저 여잘 대체 어떻게 해야 할지 모르겠군."

마음이 속삭이는 목소리를 무시하면서 그는 고개를 돌렸다.

그때 프란시스가 오매불망 생각하고 있는 여자는 오렌지를 우적우적 씹다가 갑자기 코가 간질간질하는 바람에 서둘러 입을 틀어막았다.

"푸엣취!"

처참하게 튀어나오는 오렌지의 파편들은 바리게이드를 굳건히 친 손바닥에 의해 고급스러운 융단과 소파를 더럽히지 않을 수 있었다. 패트리샤는 그런 친구를 보면서 이맛살을 찌푸렸고, 수석 가정부인 마담 마거릿은 유정을 향해 손수건을 내밀었다.

"괜찮아?"

손수건으로 입가와 손을 닦으면서 유정은 고개를 끄덕였다. 찡그린 그녀의 얼굴이 귀여워서 패트리샤는 깔깔거리면서 웃었다.

"누가 네 욕하나 봐."

"분명히 프란시스일 거야."

단정 짓듯이 말하는 유정의 말에 패트리샤는 고개를 끄덕였다.

"그렇겠지?"

"그렇다고 긍정할 것은 또 뭐야?"

"당연히 긍정해 줘야지. 너랑 프란이랑 아르릉거리는 사이라는 사실은 온 세상이 다 아는데."

"온 세상이 아니라, 스트릭하트 저택 전체가 알고 있다고 해야지. 영국의 고매하신 귀족 나으리의 원한이 전세계에 뻗치면 큰일 난다고. 나는 고만고만한 서민이니까."

그렇게 투덜거리다가 유정은 무슨 생각을 했는지 패트리샤를 빤히 바라보았다. 친구의 시선에 패트리샤는 고개를 갸웃거리며 물었다.

"왜? 할 말이 있으면 말을 해. 그렇게 쳐다보지만 말고."

"있잖아, 트리샤."

"응. 말해."

"하나 물어볼 게 있는데……"

"뭔데? 말꼬리 늘이지 말고 또릿또릿하게 말해 봐."

말꼬리가 늘어지는 것은 어쩐지 물어보기 쑥스러워서다. 유정
은 잠시 망설이다가 패트리샤의 채근에 못 이겨서 조심스럽게 물
었다.

"니네 오빠, 지금 여자 친구 있니?"

그 단어, '여자 친구'라는 말이 무지하게 신경 쓰였다. 종소리
를 들은 이후부터 계속. 그 사람의 얼굴을 제대로 보지 못할 것
같아서 서둘러 서재를 빠져나온 직후부터 쭈욱.

패트리샤는 유정의 질문에 시원시원하게 대답했어.

"만나는 여자라면 있어."

만나는 여자=여자 친구라는 공식이 유정의 머리에 떠올랐기 때
문에 그녀는 급격하게 기운이 빠졌다. 봐, 역시 헛다리잖아. 그런
기분이 들어서 마음이 착잡했기 때문이었다. 어깨를 늘어뜨리며
그녀는 자리에서 일어났다. 어디 가냐는 친구의 말에 애써 목소리
를 가다듬으며 대답했다.

"화장실."

"화장실은 나가서 왼쪽이야."

"알거든!"

그녀가 혹시나 길을 모를까 봐 친절히 알려 주는 친구에게 버
럭 소리치고서 유정은 화장실로 향했다. 손을 깨끗하게 씻고 그녀
가 다시 응접실로 돌아왔을 때, 패트리샤는 한숨을 푹푹 내쉬면서
종이 한 장을 들여다보고 있었다.

"뭐니?"

"뭐긴……."

종이를 넘겨주면서 패트리샤는 한숨을 내쉬었다. 유정이 그것을 받아 들어 보니, 고풍스러운 이탤릭체로 인쇄된 글자가 만들어 낸 문장은 다음과 같았다.

〈레이디 로랜트의 레이디 수업 시간표〉
월요일 : 테이블 매너
화요일 : 다른 나라의 인사말, 문화 기타 등등.
수요일 : 승마수업
목요일 : 할머님과 함께 실전 연습(주로 할머니께서 작업하시는 이메일 작성, 서류 작업. 손님 접대. 모임 참석 등의 사교 모임)
금요일 : 패션에 관하여
토요일&일요일 : 자유 시간

바닥이 꺼져라 한숨을 푹푹 내쉬는 패트리샤와 달리 유정은 대수롭지 않은 어조로 말했다.

"너는 언제 이런 것까지 만들었니?"

"내가 만든 것 아니야. 미스 주디스가 만든 거야. 하나 만들어 달라고 부탁하긴 했지만. 자, 이건 네 것."

"땡큐."

받아 들고 자리에 앉아서 유정은 아까 먹다가 실패한 오렌지를 다시 집어 들었다. 그녀가 처음 재채기를 했던 식탁은, 유정이 화장실에 간 사이에 깨끗이 치워지고 난 뒤여서 이번 오렌지는 새로 깐 것이다.

패트리샤는 투덜거렸다.

"이거 정말 너무하지 않니? 나 이러다가 조만간에 맛이 살짝 가지 않을까 싶다. 내가 왜 여름방학까지 이런 쓸데없는 짓을 하고 있다니."

"나도 잠자코 있는데 거기까지 하지."

유정은 시큰둥하게 대꾸했다.

수업 시간표 자체는 패트리샤가 투덜거릴 정도로 제법 **빽빽한** 일정이었지만, 유정은 그다지 불만이 없었다. 사실 패트리샤는 이 저택에서 일어나는 모든 일에 대해서 투덜거릴 준비가 되어 있었기 때문에, 그녀의 말에 일일이 반응하는 것도 우스운 일이었다. 게다가 대부분의 수업은 점심 식사 후, 애프터눈 티타임 사이였기 때문에 그렇게 일정이 **빽빽한** 것도 아니었다.

투덜이 패트리샤와는 달리 유정은 매일매일 수업시간을 은근히 기다리고 있었다. 오늘은 어떤 것을 배울 것인지가 너무너무 기대되는 것이다. 수업시간에는 프란시스의 마수에서 벗어날 수 있다는 것도 하나의 메리트다.

'너는 영국인이 아니야. 그러니 영국의 레이디가 될 수는 없을 것이다. 하지만 레이디의 마음가짐과 몸가짐을 배우고 싶다면 날 보고 배우거라.'

수업 일정의 첫날, 레이디 로랜트의 거만하지만 단호한 말에 유정은 긴장은 했지만 내심 안심하기도 했다. 그녀에게 억지로 귀족의 마음가짐을 밀어 넣고, 그대로 행동하라는 말은 아니었기 때문이다. 배운 것을 익히고 활용하는 것은 전적으로 그녀의 선택이었고, 레이디 로랜트는 훌륭한 본보기를 보여 주는 것이다. 그것만으로도 이미 대단한 공부라는 것을 유정을 잘 알고 있었다. 그렇기 때문에 그녀는 레이디 로랜트의 작은 행동 하나도 놓치지 않으려고 노력했다.

그런 친구의 모습에 패트리샤는 설레발을 쳤다.

"진짜로 지겹고, 지루해. 수업 한번 뛰면 온몸에서 체력이 빠져나가는 소리가 들려."

"나는 파트타임 뛰면서 수업 받고 있거든."

유정의 말에 패트리샤는 꿀 먹은 벙어리마냥 입을 다물었다. 맞는 말이었다. 유정은 오전 시간 내내 프란시스에게 혹사당하고 있으니까 말이다. 그러면서도 레이디 수업시간이 되면 가지 않겠다고 앙탈을 부리는 친구의 귓바퀴를 잡고 참석하는 것이다.

"자, 우리 한번 즐거운 수업을 받아 보자!"

그래서 패트리샤는 의욕만만의 유정의 기에 눌리지 않을 수가 없었다.

언제나 죽을상을 하고 와서도 유정을 따라 착실히 수업을 듣는 손녀딸의 모습에 대해서 레이디 로랜트는 차 시중을 드는 알프레드 집사에게 혼잣말처럼 말했다.

"그런 친구가 있다는 것은 패트리샤에게는 좋은 자극이 되겠지. 친구가 노력하고 있는데 자신이 불성실해서는 안 되지 않겠나? 자신의 양심에 걸고 부끄러운 일일 테니 말일세."

레이디의 말에 알프레드 집사는 희미한 미소를 지었다. 확실히 입으로 투덜거리기는 해도, 패트리샤는 레이디로서의 자세를 완벽하게 습득하고 있었다. 자신의 행동 하나하나를 그대로 흉내 내는 친구에게 잘못된 모습을 보일 수 없기 때문이었다. 물론 수업이 끝나면 평소의 패트리샤로 돌아가긴 하지만 말이다.

"미스 유정은 열심히 노력하는 아가씨인 것 같습니다."

드물게 칭찬의 말을 건네는 집사의 말에 노부인은 눈을 게슴츠레하게 떴다.

"자네로서는 상당히 후한 평가로군."

"발전하는 모습이 보이니까요. 게다가 그렇기 때문에 레이디 역시 진심으로 그 아가씨를 대하시는 것이 아닙니까?"

"뭐, 그렇게 눈을 반짝이면서 사람을 쳐다보는데 긴장이 안 될 수도 없더구만."

떨떠름한 어조로 대꾸하면서 레이디 로랜트는 입가에 쓴웃음을 지었다.

"가르치는 입장에서는 부담스러울 정도의 학구열이야. 나에게 잘 보이려고 수업을 듣겠다고 했다면, 금방 싫증냈을 텐데, 용케도 따라오고 있어. 그 점이 기특한 것이겠지."

"레이디의 마음에 들다니 참으로 장하신 분이군요."

"자네의 마음에는 처음부터 들었던 모양이던데?"

"어떻게 아셨습니까?"

"첫날, 패트리샤 녀석이 일부러 실수해서 다기를 다시 차렸을 때, 일부러 그 아가씨가 잘 보도록 천천히 움직였다는 사실을 내가 모를 줄 아는가? 너무 눈에 띄었어."

모시는 레이디의 날카로운 지적에 베테랑 집사는 겸연쩍은 미소를 지었다. 아무도 모를 것이라고 생각했는데, 레이디의 눈은 매처럼 정확했던 것이다.

"마음에 거슬리셨다면 죄송합니다."

능청스럽게 말하는 집사를 못마땅하다는 듯이 쳐다보고서 레이디 로랜트는 엄격한 어조로 입을 열었다.

"노골적인 차별이 눈에 보이네. 자네들이 프란시스보다 그 아가씨를 더 챙기는 것 같아."

"클리브던 백작님께 특별히 결례를 범하지는 않았습니다만."

"시치미 떼지 말게. 그 아이는 내가 죽고 나면 이 공작가를 잇고, 자네들을 거둘 사람일세. 그런데도 가끔 자네들의 행동을 보고 있자면, 내 눈에 많이 거슬려."

"딱히 백작님께 불만이 있는 것은 아닙니다."

고용인들에 대한 변명을 하는 것은 그들의 가장 위에 있는 집사의 몫이었다. 그리고 알프레드는 그 역할을 기꺼워하고 있었다. 집사의 대답에 레이디 로랜트는 눈을 게슴츠레하게 떴다.

"그럼?"

"백작님 스스로 그렇게 행동하시는 것 때문에 고용인들도 영향을 받는 것이 아닐까요?"

"어떤 의미인 건가?"

레이디의 엄한 추궁에도 불구하고 알프레드 집사의 어조는 여전히 변함이 없었다.

"패트리샤 아가씨는 자신의 행동에 대해서 거리낌이 없으시고,

스스로에 대한 자부심과 자존심이 강하신 분입니다. 사랑받고 사랑하시는 것에 익숙하신 분이죠. 그렇기 때문에 누구에게든 살갑게 대하실 수 있습니다."

"하지만 프란시스 경은 그렇지 못하다?"

"네, 주인마님. 백작님의 행동에 대해 이해를 못하는 것은 아니나 다들 은연중에 느끼고 있는 것이 아닐까 싶습니다. 사람을 가까이 하는 것을 꺼리는 것을 말입니다."

깊은 한숨 소리가 레이디의 입술 사이에서 흘러나왔다. 알프레드 집사가 하는 말이 무엇인지, 레이디 로랜트가 이해 못하는 것도 아니었다.

레이디 로랜트의 외손녀인 패트리샤의 경우는 미국인의 혼혈이라는 사실 이외의 약점은 거의 없는 편이었다. 공작부인의 마음에 차지 않는 사위이지만, 집안 자체는 나무랄 데 없는 동부의 명가이다. 사 대째 금융업에 종사하고 있는 모건 가는 미국 내에서도 탄탄한 입지를 다지고 있었다.

하지만 프란시스는 다르다. 부모 양쪽이 모두 영국인 귀족에, 어머니 쪽은 고매한 학자 집안이기도 했다. 남들이 보면 부러울 것이 없는 집안에서 잘 자란 부잣집 도령이라고 말한다. 그것은 사실이었다. 어떻게 보자면. 그렇기 때문에 은연중에 사람을 자신의 밑으로 보는 듯한 태도가 몸에 배여 있었다.

"자신의 출신 때문에 녀석은 어깨에 너무 힘이 들어갔지. 자네들이 보기에도 그렇게 보일 정도라면 내가 잘못했는지도 모르겠네."

레이디 로랜트는 그렇게 중얼거리면서 읽던 서류에 사인을 했다. 이것으로 지난달의 영지 내의 수입에 관한 모든 회계가 마무리되었다. 흐트러진 종이를 정리하면서 레이디 로랜트는 집사가 하는 말에 귀를 기울였다.

"마님의 잘못은 없으십니다. 클리브턴 백작님이 지금이야 젊으셔서 그렇습니다. 좋으신 분을 만나서 마음을 여는 법을 배우신다면 괜찮아지지 않을까요? 옛날에 공작님이 마님을 만나서 사람이 되었듯이 말입니다."

"죽은 내 남편을 욕보이지 말게."

"마음이 상하셨다면 사과드리겠습니다, 마님."

"물론 자네가 했던 말이 틀렸다는 것은 아닐세."

레이디의 농담 같은 말에 알프레드 집사는 미소를 지었다. 두 사람은 주종관계이지만 서로 농담을 주고받을 만큼 오래된 신뢰를 쌓고 있었다.

"어찌 되었든 지금은 좀 두고 봐야겠군. 지금 프란시스의 상태로 봐선 제대로 된 여자조차도 파악하지 못할 테니까 말이야."

"미스 유정은 그 범주에 들어갑니까?"

집사는 넌지시 그렇게 물었고, 레이디 로랜트는 대꾸하지 않았다.

핸드폰이 울리는 소리가 들리자, 유정은 반사적으로 주머니를 뒤적거렸다. 응접실에 있던 패트리샤와 프란시스 역시 동시에 그녀를 바라보았다. 주머니에 잡히지 않는 핸드폰에 당황하면서 유정이 소파의 틈새를 뒤적거리자, 패트리샤는 같이 찾아 주느라 법석을 떨었다.

"찾았다!"

쿠션 사이에 떨어져 있는 전화기를 먼저 발견한 사람은 패트리샤였다. 그녀에게 고맙다는 말을 남기고 유정은 쏜살같이 응접실 바깥으로 나가 버렸다. 프란시스는 폴더를 여는 그녀의 얼굴빛이 굳어지는 것을 보고 신경이 쓰였다. 어두운 안색을 한 그녀를 보는 것은 처음이었기 때문이었다.

[여보세요. 엄마, 무슨 일이야?]

한국어로 통화를 하면서 유정은 바깥으로 나왔다. 시간을 재 보니 한국은 새벽 시간이다. 아침에 일찍 일어난 엄마가 웬일로 전화를 하셨나 싶어서 그녀는 가슴이 두근거렸다. 아니, 한국에서 전화만 오면, 그것이 일상적인 통화라고 해도 언제나 심장이 떨렸다. 안 좋은 소식이 있는 것은 아닌지, 늘 걱정이 앞섰기 때문이었다.

한국에 있었을 때, 좋았던 기억은 그다지 없었다. 철이 들면서부터 돈에 찌들려 살았고, 빚쟁이들이 찾아오는 경우도 여러 번 보았다. 낡고 오래된 동네로 이사 다닌 적도 많았다. 그래서 미국으로 떠날 때는 행복하기까지 했었다. 하지만 그것도 잠시뿐, 그녀는 여기서도 이방인이었다.

—무슨 일은……. 너는 별일 없지?

엄마의 목소리를 듣는 것은 행복함과 동시에 고역이었다. 그녀는 결코 약한 소리를 하지 않는 강단 있는 여인이었고, 그 때문에 그녀에게 힘든 일이 있는지 아닌지를 파악하기는 어려운 구석이 있었다. 하지만 유정은 어느 틈엔가 그녀가 감춰 둔 피로를 목소리만으로 느낄 수 있었다. 오늘처럼 이른 새벽에 몰래 하는 통화가 그 증거다.

―밤새 꿈자리가 싱숭생숭해서 걸어 봤다. 친구 집이라며. 그 댁에 폐는 안 끼치고 잘 있는 거지?

동생이 들을 수 없게 딸인 그녀에게만 살짝 하는 엄마의 푸념을 유정은 잠자코 듣기만 했다.

저녁 식사 전에 간단히 산책을 할 맘으로 프란시스가 정원으로 나왔을 때, 그는 저택에서 제법 떨어진 곳에 위치한 벤치에 유정이 누워 있는 것을 발견했다. 그녀는 스커트를 입은 채로, 다소 아슬아슬하게 누워 있었다. 시선이 향한 곳은 저 먼 하늘, 느리게 움직이는 구름을 멍한 표정으로 하늘을 올려다보고 있었다. 머리 위로 올라가 있는 손에는 핸드폰을 들고서 다리를 까딱거리는 그녀의 눈동자가 젖어 있는 것처럼 보이는 것은 아무래도 그의 착각일 듯싶었다.

자석에 이끌리는 쇠붙이마냥 프란시스는 그녀 쪽으로 곧장 걸었다. 유정은 그가 다가오는 소리를 듣지 못한 듯이 한없이 붉게 물들어 가는 하늘을 바라보고 있었다. 프란시스는 저무는 햇빛 아래에서도 유정의 눈가에 남아 있는 눈물자국을 발견할 수 있었다. 얼굴에 그늘이 지자, 유정은 눈동자를 옆으로 굴려 햇빛을 가린 사람을 확인하고 다시 시선을 하늘에 두었다.

"뭐하는 겁니까?"

프란시스의 질문에 유정은 곧장 대꾸하지 않고 입술을 깨물었다. 감정을 다스리려는 듯이 핸드폰을 쥔 손을 세게 움켜쥐었다가 펴는 그녀의 모습을 그는 잠자코 지켜보았다.

"하늘 쳐다봐요."

"하늘은 왜?"

"탁 트였잖아요. 넓고, 어디든지 갈 수 있고……."

말이 끊어진 것은 그녀의 목이 메어서였다. 프란시스는 드물게 관대한 기분이 들었다. 유정이 아버지를 잃은 직후에 미국으로 건너왔다는 것은 탐정 사무소에서 조사해 올린 보고서에 적혀 있었다. 그 후로 지금까지 그녀가 한국에 다녀간 기록은 없었다.

한국 쪽에서 미국에 들어온 기록도 마찬가지였다. 그녀의 형편이 그것을 못하게 만들었다. 죽은 부친이 남긴 빚에 허덕여 가족을 건사하는 어머니에게 딸을 보러 가는 일은 사치이리라. 딸도 역시 방학 때마다 이어지는 파트타임 일에 치여서 고국에 돌아가는 것은 생각도 못한 듯했다. 유정의 방학은 오로지 일로 가득 채워져 있었다. 캠프를 간다든가, 여행을 간다든가 하는 일정은 거의 없었다.

그렇게 그녀는 8년 동안 가족과 헤어져 지냈다. 프란시스는 가족과 떨어져 언제나 혼자였을 유정의 입장을 이해할 수 있었다. 그리고 지금 그녀가 느끼고 있을 기분마저도 말이다.

그도 언제나 혼자였기 때문에, 모를 수가 없었던 것이다.

눈물이 그렁그렁 맺힌 눈동자를 빤히 응시하며 그는 허리를 굽혔다. 오기가 깃든 유정의 표정에는 그가 있는 한 절대로 울지 않겠다는 의지가 보였다.

"가고 싶은 곳이라도 있습니까?"

심술궂은 장난기가 돌아서일까? 프란시스의 목소리가 낮고 탁하게 나왔다. 유정은 이맛살을 찡그리면서 신경질적인 어조로 대꾸했다.

"지금은 혼자 있고 싶거든요."

"진짜로?"

놀리듯이 되묻는 그 말에 유정은 고개를 끄덕였다. 그러자 다음 순간에 그가 허리를 굽혔다. 아까보다 조금 더 그와의 거리가 좁혀졌지만, 유정은 움직일 생각이 없었다. 조금만 더 그가 허리를 굽히거나 그녀가 조금만이라도 더 고개를 들면 입술이 닿을 것같은 가까운 거리였다.

위협당하고 있다고 유정은 느꼈다. 푸른색 눈동자는 한 치의 틈도 없이 그녀를 바라보고 있었던 것이다. 그리고 프란시스의 뜻에 따라 움직이면 어쩐지 그에게 지는 것 같아서 그녀는 오기가 생겼다. 이 자리에 먼저 온 사람은 그녀니까, 박힌 돌로서 굴러온 돌에 밀릴 수가 없는 것이다.

"진짜로요."

오기가 가득 들어찬 목소리를 들으면서 프란시스는 바지 주머니에 넣어 두었던 손을 꺼내 들었다. 그의 손에 들린 것은 손수건이었다.

"여성이 울고 있는데, 모르는 척하는 것도 신사의 도리는 아니죠. 쓰고 나서 버려 주십시오."

얼굴을 가리는 손수건을 끌어당기면서 유정은 허리를 들었다. 긴 다리로 성큼성큼 걸어서 사라지는 프란시스의 뒷모습을 보면서 유정은 가볍게 주먹질을 했다. 마지막 한마디만 아니었다면 정말로 인상이 좋았을 텐데, 왜 저 남자는 꼭 자기 스스로 초를 치는 것일까?

하지만 잠시 후, 그녀는 입가에 미소를 지었다. 아주 조금, 그의 행동을 이해할 수 있기 때문이었다. 좀처럼 이해하기 어렵지만, 이것 나름대로 그가 해 주는 배려라는 사실을 그녀는 이미 느끼고 있었다.

"⋯⋯쳇, 그래도 역시 향수 냄새는 좋네."

손수건에서 느껴지는 은은한 향을 맡으면서 유정은 투덜거렸다. 왈칵 쏟아지는 눈물은 아무래도 향수 때문일 것이다.

마음이 따뜻해졌다.

8장
수상한 낌새

조도가 낮아서 어두워 보이는 조명 아래에서 레이디 로랜트는 지팡이를 쥔 손에 힘을 주고 앉아 있는 두 사람에게 말했다.

"오늘은 테니슨의 시를 듣고 싶구나."

그 말에 패트리샤는 윽이라는 표정을 지었고, 유정은 순순히 고개를 끄덕였다. 그런 친구의 옆구리를 패트리샤는 푹 찔렀지만 유정은 미동조차 하지 않고 자리에서 일어났다. 서재에 책을 가지러 가는 것이다.

매일매일 저녁 식사 후에 레이디 로랜트는 체력이 허락하는 한 손자들에게 책을 읽으라고 시키곤 했다. 목소리가 낮다든가, 액센트가 틀리다든가, 운율을 살리지 못하면 어김없이 레이디의 엄한 호통을 들어야 했기 때문에 프란시스든 패트리샤든 이 독서타임은 엄청나게 싫어했다. 유정이야 모국어가 아니라는 이유로 잔소리를 덜 들긴 하지만, 그래도 레이디의 칼날은 결코 무뎌지지 않았다.

유정과 함께 서재로 발걸음을 옮기면서 패트리샤는 투덜거렸다.

"프란도 없는데⋯⋯. 프란이 있으면 내가 걸릴 만한 확률이 줄어드는데⋯⋯."

패트리샤의 투덜거림을 들으면서 유정은 서늘한 시선으로 그녀를 바라보았다. 마음 한구석이 빈 듯 허전한 자신을 깨달았다. 조금 전부터 속이 허해 저녁이 모자랐다고만 여기고 있었는데 그것이 아닌 모양이다. 그녀는 사촌 오빠와 아옹다옹하면서도 아쉬울 때는 그를 찾는 패트리샤가 새삼 얄미워져서 말이다.

아무것도 모르는 패트리샤는 그녀의 시선을 눈치채고, 마치 동의를 구하듯이 눈을 반짝거렸다. 그런 그녀의 활달함을 유정은 좋아했다. 가끔은 부럽기도 하다.

때때로 영문 모를 심술을 부리는 프란시스였지만, 그는 패트리샤의 일이라면 정말로 끔찍한 사람이었다. 정말 서로 잡아먹을 듯이 싸우면서도 언제 싸웠냐는 듯이 친근하게 구는 모습을 보고 있자면 유정은 그들 형제관계가 참 많이 부러워지곤 했다.

고향에 돌아가면 그녀에게도 남동생이 있었다. 너무 오래 헤어져 있던 까닭인지 가끔은 멀게만 느껴지는 남동생이다. 무뚝뚝하고 말수가 적은 성격이라 전화 통화도 거의 하지 않고 이메일을 주고받는 일은 더더욱 없었다. 그 까닭을 유정은 잘 이해하고 있었다.

그녀는 마치 축복받은 것처럼 미국으로 떠나서 좋은 환경에서 살고 있는데, 그는 남아서 어머니를 모시고 있어야만 했다. 정훈의 입장에서 보자면 누나가 한없이 부럽고, 미울 것이다. 그래서 유정은 그가 자신에게 살갑게 굴지 않아도 섭섭히 여기지 않았다. 오히려, 그에게는 한없이 미안할 따름이다.

그렇기에 친남매도 아니면서 늘 서로를 이해하고 사랑하는 프란시스와 패트리샤는 곁에서 지켜보기에 참 보기 좋았다. 레이디 로랜트 역시 그녀와 비슷한 생각인 듯, 아웅다웅하는 둘을 바라보는 레이디의 시선은 항상 따뜻하다는 것을 유정은 알고 있었다.

그런 프란시스가 저녁 전에 일이 있다고 뉴욕으로 가 버렸기 때문에 필연적으로 책을 낭독해야 해야 하는 사람은 유정과 패트리샤 둘 중 하나였다. 레이디의 엄한 교육 때문인지 프란시스는 낭독을 참 잘했다. 저음의 목소리와 함께 힘 있게 책을 읽는 그의 모습은 굉장히 멋있어서 얄미움으로 인해 깎였던 그 남자의 점수가 대폭 상승했던 적도 있었다.

'그러고 보니, 요즘엔 예전보다 발음이 더 좋아진 것 같아.'

책장에 꽂힌 책을 쳐다보면서 유정은 그렇게 생각했다. 레이디 로랜트도 틀린 발음에 대해서 엄하게 지적해서 고쳐 주기도 하지만, 프란시스도 역시 만만치 않았다. 게다가 그에게 지적받으면 기분이 너무너무 나빠서 더 열을 올려 가며 발음 연습을 하게 된다. 그 탓인지 예전에는 잘 못 했던 발음들이 요즘은 좀 더 능숙해진 기분이 들었다.

'이건 고맙다고 해야 할까?'

내심, 그러기가 싫은 것이 문제라면 문제다. 그러다가 문득, 어떤 생각을 하더라도 결국 그 끝이 프란시스에게로 가 닿는 것을 깨닫고는 그녀는 저도 모르게 정색했다. 이런 일이, 이런 느낌이 한없이 생소하게만 느껴졌다.

"그나저나 오늘은 누가 읽게 될까?"

찾아낸 테니슨의 시집을 뽑아 들고 넓은 복도를 나란히 걸어가면서 유정이 그렇게 말하자, 패트리샤는 잠시 고민하는 듯한 표정을 지었다. 그리고 간단하게 대꾸하는 것이다.

"동전 던지기 하자."

걸린 사람은 유감스럽게도 유정이었기 때문에 패트리샤는 안도의 만세를 불렀다. 오늘은 할머니의 무시무시한 교정 폭탄을 맞지 않아도 되는 것이다. 최소한 패트리샤는.

그리고 오늘 걸려서 레이디 로랜트의 앞에 선 유정은 잔뜩 긴장한 어조로 책장을 넘겼다.

〈*Flower in the Crannied Wall*〉
(*갈라진 절벽의 꽃*)

Flower in the crannied wall,
(*갈라진 절벽에 핀 꽃*)
I pluck you out of the crannies;
(*나는 너를 그 틈에서 꺾어들었다.*)
Hold you here, root and all, in my hand,

(여기 내 손안에, 너를, 뿌리와 모든 것을)

Little flower – but if I could understand

(작은 꽃 – 그러나 만약 내가 이해할 수 있다면)

What you are, root and all, and all in all,

*(네가 무엇인지, 뿌리와 모든 것을, 그리고 모든 것 안의 모든
것을)*

I should know what God and man is.

(나는 반드시 하느님과 인간이 무엇인지 알게 될 텐데.)

—Lord, Alfred Tennyson—

유정이 틀리지 않게 마지막 시를 다 읽고 나자 레이디 로랜트
는 고개를 끄덕거리더니 찻잔을 비우고 드물게 칭찬의 말을 꺼냈
다.

"오늘은 괜찮았다."

"감사합니다."

고개를 꾸벅 숙이면서 유정은 쑥스럽다는 표정을 지었다. 좋아
서 헤실헤실 웃는 친구가 귀여워서 패트리샤 역시 미소를 지었다.
드물게 칭찬의 말을 꺼낸 할머니도 오늘따라 멋져 보이고 말이다.
이런 것을 프란시스가 봐야 그가 가진 유정에 대한 편견이 좀 고
쳐질 것이라고 생각하면서 패트리샤는 아쉬움의 한숨을 내쉬었다.

하지만 그때, 레이디 로랜트는 찻잔을 내려놓으면서 대수롭지
않은 어조로 말했다.

"그래, 프란시스? 너는 어떻게 보았니? 오늘 유정이 한 낭독

말이다."

언제부터 서 있었는지 응접실의 한구석에 귀신같이 서 있는 프란시스를 발견하고 유정은 깜짝 놀랐다. 그리고 얼굴을 붉히며 책을 품 안에 꼬옥 껴안았다.

그녀는 어제 저녁 그가 준 손수건을 버리지 않았다. 프란시스는 매우 잘난 척하면서 버리라고 했지만, 최고급 면사로 만들어진 손수건을 버리는 바보 같은 짓을 유정은 도저히 할 수 없었다. 아니, 고급 손수건이라서 못 버린다는 것은 거짓말이있다. 그 손수건을 주면서 프란시스는 처음으로 그녀에게 친절하게 굴었다. 말은 밉살맞았지만 행동은 그렇지 않았다.

그래서 그 기념으로 가지고 있는 것이다. 유정은 그렇게 정당화하면서 손수건을 빨고, 다려서 옷가방 속에 잘 넣어 두었다. 돌려주는 일은 아마도 없을 것이었다. 받지 않겠다고 선언하고 간 물건에 대해서 저 남자가 미련을 떨 리가 없기 때문이었다.

하지만 그런 탓인지, 유정은 그를 보자마자 어쩐지 두근거리는 기분이 들었다. 게다가 그가 자신의 낭독을 들었다는 사실에 쑥스러워, 어떤 말이 나올지 은근히 기대가 되는 것이다. 하지만 프란시스는 어제의 일은 기억에도 없는 듯 평소처럼 냉한 표정을 하고 있을 뿐이었다.

"외국인인 점을 감안하면 나쁘지 않았습니다. 발음도 전보다는 나아졌네요."

그 말에 그녀의 얼굴에 저절로 미소가 떠올랐다. 홍조를 띠우며 좋아하는 유정을 보는 프란시스의 시선이 한순간 부드럽게 변한 것을 레이디 로랜트는 놓치지 않았다.

이것 봐라, 라고 노부인은 생각했다. 그들 사이의 분위기가 드물게 훈훈했다.

"오빠, 언제 왔어?"

이상하다는 듯이 고개를 갸웃거리며 패트리샤가 묻자, 프란시스는 재빨리 유정에게서 시선을 떼고 나직한 목소리로 대답했다. 그의 어조는 평소와 다름없이 무미건조했다.

"마지막 시 부분만 들었어. 약속이 일찍 끝났으니까. 방해될까 봐 일부러 인사는 안 했습니다."

어딘가의 파티를 다녀온 듯 말쑥한 차림새의 그에게서는 술 냄새가 났다. 그 불쾌한 냄새에 유정은 저도 모르게 인상을 찌푸리며 일단 엉덩이를 뒤로 빼면서 그에게서 멀찌감치 떨어졌다. 술에 약하고, 안 좋은 기억이 너무 많아서 유정은 술을 그다지 좋아하지 않았다. 알코올류는 입에 대지도 않지만, 어려운 자리에서 어려운 사람이 권하는 술잔은 일단 받아 두는 편이었다. 그래서 이전에 디너파티에서 프란시스가 준 칵테일을 대놓고 싫다고 하지 않았던 것이다.

그녀가 뒷걸음질 치는 것을 보고 프란시스는 살짝 기분 나쁜 표정을 지었다. 모처럼 친근하게 대해 주었는데, 예상치 못했던 반응을 보이는 유정의 태도가 마음에 들지 않았다. 하지만 지금은 레이디에게 보고하는 것이 먼저인지라 불쾌한 감정은 한쪽으로 미뤄 두었다.

나중에 단단히 갚아 주리라.

"약속은 어땠니?"

"사교 모임이 다 그렇죠. 그럭저럭 나쁘지 않았습니다."

도통 알 수 없는 사촌 오빠의 태도를 보고 패트리샤는 냉큼 끼어들었다.

"좋은 거야, 나쁜 거야?"

"좋지도 나쁘지도 않아. 그 자리에 참석함으로써 적어도 불필요한 계약은 하지 않게 되었으니 그건 다행인 거지."

시큰둥한 그의 대꾸에 고개를 갸웃거리는 유성과 패트리사를 뒤로한 채 레이디 로랜트는 자리에서 일어났다.

"그럼 난 이만 일어나겠다."

저녁 모임이 끝나면 그 다음은 자유시간이기 때문에 패트리샤는 엉덩이를 소파에서 떼고 먼저 자기 방으로 가겠다고 가 버렸다. 유정도 들고 있던 책을 서재로 가져다 놓기 위해서 걸음을 옮겼다. 그런 그녀의 옆으로 아까 맡았던 칵테일의 알코올 냄새가 났다.

반사적으로 고개를 돌리자 발소리도 없이 그녀의 뒤로 다가온 프란시스는 유정을 내려다보고 있었다. 그러나 유정은 반사적으로 그에게 두세 걸음 떨어지더니 슬금슬금 멀어졌다. 그런 유정의 노골적인 행동에 프란시스는 미간을 좁혔다. 그리고 보란 듯이 그녀의 옆으로 붙어 섰다. 그러자 그녀는 반사적으로 다시 걸음을 옮겨 그에게서 떨어졌다.

결국 프란시스는 화가 난 듯이 입을 열었다.

"무슨 짓입니까?"

"뭔가요?"

"사람을 왜 그렇게 대놓고 피하십니까? 제가 무슨 전염병 환자라도 됩니까?"

"이전에 말씀하셨잖아요. 남자와 단둘이 있을 때는 경계하라고. 저는 가르침을 받자와 충실히 따른 것에 불과합니다."

그 말에 프란시스는 반사적으로 주변을 살폈다. 긴 복도에는 인기척이 전혀 없었다. 을씨년스러운 형광등의 불빛만이 그들을 비추고 있을 뿐이다. 단둘이 있는 공간이라면 공간일 것이었다.

병아리 눈물만큼의 경계심이 생긴 것인가 싶어서 대견하긴 하지만, 그에게까지 그 룰이 적용된다는 사실에 기분이 나빴다. 그나마 좀 친해져 보려고 노력하는 자신의 마음을 몰라주기 때문이었다.

그는 그래서 일부러 그녀의 곁에 가까이 다가갔고, 유정은 반사적으로 움찔거렸다. 하지만 이번에는 어쩐 일로 움직이지 않고 그를 빤히 바라보았다.

하지만 그 눈빛이 굳어 있는 것을 프란시스는 놓치지 않았다. 미간을 찡그린 그녀의 턱 끝을 손으로 들어 올리면서 얼굴을 천천히 살피자, 유정이 굳은 어조로 그에게 말했다.

"뭐하시는 거예요?"

"뭐하는 거긴요? 대체 뭐가 불만인가 살펴보고 있는 중입니다만."

"떨어지시죠?"

그녀의 정중한 경고에, 프란시스는 순순히 물러나 거리를 두었다. 그의 태도에 안심하면서도 그녀는 떨리는 심장 소리에 저도 모르게 긴장했다. 이전 서재에서 느꼈던 그런 친밀한 분위기가 떠오르자, 그녀는 반사적으로 입을 열었다.

"저, 술 냄새 풍기는 남자 분은 그다지 좋아하지 않아요."

뜬금없는 그녀의 말에 프란시스는 조금 놀란 표정을 지었다. 유정은 자신이 조금 오해의 소지가 있는 말을 했다고 생각하고, 화급히 변명하듯이 말했다.

"기분 나쁘셨다면 죄송해요. 하지만 저, 사실은 술 냄새를 많이 싫어해서요. 술도 잘 못 마시고요."

프란시스는 그 말이 어떤 뜻인지 이해할 수 있었다. 뒤늦게 그녀의 아버지가 알코올 중독이었다는 기록을 떠올렸기 때문이다. 하지만 이해하는 것과 기분이 상한 것은 조금 별개의 문제였다.

"가르쳐 드린 것을 잊지 않고 실행하신 것에 대해서는 칭찬해 드리지요."

그는 약간 심술궂은 어조로 대꾸했다. 자신이 그녀의 가정사를 알고 있다는 사실을 그녀에게 들키고 싶지 않았던 것이다. 모르는 척하면서 프란시스는 괜히 심술궂은 어조로 대꾸했다.

"하지만 그 가르침에 분명히 말씀드리지 않았던가요? 저는 예외라고."

"이 저택에서 제가 제일 경계해야 할 상대는 아무리 봐도 백작님밖에 없거든요."

"제가 뭘 어쨌다는 겁니까? 저는 인생의 선배로서 친절히 당신에게 인간의 속성을 가르쳐 드린 것뿐입니다."

뻔뻔한 그 말에 그녀는 어이가 없다는 듯이 그를 쳐다보았다. 대체 얼마만큼의 철판을 얼굴에 깔면 이런 말을 쉽게 할 수 있는 것일까? 아무리 그녀가 둔하다고 해도 그가 자신에게 수작을 건다는 사실을 모르는 것은 아니었다.

하지만 그녀가 뭐라고 하기도 전에, 프란시스는 무척이나 다정하고, 충고하는 듯한 어조로 그녀에게 덧붙이듯 말했다.

"개인적인 사정이라는 것은 이해해 드리겠습니다만, 그 이전에 당신의 태도는 레이디 수업을 받는 아가씨로서 소양에 상당히 어긋났다는 것을 지적해 드려야겠습니다. 할머니의 교육 효과가 당신에게는 이리 미미할 줄은 꿈에도 생각 못했군요."

진심으로 아쉽다는 듯이 과장된 표정을 짓고서 그는 유정의 오른손을 살며시 잡더니 손등에 예의 바르게 입을 맞췄다. 프란시스가 고개를 드는 순간, 그와 유정의 시선이 짧은 거리에서 부딪혔다. 당혹스러움과 부끄러움이 교차하는 그녀의 눈빛을 빤히 응시하면서 그는 매력적인 목소리로 속삭였다.

"그리고 말입니다, 잊지 마십시오. 남자란 흥미 없는 여자에게는 아무런 욕구도 느끼지 못합니다. 그 여자와 아무리 벌거벗고 한 방에 있다고 하더라도 말입니다. 그러니 무턱대고 상대방을 경계하는 어리석은 짓은 하지 마십시오. 당하는 입장에서는 상당히 기분 나쁜데다가, 상대 여자가 제정신인지 아닌지 알고 싶어지니까요."

그러고 나서 그녀의 손을 잡고 있던 손을 보란 듯이 탈탈 털면서 가벼운 걸음걸이로 먼저 가 버렸다.

유정은 그런 그의 뒷모습을 황당하다는 표정으로 바라보다가 저도 모르게 손에 들고 있는 책을 머리 위로 번쩍 들어 올렸다. 뒤늦게 그에게서 심한 놀림을 당했다는 것을 깨달았기 때문이었다. 제법 날카로운 각도를 세워 프란시스를 향해 겨누다가 그녀는 이 책이 엄청나게 비싼 고서라는 사실을 간신히 깨닫고서 옆구리에 끼더니, 거의 뛰다시피 걸어서 프란시스의 뒤를 따랐다.

"악!"

텅 빈 복도에서 남자의 짧은 비명이 울리사, 서택의 수석 기정부인 마담 마거릿은 걸음을 멈췄다. 그녀는 고매하신 백작님이신 프란시스가 옆구리를 움켜쥐고서 유정의 앞에 무너진 모습을 발견했다.

유정은 씩씩거리면서 그를 노려보더니 버럭 일갈을 날렸다.

"나는 아직 레이디 교육을 제대로 수료 못 해요! 버르장머리가 상당히 없답니다! 미안하네요! 착각하게 만들어서!"

소리치고 나서 돌아섰다. 씩씩거리면서도 유정은 절대로 복도에서는 뛰지 않았다. 레이디는 무슨 경우에도 경망스럽게 행동하지 않는다라는 레이디 로랜트의 말씀만큼은 어길 수 없었다. 비록 아까 프란시스의 옆구리를 세게 비튼 것으로 레이디의 품행을 어겼지만 말이다.

종종걸음으로 뛰다시피 계단을 따라 올라가면서 유정은 이를 앙다물었다.

[왜 맨날 말이랑 행동이랑 다른 거야! 이 망할 자식!]

그래도 복수해서 기분은 좋았다!

앙다문 입술 사이로 흘러나오는 웃음만큼은 어쩔 수 없어서 유
정은 히죽 미소를 지었다.

"이런 XXX."

고상한 귀족이라면 절대로 입에 올리지 않을 욕설을 내뱉으면
서 프란시스는 아픈 옆구리를 문질렀다. 그 여자, 손이 얼마나 매
운지 꼬집힌 곳이 정말로 많이 아팠다. 패트리샤는 대체 무슨 생
각으로 매번 유정에게 이런 손찌검을 당하면서도 웃는 것일까?
자신의 여동생이지만, 정말로 괴짜라고 생각하면서 그는 허리를
폈다.

아무 일도 없었다는 듯이 자세를 바로 하고, 그는 복도를 가로
지르기 시작했다. 프란시스가 움직이기 전에 마담 마거릿은 이미
사라지고 없었기 때문에, 프란시스는 자신의 추태가 누군가에게
들켰다고는 생각하지 않았다.

"두 번 다시 손찌검을 못하게 만들든지 해야지, 원……."

투덜거리면서 그는 언제 욕설을 내질렀냐는 듯이 허리를 꼿꼿
이 세우고 걸음을 옮겼다.

복도의 구석에서 마담 마거릿은 그런 두 사람의 모습을 유심히
쳐다보다가 몸을 돌렸다.

다음 날 아침 식사 시간에도 유정과 프란시스의 노골적인 냉랭
함은 계속되었다. 유정은 오트밀에 우유를 팍팍 부어서 숟가락으
로 휙휙 휘저은 다음, 무서운 기세로 입안에 밀어 넣었다. 이전에
도 그랬지만, 오늘따라 더욱 노골적으로 그쪽으로는 고개를 돌리

지 않은 유정의 태도에 패트리샤는 고개를 갸웃거리면서 사촌 오라비를 빤히 바라보았다.

하지만 프란시스의 얼굴에서 뭔가를 읽어 낸다는 것은 거의 불가능했다. 어제랑 똑같이 여전히 삭막한 얼굴의 사촌 오빠는 패트리샤가 질색을 하는 오트밀을 묵묵히 입에 가져갈 뿐이었다. 그것도 우유도 넣지 않고서. 패트리샤가 생각하기에 오트밀은 세상에서 제일 맛이 없는 것이었고, 그나마 이 맛없는 것을 먹기 위한 도구가 바로 우유였다. 우유로 홀홀 털어 넘겨야만 패트리샤는 오트밀을 먹을 수 있었던 것이다.

그녀는 작은 목소리로 중얼거렸다.

"아, 맛없어……."

레이디 로랜트는 아침에 오트밀을 먹는 것을 건강을 위한 최고의 선택이라고 생각하고 있는 사람이기 때문에, 스트릭하트 저택의 아침 식사 메뉴에는 항상 오트밀이 빠지지 않았다. 그리고 이 식탁에서 이 얼토당토않게 맛없는 오트밀에 대해 불만을 표하는 사람은 오로지 패트리샤뿐이었다. 미국에서 나고 자라 언제나 먹고 싶은 것만 먹고 지낸 패트리샤와 달리 프란시스는 전통 있는 영국 귀족가에서 태어나 여태까지 다른 길을 가 본 적이 없는 사람이었다. 그래서 그는 오트밀이 맛이 없어도 결코 불평하지 않았다. 마지막으로 유정은……

"먹을 만하구만 뭘 그래?"

라고 말하면서 정말 바닥까지 싹싹 긁어서 입안에 밀어 넣는 것이다. 패트리샤는 그릇을 깨끗하게 비운 두 사람을 질렸다는 듯이 바라보았다.

"거짓말."

"거짓말 아냐. 우리나라에서 먹던 죽하고 비슷해서 나는 괜찮아."

그렇게 말하면서 유정은 베이컨을 덜어 주는 집사에게 감사하다고 말했다. 베이컨에 스크램블 에그, 과일 주스에 호밀빵까지 내놓는 아침 식사를 깨끗하게 작살을 내는 유정의 식성에 프란시스는 내심 혀를 내둘렀다.

'정말 잘 먹는다. 누군지 몰라도 저 여자 데리고 갈 사람은 엥겔지수를 고민해야겠군.'

생각해 보니 보니 유정이 지금까지 음식을 남기는 것을 프란시스는 본 적이 없었다. 그가 아는 여자들이란 다이어트를 위해서 티타임마저도 거부하는 사람들이 대부분이었다. 하지만 유정은 케이크든 과자든 주면 정말 거절하지 않고 잘도 먹었다. 살이 찌는 것에 대해서 그다지 걱정하지 않는 모양이었다.

'그런 주제에 날씬하긴 하지.'

백화점에서 보았던 그녀의 몸매를 곱씹으면서 그는 먼저 자리에서 일어나겠다고 말했다. 레이디의 허락이 떨어지자 프란시스는 의자를 뒤로 밀면서 유정을 쳐다보았다.

"오늘은 쉬어도 좋습니다."

"아? 오늘은 시킬 일이 없어요?"

유정이 눈을 동그랗게 뜨면서 되묻자, 남자는 매우 유감스럽다는 표정으로 말했다.

"예. 어제부로 급한 일은 다 끝났습니다. 수고하셨습니다."

그렇게만 말하고서 그는 표표히 사라졌고, 유정은 어젯밤의 일은 싸그리 잊어버리고 기분 좋은 듯이 미소를 지었다. 그가 없으니 오늘은 하루 종일 서재를 독점하고 거기서 놀아야겠다는 생각에 마음속으로 만세를 불렀다.

아침 식사 후에 패트리샤가 방으로 돌아가는 유정의 옆에 바짝 붙었다. 그리고 의미심장한 어조로 물었다.

"너, 프란이랑 또 싸웠니?"

"……아니거든."

유정은 일단 부정은 해 봤지만, 패트리샤는 한 끈질김을 하는 성격이었다. 눈빛이 반짝이는 것을 보고 그녀는 이번에도 좀 시달리겠다는 생각이 들었다.

"싸운 것 같은데. 너, 오늘 아침 내내 프란이랑 눈도 안 마주치려고 하는 것 봤어. 나, 무지하게 삐졌음이라는 포스를 풀풀 풍기는데 귀신을 속여라. 자, 이 언니에게 털어놔."

"그럴 일 없어. 아까 둘이서 이야기하는 거 안 들었니? 우리 둘이 정말로 이상한 사이라면 그렇게 일 이야기를 할 리가 없잖아."

"말 안 할래? 그렇게 두루뭉술하게 넘기면 내가 알았다고 할 것 같아?"

"우리가 싸워 봐야 뭐가 되겠니? 결국 평행선인데. 그러다가 말겠지. 그래도 가끔 때려 주고 싶긴 해. 하는 말이 하도 얄미워서."

이미 꼬집어 주긴 했지만 그건 말하지 않을 생각이었다. 하지만 패트리샤는 유정의 호전적인 말에 깔깔거리면서 그런 친구를 부추겼다.

"괜찮아. 맘에 안 들면 때려 버려! 프란은 꽁한 성격 아니야. 저래 봬도 할머니를 제외하고 이 집안에서 제일 성격 좋다니까. 너한테도 괜히 툴툴거리는 거야. 정들면 잘해 줘."

"그건 그런 것 같아. 너 같은 애의 성질머리를 다 받아 주는 것을 보니까, 가끔은 프란시스가 성인군자처럼 보일 때도 있어."

"……친구, 그건 아니거든."

정색을 하면서 패트리샤는 고개를 설레설레 저었다. 하지만 유정은 여전히 웃으면서 말했다.

"진짜 부러울 정도로 너희들은 사이 좋아. 그러니까 나 때문에 괜히 널 귀여워하는 사촌 오라비랑 싸우지 마. 나 솔직히 말하면 내 문제로 너랑 프란시스가 아웅다웅하는 것 썩 기분이 안 좋거든. 그래도 너를 많이 챙겨 주는 오빠잖아."

"뭐, 그래서 우리 둘이 결혼할지도 모른다는 소문이 한때 나돌긴 했지."

"아?"

머리를 긁적이면서 대수롭지 않은 어조로, 엄청난 말을 내뱉은 친구를 유정은 놀란 표정으로 빤히 바라보았다. 하지만 패트리샤는 여전히 아무렇지 않게 말했다.

"프란이 다른 사람들한테는 항상 삭막한데 나한테는 유독 잘해 주니까. 게다가 나는 반쪽이긴 해도 헤이스팅스 공작가 출신이잖

아. 그러니 사촌끼리 결혼해서 가문을 잇는 것도 이상한 소리는
아니야."

"……."

"물론 우린 둘 다 그럴 생각이 전혀 없지만. 프란은 나한테는
로버트 오빠 같은 사람이고, 그도 역시 나를 여동생 이상도 이하
로도 생각 안 해. 그런데도 다들 지레짐작하지, 뭐."

로버트는 패트리샤의 부모님이 입양한 오빠였다.

"나, 방금 전에 대단한 문화적 충격을 경험했어."

한동안 입을 벌리고 있던 유정이 간신히 입을 열어 그렇게 말
하자, 패트리샤는 그게 무슨 소리냐는 표정으로 유정을 바라보았
다. 그녀는 유정이 어떤 의미로 '문화적 충격'이라는 말을 입에
올렸는지 이해하지 못했다. 그래서 유정은 서둘러 보충 설명을 해
주었다.

"우리나라에서는 사촌끼리 결혼 안 하거든. 사촌 형제도 친형
제랑 같아. 그 사람을 연인이나 이성으로 생각하는 일은 당연히
없지."

"내 말이 그 말이야. 우린 그런 사이라고. 근데 한국은 사촌끼
리 결혼 못해? 진짜로?"

"응. 못해. 같은 조상의 피를 나눈 형제잖아. 사촌 형제도 친형
제랑 같아서 애초에 결혼의 대상이 안 돼. 이성으로도 안 느껴지
고."

"그렇구나."

"프란이 널 대하는 것을 보면 친형제처럼 보여. 그래서 그런지

연인이라든가 애인 사이로는 전혀 안 느껴져."

"아, 오빠는 다른 형제가 없으니까. 정식으로 말하면 그 사람 혈육은 나랑 할머니, 그리고 우리 엄마밖에 없어. 부모님이 모두 일찍 돌아가셨거든. 그래서 내가 더 각별한가 봐. 나도 그런 오빠가 좋고. 고지식해도 농담이 통하는 사이니까. 요즘은 그것도 좀 아니지만."

패트리샤의 말에 유정은 저도 모르게 상당히 충격을 받았다. 그리고 자기가 충격을 받았다는 사실을 깨닫고 더욱더 놀랐다. 프란시스가 혼자라는 말이 왜 이렇게 놀랄 만한 일인지 이해가 되지 않았기 때문이었다. 그런 유정의 기분을 눈치채지 못한 패트리샤는 여전히 계속 말을 이어 가고 있었다.

"안 그러면 그 나이에 오빠가 왜 백작의 작위를 이었겠어. 그건 우리 가문 중에서도 공작가를 이어받을 아들에게만 주어지는 작위라고. 외로운 사람이라서 형제나 혈육에게는 각별해. 우리 엄마한테도 얼마나 잘하는데."

그렇구나, 혼자구나. 그래서 그렇게 패트리샤를 좋아하는구나. 그렇게 각별한 것이구나.

유정은 저도 모르게 납득을 하고 고개를 끄덕였다. 왠지 마음한 켠이 아릿아릿한 느낌이 들어서 그녀는 입을 다물었다. 그가 안쓰러운 한편으로 패트리샤가 그의 사촌이라는 데 안도하는 마음을 발견하고 그녀는 저도 모르게 움찔했다. 이상한 일이었다. 그렇게 상관없다고 생각했는데, 정작 지금에 와서는 그 남자가 다른 누군가를 좋아하는 것이 싫다고 생각하다니. 자신의 어딘가가 잘못된 것이 아닌가 싶어서 유정은 저도 모르게 표정을 굳혔다.

급격하게 시무룩해진 유정의 기색을 보면서 패트리샤는 고개를 갸웃거렸다. 하지만 아무것도 묻지 않고 이번에는 얌전히 그녀를 방까지 데려다 주었다.

※

프란시스가 비서와 함께 시간에 맞춰 호텔의 로비에 도착했을 때, 만나기로 약속한 사람은 이미 자리에 앉아서 기다리고 있었다. 일본인인 그 남자는 프란시스와 비슷한 또래인 젊은 사람으로, 무엇인가 깊은 생각에 잠긴 표정으로 유리창 너머를 바라보고 있었다. 그의 비서가 프란시스를 먼저 발견하고서 자신의 상사에게 주의를 주었다.

그러자 시베리안 허스키를 연상시키는 날카로운 외모의 일본인 남자는 쌍꺼풀이 없는 날카로운 눈매를 들어 프란시스를 응시했다. 그를 인지하자마자 SZ 자동차의 새로운 경영 상무는 자리에서 일어나 손을 내밀었다.

"만나서 반갑습니다, 클리브던 백작. 저는 사카자키 리오라고 합니다."

생각 외로 눈높이가 그와 거의 맞먹는 장신의 동양인에 프란시스는 조금 놀랐다. 여태까지 그가 만났던 대부분의 일본인은 체구가 상당히 작았던 것이다. 게다가 상대방은 완벽한 퀸즈 잉글리시를 구사하고 있었다. 일본인 특유의 어눌한 발음은 찾아볼 수 없어서 프란시스는 조금 실망스러운 기분이 들었다.

상대가 만만치 않을 것 같다는 예감 때문이다.

"프란시스 로랜트라고 합니다. 만나서 반갑습니다. 회의실은 5층입니다. 가시죠."

호텔의 컨퍼런스 룸으로 향하는 짧은 시간 동안 두 사람은 의례적인 인사를 건넸다. 형식적인 예절이 끝나고 본격적인 사업 내용이 화제에 오르자, 프란시스의 첫 예감은 맞아 갔다. 미국에서 자랐고, 반년 전에 일본의 본가에서 인정을 받아 자동차 왕국인 SZ 그룹의 후계자 자리에 오른 젊은 상무는 매우 예리한 사업적인 감각을 가지고 있었던 것이다.

구체적인 투자 규모와 금액에 대한 날카로운 그의 질문에 적당히 응수하면서 두 사람은 1시간가량 끈질기게 대화를 나눴다. 양쪽 모두 만족할 수 있는 수준의 합의가 도출되었을 때, 프란시스는 가볍게 한숨을 내쉬면서 식어 버린 커피를 마셨다. 이제 비서들이 작성한 계약서를 검토하고 사인하는 일만 남은 상태이기에 긴장이 약간 풀렸던 것이다. 그것은 상대방도 마찬가지인 듯, 리오 역시 등허리를 의자의 등받이에 느슨하게 기댔다.

그러다가 그는 문득 생각난 듯이 자세를 바로 하고 정중한 어조로 프란시스에게 물었다.

"클리브던 백작께서는 미세스 엘리자베스 모건과 친척관계이시지요?"

"그렇습니다. 저희 고모님을 아십니까?"

"예, 몇 번 사적으로 뵌 적이 있습니다. 정확히 말하자면 그분의 따님이신 미스 패트리샤 모건과 친구 사이입니다."

"우리 트리샤랑?"

패트리샤의 이야기가 나오자마자 반사적으로 그의 이마에 주름이 잡혔다. 애지중지하는 여동생에게 관심을 보이는 놈팡이를 혼내는 법에 대해서 한 20가지쯤 생각하면서, 프란시스는 리오를 빤히 노려보았다. 일본인이긴 하지만 서구적인 체격과 외모에 매너 역시 나쁘지 않으니 여자들에게 어느 정도 인기가 있을 것 같은 남자였다. 그러니 혹시 패트리샤도 이 남자에게 관심을 가지고 있을지 모를 일이었다.

그렇게 생각하자, 프란시스는 기분이 심각하게 나빠졌다. 그런 그의 마음을 꿈에도 모른 채, 리오는 계속 말을 이어 갔다.

"예. 듣자 하니 트리샤가 외할머니이신 헤이스팅스 공작부인과 함께 여름을 보낸다고 하더군요. 잘 있습니까?"

"물론입니다. 아주 팔팔하게 잘 지내고 있죠."

"그렇습니까? 다행이네요. 그녀의 친구인 유정이도 패트리샤와 여름방학을 함께 보낸다고 하던데……."

"두 사람 다 잘 지내고 있습니다."

건성으로 대꾸하면서 프란시스는 리오가 허튼소리 한 번만 하면 그의 코를 납작하게 만들어 주겠다고 생각했다. 하지만 다음 순간, 리오는 그를 향해 순수한 호의가 담긴 미소를 지어 보이면서 프란시스를 당황시켰다. 게다가 기대감에 가득 찬 목소리로 묻는 것이다.

"실례가 되지 않는다면, 친구인 그녀들을 만나러 저택을 방문

해도 되겠습니까?"

"……."

"물론 유럽 사교계에 명성이 자자하신 헤이스팅스 공작부인도 뵙고 싶습니다. 여왕 폐하의 사촌이신 그분의 명성은 익히 들어 알고 있기에, 기회가 닿는다면 인사를 드리는 것이 예의라고 생각합니다."

사업 이야기를 할 때와는 180도 다른 유들유들함이 지금의 리오에게는 있었다. 프란시스는 직감적으로 형용할 수 없는 묘한 기분을 느꼈다. 꼭 집어 말할 수는 없지만, 찝찝하고 기분 나쁜 어떤 것이 위장에 들어온 기분이었다. 상대방의 저의가 자신이 파악할 수 있는 범위 안에 들어오지 않아서 어떤 대답을 해야 할지 당황스러웠다.

금방 대답하지 않는 프란시스를 보면서 리오는 착실하게 기다렸다. 하지만 눈빛만큼은 반짝반짝 빛나고 있는 그의 모습에서 프란시스는 꼬리를 흔드는 애완견을 연상하고 저도 모르게 표정을 굳혔다. 어찌 되었든 이런 상대방에게 뭐라고 하긴 해야 할 것 같아서 프란시스가 입을 열려는 순간 컨퍼런스 룸의 문을 두드리는 소리가 들렸다.

비서들이 작성한 서류를 가지고 각자의 상사 옆으로 다가왔다. 프란시스는 리오의 질문에 대해서 모르는 척하고 서류를 받아 들었다. 그리고 그와 헤어질 때까지 저택 방문 건에 대한 것은 한마디도 하지 않았다.

결국 다시 입을 연 쪽은 리오였다.

"저기, 클리브던 백작님?"

눈을 반짝이면서 자신을 바라보는 그를 보면서 프란시스는 떨어지지 않는 입을 어렵게 열었다.

"할머님께 말씀드려 보겠습니다. 마음에 드신다면 직접 연락하실 겁니다."

"으음, 알겠습니다. 연락을 기다리도록 하겠습니다."

환한 미소를 지으며 정중하게 대답하는 상대방을, 프란시스는 못마땅한 시선으로 바라보았다.

찝찝한 기분은 저택으로 향하는 내내 계속되었다.

9장
시베리안 허스키

아침에 일어나 유정이 준비를 마치고 블랙퍼스트 룸으로 갔을 때, 그곳에는 레이디 로랜트뿐이었다. 패트리샤는 언제나 조금 늦게 내려오기 때문에 그다지 놀랍지 않았지만, 프란시스가 없다는 사실에 유정은 고개를 갸웃거렸다. 왜냐하면 그는, 언제나 철두철미하게 일찍 일어나서 그녀보다 먼저 식당에 도착해 식사를 하기 때문이었다.

"안녕히 주무셨어요?"

레이디 로랜트에게 인사말을 건네고 유정은 식탁에 앉았다. 그러자 시중을 드는 집사가 그녀의 앞에 시트를 깔아 주고, 식기를 내려놓았다. 평소 유정이 먹는 양만큼의 오트밀이 담긴 그릇이 놓이고, 그녀는 습관적으로 거기에 우유를 부었다.

"미스 유정."

유정이 막 숟가락을 들었을 때, 레이디 로랜트가 그녀를 불렀다. 그녀는 고개를 들고 무슨 일이신가요? 하는 또랑또랑한 표정으로 레이디를 바라보았다.

"너는 프란시스를 어떻게 생각하니?"

뜬금없는 레이디 로랜트의 질문에 유정은 눈을 동그랗게 뜨고 노부인의 주름진 얼굴을 빤히 바라보았다. 어떤 의미에서 자신에게 이런 질문을 하는 것인지 살피는 듯한 시선이었다. 하지만 노부인은 시치미를 뚝 떼고 유정의 대답을 기다리고 있었기 때문에 유정은 고민할 수밖에 없었다.

어떤 대답을 해야 할까?

망설임이 생기는 것은 마음에 혼란이 있기 때문이다. 언제부터 그런 혼란이 생겼는지 그녀 자신도 몰랐지만, 곧바로 아무것도 아니라는 듯이 말할 수 없었다.

그래서 그녀는 입술을 깨물다가 재빨리 입을 열었다.

"친구인 패트리샤의 잘생긴 오빠요."

단순하지만 그 이상도 이하도 아닌 듯한 그녀의 대답에 레이디 로랜트는 다시 질문을 던졌다.

"그리고 어떤 사람이라고 생각하지?"

"귀족이시고, 능력 있는 사업가인 것 같고, 트리샤를 무지무지 생각하는 좋은 오빠고……. 뭐, 그렇죠?"

"이성으로서는 어떻게 생각하나?"

"예?"

유정은 관자놀이를 망치로 얻어맞은 것마냥 멍한 기분으로 레이디 로랜트를 바라보았다. 노부인은 평소와 다름없이 근엄한 표정이었기 때문에 그녀가 어떤 생각으로 유정에게 이런 질문을 한 것인지 도저히 짐작할 수 없었다.

가슴이 콩닥콩닥 뛰었다. 분명히 그녀는 프란시스에게 흔들리고 있었다. 이제까지 만났던 남자들과는 분명히 다른 감정이었고, 그 사실을 본인도 확실하게 느끼고 있었다. 혹시나 그런 사실을 레이디가 눈치채고 자신을 떠보는 것이라면 조심해야겠다는 생각이 먼저 들었다.

이 마음은 아무도 모르게 상자 안에 넣어 두는 거다. 그것이 어떤 것인지 확인할 용기가 없기도 했거니와 감히 그런 사람을 넘보는 것조차 자신에게는 허락되지 않는 일이었다. 유정은 프란시스가 자신이 넘볼 수 없는 나무 같다고 생각했다.

노부인을 보면 안다. 이전에는 몰랐지만, 지금은 확실하게 알 수 있었다. 자신은 그와 어울리지 않는 사람이었다. 레이디 로랜트가 자랑스럽게 여기는 가문과 긍지에 자신이 먹칠을 할 수가 없었다. 그러니 프란시스에 대한 자신의 마음을 누구에게도 들키고 싶지 않았다.

대답을 망설이고 있는 그녀의 귓가에 대못을 박듯이 구체적인 질문이 들어왔다.

"남자로서는 어떻게 생각하느냐는 거다. 여자인 네 입장에서."

그 말에 유정은 당혹스러운 표정을 짓더니 두루뭉술한 말로 대답했다.

"일반적인 의미에서 보자면, 여자들이 좋아할 만한 사람이라고 생각해요. 인기가 많으실 것 같은데요."

"질문의 요지를 제대로 파악하지 못한 모양이로군."

우아하게 찻잔을 내려놓으면서 레이디 로랜트는 그렇게 말했다. 유정은 그 말에 고개를 갸웃거렸다. 그것이 특별히 잘못된 대답이라는 생각이 들지 않았기 때문이다. 하지만 다음에 레이디가 한 말은 유정의 뺨을 붉히게 만들었다.

"내 말은 결혼적령기의 여자로서 남편감인 프란시스가 어떠냐는 거야."

"그런 문제라면 저한테는 열외예요."

잠시 망설이다가, 그녀는 단호하게 대답했다. 그러자 레이디는 고개를 갸웃거리며 이해할 수 없다는 어조로 말했다.

"왜?"

"딱히 백작님이 남자로서 문제가 있다는 말은 아니에요. 그러니까 오해하지는 마세요. 제가 비록 백작님하고 사이가 좀 나쁘긴 하지만 객관적으로 봤을 때, 그분은 정말로 어느 것 하나 부족하지 않은 분이세요. 그렇지만 저는 외국 남자, 즉, 서양인 남자하고는 결혼하고 싶지 않거든요. 그래서 백작님을 이상형으로 생각할 수는 없어요."

프란시스를 만나기 전까지 그녀는 그렇게 생각하고 있었다. 그리고 그 핑계는 누구에게라도 납득이 갈 것이다. 대학 시절에 교제 신청을 해 왔던 모든 남자들을 물리치고, 그것을 이상하게 생각하는 여자 친구들을 납득시켜 왔던 이유다.

"그다지 결혼 생각은 없지만, 만약 결혼을 한다면 저는 한국 남자랑 결혼하고 싶어요. 문화적인 차이도 그다지 없고, 이질감이라고 해야 하나? 그런 것도 느껴지지 않으니까요. 게다가 외국 남자들은……."

"남자들은?"

"으음, 할머니께 이런 말씀드려도 될까 모르겠는데요……."

"말해 봐라. 이 나이에 내가 못 들을 만한 말은 없으니."

레이디 로랜트의 허락에도 불구하고 유정은 조금 더 망설이다가, 느릿느릿하게 입을 열었다.

"그게, 좀 독특한 체취가 있잖아요. 가슴에 털도 있고. 전 그런 것 무진장 싫어해요."

'V～ery'(무진장)이라는 말에 액센트를 강하게 주면서 유정은 어깨를 바르르 떨었다. 상상하는 것도 싫다는 듯한 태도였다. 레이디 로랜트는 아연한 표정으로, 속사포처럼 계속 말을 털어 내는 유정을 바라보았다.

"여기 애들은 그게 섹시하니 멋지니 그러는데, 저는 징그럽다고 생각하거든요. 가슴에 털이 뭐가 멋져요. 땀 냄새만 심하게 나는데. 게다가 왠지 사람이 기름져 보여서 소름 끼쳐요. 근육 만든다고 헬스 다니는 것도 저는 싫어요. 건강을 챙기는 것은 좋지만, 그렇게 부풀린 근육이 얼마나 징그러운지 모르겠어요."

생각만 해도 기분이 나쁜 듯이 유정은 얼굴을 일그러뜨렸다.

"물론 백작님이 꼭 그렇다는 것은 아니라, 일반론으로 그렇게 말씀드리는 거예요. 여튼 저는 서양 남자는 취향이 아니에요. 저랑은 안 맞는 것 같아요."

그리고 그 말이 끝나자마자 닫힌 식당 문 너머에서 익숙한 웃음소리가 울려 퍼지는 것을 들을 수 있었다. 그래서 유정은 저도 모르게 긴장한 태도로 식당의 문을 쳐다보았다. 아까까지만 해도 평범해 보이던 문이 갑자기 크게 확대되면서 문고리가 돌아가는 소리가 유난히 천둥소리처럼 들려왔다. 점점 더 조여지는 뱃속과 바싹 마른 목구멍에 침을 삼키면서 그녀는 열리는 문을 바라보았다.

  문이 열리자마자 웃음소리가 먼저 들어왔다.

  "카하하하하!"

  "좋은 아침입니다."

  몸을 반으로 접은 채, 하도 웃어서 데굴데굴 굴러서 들어오는 것 같은 자세의 패트리샤의 너머로 유정은 프란시스의 무표정한 얼굴과 시선이 마주쳤다. 파랗게 질려 굳어 버린 그녀와 달리 그는 멋진 포커페이스를 유지하고 있었다. 그것은 얼굴에 철가면이라도 씌운 것 같은 무표정함이었다. 마치, 식당에서 유정과 레이디 로랜트가 나눈 이야기를 아무것도 듣지 못한 사람처럼 말이다. 하지만 유정은 패트리샤의 반응만 보아도 이미 물은 엎질러지고, 덧붙여 쪽박까지 깨졌다는 사실을 눈치챘다. 깨어진 쪽박이란, 고매하신 프란시스의 자존심이다.

  "조, 좋은 아침…… 으하하하하!"

  경망스럽게 외할머니의 앞에서 큰 소리로 웃으면서 패트리샤도 역시 인사를 하기는 했다. 다른 때라면 그녀에게 한마디 했을 레이디 로랜트는 오늘은 아무런 주의도 주지 않았다. 아직, 유정에게서 받은 충격이 가시지 않았기 때문에었다.

그리고 유정은 자신의 맞은편에 자리 잡는 남자의 새침한 얼굴을 차마 쳐다보지 못하고 곧장 고개를 숙였다. 손이 너무 떨려서 숟가락을 제대로 들지도 못했다. 본의는 아니었고 대놓고 그의 흉을 본 것도 아니었지만, 듣는 사람의 입장에서 보자면 참으로 기분 나쁜 말을 여태까지 줄줄이 해 댔던 것이다.

'대체, 저 두 사람은 어디서부터 내 이야기를 들은 거야?'

알고 싶어도, 그 질문에 대답해 줄 수 있는 유일한 사람인 패트리샤가 웃음을 참느라 정신이 없으니, 그녀에게 뭘 물어볼 수가 없었다. 게다가 프란시스가 맞은편에 앉아 있다. 그의 앞에서 이 화제를 다시 꺼내는 멍청한 짓은 절대 하고 싶지 않은 유정이었다.

레이디 로랜트는 여전히 끄윽거리고 있는 패트리샤를 무시하면서 프란시스 쪽을 바라보았다. 그녀는 정말 훌륭할 정도로 아무 일도 없었다는 듯이 우아한 태도를 유지하고 있었다.

"프란시스, 오늘도 바쁜 거냐?"

"아뇨, 오늘은 한가합니다. 그래서 미스 유정에게 당분간 휴가를 줄 생각입니다."

푹 하고, 가슴에 화살 박히는 소리가 유정의 귓가에 들려왔다. 보이지 않는 말의 화살이 가차 없이 그녀를 꿰뚫은 것이다. 저런 말까지 나왔는데, 그녀는 그를 흉을 본 것처럼 되어 버렸으니 유정은 도저히 몸 둘 바를 몰랐다. 그저 입이 방정이라고 스스로에게 채찍질을 하는 수밖에 없었다.

할머니의 유도심문에 넘어가 자신의 마음을 감추느라 급급한 나머지 과격한 표현을 쓴 것이 이렇게 후회가 될 줄이야.

유정이 마음속으로 자기 가슴을 퍽퍽 치고 있을 때, 레이디 로랜트는 태연한 어조로 선언하듯이 말했다.

"그럼 다행이구나. 조금 갑작스럽지만 오후에 손님이 오기로 되었거든."

"네? 그게 무슨 소리예요, 할머니?"

이 집에서 미리 정해진 예정 외의 일이란 거의 발생하시 잃기 때문에 패트리샤는 웃는 것을 멈추고 레이디 쪽을 바라보았다. 노부인은 품위 있는 미소를 지으면서 패트리샤와 유정을 번갈아 바라보았다.

"이틀 전에 너희들의 친구가 이 저택을 방문해도 되냐며 정중하게 물어보았다. 그 태도가 마음에 들어서 오라고 허락을 했으니, 그 애가 점심 후에 이곳을 방문하기로 했단다. 모두 준비하고 있거라."

"……친구? 누구요?"

친구라는 말에 패트리샤는 고개를 갸웃거렸고, 유정조차도 긴장을 약간 풀고 레이디의 말을 기다렸다.

"이름이 SZ 자동차의 사카자키 리오라고 하더군."

"리오가 온대요?"

유정의 목소리 톤이 살짝 높아지는 것을 보면서 프란시스는 눈을 가늘게 떴다. 동시에 혀를 쳤다. 사촌 여동생이 박수까지 치면서 좋아했기 때문이다.

"허스키가 온단 말이죠? 웬일이래? 일본에 있는 줄 알았는데?"

"프란시스와 자동차 수출 계약을 하기 위해서 뉴욕으로 온 김에 나에게 인사도 하고 너희들도 만나고 싶다고 하던데? 프란의 말로는 말이다."

그러자 여자들의 시선이 그에게 쏠렸다. 시선을 받으면서 그는 귀찮다는 어조로 대꾸했다.

"그가 너희들을 먼저 아는 척하던걸. 너희들도 만날 겸 할머님께 인사를 드리고 싶다고 해서, 말씀드려 봤다."

"오빠가 리오랑도 일해? 우아, 이게 무슨 인연이래? 그 녀석, 유정이라면 껌뻑 죽는 앤데."

뭐가 그렇게 즐거운지 패트리샤는 히죽 웃으면서 우유도 붓지 않은 오트밀을 입에 넣었다. 처음에 했던 상상과 달리, 리오가 관심을 두는 쪽이 유정이라는 말에 프란시스는 말없이 시선을 돌렸다.

그라면 방금 전 들었던 유정의 이상형에 맞는 남자일 것이다. 그렇게 생각하자, 간신히 가라앉혔던 속이 부글부글 끓기 시작했다. 숟가락에 힘을 주면서 그는 고개를 숙였다.

"유정이를?"

레이디가 유정을 돌아보자, 그녀는 방금 전까지의 공포 분위기를 싸그리 잊고서 생긋 웃으면서 대답했다.

"예전에 같이 캠핑 여행을 간 적이 있어요. 그때 친해진 친구예요. 여러 가지로 도움이 많이 되고, 또 같은 동양인이라서 다른 친구들보다는 특별히 친해요."

"분명히 너 있다고 하니까 우리 집에 오겠다는 거야. 안 그럼 그 시베리아 강아지 같은 녀석이 뭐하러 여기 오겠어? 절대로 나만 보러 여기 나타날 리가 없어."

패트리샤는 그렇게 단정 짓듯이 말했지만, 유정은 고개를 설레설레 저었다.

"그럴 리가 있겠어? 그 녀석이 얼마나 바쁜데? 사업을 같이 하니까 인사차 오는 김에 우리도 보는 거겠지. 반 년 만에 보나? 유미가 리오는 그동안 계속 일본에 있다고 했었는데……."

"후계자 수업 어쩌고저쩌고 바빴다고 했어."

패트리샤는 그렇게 말하고 기운차게 빈 오트밀 그릇을 밀어냈다. 그리고 전투적인 의욕을 보이면서 베이컨을 접시에 덜었다. 오랜만에 친구를 만난다는 생각에 기분이 좋은 듯했다.

유정과 패트리샤가 함께 식당을 나서고 나서도 프란시스는 김이 올라오는 찻잔에 시선을 응시하면서 제자리에 앉아 있었다. 레이디 로랜트는 그런 손자의 눈치를 살피며 느긋한 어조로 말했다.

"할 말이 많은 얼굴이구나."

"미스터 사카자키가 할머님께도 따로 연락을 드렸습니까?"

"응, 그가 어제 비서 편으로 이걸 보냈다."

레이디 로랜트는 금박으로 테두리가 진 고풍스러운 디자인의 편지지를 꺼냈다. 보지 않아도 뻔한 그 내용을 무시하고서 프란시스는 상대의 잔머리에 혀를 찼다. 할머니의 취향을 딱딱 맞춘 아부성 편지에 노인네가 기분이 좋아져서 처음 보는 청년을 집까지 들인 것이다. 엊그제부터 그의 안에서 스멀스멀하게 올라오는 찝

찜함이 계속 커지고 있었다.

"그만 일어나 보겠습니다."

소리 없이 의자를 밀어내고 일어나서 나가는 손자의 기척이 멀리 사라지자, 레이디 로랜트는 찻잔의 손잡이를 들어 올리면서 혼잣말을 했다.

"아무래도 저 녀석을 물에 빠트려 봐야 할까? 그러면 가슴털에 관한 오해 정도는 풀어 줄 수 있을 테니 말이야."

알프레드 집사는 순간적으로 들고 있던 포트를 떨어뜨릴 뻔했다.

오후가 되어서 유정은 장미 정원 쪽으로 산책을 나갔다. 패트리샤가 하도 요란하게 '시베리안 허스키가 온다'고 노래를 불러서 머리가 아팠기 때문이다. 참고로 시베리안 허스키란 패트리샤가 리오에게 붙인 별명이었다. 생김새가 허스키를 연상시킬 정도로 날카로운 인상이면서, 유정에게만 충실한 사냥견 같다는 이유 때문이었다.

장미의 봉우리가 예쁘게 올라오기 시작하는 것을 보면서 유정은 아침에 있었던 식당에서의 일을 되씹고 있었다. 머리 한구석에 남아 있는 손톱만 한 양심은 프란시스에게 사과를 하라고 말하고 있었지만, 그것보다 더 압도적인 것은 대체 사과는 무슨 놈의 사과라는 감정이었다. 듣기에 미안한 소리를 하긴 했으나, 그렇다고 잘못한 것도 아니었다. 어디까지나 레이디 로랜트의 질문에 대답한 것뿐인 것이다. 그러니까 그녀 자신은 죄가 없다. 죄가 있다면 고지식할 정도로 정직하게 대답한 것이 죄다.

이런저런 생각을 하면서 유정은 옷자락을 만지작거리고 있었다. 그때 정원의 입구 쪽에서 누군가 그녀의 이름을 크게 불렀다.

"유정아!"

반사적으로 자리에서 일어나 그녀는 소리가 들리는 쪽을 바라보았다. 덩치는 산만 한 녀석이 씩씩하게 정원을 가로질러 오는 것이 보였다. 그녀와 눈이 마주치자 신나게 손을 흔드는 모습이 영락없는 열 살 먹은 아이 같았다. 유정은 어이가 없다는 듯이 웃다가 결국 손을 들어 그를 반겼다.

"리오! 잘 지냈어?"

"오랜만이야!"

리오의 등 뒤에서 패트리샤가 의미심장하게 웃고 있는 것을 무시하면서 유정은 그를 반갑게 맞이했다. 그녀를 껴안을 듯이 달려오다가 리오는 갑자기 정색을 하더니 옷 주름을 잡으면서 침착하게 표정을 지었다. 그리고 불쑥 손을 내밀었다.

"SZ 자동차의 사카자키 리오라고 합니다. 잘 부탁드립니다."

"알아. 유미한테 소식 들었어. 이번에 본가에서 실력을 인정받아서 후계자가 되었다고? 정말로 축하해."

유정은 활짝 웃으면서 그의 손을 잡았다. 이전보다 훨씬 더 성숙해 보이는 그의 모습에서 그녀는 어쩐지 뿌듯함을 느꼈다. 처음 만났을 때, 리오는 구제불능의 청소년과 같은 느낌이었다. 세상물정을 몰라도 너무 몰랐던 그가 유정과 만나고 나서 어른스럽게 변했다. 그녀는 그것을 꽤 뿌듯하게 생각했다.

멀찌감치 떨어져서 그 모습을 지켜보던 프란시스는 찜찜한 기분이 점점 강해져 풍선처럼 부풀기 시작했다. 하지만 짐짓 그런 기분을 모르는 척하고 그는 몸을 돌렸다. 등 뒤에서 웃는 소리가 계속 귀에 거슬렸다.

"그래, 자네들은 어떻게 친해진 것인가?"

티타임에서 레이디 로랜트는 프란시스가 제일 궁금해하는 것에 대한 질문을 던졌다. 그러자 리오는 매우 공손한 어조로 대답했다.

"2년 전쯤에 유정이가 학점 교환의 일환으로 저희 학교에 수업을 받으러 왔었습니다. 그때는 서로 얼굴만 알고 지내다가 본격적으로 친해진 것은 그해 여름방학 때였어요."

"맞아. 그해 여름은 정말 비극이었지."

유정이 맞장구를 치면서 고개를 설레설레 저었다. 그 태도가 레이디 로랜트의 호기심을 자극한 모양이었다. 노부인은 흥미진진하다는 표정으로 리오와 유정을 번갈아 바라보았다.

"어떤 일이 있었길래?"

"여름방학 때 트리샤가 절 하버드 대학생들이 가는 캠핑의 명단에 편법으로 끼워 넣은 것도 모자라 자기는 못 간다고 유럽으로 튀어 버렸죠. 덕택에 저 혼자서 아무것도 할 줄 모르는 애들을 먹여 살리느라 고생했어요."

"먹여 살려?"

"저를 빼고 거기 간 애들이 아무도 밥을 할 줄 몰라서요. 매 끼니마다 20인분의 밥을 만들어야 했거든요. 두 번 다시 그런 경험은 하고 싶지 않았어요. 무려 20일 넘게 아가씨, 도련님들의 부엌때기 노릇을 했으니까요."

"그래도 유정이가 만들어 준 밥은 맛있었어요. 그때 먹었던 요리들은 지금도 잊지 못한답니다. 한식은 처음 먹어 봤지만, 일식과 비슷한 점도 있어서 그런지 맛있었습니다."

"호오, 그럼 언제 한번 먹어 보고 싶네. 한국 요리는 먹어 본 적이 없으니까 말이야."

레이디 로랜트의 말에 그 자리에 앉아 있는 모든 사람들이 깜짝 놀란 표정을 지었다. 제일 많이 놀란 사람은 다름이 아닌 유정이었다. 그녀는 형용할 수 없는 놀라움에 잠겨서 노부인의 주름진 얼굴을 바라보았다.

"미스 마거릿에게 내일 한국 요리 식재료를 준비해 두도록 말해 두겠네. 미스터 사카자키, 실례가 되지 않는다면 내일 또 이곳을 방문해 주지 않겠나?"

윽, 하고 프란시스는 저도 모르게 찻잔을 입가에 가져가던 행동을 멈춰 버렸다. 그리고 제법 당혹스러운 표정으로 레이디 로랜트를 바라보았다. 이 저택에서 한국 음식을 먹는 것은 그렇다고 치더라도, 저 밉살맞은—언제부터 이런 표현을 리오에게 썼는지, 프란시스는 인지하지도 못하고 있었다—녀석을 내일 또 봐야 한다는 사실이 기분 나빴다.

하지만 할머니가 이미 청한 초대를 그가 나서서 반대하는 것도 예의에 어긋나는데다가, 리오는 이미 해사하게 웃으면서 그 초대를 냉큼 받아들인 뒤였다. 자기가 먹고 싶은 요리에 대해서 줄줄이 입에 올리며 유정에게 말하는 그의 모습에 프란시스는 배알이 꼴렸다. 그리고 그의 말에 웃으면서 맞장구치는 유정도 그는 마음에 들지 않았다.

저녁까지 거하게 얻어먹고서 리오가 떠났다. 프란시스는 그동안 내내 기분이 좋지 않았지만, 용케 그것을 표면에 내놓지 않았다. 평소와 다름없이 사무적이고 예의 바른 모습에는 흠잡을 곳이 없어서 아무도 그가 이상하다는 것을 눈치채지 못했다.

오로지 레이디 로랜트를 제외하고는 말이다. 이런 상황에 대해서 비상한 감각을 가지고 있는 패트리샤도 그런 느낌을 놓쳤다. 왜냐하면 그녀는 내내 유정에게 노골적인 호의를 보내는 리오를 놀리느라 바빴기 때문이었다.

리오와 유정이 참가했던 여름 캠프에 패트리샤는 사정상 참가하지 못했다. 그때 그녀는 영국에서 프란시스의 저택에 숨어서 외할머니의 불호령을 피하고 있던 참이었다. 그때까지만 해도 레이디 로랜트와 그녀의 어머니는 여전히 사이가 나쁜 편이었다. 프란시스가 그 두 사람의 사이를 중재하기 위해서 바쁘게 움직였고, 그 덕택에 연말에는 그 두 사람이 20년 만에 화해를 할 수 있었다.

그 해 여름 캠프가 끝난 이후, 리오는 유정을 줄기차게 쫓아다녔다. 누가 보아도 그녀를 좋아한다는 티가 났지만, 오로지 당사자만은 아무 생각이 없었던 것이다. 그가 자신과 친하게 지내는 것은 같은 동양계이기 때문이라고 굳게 믿고 있는 유정이었다. 그런 친구와 함께 지내다 보니 패트리샤 역시 자연스럽게 리오와도 친해졌다. 둔한 유정과 그런 그녀에게 푹 빠져서 그런 둔한 점도 좋아하는 리오를 놀리는 것은 어디까지나 패트리샤의 몫이었다.

"오빠, 리오 참 귀엽지?"

유정은 리오를 배웅하고 나서 내일 점심때 만들 요리의 재료를 의논하기 위해 미스 마거릿에게 달려갔다. 덕택에 현관 앞에 남은 사람은 프란시스와 패트리샤뿐이었다. 그는 눈을 게슴츠레하게 떠서 패트리샤를 노려보았다.

하지만 그녀에게 괜한 화를 내지 않는 그의 인내력은 제법 칭찬할 만했다.

"덩치 큰 강아지 같긴 하더라."

유정의 앞에 앉아서 눈을 반짝이며 그녀를 바라보는 그의 모습은 딱 꼬리 흔드는 강아지였다. 그래서 프란시스는 패트리샤가 왜 리오를 가리켜 시베리안 허스키라고 부르는지 이유를 알 수 있었다.

"다른 일에는 굉장히 날카로우면서 유정이 일만 되면 물러진다니까. 그 점이 귀여워. 첫눈에 봐도 반했다는 것을 아는데 유정이만 그 사실을 모른다니까."

"그 여자, 알면서 일부러 그러는 것 아니야? 집안 차이가 너무 많이 나니까, 감히 그와 같은 남자와 결혼할 수 있으리라 생각하지 못하는 모양이지. 일본 쪽은 그런 것이 엄격하다고 이야기를 들었거든."

"아니야. 리오네 집안에서는 유정이가 자기 집에 시집오기를 바라고 있어. 저 녀석이 후계자가 된 건 어디까지나 유정이 덕이 크거든. 근데 유정이가 워낙에 올곧고 둔하잖아. 그래서 여태 평행선이야. 잘못 고백하면 애인 사이는커녕 나, 너랑 두 번 다시 안 봐! 소리를 듣게 될 테니까. 실제로 그렇게 처참하게 차인 녀석도 있고."

프란시스는 저도 모르게 인상을 찌푸렸다. 유정이 남자들에게 인기 있다는 사실이 놀랍기도 하거니와 그녀가 인기 있다는 사실이 기분 나빴다.

"차인 녀석이라니? 저런 애한테 고백하는 녀석도 있어? 가문도 별 볼일 없고, 눈에 띄는 미인도 아니고, 뛰어난 재능이 있는 사람도 아니잖아."

"오빠는 유정일 그렇게 생각해? 그래서 매일매일 유정이랑 싸우는 거야?"

"매일매일 싸운 것은 아니야. 그저 마음이 안 맞을 뿐이지."

프란시스는 재빨리 얼버무렸지만, 패트리샤는 정색을 하면서 대꾸했다.

"그게 싸운다고 하는 거야. 다시 본론으로 돌아와서 유정이 좋아하는 남자들이 꽤 많았어. 그중에는 진짜 인물도 괜찮고 집안도 좋은 녀석들이 있었지. 1년 전에 고백했다 차인 놈이 워낙에 괜찮은 녀석이라서 남자애들이 많이 소심해서 이제는 서로 눈치만 보고 있어. 게다가 리오가 워낙에 설치고 다니잖아."

"여기서 괜찮은 남자를 만나면 편할 텐데도?"

"나도 그러길 바라고 있는데, 묘하게 자존심이 세서 말이야. 그 앤 아마도 이곳에서 좋은 남자를 만나서 저 혼자만 편해지는 일은 못할 거야."

"……."

프란시스는 그 말에 대꾸하지 않았다. 패트리샤를 방까지 데려다 주고서 그는 자신의 방으로 돌아왔다. 씻지도 않고 침대에 드러누워서 프란시스는 생각에 잠겼다.

오늘 리오의 옆에 서 있던 유정의 모습은 프란시스에게 상당히 의외였다. 그의 앞에서는 언제나 새침하던 여자가 그 남자 옆에서는 여러 가지 다양한 표정을 지었던 것이다. 패트리샤야 같은 여자이고 친구이니 그렇다고 쳐도, 자신 이외의 남자에게 그렇게 고분고분하고 귀엽게 구는 유정의 모습은 그의 성질을 아득아득 긁었다.

'나 이외의 남자에게 웃지 마.'

당장이라도 그런 말을 하고 싶어졌다.

다음 날은 아침부터 저택이 들썩거렸다.

유정은 아침 식사를 하자마자 주방으로 뛰어 들어가서 미스 마거릿에게 말했던 식재료가 제대로 들어왔는지 확인했다. 레이디 로랜트가 한국 요리를 먹고 싶다고 말한 이상 음식 한 가지를 하더라도 대충대충 하고 싶지 않았던 것이다.

"말씀하신 대로 재료는 준비가 되었는데 어떻게 도와드릴까요?"

마담 마거릿이 그렇게 말하자, 유정은 살포시 웃으면서 대답했다.

"아뇨, 혼자서 할 수 있어요. 20인분도 아닌걸요."

"……20인분이요?"

"예. 예전에 캠핑을 갔을 때 한 사흘은 다른 사람 가르쳐 가면서 혼자 준비했었어요. 거기에 비하면 5인분 정도야 뭐……. 하지만 혹시 할머니의 입맛에 맞지 않을 수도 있으니 마담 마거릿은 다른 요리 몇 가지 정도는 준비해 주세요."

그릇에 쌀을 붓고서 야무지게 씻어 내면서 유정이 그렇게 말하자, 마담 마거릿은 살짝 미소를 지으면서 고개를 끄덕였다.

쌀이 익는 동안 리오가 먹고 싶다고 했던 삼각 주먹밥의 소를 만들어 준비해 두고, 유정은 김밥을 말기 위해서 야채를 썰기 시작했다. 요리에 오랜 시간을 들일 수 없으니 할 만한 것은 그다지 많지 않았다. 게다가 리오가 먹고 싶다고 한 것들도 대부분은 캠핑 때 그녀가 해 주었던 평범한 음식들이었다. 그러니 잔손은 가지만 어려운 요리는 하나도 없었다.

밥이 다 익어서 간을 하기 위해 볼에 퍼 담고 있는데 누군가가 주방으로 빠끔히 고개를 내밀었다. 인기척을 느낀 그녀가 생각 없이 고개를 돌리자, 리오가 부드러운 미소를 지으면서 그녀에게 말했다.

"안녕."

"어? 일찍 왔네?"

"응, 일찍 와서 널 좀 도와주려고. 앞치마도 들고 왔어."

예전에 캠핑에서 유정이 그에게 했던 말이 있었다. 빈손으로 덜렁거리면서 와서 옷에 음식물 찌꺼기를 한가득 묻힌 그에게 그녀는 '부엌에서 일하려면 앞치마부터 챙겨, 짜샤!' 라고 소리친 것이다. 일을 도와주기는커녕 오히려 일을 만드는 그에게 신경질을 낸 그녀였지만, 오히려 리오는 미안하다고 정중하게 사과했다. 혼자서 그들의 뒷감당을 하고 있는 유정에게 정말로 미안한 감정이 들었기 때문이다. 그는 그 뒤에는 꼬박꼬박 앞치마를 입고 주방에 오곤 했다.

"둘이서 이렇게 일하니까, 옛날 기분 난다."

유정의 손에서 무거운 밥통을 받아 들면서 리오는 신이 난 어조로 말했다. 그에 맞장구를 치면서 유정은 계란 지단을 만들 요량으로 달걀을 깨뜨렸다.

소란스러운 소리가 나는 주방 문 앞에서 프란시스는 잠자코 서 있었다. 그는 리오가 저택에 와 있는지 모르고 있었다. 서재에서 여태까지 일하고 있다가 커피가 떨어졌길래 새로 만들려고 주방에 왔더니, 그 안쪽은 도저히 밀고 들어갈 만한 분위기가 아닌 것이다.

'앞뒤 사정을 모르는 사람들이 본다면 신혼부부의 닭살 요리타임이라고 생각하겠군.'

잘라 낸 오이를 다정하게 유정의 입에 넣어 주는 리오의 모습을 보면서 프란시스는 머그컵을 들고 있던 손에 저도 모르게 힘을 주었다. 하지만 그의 다리는 여전히 주방의 입구에 고정되어서 움직이지 않았다.

리오가 왔다는 말에 주방으로 내려온 패트리샤는 주방 입구에서 떡 서 있는 오라버니의 뒤통수를 보고 발소리를 죽여 살금살금 걸어서 근처의 장식장 뒤에 숨었다. 그리고 낌새를 잠자코 살펴보았다.

'진짜 우리 오빠지만 눈치도 없고, 표정도 없다. 싫으면, 싫은 티라도 내면, 좀 어디가 덧나냐!'

좋은지 싫은지 얼굴 표정만 봐서는 절대로 알 수 없는 사람이 프란시스다. 그래서 패트리샤는 그를 처음 만났을 때, 프란시스가 자신을 싫어한다고 생각했었다. 물론 조금 지나서 그가 원래 그렇게 무표정하다는 것을 알게 되었지만 말이다. 그녀가 알고 있는 프란시스는 감정 표현이 몹시도 서툰 사람이다. 진짜로 마음을 둔 사람에게는 더욱 그랬다.

"오빠, 안 들어가?"

그를 놀래켜 줄 생각으로 살금살금 다가가 갑자기 입을 열었지만, 프란시스는 움찔하는 모습조차 보이지 않고 고개만 돌려 패트리샤를 바라보았다. 그리고 패트리샤의 목소리 때문에 유정과 리오는 동시에 소리가 들린 쪽으로 고개를 돌렸다.

유정은 프란시스가 커피 잔을 들고 서 있는 모습을 보고 고개를 갸웃거렸다. 그러고 보니 프란시스는 평소에 자기 커피는 자기가 알아서 만들어 먹는 습관이 있어서 늘상 주방을 들락거리곤 했었다.

"안 들어오고 뭐하세요, 백작님?"

"분위기가 너무 좋아서 분위기 감상 중입니다."

삭막한 어조로 대꾸하면서 프란시스는 성큼성큼 들어왔다. 그 말에 유정의 얼굴이 붉어지고, 리오는 뭐가 그리 좋은지 생글생글 웃었다. 그런 두 사람의 곁을 스쳐 지나가면서 그는 리오의 얼굴을 가볍게 흘겨보고서 커피 메이커의 전원을 넣었다. 리오의 웃는 얼굴보다 그를 더 기분 나쁘게 만든 것은 붉어진 유정의 양 뺨이었다.

"나도 도와줄게. 어려운 게 아니라면."

패트리샤가 끼어들자, 리오는 냉큼 한마디 했다.

"앞치마를 입고 와, 트리샤."

"응? 앞치마? 입어야 해?"

"옷에 묻으면 큰일 나니까. 안 입으면 유정이한테 혼난다."

유정의 엄한 표정을 흉내 내며 말하는 리오의 말에 두 아가씨는 깔깔대며 웃느라 바빴다. 그리고 그 모습을 프란시스는 차가운 시선으로 바라보았다.

점점 더 마음에 들지 않았다.

패트리샤는 삼색 삼각 주먹밥, 참치와 햄을 넣어 만든 삼각 주먹밥, 후리카케를 뿌려 동글동글하게 만든 주먹밥을 종류별로 나눠서 접시에 모양 좋게 담았다. 옆 자리에서 리오가 먹음직스럽게 만들어진 잡채 위에 계란 지단을 올리고 있었다. 마지막으로 유정은 맛있게 익은 해물 파전을 쟁반 위에 올리고 옆에서 대기하고 있던 미스 앨런에게 말했다.

"이제 다 됐어요. 이대로 내가면 됩니다."

"저것들은 뭔가요?"

옆자리에도 산같이 쌓여 있는 주먹밥과 김밥이 있었다. 미스 앨런이 그것을 가리키며 호기심에 깃든 어조로 묻자, 유정은 살짝 얼굴을 붉히면서 대답했다.

"저택의 다른 분들께 제가 드리는 선물이에요. 많이는 못 만들고 한 분당 한 개씩은 드실 수 있을 거예요. 우리나라에서 소풍 갈 때 많이 먹는 음식이랍니다."

"어머? 그래요? 잘 먹겠습니다. 고마워요, 미스 유정."

미스 앨런은 환하게 웃으면서 대답했다.

레이디 로랜트는 김밥에 붙어 있는 검은 김에 대해서 약간의 거부감을 보였지만, 몸에 좋은 해초라는 말에 군소리 없이 유정의 요리를 맛보았다. 익숙하지는 않지만, 색다른 맛이었기 때문에 그녀는 유정을 향해 관대한 어조로 말했다.

"먹을 만은 하구나."

"감사합니다. 입맛에 안 맞을까 봐 걱정했어요."

유정은 안도의 한숨을 내쉬었다.

"트리샤, 너는 할 줄 아는 요리가 있니?"

"저도 좀 해요. 샐러드 종류는."

"그렇구나. 아예 아무것도 못하는 것보다는 낫겠지. 이런 식으로 20인분을 만들었다면 손이 많이 갔겠군."

"일주일쯤 지나서는 요령 좋은 애들은 금방 배워서 도움이 되었어요. 오늘도 리오랑 트리샤가 도와줘서 빨리 끝났는걸요."

캠프의 이야기도 나오고, 리오가 일본에서 겪은 이야기 등등이 나오면서 점심시간이 거의 끝나 갈 때쯤이었다.

유정은 말없이 해물 파전을 오물거리고 있는 프란시스의 눈치를 살폈다. 레이디 로랜트는 그럭저럭 온화한 표정이었고, 패트리샤나 리오는 닥치고 맛있다 모드라 괜찮았지만, 그는 아까부터 좀처럼 아무것도 말하지 않고 있었던 것이다. 겉으로 보기에는 맛이있는 것인지 없는 것인지 알아채기 힘든 그의 표정을 빤히 쳐다보면서 유정은 다시금 철가면을 생각했다.

'가끔 보면 얼굴에 뭐 하나 씌워 놓은 것 같아.'

"뭘 그렇게 쳐다보십니까? 제 얼굴에 뭐가 묻었습니까?"

그녀의 시선이 느껴졌는지 프란시스가 그녀를 향해 그렇게 물었다. 순간적으로 당황했던 유정은 왠지 갑자기 장난기가 돌아서웃으면서 대답했다.

"예, 묻었어요. 입가에 김 가루가."

"……?"

그러자 프란시스의 얼굴은 눈에 띄게 굳어졌다. 저 보기 흉하고 새까만 해초 덩어리가 자신의 얼굴에 묻었다고 생각하자, 입맛이 싸그리 사라진 것이다. 거기다 앞에는 밉살맞은 리오가 앉아있었다. 당장이라도 거울을 보고 확인하려고 반사적으로 의자를끌어당기는 프란시스의 모습을 보면서 패트리샤는 깔깔거렸다.

"오빠, 오빠. 진정해. 안 묻었어. 안 묻었다고."

"……."

"저도 농담이었어요. 그렇게 심각하게 생각하지 마세요. 정말로 백작님의 얼굴은 말짱해요. 아무런 흠집도……."

"당신은 신성한 음식을 가지고 그런 천박한 농담을 하시는 겁니까?"

"아니, 저⋯⋯."

갑자기 성질을 팩 하고 내는 프란시스를 보면서 유정은 기가 죽었고, 리오가 그녀를 옹호했다.

"프란시스 경, 신사적으로 농담을 농담으로 받으시면 안 되겠습니까? 유정이가 악의가 있는 것도 아닌데요."

"농담으로 받아들일 만한 말이 있고, 그렇지 않는 말이 있습니다. 상당히 불쾌하군요. 실례가 되지 않는다면, 할머니. 저는 먼저 자리에서 일어나겠습니다."

"가 봐라."

허락이 떨어지기도 전에 프란시스는 이미 식탁에서 멀어지고 있었다. 그가 사라지고 나자, 패트리샤는 한숨을 내쉬면서 그럴 줄 알았다는 듯이 말했다.

"저 삐침쟁이."

"⋯⋯그래도 끝까지 맛없다는 소리는 안 했지? 난 그것으로 만족할랜다."

유정의 말에 리오는 그게 무슨 엉뚱한 소리냐는 듯이 그녀를 바라보았다.

"백작님은 입맛이 까다로우니까 한국 음식은 맛없다고 할 줄 알았어."

"설마, 전에 봤을 때, 식사 대접으로 스시집에 갔었는데, 젓가락질도 엄청 잘했어."

리오의 대수롭지 않은 말에 유정은 눈을 동그랗게 떴다. 전혀 의외인 소리였다. 그 말에 설명을 해 준 사람은 다름이 아닌 레이디 로랜트였다.

"프란시스는 동양 문화에 대해 공부하면서 젓가락질 개인 교습을 받았단다. 사업상 만나는 아시아계 사람들에게 좋은 인상을 주고 싶어 했거든."

그 말을 듣고 유정은 의외라고 생각했다. 프란시스는 영국 귀족이니 동양적인 것에 신비로움을 느끼면서도 소소한 문화에 대해서는 무시할 줄 알았던 것이다. 그녀가 미국에서 만났던 대부분의 사람이 그랬고, 프란시스 역시 행동 자체가 하도 거만하니까 그런 선입견이 있었던 모양이다.

"프란 오빠한테 그런 재주가 있었어요?"

패트리샤도 그런 사실은 잘 몰랐던 모양이다. 깜짝 놀라 하는 손녀를 보면서 레이디 로랜트는 가볍게 미소를 지었다.

점심시간에 사라진 프란시스의 모습은 그 뒤로 쭈욱 볼 수 없었다. 유정이 리오와 함께 정원을 산책하고 돌아왔을 때까지 말이다.

"데뷔턴트에 참석한단 말이야? 패트리샤의?"

"응. 그래서 이런저런 수업을 받고 있는데, 그중에서 제일 하기 싫은 게 뭔지 알아?"

"뭔데?"

"댄스하고 승마야. 너도 알다시피, 난 몸치잖아."

"예전에 네가 걷는 것 이외에는 다 싫다고 외쳤던 것은 기억나. 으음, 춤이라면 내가 가르쳐 줄 수 있는데……."

그녀와 공식적인 시간을 더 보내 볼 요량으로 리오가 냉큼 그렇게 대구하자, 유정은 고개를 설레설레 저었다.

"포기해라. 아무리 성격 좋은 너라도 못 견딜 거야. 가르쳐 주는 선생님마저도 포기했거든. 나한테 발 밟히는 것 말이야."

"나는 괜찮은데."

"내가 안 괜찮아. 그리고 너 바쁘잖아. 회사일도 내팽개치고 매일매일 여기 와도 되는 거야? 어렵게 후계자가 되었으니까 더 열심히 일해야지."

"괜찮아. 할 일은 착실하게 끝내고 오는 것이니까. 하여간 너는 여전히 성실하구나."

따뜻한 시선으로 자신을 바라보는 리오를 유정은 어쩐지 똑바로 바라보지 못했다. 고개를 숙이면서 그녀는 재빨리 말대구를 했다.

"원래 쓸데없이 고지식하잖아. 참, 너는 일본에는 언제 돌아가? 여기에 계속 있는 거야? 아니면 곧 돌아가는 거야?"

"아니, 두 달 일정의 출장으로 왔어. 네가 돌아갈 때쯤에 같이 갈 수 있을 거야. 하루쯤 한국에 들러도 괜찮으니까."

"네가 힘들잖아."

자신을 걱정해 주는 유정의 말에 리오는 금세 싱글거렸다.

"아냐, 하나도 안 힘들어. 나한테 지금 남는 것은 체력뿐이라고. 그러니까 유정……."

"야, 핸드폰 울린다. 전화 받아."

모처럼 그가 분위기를 잡고 진지하게 유정에게 파트너 신청을 하려는 순간에 벨소리가 요란하게 울려 퍼졌다. 타이밍을 지독하게 안 맞춰 주는 전화에 인상을 잔뜩 쓰면서도 리오는 성실하게 전화를 받았다.

유정은 그가 편하게 통화할 수 있도록 저택 쪽으로 걸음을 옮겼다. 서재의 창문이 열려 있는 것을 보고 그녀는 살짝 그 앞으로 다가갔다. 그러자 프란시스가 소파 위에 길게 몸을 뉘이고 눈을 감고 있는 것이 보였다. 가슴 위에 책이 놓여 있는 것으로 보아 아무래도 책 읽다 잠이 들다의 시추에이션인 듯싶었다.

'하긴, 잘 먹었으니 잘 자야지.'

다소 냉소적인 생각이 떠오른 것은, 그가 점심을 거의 다 먹고도 맛에 대해서 평가를 해 주지 않았기 때문이다. 비록 그녀가 실례되는 소리를 했을지언정, 그렇게까지 화를 내나 싶어서 유정은 그가 있는 쪽을 향해 주먹질을 해 보았다.

[……바보, 유정. 해 봐야 소용없다고.]

왠지 그런 행동을 하는 자신이 바보스러워서 유정은 그가 깨지 않도록 조심하면서 서재의 창문에서 벗어났다. 등 뒤로 돌아보자 리오는 여전히 통화를 하느라 바빠 보였다. 그와 눈이 마주치자 리오는 조금 곤란한 듯한 미소를 지었다. 아무래도 통화가 더 길어질 것 같아 보였으므로 유정은 괜찮다는 표정을 짓고서 먼저 걸음을 옮겼다. 저택 안으로 들어가자 바쁜 걸음을 옮기는 미스 주디스가 보였다.

"어, 다행이다. 미스 유정, 저 좀 봐요."

"무슨 일이에요?"

"아, 음. 레이디 로랜트께서 미스 유정을 찾으시거든요. 클리브 던 백작님도 함께 오시라고 했는데 방에 안 계시네요. 혹시 어딨는지 아세요?"

"서재에서 주무시고 계시는 걸 보긴 봤어요."

"그래요? 그럼 깨워야겠네요. 그럼 미스 유정이 그분을 좀 깨워서 레이디의 사무실로 와 주세요. 레이디께서 두 분께 하실 말씀이 있다시네요."

그 말에 유정은 고개를 끄덕이고 서재로 향했다. 서재의 문을 열고 곤히 잠들어 있는 프란시스의 얼굴을 보기까지 그녀는 별다른 생각 없이 미스 주디스의 말을 실행할 생각이었다. 하지만 막상 소파의 옆에 서자, 도저히 그럴 마음이 들지 않았다.

이 사람의 성스러운 잠을 깨우는 것은 범죄같이 느껴져서 망설여지는 것이다. 잠든 에로스를 처음 본 프시케 같은 충격이 유정의 대뇌에 전달되었다. 피곤한 듯이 곤하게 잠든 프란시스의 얼굴은 놀랍도록 순수하면서도, 섹시하게 보였다. 화를 내거나, 무표정하거나, 찡그린 얼굴이 아닌 프란시스를 보는 것도 신선했지만, 새삼스럽게 이 남자가 아름답게 보이는 것도 처음이었다.

'뭐야, 이런 표정도 지을 줄 아는구나. 자는 얼굴은 진짜 천사 같네.'

두근두근, 두근두근.

심장이 떨리는 것 같았다. 유정은 바보처럼 멍청하게 그의 잠든 얼굴을 바라보았다. 머리의 한구석은 그를 깨우라 하고 있었지만, 그보다 압도적인 본능은 모처럼 괜찮은 순간을 즐기라 속삭이고 있었다. 이런 때가 아니라면 언제, 이 남자를 평화롭게 지켜볼 수 있을까? 언제나 눈을 마주치면 싸우느라 바쁜 사람인데 말이다.

"으음……."

가벼운 신음성이 그의 입술 사이로 한숨이 흘러나왔다. 유정은 그 신음 소리를 듣자마자 얼어붙은 것처럼 그 자리에서 굳어 버렸다. 빨리 여기서 도망쳐 불필요한 오해를 피하고 싶은데 다리가 움직이지 않는 것이다. 그리고 그녀가 움직이기도 전에 프란시스가 살포시 눈을 뜨더니 흐릿한 남색 눈동자로 그녀를 올려다보았다.

"……!"

심장이 쿵 하고 저 먼 무저갱으로 떨어지는 느낌이었다. 마음속으로 온갖 비명을 지르면서 유정은 억지로 미소를 지었다. 나는 아무 짓도 안 하고, 아무것도 못 본 선량한 시민이라는 것을 어필해 보았지만, 상대방은 눈동자에 초점을 맞추자마자 불쾌한 듯 입가를 일그러뜨렸다.

"뭡니까?"

약간 잠겨서 섹시한 저음을 내는 목소리에 유정은 반사적으로 대꾸했다.

"할머니가 당신이랑 같이 사무실로 오래요."

"할머님이?"

누운 상태 그대로 프란시스는 커다란 손을 들어 얼굴을 감싸면서 눈을 감았다. 찡그린 것처럼 눈을 깜빡이고, 깊은 숨을 내쉬더니 그는 발딱 몸을 일으켰다. 그러자 두 사람의 거리가 순식간에 가까워지고, 유정은 그의 가슴에 코를 부딪쳤다. 상큼하면서도 달달한 향기가 프란시스의 몸에서 흘러나왔다. 보통 남자들이 사용하는 에프터 쉐이브의 날카로운 향이 아닌 남성다우면서도 부드러운 체취였다.

얼굴이 새빨개져서 그녀는 반사적으로 뒷걸음질 쳤다. 남자는 그런 유정 쪽으로는 관심이 없는 듯 흐트러진 머리를 손끝으로 다듬고 있었다. 레이디 로랜트를 만나러 가는데 흐트러진 모습을 보일 수 없기 때문이었다. 그래서 그는 유정이 혼자서 당황하고 있다는 사실을 모르고 있었다.

"무슨 일이랍니까?"

이윽고 잠이 완전히 깬 목소리로 프란시스가 유정에게 그렇게 물었을 때 그녀는 빨개진 얼굴을 진정시킨 뒤였다. 하지만 거칠게 뛰는 그녀의 심장만큼은 진정이 되지 않았다. 애써 두근거리는 마음을 감추고서 유정은 재빨리 대답했다.

"저도 잘 몰라요. 둘이서 같이 오란 말만 들었거든요."

심장이 쿵쾅거렸다. 에로스가 눈을 떴을 때의 프쉬케의 기분이 이랬을까, 생각하면서 유정은 정신을 다른 곳으로 돌리려고 노력했다. 프란시스의 동작 하나하나가 그녀의 마음을 심란하게 만들었던 것이다.

그래서 일부러 그와 시선을 마주치지 않으려고 노력하는데, 프란시스는 그녀의 팔을 갑자기 잡았다. 화들짝 놀라서 그를 빤히 쳐다보자, 남자는 신경질적인 어조로 대꾸했다.

"……무슨 생각을 하길래 사람이 말을 해도 대답이 없으십니까?"

"아, 네? 무슨 말을 하셨는데요?"

그에게 잡힌 팔을 서둘러 빼면서 유정은 속사포처럼 빠른 속도로 말했다. 프란시스는 이상하게 행동하는 유정을 빤히 쳐다보더니 살짝 콧방귀를 뀌었다.

"하? 귀먹으셨습니까?"

"안 먹었어요!"

목소리를 높여 대꾸하면서도 유정은 왠지 부끄러웠다. 그쯤에 이르러서는 그녀의 태도가 이상하다는 것을 프란시스도 눈치챘다. 그의 눈동자에 떠오른 의아함을 읽어 내고 유정은 프란시스가 뭐라고 하기 전에 호들갑스러운 어조로 말했다.

"할머니 기다리세요. 빨리 가요."

프란시스는 뭔가 말하려고 입을 열었지만, 이내 곧 고개를 설레설레 저으면서 팔을 뻗었다. 아무것도 없는 복도에서 제 발에 걸려 휘청거리는 유정을 부축하기 위해서였다.

"윽!"

생각지도 못한 프란시스의 도움에 유정의 귓불은 새빨개졌고, 당황스러움은 더욱더 커졌다. 자신의 허리를 감고 있는 프란시스의 굳건한 팔과 체온이 느껴지자, 더더욱 정신을 차릴 수가 없었다. 어떻게든 여기서 벗어나려고 바르작거리는데, 리오의 목소리가 들려왔다.

"뭐하시는 겁니까?"

그는 성큼성큼 다가와서 프란시스의 품에 안기다시피 한 유정을 빼내고, 경계심 가득한 시선으로 프란시스를 노려보았다.

"복도에서 대체 무슨 짓인 거죠?"

"앞서 가는 아가씨께서 균형을 잃으셔서 도와드린 것뿐입니다. 이제 그쪽에게 넘기죠."

따지듯이 묻는 리오의 어조에 프란시스는 차갑게 대꾸하고 먼저 걸음을 옮겼다. 유정은 있는 대로 얼굴을 찡그렸다. 정말로 사과해야 할지도 모르겠다. 잔뜩 화가 나 있는 듯한 그의 태도에 그녀는 괜히 미안해졌다.

"괜찮아?"

"응, 괜찮아. 내가 좀 운동신경이 없잖아. 백작님이 도와줬어."

물어보는 리오에게 그렇게 말하고서 유정은 아무렇지 않은 듯이 웃음을 지었다.

"할머니가 부르셔서 빨리 가 봐야 하는데……."

"아, 그럼…… 별수 없지. 나도 레이디에게 인사를 드리고 돌아가 봐야 해. 뉴욕에 일이 생겨서 말이야."

"그럼 빨리 가 봐야지. 사무실이……."

100미터 달리기 트랙마냥 곧게 뻗어 있는 긴 복도를 쳐다보면서 유정은 헷갈린다는 표정을 지었다. 그도 그럴 것이, 어디로 가면 레이디 로랜트의 사무실로 가야 할지 갑자기 생각이 나지 않은 것이다. 길치인 그녀는 가끔씩 자주 가는 길도 헤매곤 했고, 이 저택에서도 서재와 자기 방, 그리고 식당으로 가는 길만 정확히 알고 있을 뿐이었다.

"사무실이 어딘지 기억 안 나?"

그 사실을 잘 알고 있는 리오는 웃음기 가득한 어조로 되물었고, 유정은 심각한 표정으로 고개를 끄덕였다. 프란시스가 있었다면 그의 뒤를 따라가면 되었을 테지만, 그 남자는 이미 사라지고 없었다. 걸음도 참 빠르다, 싶어서 그녀는 한숨을 내쉬었다.

곤란하다는 어조로 유정은 리오를 바라보았다.

"어떡하지?"

"내가 알고 있으니까 가자."

"어떻게 알아? 너 여기 두 번밖에 안 왔잖아!"

"나는 길치가 아니잖아. 대충 입구에서 어디로 가야 하는지는 확실하게 알아."

부끄럽지만, 유정은 이곳에 온 지 2주가 넘었음에도 불구하고 여전히 그 길을 혼동하고 있었다. 그래서 그녀는 얌전히 고개를 끄덕였다.

10장
포도 향기 아래에서

리오와 유정이 레이디 로랜트의 사무실에 들어섰을 때, 레이디는 평소와 다름이 없었지만, 프란시스의 표정은 확실하게 굳어져 있었다. 그는 유정과 리오를 날카로운 시선으로 한 번씩 노려봐 준 다음, 자리에서 일어났다. 여자인 유정에게 자리를 양보해 준 것이다.

"유정인 거기에 앉거라. 그리고 자네는 여기 웬일인가?"

"뉴욕으로 돌아가기 전에 레이디를 뵈러 왔습니다. 인사드리고 가려구요."

"간다고? 저녁을 먹고 갈 줄 알았는데?"

"급하게 해야 할 일이 튀어나와서 어쩔 수 없습니다. 레이디의 식탁에 오르는 맛있는 요리를 더 즐기지 못해서 아쉽군요."

"아부성 발언이긴 해도 듣기에 나쁘지 않군. 잘 가게, 미스터 사카자키."

리오의 자동차가 저택을 떠나는 것을 확인하고 나서, 레이디 로랜트는 얌전히 자신의 말을 기다리고 있는 유정에게 근엄한 어조로 말했다.

"너는 내일 아침에 프란시스와 함께 캘리포니아에 다녀오거라."

"예? 누구랑 어디요?"

유정은 자신의 귀를 의심하면서 반사적으로 고개를 돌려 구석에 서 있는 프란시스를 쳐다보았다. 그도 드물게 싫다는 표정을 지으면서 그녀의 시선을 피하는 것이다. 그도 분명히 유정이 들어오기 전에 나름대로 고집을 피워 보았지만, 먹혀 들어가지 않은 것이 분명했다. 그러니 유정에게 거부권이 있을 리가 없었다. 그래서 그녀는 체념을 하고 순순히 어명을 받아들이는 심정으로 레이디 로랜트에게 물었다.

"근데 캘리포니아에는 왜 가야 하나요?"

"캘리포니아에 우리 가문의 포도 농장이 있다. 너는 가서 관리인을 만나서 와인을 좀 받아 오도록 해라. 간 김에 포도 농장이라는 곳이 어떤 곳인지 견학하는 것도 좋을 거다. 너에겐 견문을 넓히는 일이 되겠지."

"트리샤는 안 가나요?"

절대로 프란시스와 단둘이서는 여행하고 싶지 않은 마음에 유정은 필사적으로 친구를 끌어들여 보았다. 그 다음 순간, 그녀는 레이디 로랜트의 의미심장한 표정을 보면서 자신의 말이 상당히 쓸데없었다는 것을 깨달았다. 자신보다 먼저 이 명령을 들은 프란시스가 그 말을 레이디에게 하지 않았을 리가 없는 것이다. 그리고 레이디에게 처참하게 깨졌을 것이다. 그렇지 않고서는 저 남자가 저렇게 싫은 얼굴을 하고 있을 리가 없다.

'이거 뭔가 이상한데……'

수상한 낌새가 느껴졌지만, 그것이 구체적으로 무엇인지 알 수 없었다. 손님에게 선물할 와인이니 조심히 가지고 와라라는 레이디 로랜트의 말에 씩씩하게 대답하고서 유정은 자리에서 일어났다. 그녀보다 먼저 움직인 프란시스가 정중하게 열어 주는 문에 깜짝 놀라서 멈칫하다가 고맙다는 말을 웅얼거리며 복도로 나왔다.

빨리 프란시스의 곁에서 벗어나야겠다는 생각에 유정은 다리에 힘을 주어 움직였지만, 상대방은 몇 걸음 옮기지도 않고서 그녀의 등 뒤에 다가왔다. 체크 메이트의 베이스 향인 베르가못의 향이 후각을 자극하는 것만으로도 유정은 프란시스가 별로 멀지 않은 곳에 있다는 것을 알았다. 어색한 느낌이 들어서 어깨 너머를 차마 돌아볼 생각도 하지 않고 시선을 앞으로 고정했다.

"그쪽이 아닙니다."

꺾어지는 복도로 들어가려는 유정의 어깨를 잡으면서 프란시스는 그렇게 말했다. 그 말에 그녀는 깜짝 놀라서 걸음을 멈추고 고개를 들었다. 멀지 않은 곳에 드리워진 프란시스의 긴 속눈썹에 다시금 깜짝 놀라서 저도 모르게 입술을 깨물고, 그녀는 황급히 고개를 돌렸다.

"그럼 어디로 가요?"

"그거야, 당신이 어디로 가느냐에 따라서 다릅니다."

내심 당황하고 있는 유정과는 달리 남자는 느긋한 어조로 대꾸했다. 아무래도 그는 이제 그녀와 함께 움직여야 한다는 사실에 대해서 초탈한 것처럼 보였다.

자기 생각에 빠진 나머지 유정은 그의 얼굴에 떠오른 개구진 표정을 놓쳐 버렸다. 은근한 목소리가 귓가에 들리자, 유정의 뺨은 저절로 붉어졌다.

"어디로 갑니까? 방? 아니면 서재? 아니면 저택 바깥?"

"……제 방으로요. 내일 아침에 출발하려면 가방을 정리해야 할 것 같아서요. 아, 근데 몇 시에 출발해야 하나요? 서부로 가려면 역시 비행기로 가야 하죠? 여기서 서부까지는 몇 시간이나 걸려요? 서부는 한 번도 가 본 적이 없어……."

"첫째, 내일 아침에 저택에서 7시에 출발할 겁니다. 시간 늦지 말고 현관으로 나오십시오. 둘째, 여기서 서부까지는 대략 여섯 시간 걸립니다. 참고로 아침 식사는 비행기 안에서 할 것이니까 밥을 굶기네 어쩌네라는 말은 하지 말기를 바랍니다. 마지막으로 한마디 하겠는데, 할머님께 왜 안 간다고 말을 안 하신 겁니까? 저와 그렇게 함께 있고 싶으신 것이라면 기분이 상당히 묘하군요."

속사포처럼 쏟아지는 말에 유정은 정신이 팽글팽글 도는 것 같은 기분을 느꼈다. 하지만 그렇다고 그의 말을 이해 못하는 것은 아니라서 그녀는 머리를 빨리빨리 굴렸다.

"첫째랑, 둘째는 인식 오케이구요. 마지막 거는 솔직히 생각해 보세요. 당신이 거부권을 발동했는데 먹혀들어 가지 않았잖아요. 그런데 제가 말한 것이 먹힐 것 같아요?"

"먹힐 수도 있잖습니까?"

"오늘 할머니의 얼굴을 보고도 그런 말이 나오세요?"

"……."

거기에는 프란시스도 반론을 할 수 없었기 때문에 그는 복도가 꺼져라 한숨을 내쉬었다. 그 모습을 보자 유정은 실망감을 느꼈다.

'그렇게 나랑 같이 움직이는 것이 싫은 거냐, 이 인간아?'

"근데요, 여기서 제 방에 가려면 어디로 가야 해요?"

"따라오십시오."

프란시스는 정확하게 그녀를 방으로 안내해 주었다. 유정은 방문을 열기 전에 복도 끝으로 사라지는 그의 뒷모습을 바라보았다.

다음 날 아침에 유정은 시간에 맞춰서 현관으로 나왔다. 자동차가 기다리고 있는 모습을 보고 유정은 반사적으로 곁에 서 있는 알프레드 집사를 바라보았다. 람보르기니라는 자동차도 처음 보는 것이거니와 언제나 보던 운전기사도 보이지 않았던 것이다.

"이거 누구 차예요?"

혹시나 하는 생각에 집사에게 물었다.

"프란시스 경의 차입니다. 직접 운전해서 공항으로 가신다고 하더군요."

"아……?"

그럼 시작부터 둘이란 소린가.

순간적으로 머리가 멍해져서, 유정은 입을 떠억 벌리고 말았다. 무의식적으로 로비 쪽을 돌아보자, 프란시스가 캐주얼한 차림새로—그의 경우에 캐주얼이란 긴 팔 셔츠를 입지 않은 옷차림을 말한다—걸어오고 있었다. 그를 보자마자 그녀는 저도 모르게 긴장하고 말았다. 나른한 듯한 시선이 유정을 훑고 지나가더니 달콤하고 상쾌한 향이 남았다.

"안 타십니까?"

운전석 옆자리의 문을 열면서 프란시스가 그렇게 말하자 유정은 정신을 차리고 화들짝 놀란 얼굴로 고개를 끄덕였다. 그녀가 자리에 앉는 것을 확인하고, 프란시스는 가벼운 동작으로 문을 닫았다. 프란시스가 차에 오르기 전에 유정은 창문을 내리고 그들을 배웅하기 위해 현관에 서 있는 알프레드 집사에게 소리쳤다.

"다녀올게요!"

"다녀오십시오, 아가씨."

자동차가 움직이면서 멀어지는 스트릭하트 저택을 뒤로한 채 유정은 불안한 듯이 안전벨트를 움켜쥐었다.

저택 밖에서 처음으로 프란시스와 단둘이 시간을 보내는 것이다. 긴장이 되지 않는다면 오히려 이상할 것이었다. 옆자리로 눈을 돌릴 때마다 힐끔힐끔 보이는 프란시스의 목덜미가 감질나서, 유정은 고개를 설레설레 저었다. 지금 그녀가 신경 써야 할 문제는 프란시스의 목덜미가 아니라, 레이디가 가지고 오라고 하는 와인인 것이다.

[정신 차려라, 이유정. 남정네의 목덜미 따위에 홀려서는 안돼! 정신 차려! 이 이상 이 남자에게 관심 두지 마. 그러면 할머니에게 미안한 일이야.]

한국말로 무언가를 웅얼거리는 유정 쪽을 힐끔 쳐다보면서 프란시스는 운전에만 열중했다. 대체 할머니가 무슨 생각으로 그녀와 함께 와인 농장에 다녀오라고 했는지 프란시스는 완전히 이해하지는 못했다. 하지만 적어도 한 가지는 알 수 있었다.

레이디가 유정을 몹시도 마음에 들어 하고, 그와의 관계를 걱정하고 있다는 것이다.

'둘이서 함께 움직이면서 사이를 좀 돈독히 해 봐. 나는 그 아가씨가 마음에 들지만, 너는 그렇지 않은 모양이니, 한번 우리가 없는 곳에서 제대로 부딪혀 보는 것도 나쁘지 않겠지. 그러니 군소리 말고 다녀오도록 해.'

그 말이 제법 기뻤기 때문에 머릿속에 이런저런 생각을 하고 있었는데, 리오와 함께 들어오는 유정의 모습을 보고 마음이 상해버렸다. 그래서 일부러 그녀에게 냉랭하게 대했지만, 그 기분도 어차피 잠시뿐이었다. 오늘은 단둘뿐이니, 그녀에게 좀 더 잘해 줘서 그동안 깎였던 점수를 만회해야겠다는 생각이 들었다. 지금은 온 신경을 그녀에게만 두어도 모자랄 판이다.

공항에 도착해서 유정은 고개를 두리번거리며 출국장을 찾았다. 오고 가는 사람들과 그 사람들을 배웅하고 맞이하기 위해서 들락거리는 사람들로 인해 혼잡스러웠다. 유정은 저도 모르게 긴장한 표정으로 그 사람들을 바라보았다. 여기서 길을 잃거나, 프

란시스를 놓치기라도 한다면 그녀는 미아 찾기 방송이라도 해야
할지 모를 일이었다.

"이쪽입니다."

입국장이 아닌 다른 곳을 가리키면서 프란시스가 그녀의 주의
를 끌었다. 다행스러운 것은 프란시스는 이 공항 내에서 어느 누
구보다도 눈에 띄는 존재라는 사실이었다. 큰 키와 늘씬한 몸매뿐
만 아니라, 그가 가직 독특한 아우라가 사람들의 시선을 잡아당기
는 것 같았다.

지나가는 여자들의 대부분은 그를 맛있는 먹이 바라보듯이 바
라보았고, 일부 남자들마저도 그에게 수상쩍은 눈길을 주었다. 그
것을 느끼고, 유정은 으슬으슬 소름이 돋았다. 저택의 바깥에서
보이는 프란시스가 얼마나 매력적인 사람인지 새삼스럽게 느낀
것이다.

"빨리 안 오십니까?"

그녀와 거리가 몇 발자국 떨어지자, 프란시스가 뒤를 돌아보면
서 그렇게 재촉했다. 유정은 서둘러 그의 뒤를 따라가면서 재빨리
물었다.

"왜 저기로 가요? 입국장은 저기라고 하는데……."

"저긴, 정기편 이용 승객용이고 우린 자가용이라 이쪽입니다."

"자가용이요?"

"예, 저쪽에서 조종사가 대기 중이죠."

VIP 전용 통로라고 적힌 복도로 들어서면서 프란시스가 그렇
게 말하자, 유정은 이번에는 정말로 놀란 듯이 입을 벌렸다.

개인기라는 작은 비행기의 좋은 점이란 넓은 공간을 유용하게 쓸 수 있고, 화장실을 기다리지 않아도 되며, 아침 식사는 오트밀이 아니라는 것이었다. 유정은 늘씬한 각선미를 뽐내는 스튜어디스가 프란시스에게 추파를 보내는 것을 보고 입술을 비죽거렸다.

'인기가 많아서 좋겠다, 당신은.'

그리고 프란시스가 그 스튜어디스에게 눈길조차 주지 않는 것을 보고 그녀는 저도 모르게 씨익 미소를 지었다. 근래에 그가 한 행동 중에서 유일하게 마음에 든 모습이다. 그러다가 읽고 읽던 책에서 시선을 드는 프란시스와 눈이 딱 하고 마주쳤다.

"뭡니까?"

"아뇨, 아무것도."

얼버무리고서 유정은 비행기의 창문 너머로 보이는 새 파란 하늘에 시선을 주었다. 눈앞이 어질어질한 것이 약간 멀미가 나는 것 같았다. 눈을 감고 더부룩한 위가 진정되기를 기다리다가 유정은 깜빡 잠이 들었다.

"……일어나십시오!"

프란시스의 목소리가 귓가에 들리자, 그녀는 깜짝 놀라서 눈을 떴다. 그러자 바로 코앞에 잘생긴 얼굴이 있었고, 그 얼굴에서 보이는 푸른색 눈동자를 발견하고 유정은 눈을 동그랗게 떴다.

"도착했습니다. 그만 자고 일어나시죠."

"아, 네."

"입가에 침이나 좀 닦고."

돌아서면서 무뚝뚝하게 말하는 남자의 말에 유정은 그때까지도

가물가물하던 정신이 번쩍 드는 것처럼 느껴졌다. 반사적으로 입가를 더듬자, 진짜로 축축한 뭔가가 만져져서 유정의 얼굴에서는 핏기가 가셨다. 대기실에서 나오던 스튜어디스가 그런 그녀를 보고 키득키득 웃었다. 그런 그녀를 날카로운 시선으로 노려봐 준 다음, 유정은 비행기에서 내렸다.

공항을 나서면서 핸드백 속의 거울을 쳐다보고 있는데, 옆을 걸어가던 프란시스가 비웃음조로 말했다.

"거울을 본다고 해서 없던 미모가 생깁니까?"

"최소한 추한 꼴을 더 이상 안 보일 것 아니에요."

신경질적으로 대꾸하고, 유정은 거울을 가방 안에 넣으면서 핸드폰을 찾아 뒤적거렸다. 그 때문에 그녀는 남자가 장난스럽게 미소를 짓는 것을 보지 못했다.

출국장을 나와 공항 입구에 도달하자, 히스패닉계의 뚱뚱한 남자가 두 사람의 곁으로 다가와 과장된 포즈로 인사하면서 말했다.

"오셨습니까, 백작님? 옆에 계시는 아름다운 세뇨리타는 분명히 미스 이유정이시겠군요. 레이디 로랜트께 연락을 받았습니다. 환영합니다."

"아, 안녕하세요."

반사적으로 꾸벅 인사하는 유정의 머리 위로 프란시스의 설명이 내려왔다.

"농장의 관리인인 미스터 에디넬 씨입니다."

"펠리페 에디넬이라고 합니다. 필립이라고 불러 주세요. 이쪽으로 오시죠. 농장으로 안내하겠습니다."

준비된 자동차에 올라서 다시 또 한 시간을 달려 농장에 도착하자, 시간은 이미 점심때를 훌쩍 지나고 있었다. 배가 고파 왔지만, 처음 만난 사람에게 밥 달라고 소리칠 수도 없는 일이었다. 대신에 앞서 가는 프란시스의 뒤통수를 빤히 쳐다보았다.

"할 말이 있으면 말을 하시죠?"

뒤에도 눈이 달렸는지, 그는 그렇게 말하면서 유정을 돌아보았다. 그리고 불만을 한가득 표출하고 있는 그녀의 얼굴을 보자마자 피식 웃으면서 펠리페에게 말했다.

"미스터 에디넬, 저 아가씨에게는 우선 식사부터 대접해 주십시오."

"네에? 나 배고프다는 소리 한마디도 안 했는데요!"

마치 자신의 마음을 꿰뚫어 본 듯한 그의 말에 유정은 깜짝 놀라서 눈을 동그랗게 떴다. 프란시스는 그런 그녀를 한심하다는 표정으로 바라보았다.

"지금 당신의 얼굴이 어떤지 아십니까?"

"모르겠습니다. 저는 거울 없이 제 얼굴을 볼 수 있는 전지전능한 능력이 없거든요. 그러니 좀 알려 주시죠."

"밥을 안 주면 날 잡아먹겠다는 표정이었습니다. 전 당신에게 잡혀먹는 일은 사양입니다."

"……."

유정은 곁에 서 있는 펠리페가 발작적으로 웃음을 터트리는 것을 열심히 무시했다. 그리고 재빨리 정색을 하면서 목소리를 높였다.

"당신을 잡아먹어서 뭐하게요! 살도 없어서 맛도 없어 보이는 구만!"

"확실히 내 고기는 근육덩어리라 맛은 없을 겁니다. 그러니 미스터 에디넬……?"

프란시스는 그때까지도 웃느라 바쁜 펠리페를 날카로운 시선으로 노려보았다. 그의 공격을 받은 펠리페는 재빨리 간신히 웃음을 멈추고서 곁에 서 있는 푸짐한 몸매의 부인을 가리켰다.

"안 그래도 식사가 준비되어 있습니다. 세뇨리타, 이쪽으로 오십시오. 여기 마르타가 세뇨리타를 식당으로 안내할 것입니다."

마르타에게 눈인사를 보내고, 유정은 어디론가 향하려는 프란시스를 향해 재빨리 물었다.

"백작님은 식사 안 해요?"

"저는 비행기에서 간단히 요기를 해서 그다지 생각이 없습니다."

"언제 챙겨 먹었어요?"

"당신이 침 흘리면서 자고 있을 때."

프란시스의 말에 유정의 얼굴이 새빨개졌다. 이 인간은 이걸 두고두고 평생 우려먹을 거다. 절대 그럴 거다!

"……미스 마르타, 저 밥 먹으러 갈래요. 배 터지게 먹을 만큼 먹을 것이 많으면 좋겠네요."

화가 잔뜩 난 듯이 찬바람이 쌩쌩 불게 몸을 돌리는 유정을 보면서 프란시스는 미소를 지었다. 새침한 유정의 표정이 상당히 귀여웠기 때문에 저도 모르게 나온 미소였다.

유정이 점심으로 나온 멕시코식 요리들을 다 먹을 때쯤 프란시스는 식당으로 들어왔다. 간단히 샌드위치만 먹으며 커피를 마시고서 자리에서 일어나던 그는 아직 식탁에 앉아 있는 유정을 빤히 바라보았다.

"왜요?"

"아직도 다 안 먹고 뭐하는 겁니까?"

"먹긴 다 먹었어요."

"근데 왜 안 움직입니까? 설마 움직이지 못할 정도로 먹어 댄 것은 아니겠죠."

"그건 아니에요! 대체 나를 뭘로 보고⋯⋯!"

얼굴을 붉히면서 파르르 떠는 유정을 쳐다보면서 프란시스는 부드럽게 미소를 지었다. 유정은 그 얼굴을 보고 저도 모르게 입을 꾹 다물고서 고개를 돌려 버렸다. 그녀의 식성이야 스트릭하트 저택에서 모르는 사람이 없다. 좀처럼 사양하지 않기로 정평이 나 있으니, 프란시스가 그것을 가지고 놀려도 할 말이 없는 것이다. 새침한 그녀에게 그는 다시금 격식을 갖췄지만 명백히 놀리는 투로 입을 열었다.

"예, 예. 알겠습니다. 그럼 왜 아직까지 식당에 붙어 있는 겁니까? 식사를 다 했으면 포도밭이라도 구경 나가시죠? 이렇게 앉아 있다간 살 찔 겁니다."

"누가 그걸 모르나요?"

"⋯⋯그런데요?"

"전 길치예요."

유정의 당당한 대답에 프란시스는 어이가 없다는 듯이 웃음을 지었다. 그 모습을 보고 유정은 다시금 콩닥콩닥 뛰는 심장을 부여잡았다. 그런 그녀에게 그는 장난스러운 어조로 말했다.

"……그렇지. 미스 유정은 길치에 방향치죠?"

"방향치는 아니거든요! 익숙하기 전까지 길을 잘 못 찾는 것뿐이에요."

"그 말이 그 말이잖습니까. 참고로 말씀드리자면, 저 옆의 문을 열면 부엌이고, 부엌에는 마르타가 있을 겁니다. 인내해 달라고 하십시오. 스트릭하트 저택도 넓지만 여기도 부지는 더 넓습니다. 한 번 길을 잃어버리면 쥐도 새도 모르게 굶어 죽을 수 있으니까 조심하는 것 잊지 마시구요."

"그 말 농담이죠?"

"전, 농담 안 합니다."

그가 진지한 어조로 말하자, 유정은 정말로 겁을 먹은 듯이 얼굴이 파랗게 질렸다. 그런 그녀의 뺨을 프란시스는 손을 뻗어 만지작거리더니 긴장을 풀어 주는 것 같은 눈웃음을 지었다. 그 얼굴에 사로잡혀서 유정은 도저히 다른 곳으로 시선을 돌릴 수 없었다.

뺨을 만진 커다란 손이 머리를 쓰다듬었다. 간지러운 느낌이 목덜미를 타고 흘러내렸다. 붉어지는 뺨을 감추듯이 수그리는 유정에게 프란시스는 다정한 목소리로 말했다. 평소라면 패트리샤 한정인 태도였지만, 낯선 곳에 온 까닭인지 유정은 그 사실을 쉽사리 느끼지 못하고 있었다.

"그럼 저녁때까지 와이너리에서 재미있는 시간을 보내시기 바랍니다."

"아, 내일은 언제 출발해요?"

"오후에."

유정의 질문에 모두 대꾸하고서 프란시스는 식당을 나갔다. 그의 말대로 식당의 옆문을 열자 부엌이 나왔다. 야채를 씻고 있던 마르타는 유정을 보자 미소를 지으면서 말했다.

"무슨 일이세요, 세뇨리타?"

"저기, 와이너리를 구경해도 될까요? 레이디께서 심부름 시키신 것도 있거든요. 와인을 가져오라고 하셨는데, 준비되었나요?"

"물론입니다. 이쪽으로 오시죠."

푸짐하고 넉넉한 인상의 마르타는 유정에게 와인 농장의 여기저기를 안내해 주었다. 프란시스의 말대로 농장은 그녀가 상상했던 것 이상으로 넓어서 길을 잃어버리면 큰 일일 것 같았다.

'정말로 조심해야지. 길도 잘 보고.'

주변에 기억할 만한 지형지물이 있는지 유심히 살펴보다가 그녀는 커다란 연못을 발견했다. 주변의 경관에 어울리도록 조형된 연못의 모습에 유정이 발을 떼지 못하자, 마르타는 웃으면서 말했다.

"예쁘죠? 남편이 직접 만든 연못이랍니다."

"정말요? 우아. 진짜 멋져요."

"레이디께서도 마음에 들어 하세요. 저택으로 돌아오는 길이 잘 생각나지 않을 경우에는 해 뜨는 곳을 향해 똑바로 걸으면서 연못까지 오세요. 연못에서부터 저택까지는 외길이랍니다. 헤맬 일이 없을 거예요."

"알려 주셔서 감사합니다."

웃으면서 대답하는 유정을 이끌고 마르타는 포도밭으로 향했다. 오후 내내 유정은 포도밭을 돌아다니며 포도를 따고, 와이너리의 와인들도 구경하면서 시간을 보내다 보니, 어느새 하늘이 붉게 물들고 있었다.

점점 어둡게 변하는 하늘을 뒤로한 채, 유정은 발걸음을 옮겼다. 마르타는 저녁 준비를 한다고 먼저 들어갔기 때문에 그녀는 혼자였다. 하지만 마르타가 가르쳐 준 것만큼은 잊지 않았다.

거듭 말하지만 그녀는 길치이지 방향치는 아니었다. 태양이 뜨는 곳과 지는 곳 정도는 구별할 줄 안다.

'연못이 있는 곳까지만 가면 집까지는 금방이다.'

마음속으로 그렇게 생각하면서 걸음을 옮기다가 그녀는 저도 모르게 움직임을 멈췄다.

너무나 아름다운 풍경이었다. 붉은 노을이 진 하늘에 비친 연못물에 붉은색의 연꽃이 피어 있는 모습은 그냥 지나칠 수 없었다.

유정은 연못가의 적당히 큰 바위에 주저앉았다. 물 냄새, 꽃향기, 바람을 따라오는 포도의 냄새가 기분이 좋았다. 낮 동안은 찌는 듯이 덥던 공기가 저녁 바람에 식어서 조금은 시원하게 느껴졌다. 노래를 흥얼거리면서 유정은 눈을 감았다. 답답했던 마음이 조금은 사라지는 것 같았다.

시간이 얼마나 지났는지 모를 정도였다.

갑자기 반대편에서 바스락거리는 소리가 났다. 유정은 잠자코 고개를 돌려 누가 오는지 쳐다보았다. 역광 때문에 얼굴이 보이지 않았지만, 키만 봐도 그 사람이 누구인지 알 수 있었다.

유정은 잠자코 앉아서 그가 가까이 다가오기를 기다렸다. 이윽고 그녀의 앞에 도착한 그는 유정을 보자마자 버럭 소리쳤다.

"대체 혼자서 어딜 그렇게 쏘다니는 겁니까?"

"아, 음. 그냥 산책이요. 이제 슬슬 돌아갈 생각이었어요. 더 어두워지기 전에."

그 기세에 당황한 유정은 반사적으로 대꾸하면서 자리에서 일어났다. 그의 파란 눈동자가 떨리고 있는 것을 보고 그녀는 저도 모르게 움직임을 멈췄다.

"화났어요?"

조심스럽게 그에게 묻자, 대답이 돌아오지 않았다. 하지만 바다같이 깊은 푸른색 눈동자가 대신 대답하고 있었다.

점점 더 세차게 뛰는 심장을 진정시키면서 유정은 조심스럽게 그에게 다가갔다. 갑자기 고개를 수그린 프란시스의 얼굴을 좀 더 자세히 보기 위해서 턱을 들어야 했지만, 조금도 힘들지 않았다.

"화난 건가요?"

재차 묻는 그녀의 질문에 그는 여전히 대답하지 않았다. 머뭇거리는 그 얼굴을 똑바로 쳐다보며 시선을 맞췄다.

화가 났다고 말해 주면 좋겠다. 그러기를 바라고 있었다. 목소리로 확인해 주면 좋겠다고 생각했다. 자신을 걱정하고 있었다고.

심장이 세게 뛰었다.

손이 다가왔다. 커다란 손이 유정의 긴 머리카락을 한줌 잡았다. 향기를 맡으려는 듯이 입가에 가져가는 그 행동에 유정은 조금도 움직일 수 없었다.

말을 해 줘. 내가 당신에게 다가갈 수 있게.

마음이 그렇게 소리쳤지만, 유정은 한마디도 말할 수 없었다. 기다릴 뿐이다. 그가 무엇이라도 말해 주기를.

그런 그녀를 말없이 바라보고 있던 그는 이윽고 천천히 입을 열었다.

"걱정했습니다."

쿵 하고 가슴이 울렸다. 숨을 제대로 쉴 수 없는 유정의 뺨을 만지작거리면서, 프란시스는 나직한 목소리로 다시금 말했다.

"길치가 대체 왜 혼자서 빨빨거리고 돌아다니는 겁니까? 여기서 잘못되면 영영 못 찾을 수도 있습니다. 당신이야 아무 생각 없겠지만, 걱정하는 사람도 생각을 하십시오."

"……왜 걱정하는데요?"

그가 자신을 걱정할 이유가 없다. 놀리고, 뒤흔들고, 그리고 아무렇지 않게 자신을 무시하는 그가 자신을 진심으로 걱정할 리가 없는 것이다. 하지만 그 말이 너무나 듣고 싶었다.

"내가 걱정하고 싶어서 했습니다. 됐습니까?"

따지듯이 말하고서 프란시스는 그녀의 허리를 감싸 안았다. 어깨와 허리를 감싸는 강인한 팔 힘에 숨이 막힐 것 같았지만, 유정은 그보다 더 가까이 들리는 심장 소리와 귓가에 속삭이는 목소리 때문에 꼼짝도 할 수 없었다.

"당신하고 단둘이 저택을 떠나기 전부터 제가 얼마나 잔소리를 들었는지 아십니까? 패트리샤는 물론이고, 저택의 메이드들이며 집사까지 하나같이 다들 당신을 잘 부탁한다고 난리더군요. 여기서 당신이 잘못되면 그 사람들은 절대로 절 용서하지 않을 겁니다. 대체 당신은 어떤 사람입니까? 어떻게 그렇게 사람을 무방비하게 만드는 겁니까? 대체 어떻게 절 이렇게 흔들어 놓는 거죠?"

걱정했다. 마르타가 혼자 저택에 돌아오는 것을 보면서 불안감이 그의 가슴을 흔들었다. 스트릭하트 저택에서도 유정은 곧잘 길을 잃어버리곤 했다. 그때마다 고용인들이 총동원되어 헤매는 그녀를 찾았다. 여기는 스트릭하트 저택보다 더 넓다. 한번 길을 잃어버리면 영영 찾아내지 못할 수도 있었다.

그렇게 생각하자, 프란시스는 걱정에 제정신이 아니었다. 그녀를 찾기 위해서 농장의 모든 사람들을 닦달하고 그 자신도 마르타가 가르쳐 준 곳으로 달렸다. 그런데 이 눈치 없는 여자는 연못에 앉아서 느긋하게 노래나 부르고 있다니.

걱정한 자신이 바보 같았다.

그럼에도 불구하고 다가가 안을 수밖에 없었다. 그녀가 그곳에 존재하고, 자신의 앞에 있다는 것을 확인하고 싶었다.

마음을 알고 싶었다.

품 안의 여자는 향기가 났다. 작은 동물처럼 떨고 있었다. 하지만 더할 나위 없이 사랑스러웠다.

"나는 나예요."

그의 질문에 대답하는 그녀의 목소리가 달콤하게 느껴졌다. 그는 미소를 지었다. 맞아, 그녀이기 때문에 가능한 일이다.

"맞습니다."

팔에 힘을 주었다. 그녀가 사라지지 않도록.

어디론가 전화를 걸고 나서 프란시스는 잔뜩 굳은 얼굴로 말했다.

"핸드폰 좀 들고 다니십시오."

손을 잡고 연못을 천천히 돌면서 프란시스가 그렇게 말하자, 유정은 반사적으로 주머니를 뒤적거렸다. 하지만 잡히는 것은 아무것도 없었다.

"어?"

당황한 표정을 한 그녀의 눈앞으로 프란시스는 손을 내밀었다. 그가 들고 있는 것이 자신의 핸드폰인 것을 깨닫자, 유정은 화급히 그에게 물었다.

"그거 어디 있었어요?"

"식탁 위에 얌전히 놓여 있더군요. 통화가 안 되니까 더 걱정하지 않습니까."

"죄송합니다. 앞으로는 잘 챙기겠습니다."

순순히 대답하는 유정이 귀여웠는지 프란시스는 다시금 그녀의 머리카락을 쓰다듬어 주었다. 그 부드러운 손길에 미소를 지으면서 유정은 그를 바라보았다.

"참, 부재중 통화가 있습니다. 확인해 보십시오."

"예, 예······."

말끝을 흐리면서 유정은 재빨리 폴더를 열었다. 번호를 보자마자 한국에서 걸려 왔다는 사실을 깨닫고, 그녀는 걸음을 멈췄다. 프란시스는 굳어지는 유정의 표정을 보고서 말없이 기다렸다.

유정은 샌딩 버튼을 누를까 말까 잠시 망설이다가, 핸드폰을 접고 주머니에 넣었다.

"급한 연락 아닙니까?"

"아니에요. 나중에 통화해도 될 거예요."

얼버무리듯이 대꾸하고서 그녀는 핸드폰을 주머니에 넣었다. 프란시스는 그 전화가 어디서 온 것이냐고 일부러 묻지 않았다. 얼굴만 봐도 대충 짐작이 되기 때문이었다. 이전에도 그녀는 어디선가 온 전화를 받자마자 안색이 나빠졌었다.

"한국에서 온 전화?"

"네? 아, 네. 엄마의 전화예요."

"전화해야 하는 것 아닙니까? 부모님이 거신 건데?"

"지금 걸어 봐야 주무시고 계신 분을 깨우는 것밖에 안 돼요. 한국은 한밤중이거든요. 나중에 통화해야죠, 뭐."

아무렇지 않게 말하는 그녀의 손을 잡고서 두 사람은 걸음을 옮겼다. 맞닿은 손은 따뜻해서 저절로 입가에 미소가 돌았다.

그날 밤늦게까지 유정은 잠이 오지 않았다. 가슴이 계속 두근거려서 눈을 감아도 잘 수가 없었던 것이다. 따뜻한 우유라도 한 잔 마실 생각으로 그녀는 더듬거리면서 침실을 나섰다.

야간 조명등이 켜진 복도를 더듬거리면서 아래로 내려가서 그녀는 잠시 고민했다. 어느 쪽으로 가야 주방으로 갈 수 있는지 도저히 생각나지 않았기 때문이었다. 그렇다고 다른 사람을 깨우자니 시간이 시간이라 미안한 느낌이 들었다.

[어, 불빛이……]

복도의 끝에 빛이 새어 나오는 것을 보고 유정은 혹시나 하는 생각에 천천히 걸음을 옮겼다. 그곳에는 프란시스가 벽에 기대어 서서 핸드폰으로 누군가와 통화를 나누고 있었다. 그가 통화를 끝낼 때까지 기다릴까 생각하던 그녀의 귀에 프란시스의 부삼각한 목소리가 들려왔다.

"그런가? 그럼 미스 유정의 뒷조사를 방해했던 일본계 기업은 역시 SZ 자동차사라는 거군. 됐어. 조사는 더 이상 하지 않아도 돼. 이제 필요 없으니까."

한순간 심장이 멎는 것 같은 기분이 들었다. 발을 움직여야 하는데 다리가 움직이지 않았다. 머리가 백지장처럼 하얘지는 바람에 아무것도 생각할 수 없었던 것이다.

단지 배신감만이 느껴질 뿐이었다.

"그래, 그럼 잔금은 내일이라도 곧 치르도록 처리해 두겠어. 그럼……."

이전에 유정의 뒷조사를 의뢰했던 사립탐정과의 통화를 끝내고 나서 프란시스는 한숨을 내쉬었다. 유정의 과거에 대해서는 이제 알 만큼 알았으니 더 이상 필요 없었다. 중요한 것은 서로의 마음을 확인한 지금부터다. 지금부터 차근차근 서로의 관계를 만들어 가면 된다.

'그리고 떠나지 못하도록 만들어야지.'

우선 유정을 떠나지 않게 만들고, 다음은 할머니의 허락을 얻는다. 아니, 이곳으로 떠나기 전을 생각하자면 레이디 로랜트의 허락은 거의 얻은 것이나 마찬가지라고 프란시스는 생각했다. 그렇지 않다면 일부러 둘만 여행을 하라고 등을 떠밀지는 않을 것 아닌가.

할머니의 허락을 얻었다면 이미 90% 성공한 것이다. 일족 중에서 가장 절대적인 영향력을 가진 공작부인이 정식으로 허락한다면 어느 누구도 반대의 말을 함부로 할 수 없으리라.

유정의 집안 문제라면 자신이 해결할 수 있다. 그녀는 자존심이 세지만, 잘만 구슬린다면 그의 말을 들어줄 것이다. 아니면 뒷공작이라도 해서 어떻게든 해결하도록 만들 생각이다.

'뉴욕으로 돌아가기 전에 차라리 LA관광이라도 하면서 기정사실로 만들까?'

그런 생각을 하면서 그는 주방의 문을 열었다. 그 순간 발밑에 보이는 그림자는 한 개가 아니었다.

쫘악!

동시에 뺨이 얼얼했다. 하지만 그는 고개를 돌리지 않고 말없이 자신을 때린 사람을 바라보았다. 심장 소리가 크게 들려왔다.

유정이 바들바들 떨고 있었다. 눈물이 가득 고여 있는 그 얼굴을 본 순간, 프란시스는 그녀가 자신의 전화 내용을 들었다는 사실을 깨달았다.

이빨이 딱딱거리면서 그녀는 힘겹게 입을 열었다.

"내 뒷조사를 했어요?"

"예."

부정하지 않았다. 해 봐야 소용없으니까.

잡았던 어떤 것이 손가락 사이로 빠져나가는 것 같은 기분을 느끼면서 프란시스는 유정을 바라보았다. 한 대 더 맞지 않을까 싶었지만, 그녀는 단지 고개를 숙이고 힘없이 돌아섰다.

화를 낼 기력도 없었다. 저렇게 순수하게 긍정해 버리는 데서야 이제 무슨 말을 더 할까? 결국 프란시스도 역시 그녀가 만났던 다른 사람들과 별로 다를 바 없었다.

그래서 더욱더 실망해 버렸다. 아무리 자신이 의심스럽고 믿지 못하더라도 자신의 과거를 함부로 캐는 그런 짓을 용서할 수 없었다. 자신에 대해서 궁금한 것이 있다면, 믿지 못하겠다면 그녀에게 직접 물어보면 된다. 그랬다면 어떤 말이든 해 주었을 것이다. 감춰야 할 정도로 부끄러운 인생을 산 적이 없으니까.

타박타박 걸어서 유정은 방으로 돌아왔다. 문을 잠그고 그 자리에 주저앉았다. 웅크리고 앉아서 무릎에 얼굴을 파묻었다.

[흑······.]

울지 않으려고 눈에 힘을 주었지만, 무정한 눈물은 그녀의 의지를 배반하고 계속 흘러내렸다. 뺨을 타고 촉촉하게 번지는 눈물을 유정은 닦을 생각도 하지 않았다.

[뭐야, 울지 마. 이유정. 너는 울 이유가 없어. 억울해할 필요도 없어. 한두 번 당하는 일도 아닌데 왜 우니? 네가 뭘 잘못했다고 울어?]

따지듯이 중얼거려도 눈물이 계속 흘렀다. 뒷조사를 당한 것이 한두 번은 아니다. 하지만 이번처럼 억울하고 기분 나쁜 일은 처음이었다.

프란이 한 일이니까. 그가 자신을 믿지 못하니까. 그것이 슬펐다.

부끄러울 것은 아무것도 없는데.

집안에 빚이 있지만, 앞으로 살면서 갚으면 된다. 돈이 없는 것은 부끄러운 일이 아니라고 유정은 생각하고 있었다. 부끄러운 것은 빚이 있다는 사실이 아니라, 그 사실을 부끄럽게 생각하고 자신이 부자인 것처럼 행동하는 것이다. 적어도 유정은 스스로 돈이 많다고 생각한 적은 한 번도 없었다. 우연하게도 그녀와 어울리는 사람들이 돈이 많다 보니 다른 사람들이 알아서 착각했고, 일일이 설명하는 것이 지겨워서 아무런 말도 하지 않은 것뿐이다.

그것도 잘못이라면, 그녀의 잘못을 지적한 사람에게 사과해 주겠다고 생각했다. 하지만 아무도, 그녀가 어떤 집안 사람인지 직접적으로 물어보는 사람은 없었다.

그러면서 나중에 자기들끼리 그녀의 뒷조사를 하고 나서 사람을 비웃는다. 별 볼일 없는 애가 있는 척한다고 비난하면서, 모두 유정의 잘못이라고 소리치는 것이다. 유정은 그런 것이 제일 싫었다. 믿을 수 없다면 처음부터 아무것도 믿지 않으면 된다. 관심도 두지 않고 경멸을 하면 될 것을, 처음에는 지레짐작으로 알랑방귀를 뀌다가 알고 나서는 유정이 나쁜 애라고 소문을 내는 것이다. 그렇게 뒤통수를 맞은 적이 한두 번이 아니었다.

그녀를 입양해 준 이모와 이모부는 분명히 부자였다. 한국계 사업가로서 성공한 사람들이었고, 그녀를 기꺼이 맡아 주었다. 그 것만으로도 유정은 감사하고 있었고, 그 이상을 바라지 않았다. 하지만 후견인이 부자라고 해서 유정이 부자이거나 격이 높아지는 것은 아니라고 생각했다. 그녀는 언제나 그녀일 뿐이었다.

그런 유정의 진심을 믿어 주는 사람은 그다지 많지 않았다. 신뢰를 주지 않는 상대를 신뢰하는 법이 있을 리가 없기 때문이었다.

[믿고 있었는데……. 날 좋아한다고 생각했는데…….]

아직도 프란시스의 품에 안겼던 기억이 선명해서, 온몸이 욱신거리는 것처럼 아팠다.

혼자서 심장이 뛰는 숫자를 세면서 그녀는 마음을 진정시키려고 노력했다. 하지만 그 노력은 문의 바깥에서 들려오는 발소리에 가로막혀 아무런 소용이 없었다. 점점 더 급하게 뛰는 소리를 억지로 무시하면서 그녀는 더욱더 몸을 움츠렸다.

노크 소리가 들렸다. 마음속을 두드리는 그 소리를 무시하고 유정은 고집스레 고개를 숙였다.

꿈이 짧게 끝나 버린 것 같았다.

다음 날 유정이 일어나서 거실로 나오자 필립은 그녀를 맞이하면서 말했다.

"프란시스 경은 산타모니카에 갑자기 일이 생기셔서 새벽에 떠나셨습니다. 미스 유정은 11시까지 비행장으로 가시면 스트릭하트 저택에서 마중을 나올 것입니다."

"네."

이렇게 되지 않을까 싶었는데, 역시 그렇게 되었다. 비겁한 자식이라고 중얼거리면서 유정은 주방으로 향했다.

11장
장미와 공주님과 벌레

프란시스를 서부에 놔두고 유정이 먼저 저택에 돌아오자, 저택 사람들은 모두 이상하다는 느낌을 받았다. 돌아가기 전보다 훨씬 더 어두워진 그녀의 표정과 사흘이 지나도 돌아오지 않는 프란시스를 생각하면 확실히 이상하기 그지없었다.

유정이 정원 산책을 나간 사이에 패트리샤가 그렇게 투덜거리자, 함께 있던 미스 주디스는 쿨한 어조로 말했다.

"정 궁금하시다면 물어보시죠."

"물어볼 수 있다면 벌써 물어보겠죠."

찻잔을 만지작거리면서 미스 주디스는 신경질적인 표정을 짓고 있는 패트리샤를 재미있다는 듯이 바라보았다.

"프란은 언제 돌아온다는 말도 없고, 유정인 완전히 맛이 갔고. 할머니는 여전히 할머니고. 저는 심심해요."

"그럼 꽃이라도 가꾸세요. 장미는 아직도 필 날이 멀었습니다."

"아, 심술쟁이. 미스 주디스는 역시 할머니를 닮았어요. 우리 할머니랑 너무 오래 같이 있었던 것 아닌가요?"

"그런 모양이지요. 이러니저러니 해도 레이디와는 10년 넘게 동안 알고 지낸 사이인걸요."

미스 주디스의 말을 한귀로 들으면서 패트리샤는 멍한 표정으로 각설탕을 찻잔에 들이부었다. 다른 생각을 하다가 저지른 무의식적인 행동이었다. 미스 주디스는 그녀의 그런 모습을 보면서 너무 달아서 못 먹지 않을까, 라는 생각을 하고 있었다. 패트리샤의 얼굴을 보아하니 설탕을 부은 본인도 같은 생각인 듯했다. 곧장 찻잔을 입으로 가져가지 않은 것으로 보아 그 생각은 그다지 틀리지 않은 모양이다.

그때 열린 창문 너머로 자동차의 엔진 소리가 들려왔다. 패트리샤는 반사적으로 고개를 돌려서 들어오는 차종을 살폈다.

"어, 자동차다."

"프란시스 경의 것이네요?"

"드디어 왔구나!"

신이 나서 뛰어나가는 패트리샤를 보면서 미스 주디스는 고개를 설레설레 저었다. 용케, 설탕물 차를 마시지 않을 핑계가 생겼으니 기회를 살려야 할 것이다.

"하여간 레이디를 닮아서 잔머리는 잘 돌아가는 아가씨라니까."

혼잣말로 중얼거리면서 미스 주디스는 자신의 찻잔을 비웠다.

패트리샤가 현관을 달려갔을 때, 프란시스는 마중 나온 집사에게 자동차 키를 넘겨주고 있었다.

"오빠 왔어? 왜 이렇게 늦어 ……!"

"할머니는?"

달려드는 패트리샤의 머리를 부드럽게 쓰다듬으면서 프란시스는 시선을 돌렸다. 자신과 눈도 마주치지 않는 오빠의 모습에 패트리샤는 고개를 갸웃거렸다. 하지만 그의 질문에는 또박또박 대답해 주었다.

"응접실에 계실 거야."

"알았어."

자신이 먼저 돌려보낸 유정에 대해서 묻지 않는 프란시스의 태도를 보고 패트리샤는 이상하다는 듯이 눈을 동그랗게 떴다. 역시 수상하다. 수상한데 차마 물어볼 수 없었다. 프란시스가 성큼성큼 걸어서 응접실로 향하는 뒷모습을 보면서 패트리샤는 그렇게 생각했다.

정원 산책에서 돌아온 유정은, 프란시스가 왔다는 말을 듣고 뚱한 얼굴로 그 사실을 전해 준 패트리샤를 바라보았다.

"그래? 왔대? 헐, 빨리 왔네?"

비웃듯이 대꾸하는 유정의 말에 패트리샤는 눈을 동그랗게 떴다. 사이가 좋아지라고 같이 여행을 보내 놨더니, 이건 사이가 더 나빠졌다. 그런 분위기를 그날 저녁에 분명히 확인할 수 있었다.

"돌아오셨네요, 클리브던 백작님."

유정은 프란시스와 눈이 마주치자마자 싸늘한 경멸의 빛을 보냈다. 그 시선에 프란시스는 저도 모르게 움직임을 멈췄다. 명백하게 자신을 거부하는 그녀의 태도에 도저히 가까이 다가갈 수 없었던 것이다.

"미스 유정. 할 말이⋯⋯."

그래도 용기를 내어 말을 걸어 보려고 했지만, 유정은 말없이 고개를 돌려 버렸다. 명백하게 대화를 거부하는 듯한 태도에는 비집고 들어갈 틈이 없었다. 그의 얼굴조차 쳐다보지 않으려는 듯이 입술을 굳게 다물고 있는 그녀를 보고 프란시스 역시 입을 다물었다.

미안한 마음만큼 화가 났다. 떨어져 있는 시간 동안 조금은 마음이 누그러져 있지 않았을까 싶었지만, 오히려 역효과인 모양이었다. 설명할 기회도 주지 않고, 이해할 생각도 없는 상대에게 그도 할 말이 없었다. 상대가 자신을 무시하겠다면, 자신도 마찬가지다.

식사 시간 내내 서로 눈도 마주치지 않는다. 대화도 하지 않는다. 마치 없는 사람 취급하고 있는 두 사람의 눈치를 보면서 레이디 로랜트와 패트리샤 역시 필요한 말 이외에는 아무것도 하지 않았다.

'이게 뭐람. 친해지라고 엮어 보냈더니 오히려 어색이라. 유정이 혼자 왔을 때부터 알아봤지만, 역시 뭔가 있었군.'

굳이 캐묻지 않아도 어느 쪽의 잘못인지는 금방 알 수 있었다. 유정은 태연해 보였지만, 프란시스는 때때로 무언가를 생각하는 표정으로 그녀를 바라보고 있었기 때문이었다. 그래서 레이디는 일단 이 사태를 모르는 척하기로 했다.

❦

"이건 오늘부터 네 장미다. 그러니 잘 키워 보거라."

그것은 유정이 저택에 도착한 뒤, 둘째 날에 레이디 로랜트와 함께 정원 산책을 하던 중에 생긴 나온 말이었다. 레이디는 오렌지색 바탕에 잎사귀의 끝부분이 노란색으로 불늘어 있는 상미를 가리키면서 유정에게 말했다. 유정은 눈을 동그랗게 뜨고 이제 무슨 소리인가 싶어서 레이디 로랜트의 녹색 눈동자를 빤히 바라봤다.

"그리고 저쪽에 있는 건 트리샤, 네 장미다. 너도 잘 돌봐서 예쁜 꽃을 피우도록."

정원수 사이로 난 길 너머에 화사하게 핀 분홍빛 장미를 가리키면서 레이디 로랜트는 덧붙이듯이 말했다. 그러자 패트리샤는 대번에 투덜거리는 것이다.

"저는 저런 장미보다는 나무가 좋은데요."

"네 데뷔턴트 때 쓸 꽃이야. 꽃이 초라하면 망신당하는 건 너다. 그러니 특별히 관심을 두거라."

그날의 산책이 끝난 후에야 유정은 패트리샤네의 가풍이 데뷔턴트 때는 자신의 이름을 딴 장미로 드레스를 장식하는 것이라는 사실을 알았다. 그래서 각자의 이름을 딴 장미를 정원에 키워 둔다는 이야기를 듣고서 유정은 눈을 동그랗게 떴다.

"그럼 역시 나도 데뷔턴트에 나가는 거야?"

유정이 그렇게 묻자, 패트리샤는 그게 무슨 귀신 씨나락 까먹는 소리냐는 얼굴로 친구를 빤히 바라보았다.

"그럼 당연한 것 아니야? 내가 나가는데 너라고 별수 있어? 그러려고 레이디 레슨을 받는 거잖아. 너 대체 여태까지 뭘 생각한 거야?"

"아니, 그냥 배워 두면 좋으니 배우겠다 그거였지. 그렇단 말이지. 네가 드라마에서 보던 데뷔턴트란 걸 한단 말이지? 〈길모어 걸〉에서 로리가 했던 것?"

유정이 제법 인기가 있었던 드라마를 예로 들자, 트리샤는 고개를 끄덕거렸다.

"그것보다 지독하게 화려하고 지독하게 머리 빈 것들이 득실득실해. 소위 말하는 상류사회 애들이 얼마나 멍청한지 너도 알 것 아니야? 지독하게 겪었으니까."

악담을 서슴없이 내뱉는 친구를 향해서 유정은 떨떠름한 어조로 대꾸했다.

"……너도 그 상류 사회 피플이거든. 사돈 남 말 할 것이 아니야."

"우리 집은 아냐. 너도 우리 집에 와서 알겠지만, 그게 진정한 상류사회처럼 보이디? 우리 집은 그 상류사회 인사들마저도 고개를 설레설레 젓는 괴상한 집안이라고."

패트리샤가 농담처럼 하는 말에 반사적으로 고개가 끄덕여지는 것은 어쩔 수 없었다. 적어도 유정이 알고 있는 그녀의 집은 그다지 부자가 아니었다. 그래서 이곳에 와서 속은 기분이 더 들었던 것이다.

"오늘도 정원에 나가니?"

프란시스가 사 준 새 옷이 아닌, 낡은 자신의 옷을 입고 정원으로 나가는 유정을 보고 패트리샤는 지겹다는 표정으로 쳐다보았다. 와인 농장에서 돌아온 이래로, 거의 대부분의 시간을 정원에서 보내고 있었다.

"응. 오늘은 분갈이를 배우기로 했거든."

패트리샤의 질문에 대답하면서 그녀는 씩씩하게 걸음을 옮겼다. 그런 그녀의 뒷모습을 보면서 패트리샤는 한숨을 내쉬었다. 요즘 들어 유정의 얼굴에서 그늘이 사라지지 않고 있었다. 무슨 일이 있는 것 같은데 본인이 말을 하지 않으니 물어보기가 힘들었다. 게다가 프란시스 역시 묘하게 분위기가 많이 가라앉아 있어서 함부로 말 걸기가 어려웠다.

정원을 가로지르는 밀짚모자를 보자마자, 프란시스는 저도 모르게 창가로 다가갔다. 벽에 기대어 멀어지는 밀짚모자를 보면서 그는 작게 한숨을 내쉬었다.

'고집쟁이.'

그 자신도 만만치 않은 고집을 피우고 있으면서, 그런 점은 먼지 한 톨만큼도 생각하지 않는 남자였다.

유정이 매일매일 정원에 나가는 표면상의 이유는 데뷔턴트에 쓸 장미를 돌본다는 것이었다. 하지만 그것이 단순히 핑계라는 것을 그녀 자신이 더 잘 알고 있었다. 자꾸자꾸 뭘 하지 않으면 머리에 잡생각이 떠올라서 죽을 것같이 아팠다.

바지런히 몸을 움직이면 다른 생각은 들지 않았다. 정원사를 도와 잡초를 뽑고, 벌레를 잡고 물을 주는 일은 단순하면서도 힘든 일이었다. 정원사가 말리는데도 무거운 비료포대를 들고 다닌다든가, 쭈그리고 앉아서 모종삽으로 땅을 열심히 파다 보면 당연히 몸이 피곤하기 마련이었다. 그래서 그런지 일을 끝내고 돌아오면 밤에는 곧장 잠들 수 있었다.

'하지만 시간이 안 가.'

웃자란 줄기를 싹둑 자르면서 유정은 그렇게 중얼거렸다. 빨리빨리 시간이 지났으면 좋겠다. 패트리샤의 데뷔턴트가 끝나고, 여름이 끝나고 한국으로 돌아가는 그 시간만이 유정이 지금 기다리고 있는 단 하나였다. 돌아가면 여기서 있었던 일은 모두 잊고, 일만 열심히 할 생각이다. 잠시 찾아온 소나기 같은 감정은 모두 잊어버릴 거다.

"……."

저도 모르게 세게 박아 버린 모종삽이 빠지지 않았다. 힘을 주었기 때문인지 여름 오후의 햇살 받아 뜨거워진 머리가 몽롱하게 느껴졌다.

"야, 물 좀 마시고 쉬면서 해!"

패트리샤가 시원한 에이드와 간식을 들고 오자 유정은 손을 멈췄다. 이마에서부터 땀이 주르륵 흘렀다.

"날도 더운데 정성이다, 정성. 하여간 묘한 데서 성실하다니까."

영어로 유정이라고 쓰여 있는 팻말 뒤에는 엷은 노란색의 장미가 소담한 봉오리를 맺고 있었다. 꽃잎의 끝자락에 주홍색이 엷게 물들어 있는 이 장미는 하루에 두 번, 새벽 네 시와 오후 세 시에 물을 주어야 했다. 그래서 유정은 언제나 시간에 맞춰서 정원에 나오곤 했다.

"이런 때가 아니면 내가 언제 내 이름이 붙은 장미꽃을 가져 보겠어."

"그래? 단순히 그것뿐이야? 너 새벽에도 일어나서 물 주러 나오잖아."

"그거야, 정원사 영감님이 새벽 4시에도 물 줘야 한다고 말씀하셨으니까."

"이보세요. 새벽에는 스프링클러가 알아서 물을 주거든요."

"일찍 일어나고 좋잖아, 뭐. 차가운 새벽 공기도 마시고, 운동도 되고."

대충 얼버무리듯이 말하면서 유정은 잠시 벗어 두었던 모자를 다시 뒤집어썼다. 모종삽을 들고 다시금 정원 일에 몰두하려는 그녀를 보고 패트리샤는 주섬주섬 자리에서 일어났다.

"아, 그래. 열심히 하거라. 많이 해라."

"그런데 어딜 가시나, 친구."

슬금슬금 돌아서서 멀찌감치 떨어지려고 하는 패트리샤의 뒷덜미를 잡아채면서 유정은 그렇게 말했다.

"어디긴. 내 방에 가서 인터넷 서핑이나 할 거야."

"장미는 안 돌보니?"

"어차피 정원사가 알아서 할 거야."

"장미꽃 패트리샤가 울겠다. 자, 너의 사랑이 필요한 꽃이 저 정원에 곱게 피어 있다고. 그러면 좀 가서 봐 줘야 하는 것 아니야?"

"아! 싫어, 시일어……."

투덜거리면서도 패트리샤는 물뿌리개와 장갑을 챙겨 들고 유정의 뒤를 따라갔다. 정원사가 가르쳐 준 대로 장미에 조심스럽게 물을 주고 물이 올라 탱탱한 줄기를 스멀스멀 기어오르는 벌레를 용감하게 잡아내는 유정을 시큰둥하게 쳐다보면서 패트리샤는 박수를 짝짝 쳤다.

"독한 것. 보면 볼수록 신기하단 말이지. 어떻게 꿈틀거리는 그런 벌레 새끼들을 손으로 잡아채는 거야? 안 징그러워?"

"별로 징그럽지는 않아. 하다 보면 가끔 귀엽게 보일 때도 있지."

"너, 머리가 어떻게 되었구나. 더위 먹었니?"

"그건 아냐. 하도 벌레가 많아서 별 잡생각이 드는 거겠지. 근데 왜 이 장미에는 이렇게 벌레가 많은 거야. 어린왕자에서 장미가 왕자한테 투덜거린 게 이해가 된다니까. 정말 장미꽃에 유리관으로 덮어 주고 싶다. 벌레가 침범 못하게."

투덜거리는 유정의 말에 느릿느릿하게 대꾸한 사람은 마치 정원수를 손질하고 있던 수석 정원사였다.

"원래 향기가 짙은 꽃에는 벌레가 꼬인답니다. 그래서 장미가 모두에게 사랑을 받는 것이지요."

"그래요? 너무 이뻐도 피곤한 일이구나. 그죠?"

"그렇죠. 미인일수록 까다롭답니다. 패트리샤 아가씨도 미인이라서 까다로운 성품이시지 않습니까?"

"맞아요. 미인은 많이 까다롭죠. 패트리샤는 미인이니까 저렇게 투덜거리는 것도 이해해 줘야 해요. 우리는 마음이 넓은 정원사들이니까요."

정원사의 말에 당연하게 맞장구를 치는 유정을 향해 한마디 하려던 패트리샤는 갑자기 고개를 앞으로 쭈욱 내밀더니 어딘가를 유심히 쳐다보았다. 아까부터 계속 입으로 웅얼거리며 투덜거리던 친구가 갑자기 입을 다문 것이 이상해서, 유정은 쪼그리고 앉아 있던 자세에서 허리를 들고 친구를 올려다보았다.

위이잉. 전투 모드의 트리샤 발동.

유정의 시선에서 지금의 패트리샤는 딱 그런 느낌이었다. 양손을 허리에 걸치고, 양다리를 어깨 넓이로 벌리고 서서 임전 태세를 갖추고 있는 친구를 보고 유정은 고개를 갸웃거렸다. 왜 그러나 싶었는데 저벅저벅 발걸음 소리가 점점 더 가까이로 들려왔다. 머리보다 높은 장미나무 때문에 상대방이 누구인지는 유정의 시야에는 여전히 들어오지 않았다. 그래서 그녀는 어물쩍 고개를 들려다가 갑자기 머리를 누르는 힘에 눌려 저도 모르게 바닥에 주저앉았다.

"야……!"

갑작스럽게 테러를 가한 친구에게 뭐라고 유정이 한마디 하려는 순간, 그녀의 시선에는 빨간 하이힐이 눈에 들어왔다. 말쑥한 검은 구두코는 안 봐도 누구의 것인지 안다. 며칠간 그녀의 근처에도 다가오지 않던 그 남자가 자진해서 여기까지 온 것도 이상한 일이었다. 하지만 지금 그것보다 더 이상한 것은 트리샤 이외에 빨간색 하이힐을 신고 있는 사람이 있다는 사실이었다. 그것도 이 저택의 정원에서!

'대단하다. 하이힐을 신고 여기까지 오다니. 여기 무식하게 넓은데.'

마음속으로 감탄하면서도 한구석에 불길한 느낌이 들었다. 프란시스와 함께 온 여자가 누구인지 신경 쓰였기 때문이다.

게다가 패트리샤는 그 손님을 대놓고 싫어하고 있었다.

"예정에 없는 손님은 할머니가 싫어하실 텐데?"

노골적으로 빈정대는 그녀의 목소리에 대답하는 사람의 목소리는 유정이 예상했던 것처럼 프란시스의 낮고 묵직한 것이 아니었다. 가늘고 높은, 그러나 매우 우아한 영국식 액센트의 여자 목소리였다.

"공작부인께는 두 시간 전에 연락을 드릴 수밖에 없었어요. 예상치 못하게 일정이 비었는데 마침 레이디 로랜트께서 이곳에 와 계신다는 이야길 들었거든요. 와 보니, 프란시스도 있네요."

대꾸하는 사람은 공격적인 패트리샤와 달리 상당히 여유가 넘치는 목소리였다. 여성적이고 차분한 향수 냄새가 장미향과 섞여서 느껴졌다. 하지만 유정의 위치에서는 가느다랗고 매끈한 발목과 발등 이외에는 보이지 않아서 상대방에 대한 궁금증만 더 늘어날 뿐이었다.

'이노무 지지배가 왜 이러는 거야?'

그녀가 이런 생각을 하면서 버둥거리다가 결국 포기하고, 엉덩이를 바닥에 붙였다. 지금 안달을 떨어 봐야, 보이지도 않는 사람의 얼굴을 알 수 있는 것도 아니기 때문이다.

손님을 안내해 정원까지 나온 프란시스는 패트리샤에게 눌려 쭈그리고 앉아 있는 유정을 발견하고 눈빛을 굳혔다. 트리샤가 정원으로 나갔다는 말에 혹시나 했지만, 역시 같이 있었다. 밀짚모자에 가려져 얼굴이 보이지 않았지만 평소의 그녀라면 잔뜩 찡그린 표정을 짓고 있을 것이다.

'평소라면 말이지.'

지금은 대체 어떤 얼굴을 하고 있는지 조금도 알 수 없었다. 그러다가 그녀가 일어나려고 시도할 때마다 패트리샤가 한 번씩 꾹꾹 누르는 것을 발견하고 저도 모르게 입가에 미소를 지었다.

자신이 없어도 그녀는 그녀다. 그 사실이 마냥 기쁘지만은 않아서 마음 한구석이 씁쓸해졌다. 그런 그의 팔짱을 같이 온 여자가 살며시 끼어 왔다. 그 느낌에 그는 고개를 돌려 그녀와 눈을 마주쳤다.

머리를 내리누르는 기세가 약해졌기 때문에 유정은 조심스럽게 모자를 올리고 상대방을 바라보았다. 하얗게 빛나는 매끈한 다리와 스커트 위에 가느다란 허리가 보이고, 그 위에 빵빵한 가슴과 우아한 목덜미까지 잘 보였다.

'아, 얼굴은……?'

모자의 차양이 가려져서 얼굴이 보이지 않아서, 유정은 저도 모르게 미간을 찌푸렸다. 반사적으로 허리를 들려고 하는데 그 순간, 여자가 프란시스의 팔짱을 끼는 모습이 보였다.

쿵, 하고 가슴이 내려앉았다. 동시에 패트리샤의 손이 우악스럽게 내리눌러서 그녀는 엉덩이를 단말마와 함께 땅바닥에 도로 붙일 수밖에 없었다.

[엄마야!]

무의식적으로 한국말이 튀어나오는 것은 그녀가 역시 한국 사람이기 때문이다. 유정은 엉덩방아를 찧은 충격에 눈앞이 흔들리는 것을 느끼면서 머리끝까지 화가 났다.

[야! 이 기집애야!]

휙 하고 벌레가 들어 있는 비닐봉지를 패트리샤에게 던지자 얄미운 친구는 반사적으로 한 발짝 옆으로 물러났다. 덕택에 엄한 덤터기를 쓴 사람은 다름이 아니라 패트리샤의 앞에 있는 금발의 미녀였다. 여자는 자신의 머리 위에서 쏟아지는 벌레의 폭우에 깜짝 놀라서 비단이 찢어지는 듯한 우아한 비명 소리를 지르며 기절해 버렸던 것이다.

"아, 죄송합니다!"

유정이 놀라서 큰 소리로 소리쳐 보아도 이미 소용이 없었다. 기절한 여자를 부축하던 프란시스는 일의 원흉인 두 여자를 날카로운 시선으로 쳐다보더니, 특히 사건을 크게 만든 사촌 여동생을 잡아먹을 듯이 노려보았다.

"너, 나중에 보자."

"파이팅, 오라버니."

패트리샤는 그렇게 말했지만, 그다음 순간 그녀의 머리에는 망치가 못을 때릴 때 나는 소리가 나면서 커다란 혹이 생겼다.

"너 대체 나한테 무슨 짓을 한 거야!"

고래고래 소리치는 유정의 목소리에 프란시스는 힐끔 뒤를 돌아보았다. 아까까지만 해도 안하무인이었던 사촌 여동생이 혼나는 강아지마냥 친구에게 두 손을 모아 싹싹 빌고 있는 모습이 보였다. 그게 귀여워 보여 서도 모르게 미소를 지었다.

하지만 마음의 한구석은 계속 씁쓸했다.

패트리샤는 두 손을 비비며 유정에게 정말로 열심히 빌었다. 그 모습은 마치 파리가 누님이라고 부를 정도였다.

"미안해. 미안해, 친구야. 정말로 죽을죄를 졌어!"

"죽을죄를 지었다면 죽어, 그냥! 너, 지금 내가 이쁘다, 이쁘다고 해 주니까 아주 기어오르는구나! 앙! 너 때문에 내가 어떤 인간이 되겠어! 이 망할 것아!"

"죄송합니다. 잘못했습니다. 정말로 잘못했습니다. 친구님, 저를 죽여 주시옵소서!"

"그래? 그럼 가자!"

"어딜 가?"

"그 아가씨한테 사과하러 가야지, 이 망할 것아! 실수한 것은 미안하다고 해야 할 것 아니야!"

그 말에 패트리샤는 얼굴이 파랗게 질리면서 온몸으로 '싫어!'

를 외쳤지만, 유정은 완고했다. 내 너를 사과하게 만들지 않으면 이유정이 아니다라는 기백이 온몸에서 흘러나오는 친구를 보자, 패트리샤는 이 말이 장난이 아니라는 것을 깨달은 것이다. 이 완고하고 고집 센 친구라면 이러는 것이 당연하지만, 패트리샤에게도 이유가 있었다. 절대로 그 여자에게 사과 못할 이유가.

"유정아."

"응?"

"저녁때 보자!"

이름을 다정하게 불러서 유정을 방심하게 만든 다음, 패트리샤는 친구의 손을 뿌리치고 줄행랑을 쳤다. 우아한 영국 귀족 집안 아가씨가 정원을 가로지르며 도망치는 모습을 본 몇몇 임시 고용인들은 황당하다는 표정을 지었지만, 제일 당황한 사람은 유정이었다.

"저것이!"

멀어지는 패트리샤를 향해 이를 빠드득 갈면서 유정은 고개를 설레설레 저었다. 가끔씩 그녀 못지않게 사차원적인 행동을 하는 사람이 저 친구라는 사실은 알았지만, 오늘같이 막무가내인 것은 처음 보았던 것이다. 무슨 사연인지는 몰라도 이유 없이 일을 저지를 친구가 아니기에 그녀는 나중에 연유는 단단히 캐물을 생각이었다.

"아가씨, 돌아오셨습니까?"

저택의 입구에는 집사인 알프레드가 수건을 들고 서 있었다. 유정이 장미를 돌보고 돌아오면 집사는 늘 이렇게 준비를 하고서 그녀를 기다리고 있었기 때문에 이제는 익숙해졌다.

"예, 미스터 헤인즈……."

"미스터 알프레드라고 해 주십시오."

"네, 미스터 알프레드."

정중하게 정정해 주는 기세에 못 이겨 다시 그를 이름으로 부르면서 유정은 조심스럽게 물었다.

"아까 그 아가씨가 누구세요? 할머니와 아시는 분 같은데."

게다가 프란시스가 손수 모셔 오고, 모셔 간 사람이었다. 다정하게 팔짱도 끼었으니 분명히 그와 사귀고 있는 여자일 것이다.

'나쁜 자식, 여자가 있었으면서 여자 친구가 없다고 뻔뻔하게 거짓말까지 해? 내가 정말 미쳤지. 그 얼굴에 홀라당 넘어가서 이거 뭐야!

마음속으로 프란시스를 열심히 욕하면서 유정은 집사의 대답을 기다렸다. 프란시스가 알고 있고, 레이디에게 인사까지 한다고 말하는 여자니까, 결코 평범한 사람은 아닐 것이다. 그렇게 짐작하고 물었기 때문에 유정도 나름으로 각오를 하고 있었지만, 다음에 들려온 대답은 그 각오마저도 와르르 무너지게 만들었다.

"헤더 공녀는 룩셈부르크의 왕녀이십니다."

"……?"

유정은 자신의 귓가에 매우 정확하게 들려온 '프린세스'라는 단어의 의미를 깨닫는 데 제법 시간이 걸렸다. 그래서 그녀는 수건으로 먼지를 털던 행동을 멈추고 집사의 눈부신 백발을 빤히 쳐다보았다.

이 사람은 집사니까 거짓말은 하지 않는다. 그러니까 방금 전 유정이 대단한 실수를 저질렀던 그 여자는 공주님인 것이다. 두말 하면 입이 아플 단어, 왕족이라는 칭호가 들어간다.

멀리서는 왕족 모독죄부터 가까이는 국가 간의 국제 문제, 기타 등등 기타 등등이 유정의 머릿속을 헤집었다.

[아이고, 어무이!]

머리를 부여잡으면서 한국말로 비명을 지르는 유정을 집사는 매우 연민에 찬 시선으로 바라보았다.

기절한 헤더 공녀를 침실로 모신 뒤에, 프란시스는 고용인을 시켜서 그녀를 돌보도록 지시했다. 패트리샤의 성격상 사과하러 쉽게 오지 않을 터이니 나중에 단단히 타이를 생각이었다.

"대체 이게 무슨 짓인지 모르겠군."

옷자락에 벌레가 스멀스멀 기어오르고 있는 것을 테라스에 서서 털어 내고 그는 한숨을 내쉬었다. 그 여자는 무슨 벌레를 그렇게 많이 잡은 것인지, 털어도 털어도 어디선가 벌레가 끊임없이 나오는 것 같았다.

반사적으로 셔츠의 단추를 풀어헤치고 있는데 현관 근처에서 유정이 사색이 된 표정으로 서 있는 것이 보였다. 그녀는 알프레드 집사를 향해 입술을 달싹거리다가 프란시스가 보이자 고개를 돌려 버렸다. 그것을 보자 프란시스는 알프레드 집사의 앞으로 다가가더니 보란 듯이 셔츠를 벗기 시작했다.

"무슨 짓이에요!"

얼굴을 붉히면서 유정이 소리쳤지만, 그는 들은 척도 하지 않았다. 팔락이는 소리와 함께 옷자락이 날고, 섬세한 근육의 건장한 상체가 눈앞에 드러났다.

후끈하게 느껴지는 강렬한 남자의 느낌에 유정은 저도 모르게 움츠렸지만, 상대방은 그런 그녀에게 전혀 관심을 두지 않았다.

"태워 버리십시오. 벌레가 득실거리고 있습니다."

"네."

집사가 그것을 받아 들자 프란시스는 다른 곳으로 시선조차 주지 않고서 올라가 버렸다. 유정은 그의 뒷모습을 홀린 듯이 바라보다가 알프레드 집사의 시선을 받고 재빨리 정신을 차렸다.

"오, 올라가 보겠습니다."

"네."

집사는 평소와 다름없이 대답했지만, 유정의 귀에는 아무래도 그가 웃고 있는 것처럼 느껴졌다. 다리에 고속 엔진이라도 단 것처럼 그 자리에서 도망치는 그녀의 뇌리에는 여전히 프란시스의 벗은 상체가 밥풀로 붙인 것마냥 남아 있었다.

그러자 피가 갑자기 확확 타는 것 같았다.

[젠장, 남의 눈앞에서 스트립쇼는 하지 말란 말이야!]

간신히 억눌러 놓은 감정이 다시 소용돌이치는 것 같았다.

벌레와의 조우로 인해 찝찝한 몸을 깨끗이 씻고 나자, 프란시스는 조금 개운한 기분이 들었다. 김이 서린 거울을 손으로 문질러 닦으며 프란시스는 숨을 들이마셨다. 물기가 남아 있는 머리카락 때문에 뺨으로 물방울이 떨어져 간지러웠다.

"……."

머리가 복잡했다. 찬물로 샤워를 하면서 계속 생각했다. 어째서 지금 이 순간에 헤더가 여기에 나타났는지 이유가 필요했던 것이다. 본인은 미국에 일이 있어서 온 김에 레이디 로랜트를 만나러 왔다고 하지만, 그러기엔 지나치게 타이밍이 좋았다.

레이디 로랜트를 비롯한 헤이스팅스 공작가의 일족들은 차기 공작이 될 프란시스가 그녀와 결혼하기를 바라고 있었다. 그것은 한때, 돌아가신 그의 어머니가 원하던 결혼이기도 했거니와 신분적으로 더할 나위 없이 어울렸기 때문이다.

그렇기에 프란시스는 그녀를 가까이 하지도 멀리 하지도 않았다. 자신을 좋아하는 헤더의 마음을 가볍게 받아들였다가는 레이디 로랜트를 비롯한 공작가의 말 많고 참견하기 좋아하는 친인척들이 모조리 모여서 그를 결혼식장으로 끌고 가려 할지 모를 일이었기 때문이다. 그렇다고 멀리하자니, 어차피 끼리끼리 모이는 귀족 사회에서 영원히 얼굴을 안 볼 수도 없는 일이었다.

헤더 역시 그에게 적극적으로 다가오거나 하지 않고 적당히 거리를 두고 있었지만, 최근 몇 달간은 상황이 변했다. 은근히 그에게 관심을 표하고 있는 그녀의 태도에 프란시스는 부담감을 느끼고 있었다. 헤더는 다른 여자들과 달리 딱 잘라 끊어 낼 수 있는 사람이 아니다. 그래서 부담스럽고, 지금은 더군다나 유정이 있었다.

이 이상 그녀와의 사이가 엉키는 것을 프란시스는 더더욱 바라지 않았다. 안 그래도 오해를 제대로 풀지 못했는데.

"……타이밍이 너무 좋아."

물기 어린 머리를 털면서 그는 혼잣말로 중얼거렸다. 그러자 침실에 앉아 있는 누군가가 말대꾸를 한다.

"어떤 타이밍?

그는 걸음을 멈추고, 차가운 눈길로 상대방을 빤히 노려보았다.

"패트리샤 로즈 모건."

그가 정말로 화가 났을 때는 언제나 자신을 풀네임으로 부른다는 사실을 일고 있있다. 그래서 그녀는 조용히 고개를 숙이디니 기가 죽은 어조로 말했다.

"죄송합니다."

"그리고?"

"헤더 공녀에게는 나중에 확실하게 사과하겠습니다."

순순히 잘못을 인정하는 패트리샤를 빤히 쳐다보면서 프란시스는 한숨을 내쉬었다. 유정이 그녀를 얼마나 닦달했는지는 모르지만, 쉽사리 고집을 꺾지 않는 그녀를 이렇게 만든 것만으로도 대단한 일이었다.

"유정이 너한테 꽤나 난리쳤나 보군."

"응. 걔는 그런 것은 엄격하거든. 나도 설마 공주님이 그 꼴이 되실 줄은 몰랐어. 내가 벌레를 뒤집어쓸 생각이었는데."

"하?"

"그리고 섬세하게 쓰러져서 그 재수 없는 면상 안 보는 거지."

"네가 잘도 그렇겠다. 헛소리하지 마. 네가 피하는 폼을 보니까 고의였어."

"쳇, 안 속잖아."

프란시스는 입을 댓발이나 내미는 사촌 여동생을 한심하다는 시선으로 바라보았다. 자신과 다르게 명랑하고 솔직한 성격의 그녀에게 그는 늘 약했다. 아무리 화가 잔뜩 나도 그뿐이다. 금세 풀어지고 만다. 패트리샤 역시 바르르 화를 내더라도 금방 풀고 웃는 성격이라, 프란시스와 아무리 심하게 싸워도 꽁했던 마음은 오래가지 않았다.

"그나저나 넌 왜 그렇게 헤더를 싫어해? 다른 사람에게는 이 정도는 아니잖아."

프란시스의 그 말에 패트리샤는 입술을 비죽거리더니 딴청을 피웠다. 그녀가 쉽게 대답하지 않을 기세였기 그가 막 포기하려는 순간, 패트리샤가 한숨을 내쉬었다.

"나는 그 여자가 너무 음험해서 싫어. 오빠는 남자라서 모르겠지만, 여자는 그런 쪽엔 민감하거든. 헤더 공녀는 여자가 싫어할 만한 여자야. 게다가 그 여자는 날 싫어하거든. 그게 제일 큰 이유지 뭐."

"헤더가 왜 널 싫어하는데?"

"오빠랑 결혼할 가장 유력한 후보로서의 내가 싫은 모양이지. 처음 만났을 때부터 노골적으로 싫어하더라. 짜증나."

"누가 누구의 후보라고?"

"내가 오빠의 신부 후보."

"누가 그런 말도 안 되는 헛소리를 해?"

딱 잘라서 대꾸하는 프란시스의 말에 패트리샤는 키득키득 웃음을 지었다. 만약에 헤더가 지금 프란시스의 모습을 본다면 그런 얼토당토않은 말을 믿어서 자신을 덜 적대시 했을지도 모른다. 하지만 패트리샤는 헤더가 자신을 싫어하든 말든 그것은 그다지 상관없었다. 자신이 이미 그녀를 끔찍하게 싫어하고 있기 때문이었다.

프란시스는 어이가 없다는 듯이 중얼거렸다.

"너같이 바람난 망아지 같은 동생이랑 결혼하는 오빠도 있나 보구나, 이 세상엔."

"오빠만 몰랐지 사교계 전부가 그렇게 생각하고 있을걸. 고상하고 도도하신 우리 할머니가 우리 아버지 별로 안 좋아해도, 돈 앞에서는 별수 없다. 그래서 이제 사위를 인정한 거라고 말한다고. 내가 없는 말 지어낸 것처럼 보이지? 근데 작년 크리스마스 파티 때 그 여자가 다른 사람에게 그런 소리 하는 거, 내가 두 귀로 똑똑히 들었어. 그 뒤부터 그 여자는 날 싫어하고 나도 사람들 앞에서 가증 떠는 그 여자가 싫어. 무지막지 싫어."

미국인 혼혈. 그 말은 언제나 패트리샤의 뒤를 따라다니는 멍에와 같았다. 보수적인 외가에서 패트리샤를 볼 때 항상 그런 식으로 지켜보기 때문에 그녀는 상류사회라면 질려 하고 있었다. 게다가 영국 사교계의 영향을 많이 받는 미국 동부의 상류사회에서도 모건 가는 상당히 독특한 위치에 있었다. 괴상한 가풍을 가진 괴짜 집안이라는 꼬리표. 그것 때문에 패트리샤는 다른 부잣집들과는 달리 사립학교를 다니지 않고, 공립학교에 진학했다. 대학은 하버드를 갔지만, 명문 사립학교 출신도 아니었기에 동창들에게 불이익을 당하는 경우도 있었다고 알고 있었다. 이러니저러니 해도 사교계의 그런 가식적인 태도 때문에 여동생이 마음고생을 톡톡히 했으리라.

프란시스는 볼이 퉁퉁 부어 있는 패트리샤의 얼굴을 빤히 바라보더니 어깨를 으쓱했다. 이유를 알아 버린 이상 프란시스는 그녀의 행동을 너무 심하게 나무랄 수 없었다.

그러나 그는 여전히 엄격한 어조로 패트리샤에게 말했다.

"그렇다고 너도 똑같이 행동해?"

"난 유치해."

"그 유치한 고집 때문에 네 친구를 곤란하게 만들었다는 걸 알아 둬라."

프란시스가 먼저 유정의 이야기를 꺼내자, 패트리샤는 얼굴을 붉혔다. 안 그래도 그 일 때문에 여기까지 왔는데 정작 본론은 완전히 잊고 있었으니 명석하다고 자부하는 자신의 정신머리도 어디론가 가출한 모양이었다.

"그래서 말인데, 유정이 좀 도와줘."

"뭐?"

"유정이 고거, 지금쯤 헤더한테 사과하러 갔을 거야. 근데 분명히 성격 고약한 것이 나 대신에라도 유정일 가만 안 둘 테니까, 오빠가 가서 좀 도와달라고."

"증거도 없으면서 사람을 그런 식으로 모함하지 마. 너에게 좀 못되게 굴었더라도, 헤더가 다른 사람에게까지 그럴 리는 없잖아."

"아니야! 걔는 분명히 그럴 거야. 유정이 무시할 거라구. 그 앤 나랑 다른 의미에서 이방인이니까. 오빠도 알잖아. 유정인 맹한 구석이 있어서 남한테 쉽게 당하는 성격이란 말이야."

프란시스는 목소리를 높여서 유정을 옹호하는 패트리샤를 어이 없다는 시선으로 바라보았다. 대체 그 여자의 어디가 맹하고, 남에게 당해? 오히려 남을 골탕이나 먹이지.

그의 입장에서 보는 유정은 얌전히 당하고만 있는 사람은 절대 아니었다. 오히려 당한 만큼 되돌려준다. 그에게 했던 것처럼.

"사양할래."

프란시스는 그렇게 대꾸했다. 그 메마른 어조에 패트리샤는 눈을 동그랗게 뜨더니 이해할 수 없다는 어조로 말했다.

"나, 물어보고 싶은 게 있는데. 오빠, 유정이랑 무슨 일 있었어? 와인 농장 다녀오고 나서 두 사람 분위기 이상해. 오빠야 그렇다고 치더라도 유정인 진짜 이상하다고."

"별일 없었어."

"그런 식으로 말하지 마. 나도 바보 아니야. 나뿐만 아니라 할머니도 이상하게 생각하고 계신다고."

"아, 그래. 그럼 더더욱 내가 미스 유정을 도울 이유가 없구나."

"그게 무슨 헛소리야?"

"의심에 의심을 더해 줄 필요가 없다는 소리야. 네 잘못 때문에 미스 유정이 혼날 것이 걱정된다면, 네가 직접 해결해. 나에게 넘기지 말고."

"……."

딱 잘라 말하는 프란시스의 태도에는 바늘 하나도 비집고 들어갈 틈이 없었다. 유정과 어색한 사이를 좀 풀어 보라고 일부러 부탁하러 왔는데 저렇게 단칼에 잘라 버리니, 이제 더 이상 할 말이 없는 것이다. 프란시스는 자기가 하기 싫다고 한 말을 번복하는 경우가 거의 없으니, 아무래도 포기해야 할 것 같았다.

조금 약이 올라서 그녀는 그를 빤히 노려보다가 사악한 미소를 지었다. 침대에서 일어나 문 쪽으로 향하면서 패트리샤는 문득 떠올랐다는 듯이 갑자기 입을 열었다.

"아, 근데 오빠는 가슴털 없네? 아아, 언제부터 없었을까?"

"처음부터다!"

버럭 소리치면서 프란시스가 머리에 쓰고 있던 수건을 던지자 그 수건을 맞으면서도 패트리샤는 깔깔거렸다. 그녀가 나가고 나서 프란시스는 짜증난다는 표정으로 거울을 쳐다보았다.

딱히 이전에 유정이 했던 말을 신경 쓰고 있는 것은 아니었다. 그녀가 했던 말이 충격이긴 했지만, 백인이라는 인종상의 이유를 제외한 다른 사항에는 자신이 해당하지 않았기 때문이었다. 다만, 좋아하는 여자에게서 그런 적나라한 이야기를 들었다는 사실이 한없이 기분 나빴다.

'그러고 보니, 나 그런 일에 대해서 제대로 화도 못 냈고.'

후회해 봐야 이미 뒷북 상태이기 때문에 프란시스는 더 이상 깊게 생각하지 않고 셔츠를 꺼내 입었다.

헤더의 상태를 살피기 위해 손님방의 복도에 들어섰을 때, 프란시스는 유정이 방문 앞에서 서성이고 있는 것을 보았다.

그가 사 준 원피스를 단정하게 차려입고서 한껏 긴장한 표정을 하고 있는 그녀는 몇 번이고 숨을 내쉬면서 손을 들었다 났다 하고 있었다. 패트리샤의 말대로 헤더에게 사과하러 오긴 왔지만, 아무래도 잔뜩 긴장한 모양이었다.

입술을 깨물며 망설이는 그녀를 보고서 프란시스는 걸음을 멈췄다. 인제까지 저러고 있을지 궁금했기 때문이다. 그 뒤로도 서너 번은 더 고민하더니, 다섯 번째에 결국 문을 열고 안으로 들어갔다.

'이제 어떻게 할까……'

패트리샤에게는 유정을 돕는 것을 거절했지만, 내심 걱정되는 것도 사실이었다. 그래서 그는 방문 앞에 서서 마음속으로 숫자를 50까지 세고 방 안에 들어가기로 했다.

긴장하고 들어간 방 안에서 유정은 진짜 공주님의 우아한 모습에 내심 감탄하고 있었다.

창백한 백금발과 대리석 같은 하얀 피부, 붉은 입술과 새파란 눈동자가 그림같이 아름다운 여자의 모습에 유정은 내심 감탄했다. 그림 속의 공주님같이 아름다운 실제의 공주님은 우아한 태도로 찻잔을 들고 내렸다.

유정이 응접실에 들어섰을 때부터 그녀는 그 자세를 고수하고 있었다. 보통 체격의 여자라면 절대로 소화할 수 없는 펜슬 스커트를 입은 날씬한 긴 다리를 꼬고 앉아서 눈을 내리깔고 있는 그녀의 모습은 마치 고급스러운 화보를 보는 것 같아서, 유정은 조금 기가 죽었다.

몸매만 봤을 때도 보통은 아니라고 생각했다. 하지만 얼굴을 확인하고 나서는 어딘지 모를 패배감과 더불어 화가 났다. 저런 사람을 옆에 두고 자신에게 관심을 보였던 프란시스에 대한 분노였다.

'마음에 안 들어.'

그렇게 생각하면서 유정은 헤더 공녀를 빤히 바라보았다. 들어오라고는 했으면서 유정이 소파 옆에 올 때까지 그녀는 한마디도 하지 않았다. 그녀의 허락도 없이 자리에 앉을 수가 없어서 엉거주춤 서서 눈치를 살폈지만, 공녀는 유정에게 눈길조차 주지 않았다.

그래서 유정은 먼저 입을 열기로 했다.

"저기……."

"……"

단지 입술만 열었을 뿐인데 찌릿한 느낌이 났다. 헤더 공녀가 그녀를 똑바로 응시했기 때문이다. 그 덕택에 유정은 아까보다 훨씬 그녀의 눈동자를 잘 볼 수 있었다. 파란색은 파란색인데 프란시스의 것보다 훨씬 더 엷어서 차갑게 느껴졌다.

"저기, 공주님."

"이 저택의 고용인이신가?"

나긋나긋한 목소리로 헤더는 유정에게 그렇게 말했다. 그리고 그녀가 대답하기 전에 자기 멋대로 말했다.

"고용인이 손님보다 먼저 말을 하는 경우는 없습니다. 명심해 두세요."

"……."

순간, 정신이 멍해졌다. 유정은 뭐, 이런 진상이 다 있나 싶은 시선으로 헤더를 바라보았다. 자기 할 말만을 다 하고 다시금 여유롭게 차를 마시는 공주님은 아까처럼 신비해 보이지 않았다.

그리고 유정이 그런 생각을 하는 동안에 헤더는 빈 찻잔을 내려놓으면서 냉정한 어조로 질책하듯이 다시금 입을 열었다.

"지금 뭐하는 건가요? 할 말이 있다면 확실히 말하세요. 내 참……. 레이디는 대체 무슨 생각으로 당신 같은 사람을 고용하셨는지 모르겠네요."

이젠 긴장감이 날아가 버렸다. 유정은 고개를 빳빳이 들고 천천히 목소리를 가다듬었다. 그리고 싸늘한 어조로 말했다.

"공주님께서 착각하신 사항이 있어서 정정해 드리겠습니다."

"네?"

헤더는 여느 고용인답지 않은 유정의 태도에 미간을 찌푸렸다. 명백히 마음에 들지 않는다는 그녀의 얼굴을 쳐다보면서 유정은 악의 없는 미소를 지었다. 헤더는 그 미소에 허를 찔렸지만 아무렇지 않게 그녀를 노려보았다.

"저는 이 저택의 고용인이 아닙니다. 레이디 로랜트의 손님입니다."

"하?"

이번에는 노골적으로 기분 나쁘다는 내심을 명백하게 보여 주

는 헤더의 눈썹을 쳐다보면서 유정은 시치미를 뚝 떼고 침착한 어
조로 말했다.

"저는 이유정이라고 합니다. 패트리샤의 친구로, 레이디 로랜
트의 호의를 받아 이 저택에 머물고 있습니다. 공주님께는 정원에
서의 일은 사과드리겠습니다. 패트리샤의 도발 때문이었다고 해
도 손님께 벌레 주머니를 던진 것은 엄연히 제 잘못이니까요. 사
과를 받아 주시든 말든 사과드리겠습니다. 죄송합니다."

"뭐라고요?"

"아까는 많이 놀라신 것 같았는데, 괜찮으신 것을 보니 저도
안심입니다. 다행이네요."

"그게 대체 무슨 소리⋯⋯."

그때 응접실의 문을 두드리는 소리가 났기 때문에 헤더는 신경
질적인 목소리로 대답했다.

"들어오세요!"

"내가 안 좋은 때에 들어왔나 봅니다."

문이 열리면서 느긋한 목소리가 들려오자, 헤더의 얼굴이 살짝
붉어졌다. 유정은 자신이 두 사람의 시야 사이에 끼워진 것을 느
끼고 새침한 표정으로 한 발짝 물러섰다.

"프란!"

"응. 좀 어떤가 해서."

"놀란 것 빼고는 괜찮아요. 당신이 절 데려다 줬다면서요? 고
마워요."

화사하게 웃는 헤더의 얼굴을 넋 나간 사람처럼 바라본 쪽은

프란시스가 아니라 유정이었다. 그녀는 패트리샤가 헤더를 왜 그렇게 싫어하는지 그 이유를 이해할 수 있을 것 같았다. 그리고 자신도 저 공주님을 싫어하게 될 것 같은 느낌이 들었다.

'트리샤 정도는 아니겠지만.'

자신을 대할 때와 프란시스를 대할 때의 저 태도 변화란, 아무리 여자의 내숭을 감안한다고 해도 좀 심하게 차이가 났다. 너무 노골적이라서 오히려 귀엽게까지 보이는 그 모습에 유정은 속으로 한숨을 내쉬었다. 저 인간의 얼굴에 홀린 여자가 한두 사람이겠느냐마는, 눈앞에서 그런 사람의 표본을 보는 느낌은 편치 않았다. 유정은 새삼스럽게 프란시스를 바라보았다.

패트리샤나 자신을 대할 때와는 명백하게 달라 보이는 그 표정을 보면서 그녀는 바늘로 가슴 한구석을 콕콕 찔리는 것 같은 기분이 들었다. 같은 방에 있으면서 자신 쪽으로 시선도 안 주는 그의 태도에 유정은 상처받았지만, 내색하지 않았다.

할 일은 이미 다 끝냈으니, 자기들 이야기에 빠져 있는 두 사람이 듣든 듣지 않든 그녀는 자기가 할 말은 하고 나갈 생각이었다.

"저기, 두 분? 잠시 주목해 주세요. 잊고 계시는 것 같은데, 이 방에는 저도 있거든요."

프란시스는 유정의 그 말에 말없이 고개를 들었다. 어쩐지 과시하는 것 같은 그 표정을 재수 없다는 시선으로 바라보며 유정은 여유롭게 미소를 지었다.

헤더는 아까보다 한껏 여유로운 어조로 유정에게 대답했다.

"어머, 죄송해요. 아직 계셨군요."

"네에, 아직 있었습니다. 나간다는 말도 없이 나가는 건 예의가 아니라서 나간다는 말은 하고 나가려구요."

털을 곤두세운 전투 모드의 고양이처럼 분위기가 표독한 유정을 보면서 프란시스는 내심 재미있어 하고 있었다. 이 저택에 있는 누군가의 수작으로 인해 벌어진 이 일이 자신에게 썩 나쁘지 않다는 것을 깨달았기 때문에 제법 기분이 좋았다.

나중에 어떤 대가를 치러야 할지가 걱정된다는 것을 빼고는 말이다.

"사과의 말도 다 끝냈으니 두 분만의 오붓한 시간을 위해서 무수리는 빠져 드리겠습니다. 좋은 시간 보내시고, 패트리샤는 제가 책임지고 공주님께 사과하도록 만들겠습니다. 그럼 이만."

유정은 냉담한 어조로 말하고 그대로 돌아서서 방을 나섰다. 등 뒤에서 공주님의 애교 있는 목소리가 들려왔지만, 그녀는 절대로 뒤를 돌아보지 않았다.

"많이 놀랐지만, 괜찮아요. 걱정돼서 와 준 건가요?"

소름이 와르르 돋은 것을 제외하고는 말이다. 저도 모르게 힘줄이 당기는 것을 열심히 참으며 유정은 문을 열었다. 방문을 닫기 전에 그녀가 마지막으로 본 것은 그의 허리에 팔을 휘감고 있는 공녀님이었다.

"얼굴이 왜 그러세요?"

품 안에 시트를 들고서 복도를 가로지르던 미스 앨런은 유정이 어깨를 추욱 늘어뜨리고 배회하는 것을 발견하고 말을 걸어 왔다. 하지만 유정은 그녀의 목소리를 듣지 못했는지 멍청하게 걸음을 옮기다가 갑자기 정신을 차린 듯이 제자리에 멈춰 섰다.

"미스 앨런, 절 불렀어요?"

자신을 돌아보면서 심란한 표정을 짓고 있는 유정을 보고 미스 앨런은 활기찬 어조로 말했다.

"네, 불렀어요. 안색이 안 좋아 보여서요. 또 길을 잃으셨나요?"

"아뇨. ……예."

힘없이 대꾸하는 유정의 얼굴을 보고 미스 앨런은 무슨 일이냐고 물었다. 유정이 저택 내에서 길을 잃는 경우는 종종 있었지만, 길을 잃었다고 이렇게까지 심란한 표정을 짓는 것은 처음 보았기 때문이었다.

유정은 미스 앨런의 질문을 받고 잠시 고민하더니, 갑자기 엉뚱한 소리를 꺼냈다.

"헤더 공녀랑 클리브던 백작님은 어떤 사이예요?"

"갑자기 그건 왜 물어보세요?"

미스 앨런은 오히려 되물었다. 유정은 그 말에 어깨를 으쓱거리면서 대답했다.

"백작님을 프란이라고 불러서요. 저는 여태까지 그 사람을 그렇게 부르는 사람은 할머니랑 트리샤 이외에는 본 적이 없거든요. 애칭은 가까운 사람들만 부를 수 있잖아요."

"그거야 그렇죠. 이름을 부를 수 있는 것도 특별한 사람의 경우에 한하니까."

"어떤 사이래요?"

"남자와 여자 사이에 어떤 사이가 있겠어요."

웃으면서 대꾸하는 미스 앨런의 말에 유정은 부루퉁한 표정을 짓더니, 깊은 한숨을 내쉬었다. 그리고 시무룩한 어조로 입을 열었다.

"방으로 데려다 주세요. 여기가 어딘지 모르겠어요."

"네에."

미스 앨런은 웃으면서 대답하고 앞장을 섰다. 유정은 그런 그녀의 뒤를 졸졸 따라갔다. 계단을 하나 더 오르고 나서야 눈에 익은 것 같은 복도가 나타났다. 유정은 미스 앨런에게 고맙다고 인사하고 자신의 방으로 터덜터덜 걸어갔다.

그때 미스 앨런이 그녀를 불렀다.

"미스 유정."

"네?"

"당신은 클리브던 백작님이 헤더 공녀님과 친한 것이 신경 쓰이시나 봐요?"

"신경 쓰여요."

유정이 툭 하고 내뱉은 말에 미스 앨런은 귀를 팔랑거리면서 유정의 앞으로 휘리릭 다가왔다. 그리고 잔뜩 기대감이 담긴 시선으로 유정을 빤히 바라보았다. 미스 앨런의 과장된 반응에 놀란 그녀는 저도 모르게 뒷걸음질 치다가 방문에 걸려 더 이상 움직이지 못했다.

"왜요?"

무언가를 캐내려는 듯이 묻는 미스 앨런의 얼굴을 쳐다보면서 유정은 당황스러운 어조로 대답했다.

"그냥요. 할머니나 트리샤 이외에 백작님을 애칭으로 부르는 사람을 처음 봐서 그런가 봐요."

"정말로 그것뿐이에요?"

재차 물어보는 미스 앨런의 말에 유정은 아무런 말도 대답하지 않았다. 아니, 대답할 타이밍이 생기지 않았다. 주머니에 넣어 둔 핸드폰이 요란하게 울렸기 때문이었다.

12장
할머니의 음모

패트리샤 로즈 모건은 진실로 고민하고 있었다.

정말로, 너무나도 싫었지만 유정이 그렇게 화냈고, 오빠가 단단히 주의를 주었기 때문에 헤더 공녀에게 사과의 말을 해야 한다고 생각은 하고 있었다. 문제는 그 시기와 방법이었다.

'어떻게 해야 재수 없게 보일 수 있을까?'

그래도 상대방이 꼼짝없이 사과를 받아들인다고 대답할 수 있도록 만들어야 하는 것이 관건이었다. 두 번이나 사과를 하는 일은 만들고 싶지 않았던 것이다. 싫어하는 상대에게 약점을 잡히는 일만큼은 죽어도 싫은 그녀인지라 더욱더 끔찍한 일이었다. 정원을 서성거리면서 생각을 아무리 해 봐도 뾰족한 수가 나오지 않아서 한참 고민하고 있는데, 멀찌감치 떨어진 곳에서 유정이 핸드폰으로 누구와 한국말로 통화를 하고 있는 것이 보였다.

그래서 패트리샤는 반사적으로 걸음을 멈추고 그 자리에 섰다.

[그래서? 응, 괜찮아. 조금만 있다가 가려고. 어차피 오래 신세 못 져. 좋은 경험이었다고 생각하면 돼. 내가 언제 이런 좋은 집에서 살아 보겠어. 정훈이는 좀 어때? 공부는 열심히 해? 복학하고 나서 힘들지는 않대?]

벤치에 한쪽 다리를 걸치고 그리고 앉아 전화를 받고 있는 그녀의 얼굴은 여느 때와는 달리 밝은 표정이 아니었다. 그리 자주 보는 것은 아니지만 패트리샤는 유정이 한국말로 통화를 할 때는 언제나 얼굴빛이 어둡다는 사실을 알고 있었다.

친구이기 때문에 패트리샤는 유정이 자신에 대해서 말해 주는 만큼은 알고 있었다. 친해진 이후에 이야기를 나누면서 그녀가 집안 때문에 속상해서 우는 것을 몇 번 보았던 것이다. 그럼에도 불구하고 항상 당당하게 사람을 대하는 친구가 패트리샤는 너무 마음에 들었다. 예의 바르고 바보스러울 정도로 사람이 좋으며, 완고하다.

어떤 의미에서는 프란시스와 비슷한 성격이라고 생각하면서 패트리샤는 유정이 눈치채지 못하도록 천천히 걸음을 옮겨서 그 자리를 떠났다. 저택 쪽으로 가까이 돌아오자, 열린 응접실의 창문을 통해서 프란시스와 헤더가 나란히 서서 다정하게 이야기를 나누는 모습이 보였다.

자신도 모르게 미간을 찌푸리고 패트리샤는 걸음을 성큼성큼

옮겨서 집 안으로 들어왔다. 꼴 보기 싫은 사람이지만 프란시스가 좋다고 한 이상, 뭐라고 할 생각은 없었다. 보기 싫으면 안 보면 된다.

머리를 너무 굴렸는지 갑자기 단것이 먹고 싶어져서 패트리샤는 주방이 있는 곳으로 내려갔다. 주방의 찬장 어딘가에 잼이 있을 것이다. 꺼내 들고 구석에 쪼그리고 앉아서 한입 떠먹고 있는 중에, 그녀는 메이드들이 들어오는 소리에 움찔거렸다. 고귀한 집 안의 피를 이은 그녀가 이렇게 궁상맞게 굴고 있는 모습을 들키기라도 하면 나중에 할머니에게든 프란시스에게든 혼날 수 있기 때문이었다.

"헤에? 미스 유정이 그랬단 말이야?"

패트리샤가 있는 쪽에서 들어오는 메이드의 얼굴은 보이지 않았지만, 들리는 목소리로 봐서는 틀림없이 미스 앨런과 미스 스텔라였다. 두 사람 다 가정부들 중에서는 고참에 해당하는 사람들이었다.

"근데, 더 물어보기 전에 전화가 와서 더 못 물어봤단 말씀. 아무래도 두 분, 싸우다가 정든 것 같아. 와인 농장에서도 분위기가 처음에는 좋았다가 갑자기 나빠졌다고 마르타 아줌마가 그랬어."

미스 앨런은 신이 난 어조였지만, 그에 대꾸하는 미스 스텔라는 시큰둥한 모양이었다.

"와인 농장에서 무슨 일이 있었는지 궁금하긴 하지만, 그래도 프란시스 경이 미스 유정에게 관심이 있다는 건 좀 아니라고 봐.

생각해 봐. 조건만 봐도 너무 차이가 나잖아. 사위이신 미스터 모건은 귀족은 아니지만 유서 깊은 사업가 집안이라서 다들 인정했었지만, 미스 유정은 아니잖아."

"너는 왜 그렇게 부정적이니?"

"부정적인 것이 아니라 현실을 말하는 거야. 나도 미스 유정이 좋아. 하지만 그녀를 좋아하는 것과 그녀가 프란시스 경의 아내가 되는 건 엄연히 다른 일이야. 너도 알잖아. 프란시스 경이 이 집안에서 어떤 기대를 받고 있는지. 엘리자베스 이기씨가 멋대로 결혼하시고 나서 돌아가신 백작님이 그렇게 서둘러 결혼하신 이유가 뭔데? 혈통 때문에 꽥꽥거리는 집안사람들 때문에 떠밀리듯이 하셨잖아."

알프레드 집사를 아버지로 둔, 미스 앨런은 태어나면서부터 공작가에서 자랐기 때문에 누구보다도 공작가의 사정을 잘 알고 있었다. 미스 스텔라 역시 공작부인에게 거둬져 공부를 했었고, 그녀를 모시기 위해서 메이드가 된 사람이었다. 공작부인의 두 아이들이 어떻게 결혼했는지에 대한 사정은 너무나도 잘 알았다.

"그건…… 그렇지."

"그러니 이상한 생각은 하지 마. 게다가 마님께서 일부러 헤더 공녀를 부르신 이유가 뭔데? 그녀를 이제 프란시스 경의 짝으로 인정한다는 소리 아니겠어?"

타이르듯이 말하는 미스 스텔라를 보면서 미스 앨런은 고개를 설레설레 저었다. 납득은 가지만, 그래도 포기할 수 없다는 고집이 그녀의 얼굴에 떠올랐다.

"하지만 미스 유정에게 정말로 관심이 없다면 프란시스 경이 그녀를 에스코트해서 와인 농장까지 갔겠어? 그 성격에 끝까지 싫다고 버티지."

"관심이 없어도 동생 친구에게 그 정도의 예의는 당연한 거야. 괜히 가져다 붙이지 마. 하여간 마담 마거릿의 말대로 너희들은 말이 너무 많아. 쓸데없는 이야기가 레이디의 귀에 들어가서 미스 유정에게 폐가 되면 어쩔 거야."

미스 스텔라의 타이르는 듯한 말에도 미스 앨런은 자신의 주장을 굽히지 않았다.

"그래도 나는 두 분이 서로를 좋아한다고 생각해. 마르타 아줌마의 증언도 있었다고. 농장에서 미스 유정이 행방불명이 되었는데 그때 프란시스 경이 사색이 돼서 사람들을 닦달했다고 했어. 그럼 됐지, 어떤 증거가 필요해?"

"출발 전에 우리들이 그 난리를 피웠는데, 걱정 안 할 사람이 어딨니? 너도 그분 잡고 미스 유정 잘 부탁한다고 했지, 미스터 알프레드도 그랬지, 듣자 하니 마님이나 트리샤 아가씨도 한마디씩 하셨다는데. 너 같으면 신경 안 쓰이겠니?"

"그래, 그럼 백보 양보해서 프란시스 경은 아니라고 치지만, 미스 유정은 아닐 거야. 헤더 공녀랑 같이 있는 프란시스 경을 보고 심난해했는걸. 관심 없으면 그런 반응이 나오겠니?"

"그거야 그렇겠지."

"그리고 프란시스 경도 분명히 유정 아가씨에게 마음이 있어."

"……무슨 근거로?"

억지로 우겨 대는 친구에게 더 이상 대꾸할 말을 찾지 못한 미스 스텔라는 기운 빠진 어조로 물었다. 그러자 미스 앨런은 자랑스러운 듯이 가슴을 펴면서 말했다.

"나의 파릇파릇한 연예감이지."

"이런 말 안 하려고 했는데…… 앨런."

"왜? 스텔라?"

"너의 감은 안 쓴 지 좀 됐거든. 신뢰도가 떨어져. 너무 떨어져."

"어이, 이봐……!"

일을 마친 두 사람이 투닥거리면서 멀어지자, 패트리샤는 앉은 자리에서 일어났다. 입에 스푼을 문 채로 그녀는 눈을 동그랗게 떴다.

와인 농장에 가기 전에도 프란시스와 유정 사이의 분위기가 수상쩍다고 생각하고 있었다. 하지만 설마 고용인들로 모자라 할머니까지 그렇게 생각하고 있었다니 놀라울 따름이다. 자신이 제일 늦게 알게 되었다는 사실에 마음이 상하긴 했지만, 패트리샤는 팔짱을 끼고 생각에 잠겼다.

'그런데 대체 와인 농장에서 뭔 일이 있었길래, 이제 와서 칼날이 날아다니냐고. 아니, 그것보다 뭐야? 할머니가 그 재수를 불렀단 말이야?'

입에 문 스푼을 까닥거리면서 패트리샤는 이 상황을 제대로 이해하기 위해서 다시 머리를 열심히 굴렸다.

미스 스텔라는 극구 아니라고 부정했지만, 패트리샤는 미스 앨런의 말이 맞다고 생각했다. 프란시스는 분명히 유정에게 관심이 있었다. 처음에는 유정을 자신을 등쳐먹으려고 하는 나쁜 친구라고 생각해서 가진 관심이었을 것이다.

"아아, 싫다. 오빠 무슨, 초딩이냐?"

유정에게 들었던 한국식 개그를 중얼거리면서 패트리샤는 고개를 끄덕거렸다. 하지만 이해가 되기도 하는 것이, 그는 자기감정을 잘 표현하지 않는 사람이니만큼 좋다는 감정을 깨닫는 것도 남들보다 느릴 수 있었다. 너그러운 마음으로 오빠의 둔함을 이해해 주자고 생각하면서 패트리샤는 미간을 좁혔다.

프란시스가 유정에 대해서 진지한 기분을 가지고 있다면, 패트리샤는 대환영이었다. 패트리샤는 집안사람들이 공작부인감으로 점찍어 둔 헤더와 비교할 수 없을 정도로 유정을 아끼고 좋아했다. 게다가 프란시스는 헤더를 좋아하지도 않는다. 그것이 그녀가 헤더를 싫어하는 가장 큰 이유였다.

집안에서 반대하는 결혼을 강행한 어머니가 외할머니와 화해를 할 수 있었던 것도 프란시스 때문이었다. 그 말 많은 일족 중에서 그만이 유일하게 패트리샤를 차별 없이 대해 주었다. 오히려 사촌 동생이라는 이유로 거의 무조건적으로 그녀의 편을 들어 준 사람이다. 자기감정 표현에는 바보스러울 정도로 서툴고 가끔은 오만하고, 속 터지게 고집쟁이지만, 그래도 패트리샤는 그 오빠가 좋아하는 사람을 만나서 좋아하는 사람과 결혼하기를 바랐다.

그는 부모님을 일찍 잃고 공작가를 이어야 한다는 중압감에 시달린 사람이다. 가정을 이루는 가장 개인적인 문제까지 집안사람들이 왈가왈부한다는 것은 말이 안 된다.

그러니 그가 유정에게 관심을 가지고 있다면 패트리샤는 무조건 그의 편이었다. 그녀는 할머니 역시 자신과 비슷한 생각일 것이라고 생각했다. 사고방식은 맘에 안 드는 노인네지만, 그녀 역시도 프란시스를 걱정하고 사랑하는 마음은 자신과 다를 바가 없다고 말이다.

그런데 할머니가 먼저 나서서 헤더를 불러들였다는 말에 패트리샤는 큰 실망감을 느꼈다. 이번 여름을 계기로 울퉁불퉁하던 외할머니에게 대한 그녀의 감정이 많이 둥글둥글해졌는데 다시 나빠지려고 한다.

"아아, 그래. 역시 마녀 할망구! 친구로서는 괜찮지만 손자며느리는 싫다는 거지. 그렇게 짝짜꿍 맞춰 가며 좋아할 때는 언제고."

이를 갈면서 패트리샤는 잼을 입안으로 가져갔다. 어렵고 싫었던 할머니가 좋아진 것도 프란시스랑 유정 때문이다.

완고하고 고집쟁이 할머니라고 여겼는데, 이번 여름에 그녀를 보고 상상 외로 유연하고 넓은 사고방식을 가진 분임을 알게 되었다. 게다가 할머니는 유정이랑 이상하리만큼 마음이 잘 맞았다. 처음에는 서민인 그녀의 행동이 마음에 들지 않았을지 몰라도 시간이 지날수록 자신보다 더 마음에 들어 하는 것이 보여서 안심했었는데, 이건 완전히 뒤통수를 맞은 기분이었다.

'하긴, 이 집안 꼴에 유정이 같은 애가 들어오더라도 편치는 않겠지.'

긍정적인 것만 생각하려고 노력했다. 어떻게 해서든 긍정적인 생각을 끌어 올리기 위해서 패트리샤는 숟가락을 열심히 놀렸다. 병이 반쯤 비워졌을 때, 그녀는 레이디 로랜트와 헤더를 둘 다 물 먹일 만한 방도가 있다는 사실을 깨달았다.

"그렇구나! 그런 게 있었지!"

프란시스의 마음을 진짜로 만들어 버리면 된다. 그러면 문제가 자연스럽게 해결된다. 왜냐하면 프란시스는 레이디 로랜트의 고집을 꼭 닮아서 무엇이든 일단 하겠다고 마음먹으면 절대로 포기하지 않기 때문이었다.

그가 유정을 진심으로 사랑하고 원한다면 절대로 포기하지 않을 것이다. 주변에서 무슨 말을 하더라도 말이다. 그러면 할머니가 무슨 수작을 벌이든, 헤더가 어떤 아양을 떨든 절대 흔들리지 않을 사람이다.

"진짜 맘에 안 들긴 하지만, 프란은 틀림없는 할머니의 손자니까."

저절로 입가에 미소가 떠올랐다. 패트리샤의 망상은 점점 더 수위가 높아져 이제는 프란시스와 유정의 결혼식에 눈물을 흘리는 헤더의 모습까지 나왔다.

"ㅎㅎㅎㅎ, 정말 내가 생각해도 나이스한 계획이야. 이것이 성공하면 그 기집애에게 물 먹이는 건 시간문제다!"

혼자 좋아서 실실거리는 패트리샤의 모습을 마담 마거릿은 무표정한 얼굴로 빤히 쳐다보았다. 그녀는 참을성 있게 패트리샤가 정신을 차릴 때까지 기다렸다. 순식간에 짜낸 자신의 계획에 취해 있던 그녀는 수석 가정부의 서늘한 시선을 뒤늦게 눈치채고 망상을 멈췄다.

"하하하하, 안녕하세요. 마담 마거릿."

"여기서 뭘 하시는 겁니까, 패트리샤 아가씨?"

"딘깃이 믹고 싶어서 잼을 벅고 있었어요."

"올해 만든 것이라면 창고에 있는데요."

"으음, 괜찮아요. 거의 다 먹어 가고 있으니까요. 이것도 맛있어요. 산딸기랑 일반 딸기를 반반씩 섞으셨네요."

"네, 레이디께서 좋아하시니까요. 패트리샤 아가씨께서도 좋아하시니 다행이군요. 그나저나 곧 있으면 티타임입니다. 레이디가 계시는 응접실로 올라가 보셔야 하지 않나요?"

그 말에 시계를 보니 정말로 시간이 되었다. 패트리샤는 먹다 남은 잼을 마담 마거릿에게 건네고 나서 서둘러 티 룸으로 향했다. 그런 그녀를 마담 마거릿은 무표정한 시선으로 바라보았다.

저택의 고용인 중에서 표정이 없고 감정 표현이 거의 없는 사람으로 손꼽히는 두 사람 중 한 명이 바로 수석 가정부였다. 패트리샤는 그녀가 자신을 보고 어떤 생각을 하고 있었을지 잠깐 신경이 쓰였다. 하지만 그녀는 이내 훌훌 털어 버리고 걸음을 재촉했다. 고민해 봐야 자신은 평생 알 수 없을 테니까.

엄마와의 전화 통화를 끝내고 유정은 천천히 고개를 들었다. 아직도 새파란 하늘은 텁텁한 여름 공기를 식히려는 듯, 시원한 바람을 보내고 있었다. 늘 그렇듯이, 한국에 계신 엄마와의 전화 통화는 즐거우면서도 답답했다. 멀리 있는 엄마가 고생하고 있다는 사실을 알기 때문에 엄마의 목소리가 마냥 좋은 것은 아니었던 것이다.

술주정뱅이 아버지. 빚쟁이 아버지. 사고뭉치 아버지. 아버지는 돌아가시기 전에도 돌아가신 후에도 가족에게는 짐이나 다름없는 사람이었다. 빚 때문에 유정의 어머니는 그녀와 남동생 중의 한 명을 미국의 사촌에게 보내야만 했다. 남편의 장례식을 참석하러 온 사촌이 한 명 정도는 맡아 준다고 했을 때, 그녀는 유정을 보냈다. 착하고 야무진 딸이니 어딜 가서도 걱정이 없다는 것이 그녀를 보내는 이유였다.

그리고 유정은 한 번도 그런 어머니의 기대를 저버리지 않았다. 맡아 주신 분에게 누가 되지 않도록 아르바이트를 할 수 있을 때부터 잡다한 일들을 하면서 용돈은 스스로 벌어 썼고, 대학은 장학금을 받아 가며 다녔다. 삶에서 다른 것은 존재하지 않는 것처럼, 학교, 집, 직장뿐이었다. 그렇게 사는 것이 전부인 것처럼 숨 막히게 살았다. 남들이 보기에 재미없다라고 할 정도였다.

패트리샤가 마지막 방학 때는 자신의 외가에 들르지 않겠냐는 제안을 했을 때 유정이 그 제안을 받아들인 것은 어디까지나 그

단조로운 일상을 변화시키고 싶었기 때문이다. 한국으로 돌아가면 그 단조로움마저도 즐길 수 없게 되리라. 그런 고민은 그때 가서 생각하면 되겠지만 지금은 그런 현실도 무서웠다.

자신이 이렇게 약한 사람이었나 싶어서 화가 났다. 이것도 저것도 전부 프란시스 탓이다. 그 사람을 만나서 마음이 흔들린 것이 문제다.

한숨을 내쉬면서 유정은 핸드폰의 액정을 확인했다. 티타임이었다. 오늘은 성발로 내키지 않았지만, 레이디의 다회에 늦을 수 없었다.

패트리샤가 마녀 할망구라고 욕했던 레이디 로랜트는 서로 마주 보며 앉아 있는 손자 손녀 및 그 손님들을 바라보면서 내심 미소를 지었다. 그리고 제일 먼저 패트리샤에게 엄한 어조로 말했다.

"듣자 하니, 헤더 공녀에게 네가 무례한 일을 했던 모양이더구나. 사과는 드렸느냐?"

"아니에요, 레이디. 사과까지."

패트리샤의 얼굴이 구겨지는 것을 보면서 헤더는 살짝 미소를 지었다. 그 의기양양한 표정에 패트리샤는 아드득 이를 갈았지만, 그보다 먼저 유정의 손길이 옆구리에 닿았다.

"빨리 사과해."

"안 그래도 하려고 생각했어. 그러니 내 옆구리는 좀 살살 다뤄라."

재빨리 대꾸하고, 패트리샤는 시치미를 뚝 떼더니 헤더를 향해 고개를 돌렸다. 그리고 천연덕스럽게 웃으면서 말했다.

"아까는 장난이 심했습니다. 죄송합니다. 사과드립니다. 많이 놀라신 것 같아서 반성하고 있습니다."

"괜찮아요. 놀라긴 했지만."

웃으면서 대꾸하는 헤더의 눈동자가 굳어 있다는 것을 유정은 확실하게 알 수 있었다. 아무래도 레이디도 있고, 프란시스가 옆에 있어서 그런지 심한 소리를 할 수 없는 모양이었다.

"앞으로는 그런 경솔한 행동은 하지 말거라. 원, 이야기를 듣고 내가 차마 얼굴을 들 수가 없더라."

레이디 로랜트의 말에 패트리샤는 조신하게 고개를 숙이며 수궁하는 듯한 모습을 보였다. 유정은 그런 친구의 가식적인 모습에 한숨을 내쉬었고, 프란시스는 슬그머니 고개를 돌렸다.

'경고를 하는 쪽이나, 받아들이는 쪽이나 진지하지 못하니 별 수 없는 것 아닌가?'

그런 생각을 하면서 그는 유정을 바라보았다. 유정은 헤더나 그에게는 관심이 없는 듯이 얌전하게 차를 마시고 있었다. 한 번 그녀가 고개를 들었을 때 두 사람의 시선이 허공에서 부딪쳤다.

"……."

프란시스는 보란 듯이 헤더의 손을 잡았다. 다정한 그 행동에 헤더는 얼굴을 붉히면서 미소를 지었고, 유정은 내심 이를 갈았다. 이제 아주 대놓고 애정 행각을 벌이는 프란시스의 모습이 불쾌하기 그지없었다.

미스 앨런의 의미심장한 말을 비롯해서, 레이디의 태도로 보아이 집안에서 헤더의 위치가 어떤 것인지 충분히 알 수 있었다. 결혼할 사이인 것이다. 신분이나 재산, 미모가 자신과 비교도 되지 않는 여자가 바로 헤더다. 이미 충분히 알고 있으니까, 그렇게 과시하듯이 행동하지 말아 줬으면 한다.

'이미 난 당신 포기했다고.'

그러니까 굳이 그렇게 대놓고 안 보여 줘도 된다고.

찻잔을 내려놓는 손이 떨려 왔다.

'묘하게 어색한 분위기로군.'

레이디 로랜트는 마음속으로 중얼거리면서 미소를 지었다. 그녀의 입장에서 보자면 하나같이 내숭을 떨고 있는 젊은 것들이었다. 솔직하지 못해서 삽질을 하는 그들의 모습이 귀여운 것이다.

헤더를 일부러 부른 것은 아직까지 솔직하지 못한 유정과 프란시스를 자극하기 위해서였다. 라이벌의 등장으로 위기감을 준다면 서로의 눈치만 보면서 지지부진한 두 사람이 어떻게 해서든지 행동을 보일 거라는 계산이었던 것이다.

다소 둔한 편인 유정은 그런 것을 생각하지 못한 모양이지만, 프란시스는 충분히 깨닫고 있는 것 같았다. 자신을 좋아하는 헤더를 이용해서 유정의 약을 바싹바싹 올리는 모습을 보니, 속에서 웃음이 다 나왔다.

'저 녀석이 저렇게 유치하게 나오다니, 정말 오래 살고 볼 일이군.'

어릴 적부터 너무 어깨에 힘이 들어가 있는 까닭에 또래다운 귀여운 맛이 거의 없던 손자가 바로 프란시스였다. 그런 그가 여자를 놀리기 위해서 저런 수를 쓰는 것이 신선하기도 하고, 한심하기도 했다.

다음에는 리오까지 불러서 다함께 티타임을 가진다면 상당히 볼만하겠다고 생각하며 그녀는 헤더에게 물었다.

"공녀는 언제까지 미국에 머물 생각인 게요?"

"예, 서부에서 치러지는 공식 일정이 모두 끝나는 다음 주까지입니다."

"그 뒤에 별다른 일이 없다면, 다시 이곳을 방문해 주게. 조금 있으면 패트리샤의 데뷔턴트인데, 공녀가 방문해 준다면 다들 좋아할 게야."

"그게 무슨 말씀이세요!"

패트리샤는 화르륵 일어났지만, 레이디 로랜트는 들은 척도 하지 않았다.

"내가 나이가 있다 보니 저 말괄량이를 일일이 끌고 다니면서 준비를 시킬 수가 없어. 그러니 공녀님이 샤프롱을 해 주셨으면 하네."

"여자 옷을 잘 보는 프란이 있으니까 잔소리쟁이는 더 이상 필요 없다고요. 그리고 뭐하러 바쁘신 공주님에게 그런 수고를 끼쳐요! 그만두세요, 할머니!"

"떽! 젊은 남자 혼자서 여자애들 둘을 거느리고 다니는 것도 보기에 안 좋다고 생각한다. 공녀의 수준 높은 안목을 많이 배우도록 해라. 샤프롱으로서 공녀만큼 확실한 사람은 없으니까 말이다."

"레이디의 기대대로 최선을 다해서 패트리샤를 돕도록 하겠습니다."

냉큼 대답하는 헤더의 태도에 패트리샤는 눈초리를 치켜떴다.

'저 여우 같은 것!'

헤더를 향해 이를 아득아득 갈고 있는 패트리샤의 옆에서 유성은 피곤함을 느끼고 있었다. 프란시스의 옆에 있는 헤더를 다시 또 봐야 한다는 사실이 짜증났기 때문이었다. 게다가 저렇게 싫어하는 패트리샤와 헤더가 붙어 있는 동안 무슨 일이 벌어질지는 아무도 모를 일이었다. 저렇게 노골적으로 불편해하는 사람과 패트리샤가 잘 지내는 꼴을 유정은 여태까지 본 적이 없었다.

"에휴……."

한숨을 내쉬다가 그녀는 고개를 들었다. 프란시스가 묘한 시선으로 자신을 바라보고 있는 것이 느껴졌다. 이번에는 그의 시선을 피하지 않고 똑바로 노려보면서 유정은 의자에 몸을 기댔다.

이런 상황에서까지 그에게 미련이 있는 모습을 보이고 싶지 않았다.

노을이 지는 하늘을 멍하니 노려보면서 유정은 손에 들고 있는 핸드폰을 만지작거렸다. 언제부터인가 집 안을 돌아다니는 와중에도 꼬옥 들고 다니게 되었다. 전에는 있는지 없는지 신경도 쓰지 않았는데.

유정이 핸드폰이란 물건에 그다지 연연하지 않는 것은 전화가 올 곳이 그다지 없기 때문이다. 그렇다고 달리 전화를 걸 만한 곳이 있는 것도 아니다. 미국에 오래 살았어도, 패트리샤만큼 편하게 지내는 친구가 거의 없기 때문이었다.

'그러고 보니, 나 이런 상황에 빠졌을 때 의논할 사람이 한 명도 없네. 인생 헛살았다, 이유정.'

자조적으로 중얼거리면서 그녀는 미소를 지었다. 상대가 프란시스만 아니었으면, 이런 복잡한 마음을 패트리샤에게 털어놓고서 훌훌 잊어버렸을 것이다. 그런데 지금은 누구에게도 말을 할 수 없어서 갑갑한 느낌이었다.

헤더와 프란시스의 다정한 모습은 티타임 내내 충분히 봤다. 보란 듯이 붙어 있는 두 사람을 보면서 아무렇지 않은 척하느라 위가 꼬이는 것 같았다. 괜찮다고 생각했지만, 사실은 괜찮지 않은 모양이었다.

"바보 같아……."

혼잣말로 중얼거리는데, 갑자기 핸드폰의 벨 소리가 요란하게 울렸다. 반사적으로 폴더를 열고 귀에 가져가자, 기운찬 목소리가 들려왔다.

—유정! 잘 있었어? 빨리 받았네?

"리……오?"

생각지도 못했던 상대의 목소리에 유정은 깜짝 놀란 어조로 대꾸했다. 그러자 리오는 즐겁다는 듯이 큰 소리로 말했다.

—금방 알아챘네? 설마 내 전화를 기다린 것은 아니지? 미안해. 좀 더 일찍 연락하고 싶었는데 바빠서 말이야. 갑자기 프랑스까지 날아갔어야 했다니까.

"프랑스? 멀리도 갔네. 그래서 언제 온 거야?"

—방금 전에. 지금 뉴욕에 도착하자마자 너한테 전화하는 거야.

"와아, 이거 영광이야. 출장 긴 일은 잘 됐어? 갑자기 프랑스까지 갈 정도면 급한 일이었던 모양인데……."

목소리가 점점 이상해져 갔다. 아무렇지 않은 척하려고 노력했지만, 갑자기 눈물이 났다.

리오는 패트리샤를 제외하고 가장 친한 친구였다. 아니, 친구여야 했다. 그가 자신에게 품고 있는 감정을 알기 때문에 절대로 리오에게 기대고 싶지 않았던 것이다.

이게 전부 프란시스 탓이다. 그 남자 때문에 이렇게 마음이 약해진 거다. 그 남자가 자신을 비참하게 만들었다.

—왜 그래?

핸드폰에서 눈물을 참는 것 같은 소리가 들리자 리오는 조심스럽게 물었다. 하지만 아무리 기다려도 상대방의 대답 소리가 들리지 않아서 그는 다시금 입을 열었다.

—유정? 무슨 일 있어?

"응."

—무슨 일이야? 이야기하고 싶으면 해. 들어 줄게.

사실은 해결해 주겠다고 말하고 싶었다. 하지만 리오는 그 말은 꾹꾹 눌러 담았다.

"별일은 아니야. 그냥 기분이 안 좋았는데 리오의 기운찬 목소리를 듣고 나니까 나아졌어. 통화 계속 해도 돼? 지금 뉴욕에 돌아왔다면 피곤할 텐데……."

─아냐, 어차피 시차 때문에 잠도 오지 않아. 말해 봐. 아무것도 기대하지 않고, 아무것도 말하지 않고, 그냥 듣고만 있을게.

그렇게라도 네 곁에 있고 싶다고 말하는 리오의 말이 너무 고마워서 유정은 눈물을 삼켰다. 이런 친구에게 괜한 짐을 지워 주고 싶지 않았다. 지금 같은 사이면 충분하다.

"말이라도 고마워."

속삭이듯 말하는 그 목소리를 듣고서 프란시스는 천천히 걸음을 멈췄다. 남의 전화 통화를 엿듣는 것이 결례라는 사실을 알지만, 도저히 그 자리에서 움직일 수 없었다.

'…….'

배신감이 느껴졌다. 다정하게 리오와 통화를 나누고 있는 유정의 모습을 보면서 한 걸음도 움직일 수 없었던 것이다. 그녀가 웃는 얼굴을 하는 것을 너무나 오랜만에 보는 것 같았다. 그래서 더욱더 충격이었다. 자신에게는 한 번도 보여 준 적이 없는 그런 미소를 짓고 있기 때문이었다.

그대로 돌아서서 그는 절대로 뒤를 돌아보지 않았다.

"응, 그래. 조만간에 얼굴 보자. 너무 무리하지 말고."

통화를 끝내고 나자 하늘은 완전히 어두워져 있었다. 어두운 남색 하늘 위로 빨간 불이 깜빡깜빡하고 지나가는 것을 보면서 유정은 나직하게 중얼거렸다.

[한국 가고 싶다.]

시간이 빨리 지나서 이 모든 감정이 풍화되기를 진심으로 바랐다.

영국, 히드로 공항

비행기의 엔진 소음이 멀리서 들려오는 것 같았다. 깨고 싶지 않았는데, 계속해서 들려오는 그 소리는 마치 이제 일어나야 한다고 말하고 있는 것 같았다.

"……."

유정은 조용히 고개를 들었다. 기울어졌던 목이 조금 아파 왔다. 부어 오른 눈을 깜빡이면서 그녀는 주변을 둘러보았다. 어두침침한 기내의 다른 손님들은 대부분 잠들어 있는 모양이었다.

갑갑한 마음에 창문을 열고 하늘을 보자 똑같이 파란 하늘이 시야에 들어왔다. 긴 꿈을 꾸고 난 뒤의 여운이 남아서 그녀는 깊은 한숨을 들이마시고서 들창을 열었다.

농그란 창문 너머로 하늘이 보였다. 깊은 블루의 하늘색을 빤히 쳐다보다 그런 맑고 푸른 색을 하고 있던 남자가 떠올랐다. 아아, 그곳에 가면 그 사람도 있겠구나.

'프란시스.'

그 이름을 떠올린 것도 참 오랜만이었다. 귀국하고 나서부터 단 한 번도 의도적으로 그 이름을 생각하는 일을 하지 않았다. 생각하면 그가 보고 싶고, 보고 싶을 때면 그와 할머니, 패트리샤가 있는 곳으로 가고 싶어지기 때문이었다.

일 년에 두 번 레이디 로랜트에게 편지를 쓰고, 패트리샤와 이메일을 주고받는 것으로 그리움을 달랬다. 그때 그렇게 갑자기 귀국해 버리고 나서 유정은 두 번 다시 미국이든 어디든 비행기 타는 일은 하지 않았다. 탈 여유도 그녀에게 생기지 않았다. 사는 것이 점점 더 무거운 짐이 되어 그녀의 어깨를 짓눌렀기 때문이었다.

그 와중에 레이디 로랜트가 돌아가셨다는 연락이 유정에게 온 것은 어제 다 늦은 저녁때였다.

유정이 친구와 함께 살고 있는 집에 레이디가 보낸 변호사가 그녀의 부고를 알렸다. 비행기 표 한 장과 함께 말이다. 레이디 로랜트가 미리 안배해 두었다는 말에도 유정의 머리는 아무것도 생각하지 못했다.

장례식에 오너라. 네가 보고 싶다.

하지만 비행기 표 사이에 보이는 쪽지를 보는 순간 가슴이 먹먹해졌다. 눈물이 펑펑 흘러내렸지만 자신이 울고 있다는 사실조차 깨닫지 못했다. 정신을 차려 보니 그녀는 비행기의 고음을 들으면서 안전벨트를 매고 있었다.

무려 14시간이나 되는 비행시간이 어떻게 지났는지 유정은 제대로 기억하지 못했다.

처음으로 타 본 일등석의 널찍한 자리와 쿠션이 어떤 느낌인지도 몰랐다. 담당 스튜어디스가 계속 안절부절못한 얼굴로 자신을 쳐다보고 있다는 것도 몰랐다. 딸꾹질을 하다가 찔끔찔끔 훌쩍이다가 결국 일등식 밥도 못 믹고 기질하듯 잠든 유징에게 무슨 일이 생길까 봐 미리미리 다른 승객 중에서 의사가 있는지 찾으러 다닌 소동도 벌인 그녀다. 대체 누가 죽었길래 저렇게 서럽게 우는 것인지 안쓰럽기까지 해서 이리저리 신경이 쓰이는 것이다.

"손님, 물 좀 드세요."

탈수 증상이라도 날까 봐 잠에서 깬 유정에게 스튜어디스는 냉큼 물을 가져다주었다. 아닌 게 아니라 건조한 기내 공기와 울어서 목이 말랐기 때문에 유정은 잠자코 물 컵을 집어 들었다.

"……감사합니다."

"식사도 드시겠습니까?"

다른 승객들의 식사 시간은 이미 끝났지만, 유정은 울고 자느라 먹지 않았다. 하지만 그녀는 고개를 설레설레 저었다. 도저히 뭔가 먹을 기분이 아니었기 때문이다.

"아니에요, 죄송합니다. 속이 좋지 않아서……."

"그럼 데운 우유라도 가져다드릴까요? 너무 안 드시면 큰일 납니다. 무슨 슬픈 일이 있으셔서 그런지는 모르겠지만, 뭐라도 좀 드십시오."

"우, 우유 주세요. 감사합니다."

그래, 쓰러지면 큰일 난다. 그래도 할머니가 가시는 마지막은 지켜야지. 마음을 다잡으면서 유정은 데운 우유를 마시고 화장실에서 세수를 했다. 울지 않으려고 노력하면서 유정은 유리창 너머로 서서히 보이는 지상의 풍경을 바라보았다. 스튜어디스에게 물어보니 이제 곧 도착한다는 말을 들었다.

집무실의 문을 두드리는 소리에 프란시스는 읽고 있던 서류에서 시선도 떼지 않고 들어오라고 했다. 그러자 외출복을 정성껏 차려입은 집사 알프레드는 그런 그에게 무미건조한 어조로 말했다.

"아가씨를 마중하고 오겠습니다."

그 말에 프란시스는 무덤덤한 어조로 대꾸했다.

"트리샤는 이미 도착했습니다."

"제가 마중 가는 아가씨는 부인의 또 다른 손녀 분이십니다."

"할머님께 트리샤 이외의 다른 손녀가 있던가?"

기억을 더듬어 봐도 자신에게 패트리샤라는 이름을 가진 사촌 이외에 다른 사촌 누이가 있다는 사실을 발견하지 못했으므로, 프란시스는 드디어 고개를 들어 외출복 차림의 집사를 쳐다보았다. 그리고 이 와중에도 가능한 한 멋을 부린 집사의 모습에 기가 딱 막혔다. 모시는 레이디가 돌아가신 지 이제 겨우 24시간이 지났을 뿐이다. 좀처럼 자신의 감정을 잘 드러내지 않는 집사가 살짝 들뜬 표정으로 아가씨를 모시러 간다니 기가 막힐 따름이었다. 안 그래도 지금 유산과 관계된 친인척들이 몽땅 들이닥치고 있는데 제일 중요한 순간에 그 사태를 진두지휘해야 할 집사가 자리를 비우겠다니!

프란시스는 목소리를 높였다.

"무슨 헛소리입니까? 트리샤 이외에 낭신이 아가씨라고 부를 사람이 또 누가 있단 말입니까?"

"한국에서 오시는 아가씨가 곧 도착하실 예정입니다. 그러니 제가 마중 나가서 뫼시고 와야 합니다."

한 치도 지지 않는 꼿꼿한 집사의 태도보다도 프란시스의 혈압을 높인 것은 '한국'이라는 단어였다. 뭐라고? 한국에서 뭐가 온다고?

"부인께서 돌아가시기 전에 직접 처리하신 일입니다. 자신의 또 다른 손녀인 아가씨께서 장례식에 참석하시기를 바라셨기 때문에 비행기 편을 마련해 두셨습니다. 그러니 다녀오겠습니다, 백작님."

그의 대답도 듣기 전에 집사는 집무실을 나섰다. 벌린 입을 다물지도 못한 채 프란시스는 흉흉한 단어를 머릿속으로 되뇌었다.

한국, 한국, 한국, 한국, 한국, 한국⋯⋯.

헤이스팅스 공작부인은 돌아가시기 전까지 늘 한국에 대한 이야기를 하곤 했다. 유정이 다시 돌아오지 않는다는 것을 알기 때문에 프란시스더러 만나러 가라고 채근했던 것이다.

하지만 그는 한 번도 그 명에 따른 적이 없었다. 오히려 이런저런 핑계를 대면서 유정에 대해서 언급하는 것을 피해 왔다. 그때 그렇게 헤어지고 나서 그는 그녀에 대해서 생각하는 것을 그만두었다.

자라지 못한 마음의 싹이 시들어 버렸다. 시들어 버린 그 싹에 짜증이 나서 그는 고집을 피웠다. 가치가 없다고 여기고, 지워 버리고, 두 번 다시 돌아보지 않았다. 그렇게 말도 없이 자신의 곁을 떠나 버리고서 그렇게 연락 한 번 없는 여자를 돌아볼 이유가 없었다.

프란시스가 생각하는 자신의 단점은 인내심이 없고, 고집이 센 편이라는 것이다. 그리고 그런 점은 레이디 자신이 인정했듯이, 그녀를 닮았다.

비행기에서 내리며 조금 어지러움을 느꼈지만, 유정은 이내 주먹을 불끈 쥐고 허리에 힘을 주었다. 이런 곳에서 정신을 잃을 수는 없는 일이었다. 가지고 온 짐이라고는 그녀가 비행기에 오르기까지 물심양면으로 도와준 친구가 챙겨 준 가방 하나뿐이기 때문에 세관 통과 후에 컨베이어 벨트에서 시간을 낭비하는 일은 없었다.

'아, 그러고 보니 돈이 없다.'

다급하게 비행기를 타느라고 유정은 영국 돈으로 환전한 현금

이 하나도 없었다. 입국 서류를 챙기면서 그렇게 생각하던 그녀는 여권을 꺼내려고 가방을 뒤지다가, 빳빳한 100달러짜리 지폐와 함께 신용카드가 손에 잡히는 것을 보고 눈을 동그랗게 떴다. 그녀는 애초에 신용카드를 가지고 있지 않았기 때문에 누구의 것인가 싶어서 조금 멍해졌다.

같이 사는 친구의 것이다. 그녀가 혹시 몰라서 챙겨 준 것이다. 친구의 마음 씀씀이에 고마워서 유정은 저도 모르게 미소를 지었다. 마음이 한결 든든해지는 느낌이었다.

할머니의 대리인에게 주소가 적힌 메모를 들고서 유정은 출국장을 나왔다. 무조건 택시를 타고 여기까지 데려다 달라고 할 생각이었다. 사람들이 웅성거리는 소리가 가까워지는 것을 보니 출국장이 가까워진 모양이었다. 누가 기다리는 것도 아닌데 저도 모르게 긴장이 되어서 유정은 깊은 한숨을 내쉬고 출국장 문을 나섰다.

그리고 보았다.

어서 오십시오, 아가씨.

붓으로 쓴 것이 분명한 궁서체의 굵은 한글이 쓰인 커다란 종이를 무덤덤한 표정으로 들고 있는 레이디 로랜트의 집사 알프레드를 발견하는 순간, 유정은 뒤로 넘어가기 일보 직전까지 도달했다.

이렇게 거창한 환송을 받을 줄은 꿈에도 상상하지 못했던 것이

다. 웃어야 할지, 울어야 할지 몰라서 그녀는 얼굴을 일그러뜨렸
다.

그리고 실감했다.

이곳은 영국이다.

— '나는 조선의 공주다' 2권에서 계속 —

(도)뿔미디어에서

차세대 작가를 찾습니다

도전하십시오. 새로운 세계를 창조하는 작가의 길. (도)뿔미디어가 함께하 겠습니다.
로맨스와 장르 소설을 사랑하는 분들의 많은 참여를 바랍니다.

ㅇ **모집 분야**   로맨스 및 모든 장르 소설
ㅇ **모집 대상**   기성 작가 및 아마추어 작가
ㅇ **모집 기한**   수시 모집

작품 접수시 유의 사항

1. e-mail 접수를 권장합니다.
2. 파일은 작가명_작품명.hwp 형식을 갖춰 주세요.
3. 작품 파일 앞부분에 들어갈 내용은 다음과 같습니다.
    _작가 이름, 연락처, e-mail 주소, 작품 활동 프로필
    _몇 권 분량을 예정하고 있는지 덧붙여 주세요.
    _집필 의도나 컨셉 요약문, 줄거리, 주요 등장 인물 소개
4. 작품이 인터넷에 연재되고 있다면, 연재 사이트와 연재란을 정확하게 기재해 주세요.

원고 보내실 곳
E-mail : bbulmedia@paran.com

장르 소설을 이끄는 힘, (도)뿔미디어의 BI입니다.